BOOK & BOX ORIGINAL DESIGN by VEIA

第一話 黑儀・重蟹

SENJYOGAHARA HITAGI

001

戰場原黑儀，在班上被定位成體弱多病的女孩子——理所當然地不參加體育課，就連朝會之類全校集合的時間，也以貧血為由，獨自一人待在陰涼處休息。雖然我和戰場原從一年級、二年級，到今年升上三年級，連續三年的高中生涯都同班，但我卻從沒見過那傢伙朝氣蓬勃的樣子。她是保健室的常客，經常以去專屬的醫院看診為理由遲到早退，或是慣性缺席。她該不會是住在醫院裡面吧，同學們甚至會如此開玩笑地竊竊私語著。

然而她雖然體弱多病，卻沒有一絲弱不禁風的印象。而是給人一種線條纖細，柔弱到彷彿輕輕一碰就會折斷般，感覺十分虛無縹緲。或許正因如此，某一部分男生私底下會戲稱她為深閨裡的千金小姐。而我也認為，那些形容確實相當符合戰場原散發的氣質。

戰場原總是坐在教室一角，獨自一人默默地看著書。有時候是看似艱澀的硬皮精裝本，有時則是封面設計看起來會讓人智商下降的漫畫書，她似乎是個閱讀範圍相當廣泛的雜食派。也許只要是文字什麼都好，又或許其中有著某種明確的標準。

她的頭腦似乎相當聰明，在全年級名列前茅。

每次考試後張貼在佈告欄的排名表上，最前面的十個人當中，肯定會出現戰場原黑儀的名字。而且是全科優秀，無懈可擊。這跟除了數學以外都滿江紅的我相比實在是天壤之別，我倆的腦袋構造想必完全不同吧。

她似乎沒有朋友。

連一個，也沒有。

就連戰場原跟別人交談的畫面，我也從來沒見過——用更敏銳的觀察來看，無論何時總是在看書的她，也許是藉由看書的行為，在自己周圍築起一道牆，暗示別人不要找她說話也不一定。正因如此，儘管我和戰場原同窗兩年多，但我從來沒和她說過半句話，這點我可以斷言。說到戰場原的聲音，她在課堂上被老師點到時，總是千篇一律用嬌弱的聲音回答「不知道」。對我而言，這句話已經和她的聲音畫上了等號（不論問題的難易，她一律只會回答「不知道」）。在學校這種不可思議的奇妙空間裡，沒朋友的人彼此之間，通常會形成一種屬於同類的交流方式或是小團體（事實上，去年為止我就是其中一份子）。但戰場原在那規則中似乎也是例外。當然，這並不表示她受到排擠欺壓。不管是從深層意義或淺層意義來看，就我的觀察，戰場原一概沒有受到迫害或被疏離。因為無論何時，她總是一副理所當然的表情，坐在教室一隅，安靜地看書。在自己周圍築起一道牆。

理所當然地坐在那裡。

彷彿自己不在這裡是很正常一樣。

不過，話雖如此，也沒什麼好大驚小怪的。若以高中生活三年來計算，一學年假設有兩百人，從一到三年級，包含學長姊、學弟妹和同學在內，再加上老師，自己總共會和大約一千人共用一個生活空間。但這些人當中，對自己而言具特殊意義的人究竟有多少呢？一旦去思索，想必不管是誰都會得到非常絕望的答案。

即使有著連續同班三年的奇妙緣分，卻沒講過半句話，我絲毫不覺得惋惜。畢竟說穿了，日後回想起來，也只會認為這種事情也沒什麼大不了。等一年後高中畢業了，到時我會變成怎樣雖然不得而知，不過那時候我根本不會再想起戰場原的容貌——也想不起來了吧。

這樣就好。戰場原想必也會覺得，這樣就好。不止戰場原，全校每一個人，想必都會覺得這樣就好。對於這種事情，會感到鬱悶陰沉本來就是錯誤的。

我始終這麼認為。

然而——

就在某一天。

正確來說，是五月八號的事情。這天，我升上三年級，對我而言有如地獄般的春假鬧劇，同時也是有如惡夢般的黃金週假期（註1）剛結束的時候。

按照慣例眼看就要遲到，我快步跑上校舍的階梯，來到轉角平臺的時候，一個女孩從天而降。

那個女孩，正是戰場原黑儀。

正確來說，她並非從天而降，只不過是在樓梯上踩空了，往後倒了下來而已——儘管我應該有能力避開，但我還是在千鈞一髮之際，將戰場原的身體給接住了。

這個判斷應該比閃開還要正確吧。

1　日本的黃金週，約在四月底五月初的時候。

不，或許我錯了。

因為——

戰場原在千鈞一髮之際被我接住的身體，非常地輕盈，輕盈得沒道理。輕盈到不可思議、令人毛骨悚然，讓人完全笑不出來。

彷彿她不存在似地。

沒錯。

戰場原她，幾乎沒有可稱之為體重的東西存在。

002

「戰場原？」

聽見我的詢問，羽川疑惑地偏著頭。

「戰場原同學她怎麼了嗎？」

「也沒什麼——」

我含糊其辭地回應道。

「——呃，我只是有點好奇罷了……」

「哦——」

「妳想想看，戰場原黑儀這個名字不是很獨特又有趣嗎？」

「……戰場原是地名姓喔？」

「啊——呃，不是指那個啦，我說的是，對了，是下面的名字。」

「戰場原下面的名字，叫作黑儀，對吧？會很奇怪嗎……黑儀在我的印象中，好像是土木用語吧。」

「妳還真是無所不知呢……」

「我不是無所不知啦，只是剛好知道而已。」

羽川雖然一臉莫名其妙，卻也沒刻意追問，「真難得啊，阿良良木，居然會對別人感興趣。」她說。

少囉嗦，我回嘴道。

羽川翼。

是本班的班長。

而且還是個非常符合班長形象的女孩子，綁著整齊的麻花辮加上戴眼鏡，循規蹈矩品行端正，個性非常認真，而且在老師之間的風評也很好，這年頭恐怕就連在動漫當中，也會被列為瀕臨絕種的稀有存在。她至今為止的人生都在擔任班長，也許畢業以後也會繼續擔任某種幹部——她的品格就是會讓人如此聯想。簡而言之，她就是班長中的班長。「她根本就是被神選上的班長吧？」甚至有人會私下散播如此幾可亂真的傳聞（那個人就是我）。

我和她一、二年級都不同班，升上三年級才分到同一個班上。話雖如此，早在成為同班同學之前，我對羽川的存在便早有耳聞。這是當然的，如果戰場原的成績算全學年名列前茅的話，羽川翼的成績就是全學年之冠。總共五種學科六項科目，她能夠輕鬆自若地拿下滿分六百分這種天方夜譚般的分數。沒錯，直到現在我還記憶深刻，羽川在二年級上學期的期末考中，甚至達成過包含體育保健和美術科目在內，所有學科僅日本史一題填充題失分這種怪物級的超常成果，如此有名的人物，就算不想知道也會自動傳入耳裡。

然後——

而且很糟糕地，呃不對，這應該是好事吧，總之讓人極為困擾的一點是，羽川是個非常心地善良，喜歡照顧人的女孩。然後更糟糕的是，她同時也是個非常擇善固執的人。過度認真的人都有一個共通點，就是一旦下定決心，就算是用卡車來拉也拉不動。雖然在春假期間，我已經和羽川稍微照過面，但等到學期開始重新編班，她一知道我們分到同一個班級，立刻就對我宣告說：「我會讓你重獲新生。」

我並非不良少年，更不是問題兒童，在班上的存在就像裝飾品一樣，對於向來如此評價自己的我而言，她那番宣告簡直是晴天霹靂。然而任憑我怎麼勸說，羽川那帶有妄想的信念仍舊沒有停止，還莫名其妙地任命我為副班長，於是現在，五月八日放學後，為了六月中旬預定要舉辦的文化祭，我跟羽川兩人留在教室裡，正在討論著活動企劃。

「我們也已經升上三年級了，就算是文化祭，也沒必要花太多功夫吧。畢竟還是用功唸書準備考試比較重要。」

羽川說道。

理所當然地認為讀書考試優先於文化祭，她果真是班長中的班長。

「如果用主題不明確的問卷調查，只會得到雜亂無章的意見而且又浪費時間，不如我們先設定好選項，再讓大家從中投票表決，這樣好不好？」

「不錯啊？乍看之下還挺民主的。」

「你的說法還是一樣讓人討厭呢，阿良良木，這就叫性格乖僻嗎？」

「我才不乖僻呢。省省吧，別動不動就說人性格扭曲。」

「說來參考一下，阿良良木，去年跟前年的文化祭，你們班推出過什麼活動？」

「鬼屋和咖啡店。」

「真普通啊，實在太普通了，可以說是平凡吧。」

「還好啦。」

「或許也可以說是俗氣。」

「用不著說得這麼難聽。」

「啊哈哈。」

「話說回來——在這種場合，選擇平凡的做法反而比較好不是嗎？畢竟不光是要讓客人快樂，我們自己也要能樂在其中才行……嗯。這麼說來，戰場原她——就連文化祭，也從來沒參加過呢。」

去年也是——前年也一樣。

不，不止是文化祭，幾乎所有可稱之為活動的事項——所有正課以外的東西，戰場原幾乎可說是完全不參與。運動會當然不用說了，就連校外教學、戶外教學、社會科見習，任何活動她一律不參與。她的理由總是因為被醫生嚴格禁止激烈活動……等等之類的。如今仔細想想，其實這是件很奇怪的事情。假如是禁止激烈「運動」的話還說得過去，但禁止「活動」這個說法，未免太不自然——

但是，假如說——

假如那件事情，並非我的錯覺的話。

戰場原她，如果真的「沒有」體重的話。

在正常課程以外，沒錯，會和不特定多數的人群有機會接觸到身體的課程——例如體育課等——對她來說，想必是絕對不能參加的活動項目吧。

「你很在意戰場原同學的事情嗎？」

「也沒有啦——」

「體弱多病的女孩子，果然比較討男生喜歡呢。唉啊——討厭討厭，好骯髒、好汙穢喔。」羽川促狹般說道。

她這興奮的樣子還真難得一見。

「體弱多病，是嗎……」

如果要說體弱多病——也算體弱多病吧。

不，可是那算是一種病嗎？

是生病的關係嗎？

身體虛弱，所以身體必然也會變得比較輕，這樣解釋非常簡單明瞭——然而那種輕法，已經不是那麼簡單的事情了。

戰場原從樓梯的最頂端，摔落到轉角平臺，就算她是一個身材纖細的女孩子，但也是個活生生的人。一般而言，這種情況應該就連接住她的人，也可能會傷得不輕。

然而卻——我幾乎感受不到衝擊。

「不過，戰場原同學的事情，阿良良木應該比我還清楚不是嗎？畢竟你和她同班了三年啊。」

「的確，妳說的沒錯——我只是想說女生的私事，問女孩子可能會比較知道。」

「女生的私事……」羽川苦笑道。「女生假如真有什麼私事，那也不能隨便告訴你們男生吧。」

「說得也對。」

這是當然的。

「所以囉，就請妳當作本班的副班長，以副班長的身分向班長提出詢問。戰場原這位同學，是個什麼樣的人？」

「來這一招嗎？」

羽川說著，便停下正在疾書筆尖（她將鬼屋和咖啡廳排在最前面，正在對班上要推出的活動選項，寫了又擦擦了又寫），沉吟一聲，雙手交叉在胸前。

「戰場原這個姓氏乍看之下感覺很危險，不過呢，她是一個很正常的優等生。頭腦很聰明，掃除時間也不會摸魚偷懶。」

「是啊，這些我也知道啊。我想問的是，自己不知道的事情。」

「可是，我和她同班也才剛滿一個月而已，不清楚也是應該的吧。況且中間還隔著黃金週。

「黃金週。」

「黃金週啊……」

「嗯?黃金週怎麼了嗎?」

「沒什麼。妳繼續說吧。」

「啊啊……對了,戰場原同學,是個沉默寡言的人——而且好像也沒有半個朋友。我試過用各種方式和她攀談,可是她似乎主動在自己四周,築起了一道牆——」

「……………」

果然不愧是,喜歡照顧人的班長。

當然,我也是看準這點,才會來問她的。

「那道牆還真是——相當難突破呢。」

羽川如此說道。

以沉重的語氣。

「是因為生病的關係嗎。我記得在國中的時候,她明明是個活力充沛、性格開朗的女孩子呢。」

「……國中的時候——羽川,妳跟戰場原以前是同一所國中嗎?」

「咦?奇怪,你不是知道這件事情才來問我的嗎?」

羽川浮現出比我還要驚訝的表情。

「嗯,對啊,我們是同一所國中畢業的,公立清風國中。其實我們以前沒有同班過——不過,戰場原同學非常有名。」

比妳還有名嗎，我正想這麼說，話到嘴邊卻止住了。羽川非常討厭被當成名人看待。雖然我心底認為她實在缺乏自覺，但她本人似乎認為自己只是個「只有認真讀書還算可取之處的普通女孩」。只要肯努力誰都可以把書唸好，她對這種主張深信不疑。

「因為她非常漂亮，而且又擅長運動。」

「擅長運動……」

「她以前可是田徑社的王牌選手喔。應該也留下一些紀錄。」

「田徑社──是嗎？」

也就是說，

國中時代的她，並非那個樣子。

活力充沛，性格開朗──坦白講，以現在的戰場原來說，完全無法想像。

「所以，如果是傳聞的話，我聽說過不少喔。」

「什麼樣的傳聞？」

「聽說她很擅長待人接物，是個很好相處的人。對誰都一視同仁，親切溫柔，人好到會讓人覺得有點過頭，而且又是個努力上進的好學生。還有，聽說她父親是外資企業的大人物，家裡非常有錢，住在非常氣派的豪宅，但她卻連一點架子也沒有。雖然她已經很優秀了，但還是不斷地在精益求精。」

「聽起來簡直就像超人嘛。」

算了，其中多半是加油添醋的吧。

傳聞畢竟只是傳聞。

「這些全都是，當時的事情。」

「……當時？」

「升上高中以後，就聽說她身體健康出了狀況——可是，坦白說，今年我們同班，見到她本人的時候，我嚇了一跳。她絕對不是那種會獨自坐在教室角落的人啊。」

雖然這只是我個人一廂情願的想法啦，羽川說。

的確算是一廂情願的印象吧。

人是會改變的。

國中時期跟升上高中後的現在，不可同日而語。我也是，羽川也一樣，所以想必戰場原，也是一樣的吧。戰場原應該也經歷過許多事情，或許她真的只是身體健康出狀況而已。又或許她是因為那樣，才失去開朗的性格、失去了所有的活力也說不定。畢竟身體虛弱的時候，任誰都會變得沮喪低潮。如果她原本個性活潑的話，那落差就會更明顯。所以，如此推測，肯定是正確的吧。

假如沒有發生今天早上那件事情的話，

就能夠如此斷定。

「不過——雖然這樣講好像不太對，但是戰場原她——」

「怎樣？」

「……………」

「現在反而——比以前又更漂亮了呢。」

「有一種——非常虛無縹緲的存在感。」

這句話，

足以——令人沉默。

虛無縹緲的存在感。

沒有——存在感。

就像幽靈一樣？

戰場原黑儀。

體弱多病的少女。

沒有體重的——她。

傳聞只是——傳聞。

都市傳說。

街談巷說。

道聽塗說。

加油添醋——是嗎？

「……啊——對了，我想起來了。」

「咦？」

「忍野叫我去找他。」

「忍野先生？有什麼事嗎？」

「只是稍微——呃，幫他做一點事情。」

「哦，唔嗯？」

羽川露出微妙的反應。

我突然轉移話題——應該說，用很露骨方式結束話題，似乎她感到很可疑。幫他做一點事情這種微妙的說詞，大概更提高了可疑度吧。所以說，我對腦筋太好的傢伙實在很棘手。

她應該體諒一下我的心情才對。

我從座位上站起來，半強制地接著說。

「所以，我必須先離開了，羽川，剩下的就交給妳可以嗎？」

「如果你能答應我下次會補回進度的話，今天就算了。反正接下來也沒什麼重要的工作，今天就放過你吧。何況讓忍野先生乾等也不太好意思。」

羽川姑且這麼說，沒再向我追究。看樣子搬出忍野的名字似乎奏效了。忍野對我而說是恩人，這點對羽川來說也是一樣，因此她絕對不會忘恩負義。當然，這部分也在我的計算當中，不過我並非全都在撒謊。

「那麼，要推出的活動選項就由我全權決定囉？之後你只要形式上負責確認一下就好。」

「好，都交給妳了。」

「替我向忍野先生問好。」

「我會的。」

然後，我便走出了教室。

003

我離開教室，反手將門關上，才剛踏出一步——

「你跟羽川同學聊了什麼？」

突然有人從身後叫住我。

我回過頭去。

轉頭一看的同時，我還來不及看清楚對方是誰——那聲音我雖然不熟悉，但卻似曾相識。對了，某人在課堂上被老師點到時，總會如口頭禪般，用極其細微的聲音回答「不知道」——

「不准動。」

憑這第二句話，我得知對方是戰場原。而就在我回過頭的瞬間，我也感受到戰場原將一把完全推到底的美工刀片，彷彿精確瞄準過，宛如鑽過縫隙一般，插進了我的口腔內部。

美工刀的刀片，

緊貼在我左邊臉頰，內側的肌肉上。

「…………！」

「啊，不對——應該這麼說，你要動也是可以，只不過很危險才對。」

她並未斟酌施力，卻也沒有粗魯暴力，以一觸即發的力道——用刀片，緩緩扯動我臉頰內側的肌肉。

而我，就像呆子似地，張大了嘴，絲毫不敢輕舉妄動，只能聽從戰場原的忠告——站在原地動也不敢動。

好可怕。

我心想。

可怕的並不是——美工刀的刀刃。

而是對我做出如此舉動，卻絲毫面不改色，還以令人不寒而慄的冰冷視線——注視著我的戰場原黑儀，讓我感覺好可怕。

她是這種——

這種眼神如此危險的人嗎？

我確信了一件事。

此刻緊貼在我左邊臉頰內側的美工刀，既沒有任何破損，也絕對不是刀背，看見戰場原那雙眼睛，我就確信了。

「所謂的好奇心簡直就像蟑螂一樣——只會偷偷爬近別人不想被碰觸的祕密，煩都煩死了。就跟無聊的小蟲子沒兩樣，讓人神經過敏。」

「……喂，喂——」

「幹麼，右邊臉頰會寂寞是嗎？那直說不就得了。」

右手拿著美工刀的戰場原，舉起了反向的左手。那飛快的速度，讓我以為會被打一個耳光，因此全身戒備以防自己不慎咬緊牙根。只不過，我錯了。

戰場原左手拿著釘書機。

早在視線清楚捕捉到以前，她已經將那東西塞入我口中了。當然她並非把整支釘書機給塞進來，要是這樣反而還比較好。戰場原是用釘書機，將我右邊臉頰給夾住——以釘東西的方式，插在我口中。

然後，緩緩地——夾緊。

彷彿要，將肉釘起來。

「啊……嗚——」

體積比較大的一邊，換句話說就是裝滿釘書針的那一頭被塞進來，因此我的口中呈爆滿狀態，當然無法發言了。假如只有一把美工刀，就算無法動彈或許還能說話——但現在我已經連試都不想試，想都不敢想。

她先把輕薄銳利的美工刀插入我的口中，迫使我張大嘴巴，隨即再趁機插入釘書機——經過縝密計算，手法高明到恐怖的境界。

可惡，口中被塞入一堆東西，這種事情從國一恆齒蛀牙去接受治療以後，就沒再發生過了。從那次之後，為了不讓相同的事情再度發生，每天早晚三餐飯後，我都勤於刷牙，並且持續嚼含有木糖醇的口香糖，結果沒想到居然會變成這樣。

簡直是陰溝裡翻船。

轉瞬間——演變成這種情況。

就在一牆之隔的後方，羽川正在決定文化祭要推出的活動候選名單，而在這平凡無奇的私立高中走廊上，卻形成了這種讓人難以想像的異常空間。

羽川……

什麼叫作「乍看之下感覺很危險」。

這女人根本就是人如其名好不好……

羽川那傢伙意外地沒有識人的眼光！

「你向羽川同學打聽完我國中時候的事情，接下來是不是要去找班導保科老師？還是要三步併兩步，直接跑去找保健室的春上醫師問看看？」

「………………」

我無法說話。

戰場原不知是如何看待這樣的我，一副傷腦筋的模樣，誇張地嘆了口氣。

「真是的，我也太大意了。我明明在『爬樓梯』這個動作上比別人多留心了一倍，還落得這種下場。過去的努力都是屁，前功盡棄這句話說得還真好啊。」

「………………」

即使在這種情況下，我聽見一名閉月羞花的十幾歲少女把屁這個字眼掛在嘴上講，還是會感到抗拒，沒想到我這傢伙也挺有格調的。

「我想都沒想過，居然會有香蕉皮掉在那種地方。」

「………………」

我此刻正被一名踩到香蕉皮滑倒的女子掌握生殺大權。

重點是那種東西為什麼會出現在學校樓梯上。

「你發現了吧？」

戰場原朝我問道。

眼神依然，充滿危險性。

這種千金小姐誰受得了。

「沒錯，我——沒有體重。」

沒有，體重。

「不過也不是完全沒有——只是以我的身高體型來看，平均體重應該是比四十五公斤再多一點。」

似乎是五十公斤。

突然，我的左邊臉頰內側被扯動，右邊臉頰遭到壓迫。

「…………！」

「不許產生奇怪的聯想，剛才你腦中浮現了我的裸體對吧。」

儘管完全不對，但就結果而論她的感覺很犀利。

「我的平均體重應該是比四十五公斤再多一點。」

戰場原強調。

似乎不肯讓步。

「然而，實際體重卻只有，五公斤。」

五公斤。

與剛出生的嬰兒，沒差多少。

如果將這個數字想像成五公斤的啞鈴，大概還不能說是幾近於零；然而若將五公斤的質量，分散到一個人類的體積上，考慮到密度的問題——實際上的感覺，等於跟沒有體重是一樣的。

要接住也很容易。

「嗯，說正確一點的話，體重計上顯示的重量雖然只有五公斤而已——可是我自己察覺不出來。現在的我和四十幾公斤的時候，感覺上沒有任何變化。」

那是指——

受到重力的影響其實很小的意思嗎？並非質量，而是容積——沒記錯的話，水的比重是一，既然人類的身體幾乎都是由水份構成的，比重跟密度也趨近於一——用單純的角度去想，戰場原的密度等於只有正常人的十分之一。

假如骨骼密度是這種數字的話，立刻會變成骨質疏鬆症吧。甚至連內臟和腦髓，也無法正常運作。

所以，並非這麼一回事。

並不是——數字的問題。

「我知道你在想什麼。」

「…………」

「一直盯著我胸部看，真噁心。」

「…………！」

我絕對沒有胡思亂想！

……看來戰場原是個自我意識強烈的高中女生。這也難怪，畢竟有著如此美麗的容貌——真想叫牆壁另一端正埋首工作的班長，多多向她看齊。

「就是因為這樣我才討厭膚淺的人。」

以眼前的狀況看來，要解開誤會似乎不太可能——但總而言之，剛才我腦中想的是，戰場原她，和所謂的體弱多病相去甚遠，擁有的身體和被賦予的形象，根本完全不符。體重只有五公斤，照理說豈止體弱多病，應該會體虛瘦弱才對，然而卻不是這樣。非但如此——硬要比喻的話，她就像從十倍重力的行星，來到地球的外星人一樣吧，運動能力應該會非常高超。更不用說她原本還是田徑社的選手了。雖然她這身體不太適合與人相互碰撞……

「那是發生在國中畢業後，進入這所高中以前的事情。」

戰場原說道。

「我在既不是國中生也不是高中生，更不是春假期間的模糊時期——變成了『這個樣子』。」

「…………」

「我遇到了——『一隻螃蟹』。」

螃——螃蟹？

她說螃蟹嗎？

所謂螃蟹——是指冬天吃的，那個螃蟹？

甲殼綱十足目的——節肢動物？

「全身的重量——被牠徹徹底底地帶走了。」

「…………」

「啊，你不瞭解也沒關係。畢竟你如果再繼續探究下去我會非常困擾，所以我只是說說而已，阿良良木。阿良良木——嘿！阿良良木曆。」

戰場原她——

反覆叫著，我的名字。

「我沒有體重——我沒有重量。我沒有半點可稱之為體重的東西。這完全不構成任何困擾。就好像《高橋葉介的奇妙世界》一樣喔，高橋葉介你喜歡嗎？」

「…………」

「知道這件事情的人，在這間學校裡面，只有保健室的春上醫生一個人喔。現階段，只有保健室的春上醫生知道而已。就連吉城校長、島副校長、入中學年主任跟保科導師都不知道。只有春上醫生——還有你知道而已。阿良良木。」

「…………」

「所以，為了讓你保守祕密，我應該怎麼做才好呢？我應該為我自己做些什麼呢？我該怎麼做才能把你『嘴巴封住』，讓你發誓『就算嘴巴裂開』也不把這件事情說出去呢？」

美工刀。

釘書機。

這傢伙，神智正常嗎——對待同班同學，居然如此咄咄逼人。怎麼會有這種人啊？

我一想到自己居然和如此恐怖的人物同窗長達了兩年以上，就不由得背脊發顫。

「我去醫院，醫生的說法是原因不明——倒不如說，根本沒有原因可循吧。他們隨便玩弄別人的身體，讓人飽受屈辱，最後得到的結論真是令人心寒啊。好像事情打從一開始本來就是這樣，也只能解釋成這樣——講得好像理所當然。」

戰場原自嘲似地說道。

「你不覺得太荒謬了嗎？我明明——到國中畢業為止，都是個普通的可愛女孩啊。」

「…………」

姑且撇開妳這傢伙大言不慚地說自己可愛這件事情不管。

長期到醫院看診，原來真有其事嗎？

遲到，早退，缺席。

再加上——保健室的醫生。

那是什麼樣的感覺呢，我試著想像。

她不像我一樣——「像我一樣，只持續了短暫、僅僅兩個禮拜的春假期間」——而是從升上高中以後，就「一直」都是如此。

要心灰意冷。

要產生捨棄的念頭。

這段時間，已經十分足夠了吧。

「你在同情我嗎？真是溫柔呢。」

戰場原彷彿讀透我內心的想法，一臉不屑地說道。只差沒直接說真噁心。

「不過，我不需要什麼溫柔。」

「…………」

「我所需要的只有保持沉默跟漠不關心而已。如果你有的話，可以給我嗎？難得你的臉頰上沒有半顆粉刺，你應該也想好好珍惜它吧？」

戰場原說到這——

忽然，莞爾一笑。

「阿良良木，如果你能答應我會保持沉默而且漠不關心的話，請點頭兩次。除此之外的一切動作，就算是靜止不動，我也會視為敵對行為，馬上發動攻擊。」

她的言語中沒有一絲猶豫。

我毫無選擇餘地，只能點頭。

點頭兩次，向她示意。

「是嗎？」

戰場原見狀——似乎放下心來。

儘管這個是一個毫無選擇餘地、完全稱不上是交易或協定，對我來說只能同意的要求——但看見我率直地答應了，戰場原似乎放下心來。

「謝謝你。」

她說完便將美工刀先從我左邊臉頰內側移開，慢慢地，與其說慎重不如說是以緩慢的動作，抽了出來。在過程當中，我感覺得出來她的手部動作很小心，怕會誤傷到我的口腔。

美工刀抽出來後，她將刀刃收起。

喀啦喀啦喀啦喀啦地。

然後，接著是釘書機。

「……噫！」

喀嚓，一聲。

令人難以置信地。

戰場原——將釘書機，猛力釘了下去。緊接著，她在我對劇烈疼痛產生反應以前，動作俐落地將釘書機抽回。

我的身體當場有如垮下般，蹲了下來。

從外側捧住臉頰。

「嗚……噫、噫噫。」

「你居然沒有慘叫，真了不起呢。」

戰場原她——

一臉事不關己的模樣，在我頭頂上說道。

宛如睥睨般。

「這次就姑且饒你一命。我很討厭自己的心軟，不過既然你都答應我了，我也要用誠意來回應你吧。」

「……妳、妳這傢伙——」

喀嚓。

正當我準備開口說話時，戰場原讓釘書機發出聲音，彷彿想蓋掉我的聲音一樣——在半空中，訂了一下。

變形的釘書針，掉落在我的眼前。

我不由自主地，縮起身體。

這是所謂的反射動作。

僅僅一次——我就被植入條件反射了。

「那麼，阿良良木，從明天起，就請你徹底無視我的存在喔，有勞你了。」

戰場原只留下這句話，連確認我的反應也沒有，便轉身邁步，啪搭啪搭地，迅速從走廊離去。在我勉強從蹲下的姿勢站起來以前，她已經拐過轉角，連背影都看不見了。

「這……這女人簡直是惡魔。」

我倆腦袋的構造——簡直有天壤之別。

我以為她在那種狀況下，就算說了也不會真的動手——然而我太小看她了。以剛才的情況來說，那傢伙不是用美工刀而是選擇用釘書機，我應該要覺得自己很幸運吧。

我輕輕撫摸臉頰，不是為了舒緩剛才的疼痛，而是為了確認臉頰的狀態。

「……………」

很好。

不要緊，沒有被貫穿。

接著我將自己的手指插入口中——因為是右頰所以用左手——立刻碰到疑似傷口的

觸感。

尖銳的疼痛完全沒有消退或減弱的跡象，因此我徹底明白了一件事情。釘書機其實第一次沒有裝針，她單純只是在威脅我——這種和平的想法已經宣告破滅……坦白說，我對這點還頗期待的說。

算了也罷。

既然沒有被貫穿，就表示釘書針沒有徹底變形……應該還維持著ㄇ字型的直角狀態。換言之就是沒有變成彎鉤，所以只要用力應該就可以輕鬆地將它拔出。

我用食指跟拇指掐住，一鼓作氣。

尖銳的痛覺，加上模糊的味道。

似乎有血噴出來了。

「……呃啊……」

沒關係。

只有這點程度的話——我沒關係。

我一面用舌頭舔過臉頰內側被刺破的兩道傷口，一面將拔出來的釘書針折彎，收入制服口袋，連同剛才戰場原掉落的釘書針也一併撿起，同樣收進口袋內。萬一有人赤著腳踩到的話會很危險。在我眼中，釘書針已經和麥格農子彈等級相當了。

「咦？阿良良木，你怎麼還在這裡？」

就在此時，羽川從教室走了出來。

看樣子工作已經結束。

她稍微晚了一步。

不，應該說這個時機正好嗎。

「你不是要趕去忍野先生那邊嗎？」

羽川一臉疑惑地說。

似乎什麼也沒察覺到。

一牆之隔——沒錯，如此薄弱的一牆之隔。儘管如此，戰場原黑儀卻能在絲毫不被羽川察覺的情況下，做出那樣凶狠的行徑，她——果然不是簡單人物。

「羽川……妳喜歡吃香蕉嗎？」

「咦？呃，不討厭就是了。畢竟香蕉的營養價值很高，要說喜歡或討厭的話，嗯，算喜歡吧。」

「就算再怎麼喜歡也絕對不准在學校裡面吃喔！」

「什、什麼？」

「只有吃也就算了，香蕉皮敢隨便丟在樓梯間試試看，我絕對不會饒過妳！」

「你到底在說什麼啊？」

羽川以手掩口，一頭霧水的表情。

這也難怪。

「那阿良良木，忍野先生那邊——」

「忍野先生那邊——我正要趕過去。」

我說。

我如此說完，便從羽川身旁通過，一口氣往前衝。「啊——！唉呀，阿良良木，不可以在走廊上奔跑！我要跟老師說喔！」羽川的聲音從背後傳來，當然我充耳不聞。

奔跑。

不顧一切地，奔跑。

拐過轉角，立刻就是樓梯。

這裡是四樓。

她應該還沒有走遠。

我用三級跳遠ＨＯＰ、ＳＴＥＰ、ＪＵＭＰ的方式，一舉跨過兩階、三階、四階，快速躍下階梯——在轉角平臺著地。

衝擊朝雙腳襲來。

體重造成的衝擊。

這樣的衝擊——

戰場原應該也不會有吧。

沒有重量。

沒有負擔。

換言之——就是腳步不踏實的意思。

螃蟹。

我遇到了一隻螃蟹，她說。

「不是這邊——所以是這邊嗎？」

戰場原應該不會轉進走廊吧，她沒料想到我會追上來，應該會直接往下走，朝校門口前進才對。反正她一定沒參加社團活動，即使有加入任何社團，也不可能到這時間才開始活動。如此判定後，我毫不猶豫地，從三樓衝下二樓，快步跑下階梯。

然後來到二樓通往一樓的轉角。

戰場原她，就站在那裡。

我一路發出劈里啪啦的聲響，快步地追了上來。她想必已經察覺到了吧，雖然仍背對著我，但已經回過頭來看了。

用冰冷的眼神。

「……真是想不到。」

她這麼說。

「不，應該說實在驚人啊。被我那樣恐嚇，還能在第一時間興起反抗的念頭，就我記憶所及範圍來說你是第一個呢，阿良良木。」

「什麼叫第一個……」

她以前也幹過類似的事情嗎？

剛才還說什麼前功盡棄。

不過，仔細想想，像「沒有體重」這種只要一被人摸到就立刻會曝光的祕密，要完全守住不露餡，在現實當中是不可能的吧……

這麼說來，她剛才也說過「現階段」這個字眼。

搞不好這傢伙真的是惡魔。

「而且，你口中的疼痛應該沒有那麼容易恢復才對。正常來說，至少會有十分鐘動彈不得才對。」

來自經驗者的臺詞。

太可怕了。

「無所謂，我知道了。我明白你的意思了，阿良良木。『以牙還牙以眼還眼』的態度並不違反我的正義原則，所以，如果你已經有所覺悟的話——」

戰場原說到這裡。

便將雙手，左右展開。

「那就，開戰吧。」

她的兩隻手裡——握著美工刀與釘書機……等各式各樣的文具。前端尖銳的HB鉛筆、圓規、三色原子筆、自動鉛筆、瞬間接著劑、橡皮筋、迴紋針、不鏽鋼夾、打洞機、油性麥克筆、別針、鋼筆、修正液、剪刀、透明膠帶、針線縫紉組、拆信刀、等腰三角形的三角板、三十公分直尺、量角器、膠水、各種雕刻刀、畫具、文鎮、墨汁。

…………

我有一種預感，光是跟這傢伙同班過這件事實，將來就會讓我在社會上遭受到世人無妄的迫害。

就個人立場而言，瞬間接著劑是最危險的一款。

「不……不對不對，我沒有要開戰。」

「沒有?搞什麼嘛。」

她的語氣感覺有些遺憾。

然而張開的雙手，並未收回來。

那些名為文具的凶器，仍舊閃閃發光。

「那你有什麼事?」

「雖然很突兀，不過——」

我說。

「我想，或許我可以幫助妳。」

「幫助我?」

彷彿——

打從心底輕視我一般，她一陣訕笑。

不，也許她已經生氣了。

「別開玩笑了，我應該說過我不要廉價的同情。你又能夠做什麼啊，我只需要你保持沉默，別把注意力放在我身上就好了。」

「…………」

「溫柔也會——被我視為敵對行為喔。」

她說著——

便跨出一步，走上樓梯。

戰場原是認真的吧。

她那種毫不猶豫的性格，在剛才的對話過程中，我已經十分清楚地切身領教過了。體認得再清楚不過。

因此——

因此我什麼也沒說，立刻用手指扯動自己的嘴角，將臉頰內側掀開來給她看。用右手的手指，扯開右邊的臉頰。

自然而然，右邊臉頰的內側就暴露在外。

「——咦？」

即便是戰場原，見狀也不由得感到詫異。兩手原本拿著名為文具的凶器，也啪啦啪啦地，一一掉落在地。

「你……那是怎麼回事——」

根本無須多問。

沒錯。

血的味道也已經消失。

戰場原用釘書機在我口中造成的創傷，已毫無痕跡地，完全癒合了。

004

那是發生在春假期間的事情。

我被吸血鬼襲擊了。

在這個磁浮列車已經實用化、畢業旅行到海外去玩彷彿理所當然的時代中，這件事實在讓我羞於啟齒，但總而言之，我被吸血鬼襲擊了。

對方是一個彷彿連血液都會為之凍結的——美人。

美麗的鬼。

非常——美麗的鬼。

我現在雖然用制服衣領遮住，但我的脖頸上，到現在還殘留著被她深深咬過的痕跡。我希望頭髮能在天氣變熱前（換季）留長以遮住咬痕，但這部分暫且不談——一般而言，普通人假如遭到吸血鬼襲擊的話，按照故事發展，應該會有譬如吸血鬼獵人，或者天主教的特種部隊，或是專門獵捕同類的吸血鬼殺手前來相助才是——然而我卻是被湊巧路過的邋遢大叔所救。

因此，我總算才變回了人類——可以坦然面對陽光跟十字架或大蒜，只不過，或許是被吸血留下的後遺症，我的身體能力顯著地提升了。話雖如此，也並非運動能力提升，而是新陳代謝——即所謂的恢復能力方面。我不清楚被美工刀割破臉頰究竟會怎樣，但若只是被釘書針刺到這點程度，要恢復不用三十秒。就算不是這樣，無論何種生物，口腔裡的傷口要復原都很快。

「忍野——忍野先生？」

「沒錯，忍野咩咩。」

「忍野咩咩嗎——聽起來很萌的名字呢。」

「對那部分抱持期待是沒意義的喔，因為他其實是一個老練的中年大叔。」

「這樣啊，不過他小時候想必是萌角的對吧。」

「別用那種眼光去看活生生的人類。倒是妳這傢伙，也知道什麼是萌跟角色嗎？」

「這點皮毛，算普通常識吧。」

戰場原表情淡然地說。

「像我這種角色，應該是所謂的傲嬌對吧？」

「……………」

妳這種角色應該叫傲霸。

言歸正傳。

從我和羽川、以及戰場原所就讀的私立直江津高中，騎腳踏車大約二十分鐘的路程，在距離住宅區稍遠的地帶，有一所補習班。

曾經有過。

據說數年前，這所補習班受到站前新開的大型補習班的影響，陷入經營危機，結果就倒閉了。而我知道這棟四層樓建築的存在時，整棟大樓已經徹底變成了廢墟，所以那些事情全部都是聽來的。

危險。

私有地。

禁止進入。

諸如此類的看板雜亂豎立著，雖然建築物周圍被寫有安全第一的圍欄圍住，但上頭卻盡是空隙，可以說是出入自由。

這棟廢墟裡面——住著忍野。

他未經同意擅自入居。

從春假開始算起，他已經足足住了一個月。

「話說回來我屁股好痛。整個都麻了。而且裙子都皺掉了。」

「又不是我的責任。」

「不要找藉口逃避，小心我把你切掉喔。」

「切掉什麼部位!?」

「我還是第一次和人共乘腳踏車，所以請你稍微溫柔一點好不好。」

不是說溫柔也算敵對行為嗎。

真是個言行不一、顛三倒四的女人。

「那具體來說，妳要我怎麼做？」

「這個嘛，我只是舉個例子，好比說，把你的書包拿來給我當坐墊如何？」

「妳這傢伙，只顧自己好，其他人怎樣都無所謂嗎？」

「請不要用妳這傢伙來稱呼我，剛才就說了只是舉個例子而已。」

妳這樣講有什麼幫助嗎？

我非常懷疑。

「真是——說實在的，我看就連瑪麗•安托瓦內特（註2）都比妳還要謙虛有禮吧。」

2　法王路易十六的王妃，最後死於斷頭臺，外界將她誹謗成當代惡名昭彰的奢侈王妃。

「她算是我的徒弟呢。」

「時間順序是怎樣!?」

「不要那麼愛吐槽我說的話好嗎？從剛才開始一直到現在，煩不煩啊，你真的很愛裝熟耶。要被不認識的人聽見了，人家會以為我們是同班同學咧。」

「喂，我們本來就是同班同學吧！」

有必要撇得一乾二淨嗎。

這樣說有點過分。

「真是……看樣子跟妳這傢伙相處，似乎需要有超乎尋常的忍耐力……」

「阿良良木，這句話聽起來，好像不是你的問題，而是我性格惡劣喔？」

正是這個意思。

「對了，妳的書包呢？怎麼兩手空空。妳沒帶書包上學嗎？」

這才想到，印象中我從來也沒見過戰場原手上拿過東西。

「教科書我已經全部記在腦袋裡了，所以都放在學校的置物櫃裡。我只要把文具放在身上，就不需要書包囉。而且我也沒有換體育服的需要。」

「啊啊，原來如此。」

「雙手不能自由活動的話，遇到緊急狀況戰鬥起來會很不方便。」

「…………」

全身凶器。

人間凶器。

「不過要把生理用品直接放在學校，我心裡會有點抗拒，比較困擾的只有這部分而已。因為我沒有朋友，所以沒辦法跟其他人借。」

「……這種事情不要毫無顧忌地拿出來講。」

「什麼嘛。這跟字面上一樣只是一種生理現象，又不是什麼羞恥的事情。遮遮掩掩地反而比較猥褻吧。」

毫不遮掩的也很匪夷所思。

算了，這是個人的意見。

我不應該干涉。

我要留意的地方應該是，她說自己沒有朋友這句話時，說得毫無顧忌。

「啊，對了。」

我沿著路走，找到一個比較大的入口後，轉頭對戰場原說。我個人是不會在意衣服怎麼樣，不過從剛才戰場原有關裙子的發言來看，她其實也是一個女生，所以應該會討厭鑽洞的時候弄亂衣服吧。

「那些文具，由我來保管。」

「咦？」

「我會負責保管好的，通通拿出來。」

「咦？咦？」

戰場原一臉聽到無理要求的表情，感覺就像在說「你腦筋是不是有問題」的樣子。

「忍野他，該怎麼說，他雖然是個奇怪的大叔，但好歹也算是我的救命恩人——」

而且——

也是羽川的救命恩人。

「——我不能讓一個危險人物去見自己的恩人，所以那些文具，交由我來保管。」

「都來到這裡了才講那種話。」

戰場原瞪著我。

「你根本是在算計我嘛。」

「…………」

有必要講得那麼難聽嗎？

儘管如此，戰場原卻很認真地在煩惱著，不發一語地，沉默了半晌。時而瞪著我看，時而又盯著腳邊的一點瞧。

我以為她搞不好會就此轉身離去，然而過了一會兒，戰場原卻彷彿下定決心似地，說聲「我瞭解了」。

「拿去。」

然後她便從全身上下各個地方，宛如表演魔術般，取出五花八門各式各樣的文具，交到我手中。當時在樓梯間，亮出來給我看的，似乎只是冰山一角，作為凶器也不過是九牛一毛罷了。這傢伙的口袋可能通往四次元空間，說不定是二十二世紀的科技。我說要保管，但這數量誇張到連我的書包裝不裝得下都是個疑問。

……這種人居然不受任何限制，大搖大擺地走在馬路上，不管怎麼想這都是政府的行政疏失吧……

「你不要誤會，這可不代表我已經對你解除防備了。」

將全部物品都交給我後，戰場原說道。

「什麼叫不代表……」

「假如你存心欺騙我，企圖把我帶進這棟杳無人煙的廢墟裡面，報復剛才被釘書針刺傷的事情，那就太不合理了。」

「…………」

不，我覺得這樣做非常之合理。

「聽清楚囉，只要我失去聯絡超過一分鐘，就會有五千名莽漢，去襲擊你的家人。」

「不用擔心……妳想太多了。」

「你的意思是說只要一分鐘就足夠了嗎!?」

「妳以為我是哪一國的職業拳擊手啊。」

這傢伙居然毫不猶豫就把我的家人當成目標。

太誇張了。

而且還說什麼五千人，說謊不打草稿。

明明就沒有朋友還敢撒這麼大膽的謊。

「你兩個妹妹，都還是國中生對吧。」

「…………」

家族成員已經被她掌握得一清二楚。

她雖然在說謊，但似乎不是在開玩笑。

我稍微露了一手不死之身，但她似乎沒有完全信賴我。忍野說過，這種時候彼此的信賴是相當重要的，就這點來看，眼前的狀況大概很難稱得上好。

算了，也無可奈何。

接下來是，戰場原自己的問題。

我只不過是個引路人而已。

我們穿過鐵絲網的裂縫，進入建地範圍，隨後走進建築物當中。雖然才傍晚，但因為站在大樓裡面，所以四周相當昏暗。這棟大樓廢棄多時，地面非常凌亂，稍不留神可能就會絆倒。

這時我忽然想到。

假如有一個空罐掉下來，對我而言那充其量只是空罐而已；但對戰場原來說，那卻是一個擁有十倍質量的空罐。

以相對的角度去想就會是這種結果。

十倍的重力和十分之一的重力——這問題不像以前的漫畫一樣那麼簡單。因為我們不能抱持單純的想法，認為重量輕就等於運動能力強。更何況是在這種黑暗又陌生的地方。戰場原會像野生動物般充滿警戒心，或許也無可厚非。

因為就算她速度有十倍快，

強度也只有原本的十分之一。

這樣來想，我似乎能夠明白她不肯輕易交出文具的理由了。

而且——她沒有帶書包。

沒辦法帶書包的理由，也是一樣。

「……往這邊走。」

戰場原百無聊賴地佇立在入口附近，我握住她的手腕，主動替她帶路。因為有點突兀，戰場原似乎嚇了一跳。

「幹麼啊。」

她嘴上雖然這麼說，仍舊老實地跟著我走。

「可別以為我會感謝你。」

「知道啦。」

「倒是你才應該感謝我。」

「這我就搞不懂了！」

「我剛才按釘書機的時候，為了避免傷口太明顯，還特地把針訂在內側而不是外側對吧？」

「…………」

這種說詞就像「打臉太顯眼了所以揍肚子」一樣，不管怎麼想都是對加害者有利吧。

「追根究柢來說，要是貫穿過去的話，妳從裡面還是外面都是一樣的吧。」

「因為阿良良木的臉皮看起來很厚，所以我憑直覺判斷應該沒問題。」

「妳這種說法我一點都不覺得高興。還應該沒問題勒。」

「我的直覺準確度大概是一成左右喔。」

「太低了吧！」

「算了——」

戰場原停頓片刻，又說：

「不管怎樣，反正這些顧慮全都是多餘的。」

「……也對。」

「我如果說『不死之身還真方便呢』的話，你會受傷嗎？」

對於戰場原的問題，

我如此回答：

「現在已經，不會了。」

現在——已經不會了。

假如是在春假期間，聽到這種話——光因為這句話，就可能會對我造成致命傷，讓我傷重而死也說不定。

「要說方便的確是方便；要說不便也算是不便。可以這麼說吧。」

「真是模稜兩可耶，聽不太懂。」

戰場原聳聳肩。

「大概就像『進退兩難』到底是前進比較難還是後退比較難一樣吧，很模稜兩可的感覺。」

「這句話的『兩難』不是在講哪邊比較難的意思。」

「喔，是嗎。」

「而且，也不是真正的不死之身。只不過傷口復原得稍微快一點而已，其他地方跟普通的人類一樣。」

「嗯——這樣啊。」

戰場原一臉無趣地咕噥道。

「我原本還想找個機會，對你做各種測驗的說，真失望啊。」

「看來妳在私底下，已經擬定了相當獵奇的計畫……」

「太失禮了。我只不過是想要把○○稍微○○一下再讓我○○一下而已。」

「○○裡面是放什麼東西！」

「我原本還想試一下這個這個和那個那個的說。」

「回答我畫線部分的含意！」

忍野大多在四樓。

這裡雖然也有電梯，但想當然耳並沒有在運作。如此一來，選項就只剩下：敲破電梯的天花板，順著鋼索爬到四樓，或者是爬樓梯上去；不管誰來，應該都會選擇後者才對吧。

我繼續牽著戰場原的手，爬上階梯。

「阿良良木，我最後再鄭重聲明一次。」

「什麼啦。」

「雖然隔著衣服可能看不太出來，但是我的肉體可能沒有那種價值，讓你不惜犯罪也要得到它喔。」

「…………」

看樣子戰場原黑儀同學，似乎有著相當強烈的貞操觀念。

「用婉轉的說法你聽不懂嗎？那就講得具體一點好了。假如阿良良木露出下流卑劣的本性強姦了我，那我就會不擇手段，用ＢＬ的方式去報復你喔。」

「…………」

她的羞恥心和謙虛度近乎零。

而且她這番話真的很恐怖。

「戰場原，不光是這些話，妳的行動整體看起來，好像有點自我意識過盛，或者應該說，妳的被害妄想症是不是嚴重了點？」

「真討厭。就算是實話，也有分該說跟不該說的吧。」

「原來妳有自覺!?」

「話說回來，那個叫忍野的人居然敢住在這種隨時可能會崩塌的大樓，還真不簡單呢。」

「啊啊……因為他是個非常奇特的怪人。」

要是問我他跟戰場原相比誰比較怪，我一時之間也很難回答。

「是不是應該事先聯絡他一下呢？雖然現在才講也太晚了，不過畢竟是我們有事要找他談。」

「我對妳這句符合常識的發言感到驚訝無比，但很可惜，他沒有手機。」

「我覺得他實在來歷不明，就算說他是可疑人物也不為過。他究竟是做什麼的人呢？」

「詳細情形我不是很清楚——不過他說他『專門』處理像我跟妳這類的事情。」

「嗯——」

這完全稱不上是說明，儘管如此，戰場原卻並沒有繼續追究。她也許是認為反正等下就會見到面，又或許是認為問了也是白問吧。無論何者都是正解。

「唉呀，阿良良木，你把錶戴在右手呢。」

「嗯？啊，對啊。」

「你個性很乖僻嗎？」

「妳應該先問我是不是左撇子才對吧！」

「喔。所以呢，到底是怎麼樣？」

「…………」

我是很乖僻沒錯。

四樓。

這裡原本是補習班，所以有三處構造類似教室的房間——只不過每間教室的門都已經毀壞，和走廊已經一體化。忍野會在哪裡呢，我先從最近的教室開始看起，一探頭——

「哦——阿良良木老弟，你終於來啦。」

忍野咩咩，就在裡面。

他將數張破爛不堪已遭腐蝕的書桌拼湊在一起，用塑膠繩綁住，製作成簡易型的睡床（其實連床都稱不上），盤腿坐在上頭，正面向這邊。

彷彿早已料準我的到來。

他仍舊是個——宛如能洞悉一切的男人。

相對地，戰場原則是——明顯地，退縮了。

儘管我事前已大略提過，但忍野那副邋遢的德性，想必遠遠脫離了時下高中女生的審美標準吧。雖說住在這種廢墟裡面，大概任誰都會變成那副骯髒模樣，不過就連身為男性的我，看到忍野的外觀，只能說是缺乏清潔感……假如真要我老實說的話，也只能用缺乏清潔感去形容了。然後除此之外最要命的是，他還穿著帶有迷幻色彩的夏威夷衫。

其實我常會想，這個人居然是自己的救命恩人，總覺得很受打擊……而羽川則因為品行敦厚，絲毫不會將這種事情放在心上。

「怎麼，阿良良木老弟，今天又帶不同的女孩子過來啊。每次見面你都會帶著不同的女生——還真是，可喜可賀啊。」

「別消遣我了，不要隨便給人設定那種輕浮的角色屬性。」

「哦——嗯？」

忍野他——

目光深遠地，遙望著戰場原。

彷彿正端詳著，她背後的某樣東西。

「……小姐，妳好，敝姓忍野。」

「你好——我叫戰場原黑儀。」

戰場原姑且算是有禮貌地打了聲招呼。

看樣子她不是那種會隨便毒舌的人。至少對年長的人她還懂得基本的禮節。

「我和阿良良木是同班同學，從他口中聽說了有關忍野先生的事情。」

「喔——這樣啊。」

忍野若有所思地輕輕頷首。

接著他低頭取出香菸，叼在嘴裡。但卻只是用嘴叼著，並沒有點火。窗戶早已失去窗戶的功能，只剩下不成形的玻璃碎片，忍野將香菸前端，朝向窗外的景色。

然後隔了好一陣子，才轉過來看我。

「你喜歡直瀏海的女生是嗎，阿良良木老弟。」

「就說不要把人說得那麼輕浮。什麼喜歡直瀏海，那種傢伙聽起來就是單純的蘿莉控吧，別把我跟你那一輩青春期在『天才老爸俏皮娃（Full House）』陪伴中度過的世代混為一談（註3）。」

「是嗎。」

忍野笑了笑。

聽見他的笑聲，戰場原蹙起眉頭。

也許是蘿莉控這個字眼讓她感到不舒服。

「呃，詳細情形由她本人來說就行了，總而言之，忍野——這傢伙大約在兩年前——」

---

3 在1987~1995年播出的美國影集。

「不要叫我這傢伙。」

戰場原用毅然的語氣說道。

「那我應該怎麼稱呼妳才對啊。」

「戰場原大人。」

「…………」

這女的腦袋沒問題吧。

「……JAN-CHANG-YUAN-DA-REN。」

「我無法接受漢語拼音式的發音，給我好好說。」

「戰場原小妹。」

我的眼睛被她用力一戳。

「會失明耶！」

「誰叫你先失言。」

「這算什麼等價交換!?」

「銅四十公克、鋅二十五克、鎳十五公克、醜腆五公克，再加上九十七公斤的惡意，我的謾罵就是這樣提煉出來的。」

「幾乎全部都是惡意嘛！」

「順便告訴你醜腆那部分是騙人的。」

「最不可缺的要素居然被妳刪掉了！」

「真囉嗦耶。再不收斂一點我就把你的綽號取作生理痛喔。」

「妳不惜貶低自己，也要霸凌我嗎？」

「什麼嘛。這就像字面上一樣只是一種生理現象，又不是什麼羞恥的事情。」

「帶著惡意的話另當別論了吧！」

至此，戰場原似乎感到滿足了，終於重新轉向忍野。

「接下來，首先最重要的是我想要先問清楚。」

戰場原的語調與其說是對著忍野，不如說是同時對我和忍野發問，她說完，伸手指向教室的一角。

在那裡，有個雙手抱膝的小女孩，看上去才八歲左右，年紀小到即使在補習班這種場所也顯得格格不入，她一頭金髮，頭戴防風眼鏡帽，皮膚白皙，正抱膝坐在地上。

「……那女孩，到底是什麼？」

從「是什麼」這個問法來看，戰場原想必也已經察覺到，那女孩是某種存在了吧。更何況，女孩始終以一種連戰場原都瞠乎其後的銳利眼神，集中視線死瞪著忍野，這點稍微有感覺的人，應該都能感覺到有些不對勁。

「啊，不用在意那個。」

我搶在忍野之前，先向戰場原說明道。

「她只是坐在那邊而已，什麼也沒辦法做——所以什麼也不是。既沒有影子也沒有形體。沒有名字也沒有存在，她就只是這樣的一個孩子。」

「不不不，阿良良木老弟。」這時忍野插嘴說。「沒有影子跟形體，而且沒有存在，這些你說的沒錯，不過名字我昨天幫她取好了。畢竟她在黃金週有好好為我工作，而且沒有一個可以稱呼的名字說真的實在非常不方便。再加上，要是一直沒有名字的話，無論經過多久她還是會一樣凶惡。」

「咦——取了名字啊，叫什麼名字呢？」

雖然這話題會把戰場原冷落在一旁，但出於興趣，我還是問了。

「取名叫，忍野忍。」

「忍——嗯。」

充滿日本風味的名字。

不過這種時候，叫什麼其實都無所謂。

「心字頭上一把刀，很適合她的好名字對吧？姓氏就直接用我的，正好當中也有個忍字，雙重的忍字帶有三重的意義。以我來說，這名字取得感覺還不賴，我相當中意呢。」

「挺好的不是嗎？」

其實，真的叫什麼都無所謂。

「我左思右想，最後決定就從『忍野忍』或『忍野志乃』兩者當中選一個。不過比起言語上的統一，我更優先考慮了語感的好壞，而漢字的排列稍微有點像那位班長妹的調調，對我來說分數更高。」

「感覺不錯啊。」

我發誓真的叫什麼都無所謂。

呃，當然，志乃應該不包括在內。

「所以——」戰場原終於感到不耐煩地說：「那個女孩子到底是什麼啦。」

「所以剛才就說了——什麼都不是啊。」

吸血鬼的落魄下場。

美麗吸血鬼的空殼。

跟她說這些也沒用吧？反正這跟戰場原無關，是我個人的問題。是我從今以後一輩子，都必須繼續背負的業障。

「什麼也不是嗎，那就算了。」

「…………」

真是個淡泊的女人。

「我的祖母經常說，性情淡泊一點也沒關係，只要能長得身強嘴賤就好。」

「身強嘴賤是什麼東西。」

張冠李戴亂造成語。

就像把瓜地馬拉講成瓜地喇嘛一樣的感覺。

「重點是——」

戰場原黑儀將視線從原吸血鬼、肌膚白皙，現名忍野忍的金髮少女身上，轉向忍野咩咩。

「聽說你可以幫我。」

「幫妳？怎麼可能。」

忍野以慣用的語氣，開玩笑似地說道。

「是妳自己救自己的，小姐。」

「…………」

喔喔。

戰場原眼睛瞇成一半了。

露骨地在表示懷疑。

「截至目前為止——已經有五個人對我說過相同的話了。而那些傢伙全部都是騙徒。你也跟他們同類嗎？忍野先生。」

「哈哈——這位小姐，精神相當好呢。是不是發生了什麼好事啊？」

怎麼連你也用那種挑釁的方式說話。這招用在羽川之類的對象，或許會有效果，然而對戰場原卻完全無效。

她是遇到挑釁會先發制人直接還擊的類型。

「哎呀，好了好了。」

逼不得已，我只好出面調停。

強行介入兩人之間。

「別多管閒事，我會殺了你喔。」

「…………」

剛才這個人，非常若無其事地說要殺死我。

為何怒火會波及到我身上來啊。

這女人簡直就像一顆燒夷彈。

可以用來形容她的方式，真是多得不勝枚舉。

「算了，不管怎樣——」

忍野相形之下，顯得輕鬆自在。

「如果不告訴我詳細經過，就沒辦法繼續說下去吧。我可不擅長讀心術之類的東西。我非常喜歡聊天，因為我本性是個長舌公嘛。不過我會嚴守祕密的，放心放心。」

「…………」

「呃，啊，那就由我先來，做個簡單的說明——」

「不用了，阿良良木。」

戰場原再度出聲，打斷了正準備說明大致情況的我。

「我自己來講。」

「戰場原——」

「我自己可以講。」

她如此說道。

005

兩小時後。

我離開了忍野和吸血鬼忍所居住的補習班廢墟，來到戰場原的家。

戰場原的家。

民倉莊。

木造的兩層樓公寓，屋齡三十年。有白鐵皮釘製的公用信箱。附設簡陋的淋浴間和沖水馬桶。有所謂的一房一廚，空間約三坪大，附帶小型流理臺。距離最近的公車站牌，要步行二十分鐘。房租平均三萬至四萬日幣不等（含公設費・管理費・水費）。

這和之前我從羽川那邊聽到的傳聞相差甚遠。

或許是因為我的疑惑全寫在了臉上的緣故，戰場原主動解釋了我連問都還沒問的事情。

「因為我母親迷信奇怪的宗教。」

彷彿在找藉口般。

宛如在掩飾什麼一樣。

「她不但把全部財產都拿去進貢，最後還背負了高額債務。正所謂驕者必敗啊。」

「宗教嗎……」

沉迷於斂財的新興宗教，

那將會招致多麼可怕的後果。

「結果在去年年底，他們達成離婚協議，我由父親撫養，兩個人一起住在這邊。

雖然說是兩人一起生活，不過因為借款是用爸爸的名字去借的，所以現在爸爸為了還錢，每天奔波勞碌忙於工作，所以不常回家。事實上等於我一個人獨居，真是輕鬆自在啊。」

「………」

「唉呀，學校通訊錄上登記的還是以前的地址，也難怪羽川同學會不知道囉。」

喂喂，

這樣好嗎？

「我不想讓將來有一天可能會變成敵人的人，知道我現在的住所。盡可能不要。」

「敵人嗎……」

雖然覺得這個說法太誇張，但既然有著不欲人知的祕密，會抱持高度警戒，或許也不是沒有道理。

「戰場原，令堂之所以會沉迷於宗教——該不會是為了妳的關係吧？」

「真是討人厭的問題啊。」

戰場原笑了笑。

「天曉得，我也不知道，也許不是吧。」

真是——討人厭的回答。

因為我問了討厭的問題，或許這也是理所當然吧。

這確實是個很討厭的問題，回想起來甚至會讓我陷入自我厭惡當中。我不該問出口，也許戰場原這時候才正應該發揮最擅長的毒舌，將我痛罵一頓。

既然是在一起生活的家人，女兒的體重消失了這麼大的事情，他們不可能會沒發現——更何況身為母親，絕對會發現到才對。這跟只要同班上課就好的學校不一樣，最重要的獨生女，身體發生了如此異常的現象，她母親肯定能輕易地察覺到。況且，醫生實際上也束手無策，每天只能反覆持續地檢查，事情要是演變成這樣，她母親會轉而尋求心靈的寄託，也不應該被任何人責怪吧。

不，也許應該要被責怪。

那不是我能瞭解的事情。

何必不懂裝懂。

總之。

總之我現在——在戰場原她家，民倉莊二〇一號室裡，端坐在坐墊上，盯著矮桌上泡好茶的茶杯發呆。

原本以為這個女人，肯定會叫我「待在外面等」，沒想到她毫不猶豫地，直接邀我進屋，甚至連茶都端出來了。還真是有些意外。

「我會好好虐待你的。」

「呃……？」

「不對，是招待才對。」

「……………」

「不，還是要用虐待才對嗎……」

「用招待才是無懈可擊的正確答案！除此之外沒有別的答案了！能夠自己糾正自己的錯誤可不是件容易的事情，真不愧是戰場原同學！」

……如此這般，我們頂多只有這種程度的對話，對我而言實在傷腦筋到極點。況且，我要說什麼「竟然進到才剛認識的女孩子家裡」之類的青澀臺詞，這場合也不太對。所以只好，一直盯著杯子裡的熱茶看。

而戰場原她，此刻正在淋浴。

為了潔淨身體所做的除穢儀式。

忍野方才交代她，要用冷水沖洗身體，再換套衣服，不是全新的也沒關係只要乾淨就好。

簡單來說，我是被迫要陪她一起回來——嗯，畢竟從學校到忍野那邊是坐我的腳踏車去的，這也算理所當然的事情，而且除此之外忍野還交代了許多細節，所以我也無可奈何只好配合了。

我環顧這間很難想像是年輕女孩房間、單調簡陋的三坪住處，接著把背靠在身後的小衣櫥上——

開始回想，方才忍野所說的話。

「重蟹。」

當戰場原將事情的來龍去脈——雖然內容並不長，但總而言之，她將事情的背景經過，按照時間順序敘述完之後，忍野點了點頭，說聲「原來如此」，又抬頭望了天花板片刻，接著便像忽然想到什麼似地，說出這兩個字。

「重蟹？」

戰場原反問道。

「那是九州山間一帶的民間傳說。隨著地區不同而有重力蟹、重石蟹以及重石神等稱呼，將螃蟹跟神靈連結在一起。細節部分眾說紛紜，不過共通點都是——會讓人類失去重量。我還聽說一旦遇上了——運氣不好遇上的話，那個人的存在感就會越來越薄弱。」

「存在感——」

夢幻。

非常——夢幻的存在感。

現在反而——很美。

「豈止存在感，還有發生過就連存在本身都消失的可怕例子喔。類似的名稱在中部一帶也有所謂的重石石，不過那應該是完全不相干的系統。畢竟那邊是石頭，我們現在是說螃蟹。」

「所謂螃蟹——是指真正的螃蟹嗎？」

「別傻了，阿良良木老弟。宮崎或大分那一帶的山間，根本不可能捉得到螃蟹吧。只是單純的民間故事罷了。」

忍野一副打從心底傻眼的樣子說道。

「當地沒有的東西比較容易成為話題，空穴來風或背後造謠本來就比較好炒作不是嗎？」

「螃蟹是日本原來就有的東西嗎？」

「阿良良木老弟想講的是美國螯蝦吧？你不知道日本傳說『猿蟹合戰』嗎？的確，俄羅斯有很著名的螃蟹怪談，中國也不少，但是日本也毫不遜色啊。」

「啊啊，原來如此，猿蟹合戰是吧，這樣一講的確是有這回事。不過，你說宮崎一帶

——為什麼會在那種地方呢？」

「在日本鄉下被吸血鬼襲擊的你不要拿那種問題來問我啦。反正地點本身並沒有意義可言吧。只要有那樣的情況——就會在那裡發生，僅此而已。」

當然，地理和氣候也很重要，忍野又補上這一句。

「這類的故事，不是螃蟹也沒關係。也有對方是兔子的傳說，除此之外——雖然跟小忍無關，但提到美麗女子的傳說也不少。」

「嗯……就好像月亮的圖案一樣呢。」

話說，忍野怎麼隨便叫人家小忍。

雖然這跟故事無關，但我稍微同情起她來了。

她明明是傳說中的吸血鬼……

真悲哀啊。

「好了，既然這位小姐說她遇到的是螃蟹，那這回就是螃蟹了吧。這也算是普通的案例。」

「那到底是什麼意思？」

戰場原用強勢的態度，向忍野問道。

「叫什麼名稱，那種事情根本不重要——」

「沒那回事，名稱是很重要的喔。就像我剛才告訴阿良良木老弟的一樣，九州深山裡並沒有螃蟹，在北方或許有，但出現在九州仍屬相當罕見。」

「河蟹的話應該捕得到不是嗎？」

「也許吧，不過那無關乎本質上的問題。」

「怎麼說？」

「祂在本質上並非螃蟹，原本可能是神靈。感覺就像從重石神，衍生為重石蟹一樣——不過，這是我個人獨創的理論。一般都認為螃蟹才是主角，神靈是後來添加的。但認真來想，的確，這兩個說法至少也應該是同時產生的。」

「不管你是一般認為的還是認真想都好，那種鬼怪我根本就不知道。」

「哪有不知道的道理，畢竟——」

忍野說。

「妳已經遇上了。」

「…………」

「而且——祂現在也還在那裡。」

「意思是——你看得到什麼嗎？」

「我什麼也看不到啊。」

忍野說著，便愉悅地笑了起來。那種過度爽朗的笑聲，似乎仍舊讓戰場原感到不舒服。

我也有同感。

那只會讓人覺得他在嘲弄人。

「說什麼看不到，簡直是推卸責任嘛。」

「會嗎？魑魅魍魎之類的東西，人類基本上都是看不到的吧。這點誰都一樣，而且怎樣也摸不到，這才是正常的。」

「是正常沒錯。」

「大家說幽靈沒有腳，或是吸血鬼不會倒映在鏡子上，可是這些根本都不是問題所在，基本上那種東西，原本就是無法確認、無法定義的——只不過，小姐，誰都看不到，而且怎樣也摸不到的東西，究竟有沒有可能存在於這個世界上呢？」

「究竟有沒有可能存在於這個世界上？你自己剛才不是說過就在那裡嗎？」

「我是說過啊。可是沒人看得到，而且怎樣也碰觸不到的東西，不管存在或不存在，這點就科學上來講都是一樣的吧？無論在那裡或不在那裡，全都是一樣的。」

總之就這麼回事，忍野說。

戰場原一臉難以接受的表情。

的確，這不是一個可以接受的解釋。

從她的立場來看。

「其實，小姐，妳已經是不幸中的大幸了喔。在妳旁邊的阿良良木老弟，不光是遇上還被襲擊呢。而且還是被吸血鬼襲擊，身為現代人真是一大恥辱啊。」

少囉嗦。

不用你管。

「相較之下，小姐妳簡直好太多了。」

「為什麼？」

「所謂的神靈，其實無所不在。既無所不在，又不存在於任何地方。早在妳變成那樣以前，祂們就存在於妳的周圍——也可以說都不存在。」

「真像在說禪呢。」

「這是神道啊，算修驗道吧。（註4）」

忍野說：

「可別誤會喔，小姐。妳並非因為什麼的關係才變成這樣子——只是立場稍微不一樣了而已。」

事情從一開始，本來就是這樣。

忍野現在這樣說——說法和放棄診治的醫師一樣，幾乎沒有兩樣。

「觀點不一樣？你究竟——想要說什麼？」

「意思就是我看不慣妳擺出那種自己是受害者的模樣啦，大小姐。」

忍野突如其來地，嗆出犀利的言詞。

就像我那時候一樣。

或者說，像羽川那時候一樣。

我留意著戰場原的反應——然而她卻沒有反脣相譏。

彷彿坦然接受了。

看見這樣的戰場原，忍野「哦——」地一聲，似乎感到佩服。

「挺意外的，我還以為，妳只是個任性驕縱的大小姐罷了。」

「為什麼——你會那樣認為？」

4　日本一種包含佛教、道教、神道教、陰陽道、禁咒道等各派融合體的綜合型宗教。

「因為會遇上重石蟹的人，大抵來說都是那種型的。畢竟祂不是想遇就可以遇到，通常也不是會危害人類的神靈，跟吸血鬼並不一樣。」

不會危害人類？

既不會危害——也不會攻擊？

「也和會附身的妖怪不一樣。祂僅僅只是存在於那裡而已。只要妳不去期望些什麼——願望就就不會實現。唉呀，我本來沒打算管這麼多的。因為我沒有想要幫大小姐妳啊。」

「…………」

只有自己——才能夠救自己。

忍野總是這麼說。

「妳知道嗎？小姐。這是國外的一個民間故事：某處有個年輕人，心地非常善良，某天，年輕人在街上巧遇一名奇特的老人。這名老人拜託年輕人將影子賣給他。」

「影子？」

「沒錯。就是在太陽下，會出現在腳邊的影子。老人說請用十枚金幣的價格賣給我。而年輕人就毫不猶豫地賣了。以十枚金幣的價格。」

「……然後呢？」

「如果是妳會怎麼做？」

「很難說——沒有實際面臨那種狀況，是不會知道的。也許會賣，也許不會。這種事情，也要看價格才能決定。」

「很正確的答案。好比說，有人會問金錢跟性命哪個比較重要，這種問題本身就很奇怪。即使講起來同樣是錢，一圓和一兆圓的價值也大不相同，就連生命的價值，也因人而異。什麼生命一律平等，那是我最憎惡的低俗言論。算了，這不重要——總之那個年輕人，並不認為自己的影子比十枚金幣還要有價值，這也難怪，畢竟影子這東西，就算沒有了，實際上也不會造成任何困擾嘛，不會產生任何的不便。」

忍野比手畫腳地，繼續講下去。

「可是，結果呢，年輕人卻遭到了鎮上群眾與家人的迫害，和周圍格格不入。大家都說他沒有影子感覺好詭異。這也難怪，的確很詭異啊。雖然有時候也會用陰影來形容詭異的事物，但沒有影子更加詭異吧。理所當然存在的東西居然會沒有——也就是說，年輕人將理所當然的東西，用十枚金幣的價格賣掉了。」

「…………」

「年輕人為了拿回影子，四處尋找老人的下落，然而卻不管怎麼找，不管找多久，始終都無法找到那名奇特的老人——就這樣，鏘鏘。」

「那究竟——」

戰場原她——

表情不變地，對忍野回應道。

「這故事究竟代表著什麼意思?」

「嗯，沒有什麼意思啊。我只是覺得這故事可能會讓小姐感同身受，產生共鳴吧。賣掉影子的年輕人與失去體重的小姐，就這樣。」

「我並沒有——賣掉自己的體重。」

「對啊，沒有賣掉，而是以物易物。失去體重，也許會比失去影子更不方便——儘管如此，論起和周圍的格格不入，這兩者是大同小異。不過——只有這麼單純嗎？」

「什麼意思？」

「就是『只有這麼單純嗎』的意思。」

忍野一副話題到此結束的模樣，在胸前擊掌道：

「好，我瞭解了。如果想要取回體重，那我就助妳一臂之力吧。畢竟是阿良良木老弟介紹來的。」

「……你願意——救我嗎？」

「不是救妳。只是助妳一臂之力。」

這個嘛，忍野看看左腕的手錶確認時間。

「現在太陽還沒下山，妳先回家一趟吧。然後用冷水清洗身體，換上乾淨的衣服再過來好嗎？我這邊也要先做個準備。妳是阿良良木老弟的同學，這就表示妳也是那間高中的模範學生吧，小姐妳可以半夜從家裡出來嗎？」

「沒問題，小事一樁。」

「那麼，午夜十二點左右，重新在這裡集合，可以嗎？」

「可以是可以，只不過——你說要換乾淨的衣服？」

「不用全新的也沒關係。穿制服的話，會有點糟糕，畢竟每天都在穿對吧。」

「……謝禮呢？」

「啥?」

「請不要裝傻。你不是義務幫忙我的吧?」

「嗯,嗯嗯——」

這時候,忍野轉過來看著我。

彷彿在估算我的價值般。

「嗯,如果這樣會讓妳心情輕鬆點的話,那我就收點謝禮吧。這個嘛,好,就十萬日幣。」

「……十萬——」

戰場原複誦這個金額。

「十萬圓——是嗎?」

「這個金額只要在速食店打工一、兩個月就能賺到手了吧。我認為很妥當。」

「……這跟我那時候的價碼差很多耶。」

「是嗎?我記得在幫班長妹處理的時候,也是收十萬圓啊。」

「你當時跟我開口要了五百萬耶!」

「沒辦法,因為是吸血鬼嘛。」

「不要隨便把理由都推到吸血鬼身上!我最討厭那種盲目跟隨流行的風潮!」

「妳付得起嗎?」

忍野一邊敷衍著忍不住插嘴吐槽的我,一邊朝戰場原問道。

「當然。」戰場原說:「不管用什麼方法,我一定會付給你。」

於是——

於是，兩小時後——的現在。

我在戰場原的家。

再一次——環顧四周。

十萬日幣的金額，對普通人而言也不算小數字，對戰場原來說更是超乎尋常的鉅款吧。看著三坪大的房間，我不禁心想。

除了衣櫃與矮桌、小型書櫃以外這裡什麼也沒有。以戰場原雜食性的閱讀習慣來看，屋內書本的數量略少，這方面恐怕都是靠著善加運用舊書店和圖書館來補足的吧。

簡直就像以前的窮苦學生。

不，戰場原實際上就是這樣子吧。

據她所說，學校方面也是靠獎學金就讀的。

忍野剛才說，戰場原比我好運多了——雖然講起來好像是這樣，實際上究竟如何呢，我不由得陷入沉思。

的確——就生命危險的層面，或是給周圍帶來的困擾而言，被吸血鬼襲擊可不是開玩笑的。我好幾次都覺得死了還比較輕鬆，即使到現在，我有時也忍不住會去想：要是當時有個萬一的話該怎麼辦。

所以——

戰場原也許算是，不幸中的大幸。然而——想想我從羽川那邊聽到、有關戰場原國中時候的事情，又覺得要這樣簡單地下定論或認定，似乎有些牽強。

至少，這樣是不公平的吧。

我忽然想到。

羽川她——羽川翼又是如何呢。

羽川翼自己的情況。

名為翼——擁有一對異形翅膀的女人。

就像我遭到吸血鬼襲擊，戰場原遇到螃蟹一樣，羽川也曾受到貓的魅惑。那是發生在黃金週的事情。過程極為悲壯淒絕，結束後回想起來，彷彿久遠的往事般，然而那一切只是數天前的事件而已。

話雖如此，但羽川卻幾乎完全喪失了黃金週那段時間的記憶。她本人可能只知道託了忍野的福事件才得以解決，也或許根本什麼都不知道，然而我卻——記得一清二楚。

總之那是，相當棘手的事件。

已經有過吸血鬼體驗的我都這麼認為了。貓居然會比鬼更恐怖，這種事情我根本連想都沒想過。

從生命危險的角度來看，單純來說羽川比戰場原要悲慘得多了，但是我一想到——戰場原究竟以什麼樣的心情走到現在這點。

一想到現狀。

一深入思考。

就連溫柔也會視為敵對行為的人生，究竟是一種什麼樣的感覺呢？

賣掉影子的年輕人。

失去體重的她。

我，無法理解。

這並不是——我能理解的事情。

「我沖好澡了。」

戰場原從浴室走了出來。

一絲不掛地。

「咕哇啊啊啊！」

「麻煩讓開一下，你這樣我沒辦法拿衣服。」

戰場原泰然自若地，不耐煩地撥弄溼答答的頭髮，一邊指著我背後的衣櫃。

「衣服！快把衣服穿上！」

「所以說我現在正要穿啊。」

「為什麼現在才要穿！」

「你的意思是叫我不要穿嗎？」

「我是叫妳先穿好再出來！」

「我剛才忘了帶進去啊。」

「那妳好歹用毛巾遮一下啊！」

「才不要咧，那種小家子氣的作風。」

她用一臉坦然的表情，大大方方地說道。

很顯然這時候爭論也沒意義了，所以我匍匐著從衣櫃前爬開，移動到書櫃前方，彷彿在細數架上排列的書本般，將視線和思考集中在書架上。

嗚嗚嗚。

第一次看到了，女性全裸的身體……

可……可是總覺得好像不太對，跟我原本想的不一樣。儘管我並未抱持任何幻想，但我所期望的，我夢想中的，應該不是這種裸體萬歲的完全開放感才對……

「要乾淨衣服嗎，穿白色的是不是比較好？」

「我不知道啦……」

「我的內褲跟胸罩，全部都是有花紋的耶。」

「我不知道啦！」

「我只是徵求一下意見而已，為什麼你要大聲嚷嚷啊，莫名其妙，你有更年期障礙是不是？」

打開衣櫃的聲音。

衣服摩擦的聲音。

啊啊，不行。

烙印在腦海裡面揮之不去了。

「阿良良木，你該不會是，看見我的裸體而慾火焚身了吧。」

「就算真的是那樣也不是我的責任！」

「你敢碰我一根手指頭試試看，我會馬上咬斷舌頭的。」

「哎呀——真是個守身如玉的女孩子呢！」

「我是說咬斷你的舌頭。」

「太可怕了妳！」

什麼跟什麼啊。

也許要以我的角度去理解這個女人，根本是異想天開。

人類是沒辦法理解人類的。

這明明是天經地義的事情。

「好了，你可以轉過來囉。」

「確定嗎，真是的……」

我從書櫃前轉身，面向戰場原。

她還穿著內衣褲。

連襪子也沒穿。

還擺出非常煽情的姿勢。

「妳這傢伙到底有何目的！」

「什麼嘛，我是為了答謝今天的事情才特別大放送的說，你至少也高興一下吧。」

「…………」

這是為了答謝嗎。

搞不懂她在想什麼。

真要說的話，比起道謝我更希望妳能道歉。

「你至少也高興一下吧！」

「妳惱羞成怒了嗎？」

「禮貌上你應該要說一點感想吧！」

「感、感想……」

基於禮貌嗎？

該說些什麼才好呢？

呃——這個……

「妳身、身材不錯嘛，類似這種話嗎……？」

「……低級。」

戰場原彷彿在看腐壞的廚餘般表示唾棄。

不，應該說她的語氣當中夾帶著憐憫。

「就是因為這樣你才會當一輩子處男。」

「一輩子！妳是未來人嗎？」

「別亂噴口水好不好，處男會傳染耶。」

「女生會被傳染處男才怪！」

不對，就算是男生也不會被傳染。

「慢著，怎麼從剛才開始就以我是處男為前提在進行對話啊！」

「因為本來就這樣啊。應該沒有小學生肯跟你交往吧。」

「我對這句發言有兩項異議！第一我不是蘿莉控，然後第二，只要我認真去找肯定會有願意跟我交往的小學生才對！」

「第一點如果成立，第二點就沒有存在的必要吧。」

「…………」

的確沒必要。

「不過算了，我的確是說了有偏見的話。」

「妳知道就好。」

「別亂噴口水，會傳染素人處男耶。」

「我就承認吧，我是處男沒錯！」

我被迫說出充滿恥辱的告白。

戰場原一臉滿意地點點頭。

「一開始先老實承認就好了嘛。這樣的好運，足以匹敵你剩餘壽命的一半呢，所以你不應該做無謂的爭辯。」

「妳是死神嗎……？」

只要用壽命交換，就能看見女性的裸體嗎？

真是了不起的死神之眼呢。

「你用不著擔心——」

戰場原邊說邊從衣櫃取出白襯衫，穿在水藍色的胸罩上。這時候要是我再轉頭看書櫃、數上面有幾本書的話也實在很蠢，所以我決定看著她的動作。

「羽川那邊我會替你保密的。」

「這跟羽川有什麼關係？」

「她不是你單戀的對象嗎？」

「才不是。」

「這樣啊。因為你常常和她說話，我以為絕對準是那樣沒錯，所以才想套你的話看看。」

「不要在閒聊當中套別人的話。」

「真囉嗦耶，你想被我處分掉嗎？」

「妳哪裡來那種權力啊。」

不過，原來戰場原也會不動聲色地暗中觀察班上的事情嗎？原本以為她可能連我是副班長這件事情都不知道咧。只不過，她會做觀察也是因為大家將來有一天可能會變成敵人的緣故？

「每次都是她主動來找我說話的。」

「好大的口氣。你想說是羽川在暗戀你嗎？」

「絕對不是那樣。」我接著說：「羽川只是單純地喜歡照顧人罷了。單純，而且過度地。她有一種令人啼笑皆非的誤解，認為最沒用的傢伙同時也是最可憐的。她覺得沒用的傢伙都很容易吃悶虧。」

「那的確是令人啼笑皆非的誤解。」

戰場原點頭道：

「最沒用的傢伙明明就只是最愚蠢而已。」

「……呃不，我並沒有說得那麼嚴重。」

「你全都寫在臉上了啊。」

「我才沒有！」

「我知道你會這麼說，所以剛才事先幫你寫好了。」

「妳最好是準備得這麼周到！」

其實——

無須我多做解釋，戰場原自己應該也非常清楚羽川的個性才對。今天放學後，當我詢問戰場原的事情時，羽川似乎——十分關心戰場原的樣子。

或許正因為羽川的個性就是這樣也說不定。

「羽川她也——受過忍野的幫助是嗎？」

「嗯，對啊。」

戰場原將襯衫最後一顆鈕扣給扣好，再套上白色針織毛衣。看樣子她似乎打算先穿好上半身再來決定下半身的搭配。原來如此，每個人都有各自習慣的穿衣順序。戰場原毫不在意我的視線，將身體正對著我，繼續穿衣服的動作。

「嗯——」

「所以——妳姑且可以相信忍野吧。雖然他很愛開玩笑，個性輕浮，是個喜歡逗人開心又容易得意忘形的傢伙，不過他的能力值得肯定。妳可以放心，畢竟不光是我一個人，還有羽川可以作證，這點應該錯不了吧。」

「是嗎。不過，阿良良木。」

戰場原說：

「很抱歉，我對忍野先生，連一半的信任都沒有。到目前為止，我已經被騙了好幾次，沒辦法這麼輕易地相信別人。」

「…………」

有五個人——說過同樣的話。

五個人，都是騙徒。

而且——

那還不是——全部吧。

「就連醫院，也只是例行公事地去複診罷了。坦白說，我對這種體質，幾乎已經放棄了。」

「放棄……」

心灰意冷。

捨棄某些事物。

「這個奇妙的世界，絕對不會有夢幻魔實也或九段九鬼子（註5）存在的。」

「…………」

「峠美勒之類的，搞不好真的存在也不一定。」

5　夢幻魔實為漫畫《夢幻紳士》的主角，九段九鬼子為漫畫《學校怪談》的主角。這兩部作品有關聯性，作者皆為高橋葉介。下一句提到的峠美勒，也同樣為《學校怪談》的角色。

戰場原用充滿諷刺的語氣說：

「我偶然在樓梯上滑倒，偶然被你接住，而你偶然在春假被吸血鬼襲擊，偶然被忍野這個人所救，而他也偶然和班長扯上關係，然後這次他又更偶然地想要助我一臂之力——這個天真樂觀的狀況我實在沒辦法想像。」

語畢——

戰場原開始脫起針織毛衣。

「妳好不容易穿好了，為什麼要脫掉啊。」

「因為我忘記要吹頭髮了。」

「妳該不會只是一個普通的笨蛋吧？」

「你說話不要那麼失禮好嗎？萬一我心靈受創的話可就糟糕了。」

那把吹風機看起來非常昂貴。

她似乎是個注重儀容的人。

以這個角度來觀察，戰場原現在身上所穿的內衣褲，確實是相當時髦的款式，然而我總覺得，直到昨天為止還極度魅惑地影響著我大半人生讓我心生憧憬的內衣褲，如今看來卻只是一塊布料而已。我莫名地感覺到，內心的創傷正以現在進行式逐漸向下深植。

「我想得太樂觀啊……」

「難道不是嗎？」

「也許吧。不過，又有何不可呢？」我接著說：「就算想得樂觀一點，又何妨。」

「…………」

「反正又不是在做什麼壞事，也沒有投機取巧，只要能堂堂正正的不就好了。就像妳現在一樣。」

「像我現在一樣？」

戰場原愣了一下。

她似乎沒注意到自己的器量有多大。

「並沒有——在做什麼壞事，是嗎？」

「不對嗎？」

「嗯，也對。」

然而，戰場原她說完這句後——

「不過——」

緊接著，又說：

「不過——或許有投機取巧也說不定。」

「咦？」

「沒事。」

戰場原吹乾頭髮，將吹風機收好，又重新開始著裝。她把剛才被頭髮沾濕的襯衫和針織毛衣用衣架吊起晾乾，從衣櫃翻找別的替換衣物。

「如果下輩子再投胎轉世的話——」戰場原說：「我想要變成ＫＵＲＵＲＵ曹長。」

「…………」

沒頭沒腦的發言，而且不用等轉世，我個人認為已經有半分像了……

「我知道你想說什麼，你是不是覺得我這句話沒頭沒腦，而且憑我是絕對沒辦法變成他的對吧。」

「呃，差不多意思，對了一半。」

「果然。」

「……妳起碼也說想要變成DORORO兵長吧。」

「心靈創傷開關這個詞彙，對我來說太過寫實了。」

「是嗎……不過——」

「沒什麼口不可是的。」

「什麼叫『口不可是的』。」

我連這句話錯在哪裡都摸不著頭緒。

當然我也不知道她想說什麼。

我正如此心想時，戰場原又忽然改變話題問道：

「對了，阿良良木，可以問你一個問題嗎？雖然是無關緊要的小事。」

「什麼事？」

「月亮的圖案，是指什麼東西？」

「呃？什麼意思？」

「剛才在忍野先生那邊，你不是有提過嗎？」

「我想想……」

啊。

對了，我想起來了。

「忍野那傢伙不是說，那個螃蟹有時候也會變成兔子或美女的版本嗎?就是那個意思。有關月亮的圖案方面，日本認為看起來像是月兔在上面搗麻糬，但國外則認為月亮的圖案看起來像螃蟹，或是美女的側臉。」

當然，我也沒有親眼見過，只是民間故事都這麼講。戰場原聽了，說聲「原來如此」，一臉新奇地附和道：

「你居然知道那麼無聊的事情，我有生以來第一次對你感到敬佩呢。」

她說是無聊的瑣事，

又說對我有生以來第一次感到敬佩。

於是，我決定趁機炫耀一番。

「沒什麼，我對天文學和宇宙科學可是懂很多喔，因為我有一陣子很迷這些東西。」

「算了吧，少在我面前耍帥。反正我已經徹底看穿了，反正你除此之外根本一無所知對吧?」

「妳知道什麼叫言語暴力嗎?」

「那你就去叫言語的警察來啊。」

「…………」

感覺就算是現實中的警察也沒辦法對付她。

「我可不是知識貧民喔。嗯——對了，好比說，在日本境內，提到月亮的圖案自然就想到兔子，不過妳知道為什麼月球上會有兔子嗎？」

「月球上沒有兔子喔，阿良良木，你都已經是高中生了還相信那種故事嗎？」

「假設，曾經有的話。」

咦，不應該用現在式嗎？

假設曾經有過的話？

這樣說好像不太對……

「很久很久以前，有一位神明，又或者是佛祖，唉呀，是什麼都好，總之故事在說兔子為了神明，自己跳入火堆中，當成把身體烤熟，獻給神明的供品。而神明被兔子的自我犧牲所感動，為了要讓眾人永遠不忘記兔子的奉獻，便在夜空中的月亮留下兔子的身影。」

這只是小時候在電視上看過的模糊記憶，要稱為知識稍嫌鬆散，不過故事大綱應該八九不離十。

「神明也很過分呢，那樣一來兔子不就像斬首示眾一樣，死後還要讓人觀賞。」

「故事不是那個意思。」

「兔子也真是的，以為只要表現出自我犧牲的精神，就可以得到神明的認同，牠的心機實在耍得太明顯了，真是膚淺。」

「故事絕對不是那個意思。」

「不管怎麼樣，對我來說都是無法理解的故事。」

戰場原如此說著，

又開始著手脫下剛穿好的新上衣。

「……妳這傢伙，其實只是想要向我炫耀自己引以為傲的肉體對吧？」

「什麼叫引以為傲的肉體，我才沒有那麼自戀。我只是不小心把衣服穿反，而且還前後顛倒了。」

「真是巧妙的失誤哪。」

「不過我的確不擅長穿衣服。」

「簡直像小孩子一樣。」

「不是。是因為太重了。」

「啊！」

我太疏忽了。

原來如此，既然書包會太重，想必衣服也是一樣的吧。

一旦重量變成十倍，即便是衣服也非同小可。

我要反省。

剛才的發言實在是不夠貼心，有欠謹慎。

「只有這件事情，就算做到再煩也沒辦法適應——不過話說回來，沒想到你還滿有學問的呢，阿良良木。我太驚訝了，搞不好你的頭殼裡面真的有腦漿也不一定。」

「那是當然的吧。」

「是當然的嗎……像你這種生物的頭蓋骨裡面居然會有腦漿，這個現象簡直就跟奇蹟一樣耶。」

「喂，不要太過分喔。」

「別介意，我只是說出事實罷了。」

「這間屋子裡面好像有人活得不耐煩了……」

「嗯？保科老師人不在這裡啊。」

「妳這傢伙竟然說值得尊敬、開拓妳人生的導師活得不耐煩了嗎！」

「螃蟹也是一樣的嗎？」

「咦？」

「螃蟹也跟兔子一樣，是自己跳入火堆當中的嗎？」

「啊，這個……螃蟹的故事我不知道。應該也是有什麼由來吧，雖然我連想都沒想過……是不是因為月球上也有海洋的關係呢？」

「月球上沒有海洋喔。你一臉得意地講什麼蠢話啊。」

「咦？沒有嗎？確定沒有嗎……」

「天文學家聽了會傻眼，那只是個名稱而已。」

「這樣啊……」

嗯——

我果然還是敵不過真正頭腦好的傢伙。

「哎呀呀，你露出馬腳囉，阿良良木。真是的，我居然對你的知識抱有些許的期待，我實在太輕率了。」

「妳這傢伙是不是覺得我笨得跟頭豬一樣。」

「你怎麼會知道！」

「妳居然還真的擺出一臉驚訝的樣子！」

她似乎自以為隱藏得很好。

真的假的啊。

「因為我的緣故，阿良良木發現到自己腦筋有多笨了……這都是我的錯。」

「喂，等一下，我有笨到那麼嚴重的地步嗎？」

「你放心，我不會因為成績的好壞去歧視別人的。」

「妳講這種話就已經是一種歧視了好不好！」

「別亂噴口水，你的低學歷會傳染給我。」

「我們是念同一所高中吧！」

「可是最終學歷還不知道喔。」

「唔……」

這樣一說，確實沒錯。

「我會是研究所畢業；而你則是高中肄業。」

「都念到三年級了誰要休學啊！」

「到時候你會哭著求我說：請馬上讓我休學。」

「妳居然面不改色地，說出這種只會在漫畫上出現的惡棍發言！」

「偏差值鑑定。我，七十四。」

「嗚……」

被她先發制人了。

「我四十六……」

「四捨五入以後等於零。」

「啥？騙人，尾數明明是六……啊！妳這傢伙，竟然用十位數來四捨五入！妳居然對我的偏差值做出這麼過分的事情！」

都已經贏了將近三十分，還做出近乎鞭屍的行徑！

「如果不以百位數為差距，我就沒有贏的感覺啊。」

「妳自己的偏差值也用十位數去四捨五入嗎……」

毫不手下留情。

「基於這個理由，從現在開始請你不要靠近我半徑兩萬公里內。」

「妳是在命令我滾出地球嗎!?」

「所以說，神明後來真的有將那隻兔子給吃下去嗎？」

「呃？啊，話題又繞回來了嗎。妳問這種問題……假如故事進行到那種地步就會變得很怪誕吧。」

「就算沒到那種地步也已經很怪誕了。」

「這個嘛，我怎麼知道，反正我腦筋不好。」

「別鬧彆扭啦。我會覺得很不舒服耶。」

「妳這傢伙，難道就不會可憐我一下嗎……？」

「就算可憐你一個人，戰爭也不會從世界上消失。」

「連區區一個人都救不了的傢伙還講什麼世界！先救救妳眼前的弱小生命吧！妳應該做得到！」

「嗯。我決定了。」

戰場原穿上白色小可愛背心配上白色外套，然後再套上白色荷葉裙，好不容易著裝完畢後，冷不防地說道：

「假如一切順利解決的話，就到北海道去吃螃蟹吧。」

「不用特地跑去北海道應該也能吃到螃蟹吧，而且現在季節好像完全不對。算了，既然妳說想去，又有何不可呢？」

「你也要一起去喔。」

「為什麼！」

「唉呀！你不知道嗎？」

戰場原露出一抹微笑。

「北海道的螃蟹，非常美味喔。」

006

這裡是地方上偏僻的小鎮。

一到夜裡，周圍就變得十分黑暗。漆黑到伸手不見五指。此刻的廢棄大樓，幾乎無法區別室內室外，與日間有著明顯的落差。

我從呱呱落地開始就一直居住在這個城鎮，在我眼中，並不會覺得這景象很突兀，或感到不可思議，倒不如說這才像原本的自然風貌。然而據流浪者忍野所說，這晝夜的落差——大概與問題的根源息息相關。

根源十分清楚簡單明瞭——

他如此說過。

總之，

剛過午夜十二點的此刻，

我和戰場原又騎著腳踏車，回到那棟廢棄的補習班大樓。後座上的坐墊，是從戰場原她家直接拿出來用的。

此外，我完全沒有進食，稍微覺得有些飢餓。

我將腳踏車停在跟傍晚相同的地方，穿過相同的鐵絲網裂縫，走進建地後，發現忍野已經在入口處久候。

他彷彿一直站在那裡的一樣。

「……咦！」

看見忍野的服裝，戰場原有些驚訝。

忍野穿著一襲全白裝束——全身包裹在素白的淨衣底下，一頭蓬鬆散亂的頭髮也梳理得整整齊齊，幾乎和傍晚時分判若兩人，至少視覺上變得比較整潔美觀。

真是佛要金裝，人要衣裝。

看起來煞有其事的模樣，反而令人不快。

「忍野先生你——是神職人員嗎？」

「嗯？不是喔。」

忍野爽快地否認了。

「我不是宮司也不是彌宜（註6）。雖然我大學念的是相關科系，不過並沒有任職於神社。因為基於各種的考量。」

「各種考量是指？」

「都是一些私人的理由啦。或許是因為我覺得太無趣了才是真的也不一定。這身服裝，純粹是端正儀容罷了。只是因為我沒有其他乾淨的衣服而已。畢竟待會要面對神明，不光是小姐，包括我也必須準備齊全才行。我之前沒說過嗎？這是營造氣氛。我在幫助阿良良木老弟的時候，還拿著十字架掛著大蒜，用聖水當武器作戰呢。重要的是製造情境，別擔心，雖然儀式的做法比較隨便，不過應對處理的方法我已經很熟練了。我不會隨便揮動法器，做出在小姐的頭上灑鹽那種行為的。」

「喔，好……」

戰場原有點被震懾住。

儘管忍野的裝扮確實出乎意料，但我總覺得以她而言，這反應似乎稍嫌過度。這是為什麼呢？

「嗯，小姐準備得不錯，整體感覺清新素雅，很好。先確認一下，妳有沒有化

6　宮司為管理神社的責任者；彌宜則是在「宮司」之下、輔助其他各項祭典和管理營運業務。

妝？」

「我想不要化可能比較好，所以就沒化妝了。」

「這樣啊，嗯，總之這算是正確的判斷。阿良良木老弟也仔細沐浴過了嗎？」

「嗯，都準備好了。」

既然我也要在場陪同，這些細節就只好配合照做。但當時戰場原企圖偷窺我淋浴而起了點衝突，這件事情就姑且保密吧。

「唔——你洗得再乾淨還是沒差呢。」

「廢話少說。」

雖然我要在場陪同，但充其量只是個局外人，所以沒有像戰場原那樣連衣服都換過，因此當然沒有什麼太大改變。

「那麼，我們就迅速解決這件事情吧。我已經在三樓準備好場地了。」

「場地？」

「嗯。」

忍野說完，逐漸消失在大樓裡的黑暗之中。明明穿著那種顯眼的白衣，卻隨即不見蹤影。而我則和傍晚時一樣，牽起戰場原的手，追了上去。

「可是忍野，你說要迅速解決，一副胸有成竹的模樣，這樣沒問題嗎？」

「什麼東西沒問題？三更半夜將年紀輕輕的少男少女叫出來做這種事情，會想要盡早結束，也是身為大人理當要懂的人情世故吧。」

「我的意思是說，那個螃蟹什麼的，以這麼簡單就可以消滅祂嗎？」

「你的想法還真暴力啊，阿良良木老弟。是不是發生了什麼好事啊？」

忍野頭也不回地聳聳肩道：

「這次的情況跟阿良良木老弟那時候的小忍，或是班長妹那時候的魅貓不一樣。而且你不要忘了，我可是和平主義者喔。非暴力的絕對服從，是我的基本方針。當初小忍她們，是懷著惡意與敵意去襲擊你跟班長妹的，可是這次的螃蟹，卻不是那麼一回事。」

「不是那麼一回事？」

實際上螃蟹已經對戰場原產生了傷害，既然這樣不就應該要認為祂有敵意或惡意嗎？

「我說過了吧？對方可是神靈喔。只是存在著，什麼也沒做，只是理所當然地存在於那裡。就像阿良良木老弟放學之後會回家吧？就是這麼理所當然。純粹是小姐自己意志不堅招惹來的。」

螃蟹不會危害人，也不會攻擊人。

更不會附身。

雖然我覺得自己招惹來的這個說法有些過分，但戰場原卻一聲不吭。她是沒有任何感想嗎？還是說她顧慮到接下來要麻煩忍野，所以提醒自己不要對他的話有過多的反應呢？

「所以，什麼消滅或打倒啦，諸如此類的危險思想請你全部捨棄掉。阿良良木老弟，接下來我們要做的，可是向神靈祈願喔，要採取低姿態啊。」

「祈願——嗎？」

「沒錯，是祈願。」

「只要祈求，祂就會輕易地把體重還回來，恢復戰場原的體重嗎？」

「我不敢斷言，不過應該可以吧。畢竟有別於新年參拜，祂們還不至於會頑固到拒絕人類懇切的請求。所謂的神明，其實是一群相當草率的傢伙，尤其日本的神明特別隨便。姑且不論人類整個群體，就我們個體的事情而言，祂們根本無所謂。真的是怎麼樣都無所謂喔。實際上，在神明面前，我也好、阿良良木老弟也好、小姐也好，通通沒有差別。無關乎年齡、性別或重量，三個人全都一視同仁，同樣都是人類。」

一視同仁——

並非相似，而是相同嗎。

「嗯……這和詛咒之類的東西，有著本質上的差異呢。」

「請問——」戰場原的口吻有如下定決心一般，開口問：「那隻螃蟹——現在也在我身邊嗎？」

「對。既存在於那裡，也存在於任何地方。只不過，為了請祂降臨此處——必須有一些步驟。」

我們抵達三樓，

進入其中一間教室。

我一踏進去，發現整間教室，都被用結界繩圍了起來。桌椅全被搬到外面，黑板前方還設置了神桌——祭壇。帶底座的木製方盤上備妥了祭物供品，由此可見，此處應該不是今天傍晚商量完後才匆忙籌備的場地。房內的四個角落設置了燈火，朦朧地照亮了整個房間。

「這是類似結界的東西，講得好聽一點就是神域囉。不過也沒有那麼隆重，小姐，妳可以不用那麼緊張啦。」

「我沒有……緊張。」

「是嗎，那真是太好了。」

忍野邊說邊往教室裡面走。

「兩位可以低下頭來，把視線壓低嗎？」

「咦？」

「這裡已經是神明的面前囉。」

接著——我們三人各自站定，並列在神桌前。

這次的處理方式，跟我和羽川的時候截然不同——因此要說緊張的話，我確實很緊張。該說是氣氛莊嚴嗎——這種氣氛本身，會讓人產生奇異的感覺。

我全身緊繃。

自然而然地嚴陣以待。

我本身沒有宗教信仰，是一個分不清楚神道和佛教差異的時下年輕人。儘管如此，面對這種情況，我心中還是有一些東西，出於本能地做出了反應。

情境。

場地。

「那個——忍野。」

「什麼事?阿良良木老弟。」

「我想了想，這個情況我不要在場會不會比較好呢?不管怎麼想，我都覺得自己礙手礙腳的。」

「沒那回事，不會妨礙的。我想應該沒問題，不過總要以防萬一嘛。不怕一萬只怕萬一。真有個萬一的話，到時候，阿良良木老弟，你要成為小姐的肉盾啊。」

「我?」

「不然你那個不死之身是用來做什麼的?」

「…………」

呃，雖然這句臺詞的確很帥氣，但我的身體應該不是為了當戰場原的肉盾而存在的吧。

況且，我也已經非不死之身了。

「阿良良木君——」

戰場原立刻逮住機會說：

「你一定要好好保護我喔。」

「妳幹麼突然轉換成公主的角色!」

「有什麼關係，反正像你這樣的人，大概明天就會自殺了吧?」

「角色瞬間崩壞!」

而且還把那種有生之年就算在背地裡也不該講的話，當著我的面若無其事地說了出來。我到底前輩子造了什麼孽，才會遭受這樣的毒舌對待，這點我也許有必要認真思考一下。

「當然不會讓你做白工囉。」

「難道妳會給我什麼報酬嗎？」

「要求實際上的報酬，未免太過膚淺了。這句丟臉的話，可以說是你全部人格的縮影也不為過。」

「…………那妳能回報我什麼？」

「這個嘛……我原本打算要四處散播阿良良木曾經試圖在勇者鬥惡龍五代裡面，讓芙羅拉穿上奴隸服的糟糕行徑，就取消掉好了。」

「那種事情，我這輩子連聽都沒聽過！」

何況還是以散播謠言為前提。

真過分的女人。

「她根本就不能裝備奴隸服嘛，這種小事只要用點腦子想就知道了說……這點別說猴子的智商，連狗的智商都能懂吧。」

「等一下！妳講得一臉得意，好像自己說的很有道理一樣，但是到目前為止，書中有出現過任何我很像狗的描述嗎？」

「也對。」

戰場原竊笑。

「把你跟狗相提並論，對狗也未免太失禮了吧。」

「……………嗚！」

她動不動就把這種隨處可見的定型句，信手拈來穿插在對話當中嗎……這個女人，已經將謾罵兩個字發揮得淋漓盡致。

「沒關係，不必了。你這種膽小鬼，還是趕快夾著尾巴滾回家，像平常一樣一個人玩電擊槍遊戲吧。」

「那是什麼亂七八糟的鬼遊戲！」

說起來，妳這傢伙從剛才開始，就一直在散播中傷我的惡質流言。

「到了我這種境界，像你這種膚淺的存在，早就已經完完全全、徹徹底底地被我忽視（註7）了。」

「明明口誤講錯了，結果卻變成更過分的毒舌謾罵！妳這傢伙究竟受到什麼牛鬼蛇神的恩寵啊！」

真是個捉摸不定、高深莫測的女人。

順帶一提，正確說法應該是被「看穿」才對。

「話說回來，忍野，你不用找我幫忙，讓那個吸血——讓忍來幫忙不行嗎？就像羽川那時候一樣。」

結果忍野爽快地回答：

「小忍這時間已經睡覺囉。」

「……………」

7　日文中，忽視和看穿的發音相近。

吸血鬼晚上也要睡覺嗎……

真的很可悲。

忍野從供品中拿起神酒，遞給戰場原。

「呃……請問這是什麼？」

戰場原一臉困惑。

「喝下這個酒，就能縮短和神明之間的距離——據說是這樣子。當然，也有稍微放鬆心情的意思。」

「……我還未成年。」

「不用喝到會醉的量啦，意思一下就好。」

「…………」

猶豫片刻之後，戰場原喝下一小口。忍野看著她喝下，再從戰場原手中接過酒杯，放回原來的位置。

「好了，那麼，先讓心情平靜下來吧。」

忍野朝向正前方——

背對著戰場原說道。

「從舒緩心情開始吧。最重要的，就是情境。只要能創造出情境，儀式做法就不是問題——最後只剩下小姐的心理狀態了。」

「心理狀態——」

「妳放輕鬆。先從解除戒心開始吧。這裡是屬於自己的地方，是妳理所當然存在的地方。低著頭閉上眼睛──來數數吧。一，二，三──」

雖然──

我沒必要跟著做，但不知不覺間，我也配合起來，閉上眼睛，數起數字。在默數的過程當中，我忽然想到一件事情。

製造氣氛。

就這層意義而言，不光是忍野的裝扮，包括現場的圍繩也好神桌也好，以及回家淨身，這些全都是為了製造氣氛──說得更明確點，這些是為了讓戰場原營造出心理狀況所不可或缺的東西吧。

簡單來說就類似暗示。

催眠暗示。

首先是抽除自我意識，舒緩警戒心，然後與忍野之間，培養出信任關係──我和羽川的時候，儘管和現在的做法完全不同，但這點同樣是必備的條件。所謂信者得永生，換言之，首先要讓戰場原產生認同──這是不可或缺的條件。

實際上，戰場原自己也說過。

自己對於忍野，連一半的信任都沒有。

然而──

那樣是不行的。

那樣子，是不夠的。

因為──信任關係非常重要。

忍野沒辦法救她，戰場原只能自己救自己——這句話的真正含意，便在於此。
我悄悄地睜開雙眼，
窺視四周。
燈火。
四方的燈火——隨風搖曳。
從窗戶吹進的風。
就算隨時熄滅也不奇怪的——幽微的燈火。
然而，那光亮又確實地存在著。
「心情平靜了嗎？」
「——是的。」
「是嗎——那麼，試著回答問題吧。我問妳答。小姐，妳的名字是？」
「戰場原黑儀。」
「就讀的學校是？」
「私立直江津高中。」
「生日是？」
「七月七日。」
乍聽之下，與其說意義不明，更像是毫無意義的問題和回答，一直持續著。
淡然地。
以不變的速度。

忍野始終背對著戰場原。

戰場原也始終閉著眼睛，垂下臉孔。

維持低頭俯首的姿勢。

房內寂靜無聲，就連呼吸聲或心跳聲也能夠聽到似的。

「最喜歡的小說家是？」

「夢野久作。」

「可以聊聊小時候的糗事嗎？」

「我不想說。」

「喜歡的古典音樂是？」

「我不是很喜歡音樂。」

「小學畢業的時候，有什麼感想？」

「覺得只是單純地升上國中罷了。只是從公立小學升到公立中學，如此而已。」

「初戀的對象是個怎麼樣的男生？」

「我不想說。」

「妳到目前為止的人生當中——」

忍野用一成不變的語調說道：

「最痛苦的回憶是什麼？」

「…………」

戰場原的回答——在這裡，停頓住了。

她沒有回答「我不想說」，選擇了沉默。

於是，我才知道忍野只有這個問題，才是真正有意義的。

「怎麼了？最痛苦的——回憶。我在問妳關於記憶的事情。」

「……母親——」

這氣氛讓人無法保持沉默。

也無法拒絕，回答不想說。

這就是——情境。

被塑造出來的，場景。

事情會按照步驟——進行下去。

「母親她——」

「母親她？」

「沉迷於惡質的宗教。」

沉迷於惡質的新興宗教。

戰場原先前曾經提過。

她的母親把全部財產都拿去進貢，甚至背負高額債務，毀了整個家庭。即使是離婚後的現在，父親為了償還當時借的錢，仍持續過著不眠不休的忙碌生活。

這就是——她最痛苦的回憶嗎？

比自己失去體重——更加痛苦嗎？

這是當然的。

相較之下，前者肯定是最痛苦的。

但——那是因為——

那是因為——

「只有這樣嗎？」

「……什麼意思？」

「只有這樣的話，沒什麼大不了的。在日本的法律當中，保障了信仰的自由。不，應該說，信仰的自由原本就是人類被公認的權利。小姐的母親要信奉什麼、祈求什麼，只不過是方法不同而已。」

「…………………」

「所以——不是只有這樣。」

忍野他——強而有力地斷定道。

「告訴我，還發生了什麼事情？」

「發生什麼事……母、母親她……為了我，沉迷在那種宗教……結果被騙——」

「母親被惡質的宗教欺騙——然後呢？」

然後——

戰場原緊咬下脣。

「母親她——把那個宗教團體的一名幹部，帶回家來。」

「一名幹部。那個幹部來到家裡，做什麼？」

「說是要淨……淨化。」

「淨化？他說淨化嗎？說要淨化……然後做了些什麼？」

「說是做儀式……就把我——」

戰場原夾雜著痛苦的聲音說：

「對、對我，施暴。」

「施暴——那是指暴力層面的含意？還是……性方面的含意？」

「性方面的……含意。沒錯，那個男的——」

戰場原彷彿忍耐著諸多痛苦，繼續說下去：

「企圖——侵犯我。」

「……是嗎。」

忍野沉靜地——點了點頭。

戰場原那種——

強烈到不自然的貞操觀念和——

強烈的警戒心。

以及高度的防衛意識與過度的攻擊意識。

似乎都有了解釋。

她對淨衣裝扮的忍野，會有過度反應也是一樣。

在戰場原這個外行人眼中，神道的本質不變，也同樣是一種宗教。

「那個——」

「那是佛教的觀點吧。甚至也有宗教會提倡殺死親人，不能一概而論。不過，妳說企圖侵犯——意思應該就是未遂吧？」

「我用身旁的釘鞋，打了那個人。」

「……真勇敢。」

「那人額頭上流出血來……痛得在地上打滾。」

「所以，妳獲救了？」

「我得救了。」

「這不是很好嗎？」

「可是——母親並沒有來救我。」

她明明一直都在旁邊看。

戰場原她——淡淡地。

淡淡地，回答說：

「非但如此——她還責怪我。」

「只有——這樣嗎？」

「不——因為我的緣故，讓那名幹部受了傷——結果母親——」

「母親為此，承擔了處罰？」

忍野搶先一步，替戰場原把話說完。

這種場面，就算不是忍野也能預料到下一句臺詞是什麼——但這招對戰場原來說，似乎頗為奏效。

「是的。」

她老實地點頭肯定。

「畢竟女兒弄傷了幹部——這是當然的囉。」

「是的。所以——她交出全部財產，包括房子，跟土地——甚至還去借款——我的家庭，整個都毀了，完完全全毀了——明明都全毀了，明明已經這樣了，崩壞卻還是依然持續著。沒有停止。」

「妳的母親，現在怎麼樣了？」

「我不知道。」

「不可能不知道吧。」

「大概還在——繼續她的信仰吧。」

「還在繼續著嗎。」

「既沒有得到教訓——也沒有感到羞愧。」

「這也讓妳感到痛苦嗎？」

「是的——很痛苦。」

「為什麼會痛苦？妳們已經形同陌路了不是嗎？」

「因為我會忍不住去想：假如當時我——沒有抵抗的話，至少——事情就不會演變成這樣吧。」

家庭也許就不會崩壞了吧。

也許就不會毀於一旦了吧。

「妳會這麼想嗎？」

「對——我會這麼想。」

「真的這麼想嗎？」

「……真的這麼想。」

「既然如此——小姐，那就是妳的想法。」

忍野說道：

「無論多麼沉重，那都是妳必須背負的東西。丟給別人去承擔——是不行的喔。」

「丟給……別人去承——」

「不要移動視線——張開眼睛，仔細看看吧。」

然後——

忍野睜開了眼睛。

戰場原也悄悄地——睜開雙眼。

四方燈火。

光線正隨風晃動。

影子也是。

三人的影子也正在——晃動著。

輕輕緩緩地。

輕輕地——緩緩地。

「啊，啊啊啊啊啊！」

戰場原她——發出了尖叫。

她勉強維持著低頭的姿勢——但表情卻充滿了驚愕，身體不停顫抖，冷汗一口氣冒了出來。

她倉皇失措了。

那個戰場原，居然……

「妳看到了——什麼嗎？」忍野問道。

「我看——看到了。跟那時候一樣，跟那時候一樣的巨大螃蟹，大螃蟹——出現在我的眼前。」

「是嗎。我可是完全看不到喔。」

忍野這時候才回過頭來，面向著我。

「阿良良木老弟，你有看見什麼嗎？」

「沒——看見。」

能看見的，只有——

搖晃的光線，

及搖晃的影子。

這跟什麼都沒看見，畫上了等號。

無法確認。

「我什麼也——沒看見。」

「我想也是。」

忍野再度轉向戰場原。

「其實妳根本看不到什麼螃蟹，對吧？」

「不、不對——我看得很清楚。我看得到。」

「不是錯覺嗎？」

「不是錯覺——是真的。」

「是嗎，既然如此——」

忍野順著戰場原的視線望去。

彷彿前方，有著——某種存在。

彷彿前方，有著——某種物體。

「既然如此，妳應該有什麼話要說吧？」

「有話——要說。」

這時候，

也許她並沒有特別的想法——

也沒有任何念頭——

然而，戰場原她卻——抬起了頭來。

她大概是無法忍受四周的情境——

以及這個場景吧。

理由就這麼簡單吧。

然而，理由如何，無關緊要。

人類的理由如何，無關痛癢。

同一瞬間——戰場原向後彈飛。

飛躍起來。

宛如重量毫不存在似地，她的雙腳連一次也沒有碰過或踩過地板，便以驚人的速度，彈飛到與神桌相反方向、位於教室最後方的佈告欄，整個人被用力砸了上去。

被砸了上去——

就這樣貼在牆壁上。

沒有掉下來。

宛如被釘在佈告欄上，停住不動。

猶如遭受釘刑一樣。

「戰、戰場原——！」

「真是的，剛才不是有說過叫你要當肉盾嗎，阿良良木老弟。你還是老樣子，在緊要關頭總是派不上用場啊。你的功能應該不是像牆壁一樣站在那邊發呆吧。」

忍野失望說道。他失望也沒用，因為那根本不是肉眼能追上的速度，我也無可奈何。

戰場原彷彿受到重力向量的作用牽引，被緊壓在佈告欄上。

身體——正逐漸陷入牆壁當中。

是因為牆壁龜裂，開始崩毀嗎？

還是因為戰場原的身體要被壓碎呢？

「嗚……嗚，嗚嗚——」

戰場原沒有慘叫——而是呻吟。

因為她很痛苦。

儘管如此——我卻仍然，什麼也看不見。

在我看來，她是一個人釘在牆壁上。然而，話雖如此——戰場原自己看得見吧。

螃蟹。

巨大的——螃蟹。

重蟹。

「唉呀呀，真沒辦法，好急性子的神明啊，我連祝詞都還沒念誦呢。實在是個脾氣溫和的傢伙，是不是發生了什麼好事啊？」

「喂、喂，忍野——」

「我知道啦。逼不得已，計畫改變了。沒差，就見機行事吧，反正對我來說打從一開始怎麼樣都無所謂啦。」

忍野夾雜著嘆息如此說完，便毫不猶豫地以堅定的步伐，朝被釘在牆上的戰場原走近。

若無其事地走近。

接著，他迅速伸出手。

在戰場原臉部稍前一點的位置，伸手一抓。

輕鬆地——將某樣東西扯開。

「喝啊——」

接著以類似柔道摔技的方式──將手中抓住的某樣東西，猛一用力──狠狠地摔到地板上。既未發出聲音也沒揚起塵埃，但這重摔，力道就如同戰場原剛才所承受的一樣，甚至更為強勁。緊接著，忍野又以呼吸都來不及的飛快速度，將摔在地上的東西，一腳踩住。

將神靈踩在腳下。

舉止極度粗暴。

他毫無敬意或信仰，態度桀驁不馴。

和平主義者，褻瀆了神靈。

「…………」

這一幕，在我眼中看來，只像是忍野一個人在演默劇──而且技巧相當精湛。就連此刻在我眼中，他看起來只是手腳靈巧、平衡感極佳地在施展金雞獨立而已。然而這一切，在能夠清楚看見那東西的戰場原眼中──

似乎是足以令人瞠目結舌的光景。

似乎是如此。

但那也不過才一瞬間，或許是失去支撐力的關係，原本緊貼在牆壁上的戰場原，啪搭一聲，虛脫無力地墜落在地板上。由於位置沒有很高，加上戰場原又沒有體重，所以墜落的衝擊本身應該沒有太大，話雖如此，因為是完全出乎意料的墜落，她來不及採取防護動作，雙腳似乎受到很強烈的撞擊。

「不要緊嗎？」

忍野先朝戰場原問了一聲，然後瞥向腳下。那眼神有如單純在打量什麼一樣。細長的雙眼，彷彿在衡量東西的價值一般。

「螃蟹這玩意兒，無論有多大，應該說體積越大越明顯，一旦被翻過來，就會像這樣子。無論何種生物，只要是扁平的身體，不管橫看豎看都是用來讓人踩的，除此之外我想不到其他用途——好了，阿良良木老弟，你有何看法？」

他冷不防向我問道。

「要從頭再來過一遍，也不是不行，只不過太花時間啦。對我來說，就這樣啪滋一聲直接把祂踩爛，是最省事的了。」

「什麼最省事——還什麼啪、啪滋一聲，用那麼逼真的狀聲詞……剛才戰場原只是稍微抬起頭來而已吧。就因為那點小事——」

「那可不是小事喔。光是那點程度就夠了吧。畢竟這種事情是心理狀態的問題——如果沒辦法祈求，只能動手剷除危險思想囉。就像對付吸血鬼跟貓的時候一樣，假如言語無法溝通就只能靠武力解決——這道理就和政治一樣呢。當然，直接踩爛祂，小姐的煩惱可以得到形式上的解決，僅止於形式上，根源還殘留著，屬於治標不治本的姑息療法，有種斬草不除根的感覺，我個人不是很想這麼做，不過眼前先將就一下吧——」

「什、什麼叫先將就一下——」

「而且，阿良良木老弟。」

忍野用討人厭的表情，歪起臉笑道：

「我對螃蟹——可是討厭到了極點。」

因為吃起來很麻煩。

忍野如此說完——

如此說完，便動了腳。

對腳下——施力。

「慢著——」

從忍野背後傳出聲音。

不用說也知道——是戰場原。

她一邊輕揉擦破皮的膝蓋，一邊站起身來。

「慢著——請等一下，忍野先生。」

「叫我等一下——」

忍野的視線從我這裡切換到戰場原身上。

帶著壞心眼的笑容。

「叫我等一下，是要等什麼呢，小姐。」

「我剛才——只不過是嚇了一跳而已。」戰場原說：「我會做好的。我可以自己來。」

「……哦——」

忍野沒有收腳。仍踩住不放。

但他也沒有一腳踩爛螃蟹。

「那好，妳來試試看吧。」

他對戰場原說。

戰場原聽到之後——

做出了一件從我眼中看來，非常難以置信的事情。她雙腳跪坐，端正的姿勢——雙手貼在地板上，對著忍野腳下的某樣東西，緩緩地——恭謹地，低下頭去。

這是下跪的動作。

戰場原黑儀——自己主動下跪了。

沒有人要求她，她卻主動這麼做。

「——對不起。」

首先是道歉的話語。

「然後——謝謝祢。」

接著是，感謝的話語。

「不過——已經夠了。那些都是——我的心情，我的思念——是屬於我的記憶，所以我要自己背負。我不能失去它們。」

而最後——

「在此有一個請求。求求祢，請將我的體重，還給我。」

最後是，猶如祈願般的懇求話語。

「求求祢——請將我的母親還給我。」

砰——

忍野的腳——踏在地板上發出聲響。

當然，不是他真的把螃蟹給踩爛。

而是對方消失了。

祂只是單純地，彷彿本來就是這樣——變回了彷彿理所當然地存在著，又彷彿理所當然不存在的狀態。

祂已經離去了。

「——啊啊。」

忍野咩咩身體動也沒動，不發一語。

而戰場原黑儀雖然知道一切都已結束，卻還是維持磕頭的姿勢，抽抽搭搭地開始放聲大哭。而我，阿良良木曆則是從稍遠的位置，眺望著他們兩人。

啊啊，搞不好戰場原真的是一個貨真價實的傲嬌女。我茫然地如此想到。

007

時間順序。

我之前似乎誤解了時間排列的順序。

我原本一直以為是戰場原遇到螃蟹，失去了重量，之後戰場原的母親為此耽耽於懷，才會沉迷於惡質宗教——然而並非那麼回事，據說早在戰場原遇到螃蟹失去體重前，她母親就已經沉迷於惡質的宗教。

仔細想想其實不難理解。

不同於美工刀或釘書機之類的文具用品，釘鞋這種東西，並非近在身邊、隨手可得的物品。既然出現釘鞋這字眼，就表示那件事是發生在戰場原參加田徑社的時候——是國中時代的事情，當下我應該立刻察覺到才對。那絕不可能是發生在她無法參加體育活動，不屬於任何社團的高中時代。

正確來說，戰場原的母親開始沉迷——信奉惡質宗教，應該是在她小學五年級的時候。小學時代，連羽川也不知道的故事。

一問之下才曉得——

當時的戰場原——似乎是個體弱多病的女孩子。

那並非人們賦予她的形象，而是真有其事。

然後，某一陣子，她罹患了一種只要說出名稱便眾所皆知的重病，據說那病症的死亡率高達九成，病情連醫生也束手無策。

那段時間——

戰場原的母親，開始尋求心靈的寄託。

或者該說被趁虛而入吧。

恐怕與此沒有任何關係吧——雖然忍野裝模作樣地說：「實際上有沒有關係誰也不曉得啊。」——總之最後，戰場原經過大手術，九死一生地得救了。關於這點也是，我在戰場原家，看見她的裸體時，假如更仔細去觀察的話，或許我就能發現她背上隱約殘留著淡淡的手術痕跡。只不過，要求我做到那種地步，未免也太嚴苛了吧。

當時我對正面向著我，從上半身開始穿衣服的她——說出「妳只是想要炫耀肉體對吧」這種話，實在是很過分的言詞。

至少該說點感想——是嗎。

無論如何，戰場原保住一命存活下來，因而讓她的母親——對那個宗教的教義，更加深信不疑。

託了信仰的福——女兒才能得救。

這想法非常老套。

可說是典型的宗教迷信病例。

儘管如此，家庭本身——還能勉強維持住。那究竟是什麼宗派或什麼宗教，我壓根不想知道，但我想至少他們的基本方針，應該是——讓信徒陷入水深火熱當中。父親的高額收入，以及戰場原家本來就是豪門巨富的背景，才讓整個家庭不至於破滅——然而，隨著年復一年，她母親的信仰和沉迷宗教的程度，更是變本加厲了。

家庭只剩下一個空殼。

戰場原與母親之間，感情破裂了。

小學畢業前姑且不論——據說她在升上國中以後，兩人幾乎沒開口說過話。因此，在得知內情後，我再重新回顧戰場原在國中時的形象（羽川告訴我的），便能理解到那是一個多麼扭曲變形的狀態。

她那個時候的樣子——簡直就像是在替自己辯護。

超人。

國中時代的戰場原，宛如一個超人。

或許她是特意做給母親看的。想要告訴她，就算不用靠那種宗教，自己也能夠健健康康地活著。

雖然她和母親感情不和睦。

但她原本就不是那種活潑的個性。尤其小學時代體弱多病，那就更不用說了。

我想，她一直在勉強自己吧。

只可惜這些，大概都成了反效果。

變成了惡性循環。

戰場原越是努力表現，越是成為模範生——她的母親就越會認為這一切，肯定都是宗教的庇蔭。

這樣的反效果一再地惡性循環——

到了國中三年級。

戰場原即將要畢業的時候，事情發生了。

戰場原的母親走火入魔，明明原本應該是為了女兒才去信教的，卻不知從何時起本末倒置，甚至將女兒獻給惡質宗教的幹部。不，或許就連這件事情，她母親也覺得是為了自己的女兒好吧，一想到這裡我心裡就一陣抽痛。

而戰場原反抗了。

用釘鞋打傷了幹部的額頭，讓他頭破血流。

結果就是——

家庭徹底崩毀了。

破滅了。

他們家被奪走了一切，完全不留。

失去了財產、房子和土地——甚至還負債。

讓他們陷入水深火熱之後，將其毀滅。

戰場原說過父母離婚是去年的事情，而開始在那棟公寓——民倉莊的生活，應該也是戰場原升上高中以後的事吧，一切在國中時代就已經結束了。

一切都落幕了。

所以——

所以戰場原——是在既非國中生也非高中生，處於過渡期的那段時間——遇到了，一隻螃蟹。

「所謂的重蟹呢，阿良良木老弟，其實換句話說，就是『意念之神』的意思。」

忍野說。

「明白嗎?所謂的『意念之神』，又可以解釋為思念與執念——也就是羈絆的意思。這樣一解釋，因為失去重量而導致失去存在感這件事情，應該就講得通了吧？一旦發生太過痛苦的事情，人類會將那段記憶封印起來，這不是在戲劇或電影當中常見的題材嗎?簡單講就類似那樣的感覺。祂是代替人類，承擔思想的神靈。」

換言之，在遇到螃蟹的時候。

戰場原她——切斷了與母親的關係。

母親將女兒像祭品一樣獻給幹部，沒有伸出援手，還因此導致家庭崩毀。可是，假如自己當時沒有抵抗的話，事情也許就不會演變成這樣子——她把煩惱的思想給停止了。

停止去想。

捨去重量。

自己，主動地。

選擇了——投機取巧的做法。

尋求——心靈的寄託。

「那是以物易物，是一種交換啊，等價交換。螃蟹這玩意兒，全身裹著鎧甲，看起來非常堅固對吧？牠給人的印象就是如此，外層包覆著甲殼，保護著重要的東西，還一邊吹出馬上就會消失的泡泡。那種玩意兒，根本不能吃嘛。」

看來他真的很討厭螃蟹。

忍野看似輕浮——沒想到卻是個笨拙的男人。

「蟹這個字，寫起來就是解體的蟲類對吧？也可說是解開糾結的蟲啊。不管怎樣，只要出沒在水邊的生物，都屬於那種類型。更何況這些傢伙——還有著兩隻巨大的鉗子呢。」

就結論而言。

戰場原失去重量——也因為失去重量，失去思念，而從痛苦當中得到了解放。能夠毫無煩惱地捨棄一切。

因為能夠捨棄。

所以變得相當——輕鬆自在。

這是她的真心話。

失去重量的事情——對戰場原來說，並非本質上的問題。話雖如此——儘管如此，戰場原她，就像那名用十枚金幣的價格賣掉影子的年輕人一樣，對於自己變得輕鬆自在這件事情，可以說是沒有一天不後悔的。

但是，這不是因為與周圍環境格格不入的緣故。

也不是因為生活產生不便。

更不是因為沒辦法交朋友。

並不是因為失去了一切。

而是因為失去了思念——僅此而已。

五個騙徒。

據說那五個人和她母親的宗教沒有任何關係，而戰場原雖然半信半疑，對他們連一半的信任都沒有，卻還是相信了他們（包含忍野在內）。這點可說是將戰場原內心的懊悔表露無遺。就算她去醫院複診只是例行公事也好——

這也不代表什麼。

我自始至終都完全判斷錯誤。

戰場原失去重量之後，

從來沒有放棄任何東西。

也沒有捨棄任何東西。

「這其實不算什麼壞事啊，如果有痛苦的事情，並不代表一定要去面對才行。去面對它也不代表自己很了不起。討厭的話，就算逃避也完全沒關係。不管要捨棄女兒也好或遁入宗教也好，都是個人的自由。尤其像這次的情況，事到如今就算妳取回了自己的思念，也於事無補，對吧？這麼做只不過是讓原本拋開煩惱的妳，又開始煩惱罷了，而妳的母親並不會因此而回來，破碎的家庭也不會復合。」

不會有任何改變。

忍野既非挖苦也不帶諷刺地說：「重蟹會奪取重量，奪取思想，奪取存在，但卻和吸血鬼小忍或魅貓不一樣——因為這一切是小姐妳自己期望的，所以倒不如說是妳自願交給祂的。以物易物——神明始終存在著。小姐實際上，什麼也沒有失去啊，話雖如此——」

話雖如此。

儘管如此。

正因如此。

戰場原黑儀才——希望要回來。

希望對方還給她。

將那早已無法挽回的母親回憶，

記憶與煩惱，全部還給她。
那究竟是怎樣的心情，老實說我不明白，今後應該也不會明白吧，況且正如忍野所說的，她的母親並不會因此而回來，家庭也不會因此而復合，只有戰場原獨自一人，懷抱那份痛苦的思念——
一切不會有任何的改變吧。
「並不是沒有任何的改變。」
戰場原最後說道。
她用哭得紅腫的雙眼，對著我說。
「而且，這一切絕對不是徒勞無功。至少我，交到了一個重要的朋友。」
「誰？」
「就是你啊。」
面對反射性裝傻的我，戰場原毫不羞澀，並且毫不迂迴地，大大方方——抬頭挺胸地說。
「謝謝你，阿良良木。我對你非常地感激。至今為止所有的事情，我全部向你道歉。也許我這樣說很厚臉皮，但今後如果你還願意繼續跟我做朋友的話，我會非常地高興。」
我太大意了——
因為戰場原這出其不意的一席話，竟深深地滲入了我的心底。
一起去吃螃蟹的約定。

看樣子，大概要等待冬天的到來了。

008

以下是後日談……應該說是本次故事的收尾。

翌日早上，我按照慣例被兩個妹妹：火憐和月火給叫醒後，發現身體異常地疲憊。我勉強起身，光是要下床都費了一番功夫。身體就有如發高燒似地，又沉又重，全身上下的關節都在痠痛。這次跟我和羽川的時候不一樣，並沒有武打格鬥或激烈對戰，照理來說應該不會肌肉痠痛才對，總之我每一步都走得很辛苦。下樓梯的時候也是，只要稍不留意，可能就會直接滾下去。而我的意識非常清楚，現在也不是流行性感冒的季節，這到底怎麼回事呢？

想著想著，忽然某個錯愕的念頭，掠過了我的腦中。

在去餐桌以前，我先往洗手間走去。

那裡有一部體重計。

我站上去。

順帶一提，我的體重是五十五公斤。

而體重計的數字，則指著一百公斤。

「……喂喂喂。」

原來如此。

所謂的神明，看樣子果真是一群相當草率的傢伙。

第二話 真宵・蝸牛

HACHIKUJI MAYOI

001

遇見八九寺真宵，是發生在五月十四日，禮拜日的事情。這一天是母親節，全國性的節日。無論是喜歡母親的人也好或討厭母親的人也好，與母親感情融洽的人也好或感情失和的人也好，只要是日本國民，誰都可以平等地享有母親節。不過，母親節的起源，沒記錯的話應該是在美國吧。既然這樣，應該要把母親節和耶誕節、萬聖節和情人節等節日並列，把它歸類成一種慶祝活動。不管怎樣，五月十四日這一天，康乃馨的消費量創下一年三百六十五天當中的最高紀錄，可想而知，各地的家庭，這一天也盛行著「搥背券」或「家事幫忙券」等東西。不，我並不清楚那種風俗現在是否還存在，不管怎麼說，今年的五月十四日確實是母親節。

在這個日子。

在這個日子的，早上九點鐘。

我坐在陌生公園的長椅上，像笨蛋般抬頭仰望著，像笨蛋般蔚藍的天空，無所事事地呆坐在那裡。這座公園豈止陌生，我根本連聽都沒聽過。

浪白公園，入口處這樣寫著。

那兩個字要念作「NAMISHIRO」還是「ROUHAKU」，或者還有其他的念法，我完全不知道。想當然耳，就連名稱由來是什麼，我也一無所知。這種事情就算不知道，也沒有任何影響，不會產生任何問題。我並非懷著明確的目的來到這座公園，只是單純地、隨意地、率性而為順其自然地騎著越野腳踏車向前奔馳，結果就來到這裡了，僅此而已。

來訪和抵達的差異。

對我以外的人來說，都是一樣的吧。

我的腳踏車停放在入口附近的腳踏車停車場。

停車場裡，只有兩輛棄置已久，久經風吹雨打，已經分不清楚究竟是腳踏車還是鏽鐵塊的物體，除此之外沒有任何一輛，除了我的越野腳踏車以外，沒有任何一輛車停放在裡面。這種時候，我更加強烈感受到，騎著越野腳踏車奔馳在柏油路上的空虛感。算了，空虛感這東西，就算不在這種時候，也隨時都感覺得到。

這座公園相當寬廣。

話雖如此，會這麼感覺，純粹是因為遊戲設施太少的緣故吧。只是看起來寬廣而已。僅在角落有著鞦韆，和巴掌大的沙地，沒有翹翹板也沒有攀爬鐵架，甚至連個溜滑梯也沒有。對高中三年級的我來說，名為公園的場所，原本應該是更能引起鄉愁的地方，然而現在我心中懷抱的，倒不如說是完全相反的情感。

又或者，是另有原因嗎？比如顧慮到公園設施的危險性，和考量到兒童的安全，所以過去曾經設置的各種遊戲器材都被撤走了，形成現在的結果。即使真的是這樣，我的感想本身也不會改變，況且，果真如此的話，個人認為最危險的肯定是鞦韆才對。不過算了，那些都無關緊要，我也曾痛感過自己現在還能好手好腳地在這裡，實在是一個奇蹟。

孩提時代可真是，做過許多胡鬧的事情啊。

我懷著與鄉愁不同的感覺，如此回想著。

話說回來。

五月十四日的我，其實早在一個半月以前那個階段，身體就已經無法稱作是健全了──然而根植於我內心深處的感傷，似乎仍未跟上現實的腳步。坦白說，那並不是花幾個月就能夠整理明白的事情，或許花上一生的時間都沒辦法做到也不一定。

但是，我想。

就算再怎麼缺少遊戲設施，這座公園未免也太冷清了點。總之，除了我以外，連一個人也沒有。明明今天是全世界共通的禮拜日。正因為沒有遊戲設施，感覺更加寬敞，用橡皮球跟塑膠製的球棒，來玩玩棒球也不錯啊。還是說，最近的小學生之間，已經沒有講到玩遊戲第一首選是棒球，然後第二是足球這樣的習慣了嗎？現在的小學生只會窩在家裡拚命打電動嗎──或是忙於補習？又或者，這附近的小朋友全部都是孝子，會用一整天來慶祝母親節嗎？

即便如此，禮拜天的公園裡，除了我以外別無他人，簡直就像全世界只剩下我一個人了不是嗎──也許這樣講太過誇張，但感覺就像這座公園的所有權都歸我一樣。我有種彷彿不用回家也沒關係的心情。只有我，反正只有我一個人……嗯？不對，還有一個人。並非只有我而已。我所坐的長椅，隔著廣場的正對面，在公園一角，有塊鐵製看板，上面是導覽圖──一名小學生，正望著附近住宅區的地圖。因為她背對著我，所以我不清楚她是個怎樣的孩子，但她背著一個大背包，讓人印象深刻。一瞬間，我有種找到同伴的感覺，心情稍微平緩下來，然而那名小學生，在面向那張導覽圖一陣子以後，彷彿想起什麼似地，便從公園離去了。於是只剩下我一個人。

又一個人了嗎？

我心裡這樣想著。

——哥哥。

此時我忽然——想起妹妹說的話。

當我騎上越野腳踏車正要衝出家門時，她在我身後隨口說出的一句話。

——哥哥老是這樣——

啊啊。

可惡，我從原先仰望天空的姿勢，轉而變成雙手抱頭，直盯地面。

陰暗的情緒，宛如波濤洶湧，不停朝我逼近。

原本看著天空，心情已平靜許多，結果現在又開始厭惡起自己的卑微渺小。所謂的自我厭惡應該就是這樣的情緒吧——平常我不是會為這種事情而煩惱的人，倒不如說是與煩惱兩字無緣，但偶爾也會有一次，沒錯，就像五月十四日這樣，充滿各種慶祝活動的日子，我就會莫名地陷入這種狀態。舉凡特別的狀況，特殊的設定，我對那類東西異常地脆弱。會不由得失去平靜，甚至會想要逃避。

啊啊，還是平常的日子最棒。

明天快點到來吧。

在這種微妙的狀態下——一個與蝸牛有關的插曲，就此展開了。老實說，假如當時我不是處於那種狀態的話，或許這個插曲根本就不會發生吧。

002

「唉呀！我還以為是什麼東西勒。還想說怎麼會有人把狗的屍體丟在公園長椅上，什麼嘛，原來是阿良良木啊。」

我似乎聽到一個恐怕是人類史上史無前例的奇特問候方式，於是將頭從地面抬起，發現同班同學——戰場原黑儀就站在眼前。

今天是禮拜天，她理所當然是穿便服。突然有人叫自己狗屍，原本我想要反脣相譏，但看到戰場原那讓人耳目一新的穿著，我不由得把衝到喉嚨的話語給吞了回去。因為她除了一身便服外，還將平常在學校放下的長髮，綁成了馬尾。

嗚哇……！

她這身穿著並不是很暴露。上半身巧妙強調出胸部的衣著搭配，配上平常穿制服根本無法想像的短褲裙。明明不是裙子，黑色的褲襪卻比赤裸的雙腳還要來得妖豔。

「幹麼。我只是打個招呼而已。開玩笑的啦。希望你不要一臉掃興的樣子。阿良良木，你是不是決定性地欠缺幽默感的細胞啊？」

「啊，不、不是……」

「要不然是什麼？還是說情竇初開的阿良良木，看到我這身迷人的便服穿著後眼迷心蕩，十分幸福（註8）嗎？」

「…………」

先不管她的冷笑話，確實被她說中了，我心中的感覺大概就是如此，所以我找不到適當的話語來吐槽她。

「話說回來，眼迷心蕩的心蕩，是一個很棒的詞喔。你知道嗎？寫法是草字頭下面一個湯。我個人覺得『蕩』這個字，比草字頭下面一個明…『萌』這個字還要更上一層樓。它是肩負下一個世代的微妙詞彙，很受到期待呢。比如說，以後會有像女僕蕩或是貓耳蕩之類的詞彙出現。」

「……妳的便服和上次的印象差很多，所以我吃了一驚。只是這樣而已。」

「嗯，這麼說也是。上次我穿的便服比較成熟嘛。」

「是這樣嗎？嗯——」

「不過，我這套衣服上下兩件都是昨天新買的。當下，這應該說是慶祝康復吧。」

「慶祝康復——」

戰場原黑儀。

同班的少女。

她到最近為止，都背負著某個問題。那個問題直到最近都一直緊跟著她——從升上高中之後開始，始終不離身。

兩年以上的時間。

8　在日文中「十分幸福」和「便服」同音，是一種冷笑話。

從未間斷。

因為那問題的緣故，害她無法交朋友，無法和任何人接觸，度過了就像被關入牢籠般，有如拷問似的高中生活。但幸運的是，那個問題在上禮拜一，大致上解決了。問題解決時我也在現場，雖然我和戰場原一年級、二年級，以及升上三年級都同窗，但那次還是我第一次和她好好說上話。因為這樣，我才第一次和這位原本在我印象中是一位沉默寡言、成績優良、纖細虛弱的女同學，有了交集。

問題的解決。

解決。

話說回來，戰場原長年背負著那個問題，事情當然不是、也不可能這麼簡單就獲得解決，在那之後，一直到昨天禮拜六為止，她都向學校請假。聽說她因為要針對體重的問題做調查或精密檢查之類的東西，所以頻繁來往醫院。

然後昨天。

她從這種種的問題當中，得到了解放。

似乎是如此。

總算。

要是反過來說，是好不容易。

要是說真心話，則是終於。

「話是這樣說沒錯，不過問題的根源還沒有完全恢復，所以是不是該真的感到高興，我自己也覺得很微妙。」

「問題的根源——嗎？」

就是這個問題。

不過，這世上所有被稱為問題的現象，大致上都是如此吧——先把它們解決完，事後再添加解釋上去，這就是所謂問題的真面目。

戰場原的情況是如此。

我的情況也是一樣。

「你不用為我傷腦筋。我自己煩惱就可以了。」

「嗯——妳說的也對。」

就是這樣。

對彼此來說，就是這樣。

「沒錯。就是這樣。而且，我有那個智商可以煩惱，是很幸福的事情。」

「……妳這說法，好像在說有人沒那個智商可以煩惱，是個不幸的傢伙一樣。」

「阿良良木你真的是一個笨蛋。」

「妳居然直接說出來了！」

而且還完全無視文章脈絡。

妳剛才說那些，就是想說我是笨蛋嗎……

雖然我們快一個禮拜不見，但這傢伙還是沒變。

我還以為她稍微變圓滑些了。

「不過，真是太好了。」

戰場原露出淡淡的微笑說。

「今天我只是打算習慣一下而已，可是這套衣服如果可以的話，我希望阿良良木你第一個看到。」

「……嗯？」

「因為問題解決，所以我可以自由選擇穿著啦。以後各式各樣的衣服，不管什麼衣服我都可以毫無限制去穿它了。」

「啊……原來是這樣啊。」

不能自由選擇衣服。

這也是戰場原背負的問題之一。

她現在明明是想要打扮的年紀。

「妳想第一個讓我看，該怎麼說呢，這應該算我非常幸運，真是光榮啊。」

「不是我想讓你看，是希望你第一個看到。這兩句的語感完全不一樣吧。」

「哦……」

既然這樣，我希望她除了上禮拜一的「成熟服裝」外，能夠再讓我看到其他更驚人的穿著……不過，眼前這件特別強調胸部的服裝，確實有十足的魅力，足夠強烈吸引我的視線。該說她品味不錯？我感覺自己宛如被強力的磁力，給牢牢捕捉住了一樣。她原本給人虛弱的印象，但我卻可以感覺到一種和虛弱完全成對比的積極動力。因為她束起秀髮的緣故，使得上半身的曲線一目了然。特別是胸部附近——不對，從剛才開始我就一直在說胸部……她的露出度不高……應該說從五月中旬這個時間來思考，她穿長袖配上褲襪，露出度反而算少，但總而言之就是有一種異國情調。為什麼，這究竟是為什麼呢？難道說，在經歷過上禮拜一戰場原黑儀，以及黃金週班長羽川翼的事件後，我得到了與裸體和穿內衣相比，穿衣服反而會讓我覺得更「性奮」的能力嗎……

我不要……

那種能力在高中階段，沒有任何必要性……

而且冷靜想想，我覺得用那種眼光來看同班的女生，是一件很失禮的事情。我對自己感到十分羞愧。

「對了，阿良良木。你在這裡到底在做什麼？該不會我請假的這段時間，你被學校退學了吧。因為你無法和家人說，所以才會假裝去上學，然後在公園消磨時間……如果真是這樣的話，那我最害怕的事情終於發生了。」

「妳說的應該是被公司炒魷魚的爸爸吧……」

而且今天是禮拜天。

是母親節。

我險些脫口說出這句話時，懸崖勒馬打消了念頭。戰場原因為一些緣故，所以是父女單親家庭。她和母親的情況，稍微有一點複雜。雖然對那種事情我要是顧慮太多反而不太好，但也不能隨便把它掛在嘴巴上吧。母親節這句話，就把它當作對戰場原的禁句吧。

畢竟我——

也不想主動談母親節。

「沒做什麼。只是在這打發時間。」

「我以前聽說過，問一個男生在做什麼，如果他回答是在打發時間的話，那就表示那個男人沒有出息。我希望這和阿良良木沒有關係啦。」

「……我稍微遠騎了一下。」

不過是騎腳踏車啦，我追加說明。

聽到這回答後，戰場原點頭嗯了一聲，轉頭看公園入口的方向。那個方向，沒錯，就是腳踏車停車場。

「這麼說，那輛腳踏車就是阿良良木的囉？」

「嗯？對啊。」

「它的框架好像塗了層氧化鐵一樣整個都生鏽了，鍊子也斷掉脫落，還沒有前輪和坐墊，原來，腳踏車變成那樣還能騎啊。」

「不是那輛！」

妳說的是棄置腳踏車。

「除了兩輛那種腳踏車外，還有一輛很酷的車吧！紅色的那輛！那才是我的車！」

「嗯……啊！那輛越野腳踏車。」

「對、對。」

「ＭＴＢ。」

「嗯……沒錯。」

「ＭＩＢ。」（註９）

「這就不對了。」

「嗯——原來那是阿良良木的啊。可是，這樣一來很奇怪呢。那形狀和你之前載我的腳踏車差很多呢。」

「之前那輛是上學用的。私底下我不可能騎菜籃車吧。」

「原來如此，阿良良木你是高中生嘛。」

嗯嗯！戰場原頷首。

妳也是高中生吧。

「高中生，越野腳踏車。」

「總覺得妳這說法好像話中有話……」

「高中生，越野腳踏車。國中生，蝴蝶刀。小學生，掀裙子。」

「那充滿惡意的列舉方式是什麼意思！」

「句子裡面又沒有助詞和形容詞，所以有沒有惡意還不知道吧？不要因為自己獨斷的推測就對女生大小聲，阿良良木。威脅也是暴力的一種喔。」

要這麼說的話，毒舌也是一種暴力吧。

但我就算說了也沒用……

「那妳加上助詞和形容詞看看啊。」

「高中生『的』越野腳踏車，『比』國中生『的』蝴蝶刀『和』小學生『的』掀裙子

9　ＭＴＢ為越野腳踏車的英文縮寫；ＭＩＢ則是電影星際戰警。

『還要』『更扯』。」

「妳沒想過附和我一下嘛！」

「不對啦，阿良良木。不是這樣，這邊要吐槽的話，應該要說『更扯』這個字不是形容詞，而是動詞加上程度副詞才對吧。」

「妳突然說這種鬼東西誰聽得懂啊！」

不愧是學年成績維持名列前茅的人。

不對，不懂的人只有我而已嗎……

我國文很弱。

「我說妳啊，我是沒關係啦。我沒有很喜歡越野腳踏車，而且我事到如今，早就對妳的謾罵有一定程度的忍耐力了。應該說忍耐還是說通融呢。不過，騎越野腳踏車的高中生，全世界可是有五萬人喔，妳要和這些人為敵嗎？」

「越野腳踏車實在太棒了，是一個只要是高中生，不管是誰都會憧憬的傑作。」

態度驟變的戰場原黑儀。

沒想到她是一個明哲保身的傢伙。

「因為這麼棒的東西實在太不適合阿良良木，所以我才會在無意中說了一些無心的話。」

「妳還把責任推卸給別人……」

「這些小細節你不要在那邊囉哩囉嗦的。你這麼想死的話，我隨時可以讓你只剩下半條命。」

「好凶狠的態度！」

「阿良良木，你常常來這附近嗎？」

「妳每次都若無其事地把話題轉回來。沒有，這次應該是我第一次來吧。我隨便騎騎腳踏車，剛好看到這邊有個公園，然後就在這邊休息一下而已。」

說實話，我以為自己已經騎很遠了——例如已經騎到沖繩之類的地方，但現在巧遇戰場原，就表示憑腳踏車這種代步工具，很理所當然無法離開自己所居住的城市吧。這就像被飼育在牧場的動物一樣。

啊——啊。

去考個駕照吧。

可是那也要等到畢業以後吧。

「戰場原妳呢？妳剛才有提到習慣，什麼啊，妳是在散步做復健嗎？」

「我說的習慣是習慣衣服。阿良良木是男生，所以不會做這種事情嗎？把鞋子穿習慣這點事情，你應該會做吧。不過簡單來說，我就是散步吧。」

「嗯——」

「這附近以前是我的地盤呢。」

「…………」

地盤勒……

「啊，這麼說來的話，妳高二的時候好像有搬家來著。妳搬家之前是住在這附近啊？」

「嗯，就是這樣。」

似乎沒錯。

原來如此，單純說她在散步或習慣衣服，倒不如說她本質上是因為自身的問題解決，所以懷念起過去的時光吧。這傢伙的舉動還挺有人性的嘛。

「我很久沒來了，這一帶——」

「怎麼了。完全沒變嗎？」

「不對，相反。是完全變了樣。」

戰場原立刻回答說。

她似乎已經走了一定程度的路，散步告了個段落。

「我不會因為那種事情而心情感傷，可是自己以前住的地方逐漸變貌，總會讓我覺得心中的幹勁被澆熄了。」

「這是沒辦法的事情吧？」

我出生至今一直在同一個地方長大，所以戰場原說的感覺，老實說我完全不懂。我也沒有可以稱為老家的地方——

「也對。這是沒辦法的事情。」

戰場原很意外地在這裡完全沒有反駁，回答說。這女人聽到別人的意見居然沒唱反調，實在是很稀奇。也許，她是覺得繼續和我談這個話題，也不會有什麼益處吧。

「我說，阿良良木。既然這樣，我可以坐你旁邊嗎？」

「旁邊？」

「我想要和你聊天。」

「…………」

這措詞真的很直接了當。

她想說什麼、想做什麼，簡單明瞭。

毫不做作，坦率。

「可以啊。我一個人占據這張四人座的長椅，正好覺得有點過意不去呢。」

「是嗎。那我就不客氣了。」

戰場原說完，坐到我身旁來。

我倆緊貼到幾乎可以碰到肩膀。

「………………」

咦……為何這傢伙要把這張四人座的長椅，弄得好像兩人座的一樣……？這樣會不會太近了，戰場原小姐。在這緊貼的距離下，我倆的身體好不容易才沒有碰觸到對方，但卻處於一種只要稍微移動就會貼到彼此的絕妙平衡中，以同學來說，不，就算以朋友來說，這距離實在有點不太妙。話雖如此，要是由我這邊移動拉開距離，可能會讓戰場原覺得我在躲她一樣。就算我沒那個意思，但要是戰場原誤解的話，我不知會受到她何等的迫害，一想到這點我就無法隨便移動身體。結果——我整個人僵在原地。

「上次的事情，」

在如此狀況，以及位置關係下。

戰場原若無其事地開口說。

「我想要再向你說聲謝謝。」

「……嗯。不過，妳不用謝我沒關係。仔細想想，其實我完全沒幫上忙。」

「是啊。一點屁用也沒有。」

「…………」

這兩句雖然意思雷同，但後者的表現卻更為過分。

應該說過分的是這女人。

「所以，妳要道謝就跟忍野說吧。我想那樣應該就足夠了吧。」

「忍野先生那邊，又另當別論了。而且，我還要把說好的錢付給他。好像是十萬塊吧。」

「是啊。妳要打工嗎？」

「對。不過我的個性不適合勞動，所以我現在正在思考對策。」

「和沒自覺比起來，妳有自覺是一件好事。」

「有沒有方法可以賴皮不付錢呢……」

「妳在思考那種對策嗎!?」

「開玩笑的。錢的事情我會好好處理。所以說，他那邊另當別論。我想要和你道謝的動機，和忍野先生不同。」

「既然這樣，妳的道謝我剛才已經聽過了，這樣就夠了。就算是道謝的話語也一樣，要是說太多次就會失去實質的意義。」

「本來就沒有實質的意義啊。」

「沒有嗎!?」

「我開玩笑的。是有實質意義的。」

「妳真的很愛開玩笑。」

我卻是驚訝連連啊。

戰場原咳一聲，清了清嗓子繼續說：

「抱歉。我不知道為什麼，一聽到阿良良木你說話，就會不由自主地想要否定你，跟你唱反調。」

「…………………」

就算妳一邊道歉，一邊說這種話……

感覺她好像在說：我跟你就是不對盤。

「這一定是那個吧。這種心境，就像小孩子總是喜歡欺負自己喜歡的對象一樣。」

「不對，我覺得妳那是大人想要欺侮弱者的心境……」

嗯？

剛才，戰場原是不是說我是她喜歡的對象？

啊，不對，那是一種言語修辭吧。

國中生以為對自己微笑的女生全都煞到自己，而我現在這樣想似乎沒有太大的意義（微笑這種東西根本分文不值），因此我又將話題拉回。

「不過說實話，我也不覺得自己做了什麼需要讓妳這樣道謝的事情，照忍野的說法，『妳是自己救自己的』，所以對我感恩之類的事情，還是不必了吧。那樣會讓我們今後很難當朋友吧。」

「當朋友，是嗎？」

戰場原說話的語氣完全沒變。

「我——阿良良木，我可以把你當成朋友嗎？」

「當然沒問題。」

我們曾向對方吐露出自己身上的問題。我想我們的關係，已經超越陌生人或普通同班同學的範圍了。

「是啊……你說的沒錯，我們彼此都有對方的把柄。」

「誒……？我們的關係有這麼緊張嗎？」

看來我們的關係似乎很不和悅……

「不是把柄之類的問題，妳只要很自然地把我當成朋友就好……我們不是那種緊張關係吧？妳這麼做的話，我也會把妳當成朋友的。」

「可是，阿良良木不是那種喜歡交朋友的類型吧。」

「那是到去年為止的事情。與其說是類型，倒不如說是主義比較正確。不過，因為我在春假稍微有了一點思維轉換……那戰場原妳呢？」

「我是到上禮拜一為止。」

戰場原說。

「更正確來說，是到遇見阿良良木為止。」

「…………………」

這傢伙怎麼回事……

應該說這狀況是怎麼回事……

這場面好像待會我會被戰場原告白一樣……該說是呼吸困難還是沉悶呢，對了……就像還沒做好心理準備的感覺一樣。要是早知道事情會變成這樣，我應該先把衣服和頭髮好好打點一下……

不對！

我居然很認真在思考萬一被告白該怎麼辦的問題，這實在讓我十分羞愧！而且，在我如此思考的時候，眼睛還會不經意去看戰場原的胸部是怎麼回事！我是那種庸俗的人嗎？阿良良木曆是一個用外表（胸部）來判斷女生、品性低劣的人嗎……

「你怎麼了？阿良良木。」

「啊，沒事……抱歉。」

「為什麼你要道歉？」

「我突然覺得自己的存在是一種罪惡……」

「原來如此。你是罪孽深重的男人啊。」

「…………」

不對。

這兩句又是意思一樣，語感不同。

「簡單來說，阿良良木。」

戰場原說。

「不管你怎麼說，我都想要報答你。不這樣的話，我對阿良良木你永遠都會有一種自卑感。如果我們要當朋友，我覺得自己要先報答你之後，我們才能變成對等的朋友。」

「朋友……」

朋友。

為什麼呢。

這個詞不管怎麼思考都是一個很感動的詞彙才對，但我卻因為剛才的過度期待，而覺得有些沮喪，或者該說心中某處有點悵然若失……

不，不對……

絕對不是這樣……

「你怎麼了，阿良良木。我覺得自己這話說得還滿酷的，總覺得你的表情看起來好像很失望呢。」

「沒有、沒有。我知道妳的想法後，拚命壓制自己高興得想要跳法國康康舞的心情，所以看起來才會變成那樣吧。」

「是嗎。」

她一臉不認同的表情，點頭回應。

她可能認為我是一個別有用心的男人。

「算了，這不重要。總之就是這樣，阿良良木。你有沒有什麼事情希望我為你做的啊？只限一個，你不管說什麼我都會聽你的。」

「……不、不管說什麼？」

「不管說什麼。」

「喔……」

同班的女同學對我說：你不管說什麼我都會聽你的……

我沒想到自己居然會達成這等十分了不起的豐功偉業。

…………

可是，這傢伙絕對知道自己在說什麼。

「真的什麼都可以喔。不管任何願望我都會替你實現，只限一個。就算你要征服世界、要永遠的生命，或者是要打倒即將來到地球的賽亞人都可以。」

「難道妳擁有超越神龍的力量嗎!?」

「那還用說。」

這傢伙居然肯定了。

「希望你不要把我和那種在關鍵時刻派不上用場，最後還站在敵人那邊的叛徒混為一談……不過說真的，我比較希望聽到你個人的願望是事實。這樣我比較容易實現它。」

「我想也是……」

「我突然說這種話，阿良良木你應該覺得很不知所措吧？既然這樣，對了，那種願望也可以喔。這種狀況下，不是有一個最制式的願望嗎？你可以說想要把一個願望變成一百個之類的。」

「……咦？這也行？那樣可以嗎？」

在這種狀況下，此願望算是超級制式的禁忌之一，十分常見，只有不知恥的傢伙才會掛在嘴巴上。

而且還是我自己說的。

這不就等於我對她完全服從了嗎。

「不管什麼願望你儘管說。我會盡最大的努力替你實現的。例如，希望我連續一個禮拜都在句尾加上『妞』字、連續一個禮拜不穿內褲來上課、連續一個禮拜每天裸體穿圍裙叫你起床、連續一個禮拜陪你玩灌腸減肥之類的，阿良良木應該也有許多獨自的喜好吧。」

「你把我當做那種等級的狂熱變態份子嗎！那實在太失禮了吧！」

「不是……那個，很抱歉，如果你要我一輩子都那麼做的話，那個、我可能沒辦法答應……」

「不是，不對不對不對！我不是因為自己的狂熱度被不當低估而生氣！」

「啊，是嗎？」

戰場原一本正經地說。

她完全將我玩弄於股掌之間……

「我說戰場原，那些愚蠢的要求，如果是一個禮拜妳就能答應嗎……」

「我有那種覺悟。」

「……………」

快捨棄那種覺悟吧。

「說出來讓你參考一下，我個人比較推薦每天裸體穿圍裙叫你起床。我很擅長早起，應該說我早就已經習慣了，如果有必要的話，要我順便幫你做早餐也行喔。當然也是裸體穿圍裙。在後面眺望裸體圍裙，不是很有男人的浪漫嗎？」

「『男人的浪漫』這句話不要用在這種地方！男人的浪漫是更帥氣的東西！而且，我家裡還有其他人在，被妳這樣一搞，我家肯定會以瞬間最大風速整個破滅！」

「你的語氣好像在說家裡沒其他人在就ＯＫ的樣子。既然這樣，你來我家住一個禮拜如何？以結果來說，我想應該是一樣的。」

「我說，戰場原啊。」

我的語氣變得好像在勸說一樣。

「假設那種交涉成立的話，我想以後我們之間，就不可能有友情存在了。」

「唉呀。聽你這麼一說的確是這樣。也對。那就禁止色情方面的願望吧。」

嗯，這樣比較妥當。

這麼說來，在句尾加上「妞」字，對戰場原來說是色情方面的要求嗎……看她道貌岸然的樣子，其實這傢伙喜好還挺特殊的呢。

「不過，反正我一開始就覺得，阿良良木一定不會做出色色的要求。」

「喔？看來妳非常信任我嘛。」

「因為你是處男啊。」

「……………」

這話題先前我們也有聊過沒錯。

說起來，好像是上禮拜。

「處男比較不黏人，所以應付起來比較輕鬆。」

「那個……戰場原，稍等一下。妳從之前開始就一直拿處男來作文章數落我，可是妳自己也沒有經驗吧？結果妳卻把處男說成這樣，該說我不能贊同還是——」

「你在說什麼。我有經驗啊。」

「真的嗎？」

「身經百戰呢。」

戰場原說得很毅然決然。

這傢伙……該怎麼說呢，她真的只想跟我唱反調而已……

身經百戰這種表現也不太適當。

「這個嘛……我實在不知道該說什麼好，不過假設、只是假設喔，假設妳說的是真的好了，妳把事實告訴我對妳有什麼好處？」

「………嗯。」

臉紅了。

不過臉紅的是我，不是戰場原。

總覺得我們似乎經歷了一段很漫長的對話。

「我知道了……我更正一下。」

最後，戰場原說。

「我，沒有經驗，還是處女。」

「……哦。」

這算自白沒錯，不過也太勁爆了。

我先前也被迫自白過，所以這要算扯平的話也算扯平吧。

「也就是說！」

接著，戰場原毅然地用食指毫不留情地指向我，用彷彿快響徹公園的聲音，對我大聲訓斥。

「願意和阿良良木你這種沒吸引力的處男說話的人，也只有我這種還沒失身的神經病處女而已！」

「…………！」

這傢伙……為了痛罵我，她甚至不惜貶低自己的身分嗎……

在某種意義上我甘拜下風，在某種意義上我舉白旗投降。

全面降服。

關於戰場原的高度貞操觀念和嚴謹的品行，老實說我在上禮拜已經深切感受到差點留下心理創傷，這件事不用特別去深究也無妨。因為對戰場原而言，那種思考已經不算是她的性格，而是到達了一種病態的境界。

「話題偏離主題了。」

戰場原很輕鬆地恢復平靜的聲音，對我說：

「你真的沒有什麼願望嗎？例如更單純的煩惱之類的。」

「煩惱——嗎？」

「我笨嘴拙舌，所以不知道該怎麼表達，不過我希望能幫上你的忙，這點是真心的。」

我想妳這樣不叫笨嘴拙舌。

應該是能言巧辯，死的都能說成活的。不過，戰場原黑儀——

本性並不壞……吧。

就算她不去禁止，

現在這狀況，我也不能隨便提出那種不純的願望吧。

「例如希望我教你脫離尼特族（註10）的方法。」

「我不是尼特族好嗎。哪個世界的尼特族會有越野腳踏車的啊。」

「搞不好你是有腳踏車的尼特族。就算阿良良木你是尼特族，我也不允許你用那種偏見的眼光去看其他人。他們一定是把輪胎拆掉，在房間裡面踩腳踏車的。」

「那是健身腳踏車吧。」

好一個健康的尼特族。

這種人或許真的存在。

「可是，妳突然問我有沒有煩惱，我也不知道該怎麼回答。」

10　尼特族：不上學、不工作，不受訓，拒絕和外界接觸，終日在家、漫無目的地過日子。

「或許你說得也有道理。阿良良木，你今天頭髮沒有睡翹呢。」
「妳的意思是說，我的煩惱了不起也只有頭髮睡翹而已嗎!?」
「不要過度解讀我說的話好嗎。你的被害妄想出乎意料的嚴重呢。你對言外之意的解釋太超過了吧？」
「不然還有哪種解釋……」
真是的。
這傢伙宛如一朵連花瓣都帶刺的薔薇。
「比如說班上有個女生對任何人都很溫柔，唯獨對你很冷淡，我想這種煩惱我也可以幫你解決。」
「這舉例真討人厭！」
看來我不勉強自己說出願望，這對話就會永無止盡地發展下去。
唉呀呀……
真是夠了。
「這個嘛……我沒有什麼煩惱。硬要說的話，或許這不是煩惱也說不定。」
「唉呀，有什麼事情嗎？」
「有一件事吧。」
「什麼事情?告訴我。」
「妳毫不猶豫呢。」
「那是當然的。這是我能不能報答阿良良木的關鍵時刻。還是說，那是一件難以向人啟齒的事情？」

「沒有，也不是難以啟齒啦。」

「那你就告訴我吧。光是說出來就可以讓自己輕鬆點——似乎是這樣吧。」

…………

從妳這種相當高等級的祕密主義者口中說出來的話，實在沒什麼說服力啊。

「那個……我跟妹妹吵架了。」

「……看來我似乎幫不上什麼忙呢。」

這女人放棄得真快。

才剛聽到問題而已……

「不過，你就暫且說到最後吧。」

「暫且嗎……」

「那，你就姑且說到最後吧。」

「這兩句話的意思一樣吧。」

「姑且是姑且聽你一言的意思。」

「……啊——嗯——就是啊。」

剛才我自己把「那個詞」列為禁句。

但從這對話的脈絡來看，這也由不得我做主。

「妳看，今天不是母親節嗎。」

「嗯？啊，這麼說來的確是呢。」

戰場原很普通地回應我。

看來是我顧忌太多了。

既然這樣，就只剩下我的問題了。

「然後呢，你跟哪個妹妹吵架了？我記得阿良良木你應該有兩個妹妹吧？」

「對，原來妳知道啊。真要說的話應該是和我大妹——不過應該算兩個人都有份吧。她們兩個不管何時何處、做什麼事情，5W1H，總是形影不離。」

「她們是『栂之木二中學的爆熱姊妹花』嘛。」

「妳連她們的混號都知道嗎……」

總覺得有點討厭。

不過，妹妹有混號這點更讓人討厭。

「她們兩個也很黏我媽。而我媽也很溺愛她們。所以——」

「原來如此。」

戰場原聽到這似乎完全理解了一般，打斷了我的話。她不等我說到最後，彷彿想要我不用說得太明白一樣。

「以一個差勁的長男來說，母親節的今天，你在自己的家裡沒有容身之地對吧。」

「……就是這樣。」

就戰場原來說，差勁的長男這句話，可能只是平常的謾罵而已，但很遺憾，這形容一點也不誇張，完全是事實，所以我也只有肯定的份。

雖然我不是真的沒有容身之地。

但感覺不舒服卻是事實。

「所以，你才會騎到這麼遠的地方來。嗯——不過，我還是不懂。為什麼你會和你妹妹吵架？」

「我原本想趁一大早偷溜出門，不過當我騎上腳踏車的時候，就被我妹妹逮個正著。然後，我們就發生言語上的爭執。」

「言語上的爭執？」

「我妹似乎希望我也一起慶祝母親節，可是該怎麼說呢，那種事情我沒辦法，所以才起了爭執。」

「沒辦法所以才，是嗎？」

戰場原意義深遠地反覆說道。

或許她想說「你這煩惱太奢侈了。」也說不定。

從單親父女家庭的戰場原來看，應該是這樣吧。

「國中左右的女生，有很多都討厭自己的父親；男生會不會也一樣，不太擅長應付自己的母親呢？」

「啊……沒有，不是不擅長的問題，我也不是討厭我媽，只是覺得有點尷尬，唉呀，我對我妹也差不多是一樣的感覺——」

——哥哥老是這樣。

——老是這樣，所以才永遠——

「……不過，戰場原。那不是問題。我和妹妹吵架和母親節之類的事情，本身其實無所謂。因為不止今天而已，只要碰上有什麼活動的日子，我們常常都會吵架。只是……」

「只是什麼？」

「簡單來說。就算我和家裡有些隔閡，可是在母親節我卻連句祝賀的話都說不出口，還被小自己四歲的妹妹說了兩句就真的動怒，這些該怎麼說呢，我對自己的器量狹小感到非常、非常地氣憤。」

「嗯——真是一個複雜的煩惱啊。」

戰場原說。

「問題繞了一圈，變成一個高層次的煩惱了。這就像是在爭論先有雞，還是先有小雞的感覺。」

「當然是先有小雞吧。」

「喔，是嗎。」

「這一點都不複雜，只有矮小而已。就像我這個人的器量好小啊之類的。可是，就算是這樣，我一想到必須要和我妹道歉，就非常不想回家。很想一輩子住在公園裡。」

「你不想回家……嗎？」

戰場原說到這，嘆了口氣。

「很可惜，對你這種狹小的器量，以我的器量來說實在無計可施……」

「……妳至少努力一下吧。」

「很自然，對你這種狹小的器量，以我的器量來說實在無計可施……」

「…………」

這的確很自然沒錯，但被人這麼清楚、而且還一副很遺憾的樣子這麼說，只會讓人更沮喪。不，問題沒有到會讓人沮喪這麼嚴重；但它渺小、不嚴重的程度，也讓我感到很討厭。

「我覺得自己很無聊。既然要煩惱的話，我應該去煩惱如何世界和平，還有如何讓人類幸福之類的才對；然而我的煩惱卻是如此渺小。我……討厭這樣。」

「渺小──」

「可以說是平庸吧。感覺這就好像在抽籤的時候狂抽到小吉一樣，就是這種平庸感。」

「你不可以否定自己的魅力，阿良良木。」

「魅力？抽籤的時候狂抽到小吉是我的魅力嗎!?」

「我開玩笑的。而且阿良良木的平庸感，應該不是抽籤狂抽到小吉那樣吧。」

「妳是想說我狂抽到大凶嗎？」

「怎麼可能。沒有那麼厲害……不過，也沒有多好啦。說到阿良良木的平庸感呢……」

戰場原為了加重語氣，在此稍微醞釀一番後，開口對我說：

「……應該是雖然抽到大吉，但仔細一看上頭寫的東西卻沒有多好才對。」

我慢慢咀嚼玩味這番話的意思。

「好平庸！」

隨後我大叫說。

我出生到現在，從沒聽過有這麼平庸的傢伙……這傢伙居然可以想到這種說法。我由衷地——應該說我真的覺得，這女人的將來實在不堪設想啊。

「可是，先不管令堂的事情，你和妹妹的吵架，或許真的是一件小事。阿良良木你看起來好像很疼妹妹呢。」

「我們常常在吵架才對。」

而今天的吵架……讓我感觸特別深罷了。

因為今天不是一般的日子。

「因為她們長得很醜，一點都不討喜吧。」

「我妹一點都不醜好嗎！」

「還是說，你這是愛情的相反表現呢。其實，阿良良木你是一個妹控之類的。」

「才不是勒。喜歡上自己的妹妹這種事情，是沒有妹妹的人製造出來的幻想吧。因為現實生活中絕對不可能有那種事。」

「唉呀。因為自己有，所以對沒有的人擺出這種高高在上的態度，實在讓我不能苟同呢，阿良良木。」

…………

這傢伙到底在說什麼。

「這就像在說金錢不是問題喔、其實沒有女朋友比較好喔、或是這跟學歷沒關係喔……之類的，這種傲慢的人還真討厭。」

「妹妹和那些東西不一樣吧……」

「是嗎。那阿良良木不是妹控，也沒有喜歡上自己的親妹妹囉。」

「誰會喜歡啊。」

「說的也是。因為阿良良木比較像娶姨控嘛。」

娶姨控？

這詞聽起來很陌生。

「就是 sororate marriage 的意思。中文叫續娶妻姊妹婚，就是在妻子死掉之後，再和妻子的姊姊或妹妹續弦。」

「……妳這一如往常的博學多聞，依舊讓我感到佩服，可是為什麼我一定要去續娶妻子的姊姊或妹妹？」

「你的情況是續娶妹妹，不是姊姊。也就是說，你會先讓沒有血緣關係的女生叫你『哥哥』，然後再和那個女生結婚……就算你們結婚，你還是一直讓她喊你『哥哥』，這樣你就實現了原本的意圖——」

「照妳的說法，那我肯定殺了自己的髮妻吧！」

我在戰場原說完話之前，就不慎做出了反應。以負責吐槽的角色來說，搶拍原本是不被允許的。

「那麼，娶姨控的阿良良木——」

「拜託請妳叫我妹控！」

「你不是不喜歡自己的親妹妹嗎？」

「我也不會喜歡上沒有血緣關係的妹妹！」

「那你喜歡沒有血緣關係的戀人嗎？」

「就跟妳說……咦？會有沒血緣關係的戀人嗎？」

那是什麼意思？

不，要說戀人關係沒有血緣，仔細想想好像也沒錯，可是這樣一來，就是真正的戀人？

總覺得，這話題好像完全偏離主題了……

「你器量真的很小呢，這點程度的小玩笑就讓你這麼慌張。」

「妳這玩笑一點都不小吧。」

「剛才我是在考驗你。」

「為什麼我要被妳考驗……等等，這意思是說，妳剛才還不夠認真囉？」

「我要是認真的話，可是會變身的。」

「變身？哇，真酷，我好想看一下！」

不，應該是既期待又怕受傷害……

戰場原沉吟一聲，面帶憂愁。

「你反應這麼大，器量卻這麼小。這之間有什麼因果關係嗎。不過，就算阿良良木的器量再小，我也不會捨棄你的。對於阿良良木的器量狹小，我會奉陪到底的。」

「妳這說法也很微妙。」

「不管到哪裡我都會陪伴你。從西山到東海，只要你希望，我可以陪你到地獄去。」

「……拜託不要，妳說那種臺詞或許很帥沒錯……」

「所以說，阿良良木除了器量狹小以外，還有什麼煩惱嗎？」

「…………………」

這傢伙是不是很討厭我啊。

我現在是不是遇到很嚴重的霸凌啊。

希望這只是我的被害妄想……

「其他也沒什麼特別的煩惱……」

「你沒有想要什麼東西，也沒有煩惱嗎？嗯……」

「妳這次又想怎麼臭罵我？」

「你好棒，器量真大。」

「妳不用勉強自己誇獎我！」

「你真的絕妙絕倫呢，阿良良木。」

「就跟妳說不要勉強自己……誒，什麼？絕子絕孫？」

「就是說你好到極點，無人可比的意思。你沒聽過嗎？」

「沒聽過……話說回來，妳硬是拿出那種像八股文一樣的詞彙來誇獎我，到底有什麼企圖？」

而且，偏偏還說什麼器量很大……我們剛才明明還在聊我器量狹小的事情。

「不是，我覺得你會禁止我毒舌一個禮拜，所以才想說事先採取必要的對策。」

「那種事情反正妳也做不到吧。」

那等於叫她不要呼吸、把心臟停下來一樣。

而且，就算只有一個禮拜，要是禁止毒舌的話，戰場原就不是戰場原了，我也會覺得十分無趣——喂！為什麼我會變成少了戰場原的毒舌就活不下去的角色啊。

好危險啊……

「真沒辦法……話說回來，沒想到我一禁止色情方面的願望你就一籌莫展了，真讓我吃驚呢。」

「這一點的確是事實，不過早在妳禁止之前，我就想不到任何主意了吧。」

「我知道了，阿良良木。那稍微有一點色色的也沒關係。我以戰場原黑儀之名，允許你解放自己的慾望。」

「……………」

她該不會對我有什麼期待吧……

啊啊，這次是自我意識過盛嗎……我這變動還真大啊。

「真的什麼都沒有嗎？比方說希望我教你功課之類的。」

「那個我已經放棄了。我只要能畢業就好。」

「那比方說，要我協助你畢業之類的。」

「正常人都畢得了業吧！」

「那比方說，你希望我把你變成正常人之類的。」

「妳想找我打架對吧！」

「那，我想想——」

戰場原有如在盤算適當的時機般，看準機會說：

「比方說你想要女朋友之類的。」

「……………」

這也是我自我意識過盛嗎？

我總覺得她好像話中有話。

「如果我說我想要的話……那會變成怎樣？」

「你就會交到女朋友囉，」

戰場原一臉若無其事，又接著說：

「就只是這樣而已。」

「……………」

嗯……

這臺詞只要我想，就能過度去解讀它。

這到底是什麼狀況，說實話我真的完全搞不清楚；但不管怎麼樣，無論有什麼原因，對感謝自己的人做出這種趁人之危的事情，實在不太好啊。這不是倫理上或道德上怎樣的問題，而是我會覺得心裡不舒服。

沒有血緣關係的戀人——這也不對啊。

忍野說過的話，我似乎多少可以理解了。

只是你自己救了自己而已……是嗎？

以忍野來看，我所做的一切——不論是對戰場原還是對班長，還是對春假那位女性……那個吸血鬼來說，雖然很高尚但卻不是正確的吧。

戰場原的問題會解決不是靠其他人的幫助，而是因為她那真誠的思念所致。

在這層意義上——

我不管要求什麼，都是很不純潔的。

「不，我也不想要女朋友。」

「嗯——是嗎。」

究竟她這番話是否有深意？就算有又是哪一種深意呢？這點最後無疾而終，總之，戰場原這話卻說得很若無其事。

「唉呀，下次妳請我喝杯果汁吧。這樣我們就扯平了。」

「是嗎。你真的沒有慾望呢。」

阿良良木的器量真的很大呢。

戰場原有如總結一般，接著說。

這就表示此話題到此結束的意思吧。

因此，我將臉朝向正面。我感覺自己有很長一段時間，一直在看著戰場原的臉龐，所以我刻意地，或者該說尷尬地將視線挪開，移往正前方。而在那裡——

站著一個女孩。

一個身後背著大背包的女孩。

003

那女孩約莫小學高年級，站在公園角落一塊鐵製的導覽看板——這附近的住宅地圖前。女孩背對著這裡，所以無法窺知她的容貌，但她身後的大背包卻給人深刻的印象，因此我當下就想起來了。對，那女孩不久前，戰場原出現在這裡之前，她也像那樣站在那塊住宅地圖前方。那時她馬上就離開了，但看樣子她現在似乎又跑了回來。她手上拿著類似便條紙的東西，正在和看板做對照的樣子。

嗯——

簡單來說，她是迷路的小孩吧。她手上的便條紙，肯定畫有地圖或寫著地址。

我試著凝視前方。

於是，我看見縫在背包上的名牌，上頭用粗奇異筆寫著：「五年三班　八九寺真宵」。

真宵……是唸作「ＭＡＹＯＩ」吧。

可是「八九寺」……這姓該怎麼唸呢，是「ＹＡＫＵＤＥＲＡ」……嗎？

國文不是我擅長的科目。

既然這樣，就問比較擅長的人看看吧。

「……問妳一下，戰場原。那塊看板前面，不是有一個小學生嗎。她背包名牌上面的姓，該怎麼唸啊？」

「啊?」

戰場原愣了一下。

「我看不見那種東西。」

「啊……」

說的也對。

我沒注意到。

現在我已經不是普通的身體了。而昨天禮拜六,我才剛餵過血給忍而已。即便不及春假,但今天我的身體能力已經明顯提升了。這點就連視力也不例外。要是沒控制好,就連極遠距離外的東西,我都能一目了然。超常的視力本身是沒什麼問題,但能看見別人看不見的東西——這點實在讓我心裡不太好受。

因為和周圍格格不入。

這點過去也是戰場原的煩惱。

「就是那個……國字的十之八九的『八九』加上『寺』,排列起來是『八九寺』……」

「……?嗯,那個唸作『HACHIKUJI』。」

「『HACHIKUJI』?」

「對。阿良良木,你連那種程度的熟語都不會唸嗎?你這種學力,真虧你可以從幼稚園畢業呢。」

「幼稚園那種程度,我就算把眼睛矇起來都能畢業!」

「你說這話實在太高估自己了。」

「吐槽中還語帶指責！」

「你的自傲實在讓人無法佩服。」

「我倒是一直很佩服妳……」

「說正經的，『八九寺』這點程度的東西，只要稍微對歷史或古典有興趣的話，換句話說就是有求知慾望的人，都應該會知道的東西。從阿良良木的情況來看，不管你問還是不問，都是一輩子的恥辱（註11）。」

「啊——好啦好啦。反正我就是沒學問。」

「如果你以為有自覺比沒自覺好的話，那你就大錯特錯了。」

「…………」

我到底哪裡得罪她了。

她剛才好像還說想報答我……

「夠了……啊啊，隨便啦。反正那就是唸作『HACHIKUJI MAYOI』嗎……嗯——」

奇怪的名字。

話是這麼說沒錯，不過這名字可能還比「戰場原黑儀」和「阿良良木曆」之類的還要常見。總之拿別人的名字來作文章，不是一種高雅的行為。

「那個……」

我往戰場原的方向看去。

11　日本有句諺語為：「問人是一時之恥，不問是一輩子之恥。」

嗯──

這傢伙，不管怎麼想，都不像是喜歡小孩的類型……她看起來會把滾到腳邊的球，滿不在乎地朝反方向扔去；還會因為小孩哭聲太吵一腳踹飛他，戰場原就是給人這種印象。

這樣一來，我一個人去比較安全吧。

為了解除小孩警戒心，通常有女性同行會比較好（假如我身旁不是戰場原而是別人的話）。

沒辦法。

「喂，妳在這邊稍微等我一下好嗎？」

「是可以，不過阿良良木你要去哪？」

「我要去跟小學生搭個話。」

「勸你還是免了吧。你只會受傷而已。」

「…………」

這傢伙真能一臉若無其事地，說出這種過分的話。

算了，待會再和她說吧。

現在是那個孩子。

八九寺真宵。

我從長椅上起身，小跑步靠近廣場的另一頭──導覽圖的位置，來到那女孩的身邊。女孩很認真在比對地圖和便條紙，完全沒注意到從後方靠近的我。

我在距離她一步的地方，

盡可能用親切爽朗的語氣，開口和她攀談。

「呦！妳怎麼啦，是不是迷路了？」

女孩轉過頭來。

她綁著雙馬尾，短短的瀏海露出了眉毛。

五官看起來聰明伶俐。

女孩——八九寺真宵有如在思量一般，先是盯著我看，隨後開口：

「請不要跟我說話，我討厭你。」

「…………」

…………

我的腳步像殭屍一樣，走回了長椅。

戰場原一臉不可思議的表情。

「怎麼了？發生了什麼事？」

「我受傷了……真的只會受傷而已……」

我受到的打擊意外地大。

花了十幾秒才回復過來。

「……我再去一次。」

「所以說，你到底是去那邊做什麼啊。」

「妳看就知道了吧。」

說完，我再次挑戰。

少女八九寺，彷彿剛才沒遇到我一樣，視線又回到了看板上。依舊在比對手上的便條紙。我從背後隔著她的肩膀，看了那張便條紙一眼。上頭沒有地圖，而是寫著地址。我對這裡不熟所以不清楚，不過應該是這附近的地址吧。

「喂，妳──」

「…………」

「妳迷路了對吧?妳想去哪啊?」

「…………」

「那張便條紙借我看一下吧。」

「…………」

「…………」

…………

我的腳步像殭屍一樣，走回了長椅。

戰場原一臉不可思議的表情。

「怎麼了?發生了什麼事?」

「我被無視了……被小學女生當成空氣……」

我受到的打擊意外地大。

花了十幾秒才回復過來。

「這次一定要成功……我再去一次。」

「阿良良木你想做什麼、在做什麼，我一頭霧水呢……」

「別管我……」

說完，我再三挑戰。

少女八九寺正面對著看板。

我有如先下手為強一般，一巴掌朝她的後腦勺叩打而下。八九寺似乎完全沒有警戒，外露的額頭一股腦地撞上了看板。

「你、你幹什麼啊！」

她轉過頭來了。

真是太好了。

「被人從後面這樣叩打，不管是誰都會轉頭吧！」

「唉呀……叩打妳是我不對。」

方才接二連三的衝擊，讓我有些慌了手腳。

「不過妳知道嗎？命這個字下面有一個叩喔。」

「你這話莫名其妙。」

「這就是生命正因為叩打才會閃耀。」

「我已經閃耀到眼冒金星了。」

「嗯……」

無法矇混過去。

可惜。

「我只是因為妳看起來好像很傷腦筋，所以才想說能不能幫上妳的忙。」

「一個突然打小學生後腦的人，這世界上沒有任何忙他幫得上！完全沒有！」

她對我提防得很徹底。

這也理所當然。

「所以我跟妳道歉了。真的很不好意思。那個，我的名字叫阿良良木曆。」

「叫作曆嗎？好女性化的名字喔。」

「……………」

真敢說。

很少有人初次見面就對我說這種話。

「娘娘腔！請你不要靠近我。」

「就算妳是小學生，我也不能忍受妳說我是娘娘腔……」

唉呀呀！

沉住氣、沉住氣。

首先要建立起信賴關係……對吧。

不改善現在的狀況，那就談不下去了。

「那妳叫什麼名字？」

「我是八九寺真宵。我的名字叫八九寺真宵。這是父母替我取的寶貝名字。」

「嗯……」

看來唸法似乎沒有錯。

「總之，請你不要跟我說話！我討厭你！」

「為啥啊？」

「因為你突然從後面打我。」

「在被我打之前，妳就已經說自己討厭我了吧。」

「既然這樣，就是因為前世的關係！」

「我從來沒被人這樣討厭過。」

「我和你在前世是宿敵！我是美麗的公主，而你則是邪惡大魔王！」

「那不是宿敵，妳只是單方面被我抓走而已。」

不可以跟不認識的人走掉。

不認識的人跟你說話要無視他。

畢竟現在是這樣的時代，所以這種教育最近在小學做得很徹底吧……還是說，這單純只是因為我的外表長得不討小孩子喜歡呢。

不管怎麼樣，被小孩討厭真會讓人意志消沉。

「反正妳先冷靜一點。我沒有想要傷害妳啊。住在這個城鎮裡面的人，沒有人比我還要更人畜無害了喔？」

當然沒那麼誇張，但要和這傢伙攀談的話，這點程度的誇大其詞算是剛好吧。遇到這種類型的人——不只限於小孩——要先讓對方覺得自己不足為患才是上策吧。八九寺不知是否認同，一本正經地沉吟一聲後，「我知道了。」她說。

「我就降低警戒層級吧。」

「那真是太好了。」

「那麼，人畜哥哥。」

「人畜哥哥！妳在叫誰啊！」

嗚哇……

如果是四字成語的話，人畜這兩字很稀鬆平常，不足為奇；但是如果去掉下半部，就會變成非常汙辱人的字眼嗎……我至今為何會毫不在意地去使用它呢。而且光用還不滿足，還要拿來當作姓名……

「你吼我了！好可怕喔！」

「不是，吼妳是我不對，可是叫我人畜哥哥實在太過分了！不管是誰都會怒吼吧！」

「是這樣嗎……可是那人畜這個詞是你自己說的。我只是用誠意來回答你而已。」

「這世界上不是有誠意就可以通行無阻的好嗎……」

人畜一詞實際上在這裡是「人和家畜」的意思，沒有批評人的意思……可是就算如此還是一樣。

「總之，把人畜無害簡稱的話，就會變成不好的字眼。」

「喔。是嗎，原來如此。這就跟瘋瘋癲癲這個詞一樣的感覺。就算你能接受一興奮起來就會發出怪聲喊：『瘋瘋癲癲！』的角色，但是你卻無法接受敘述的部分介紹說『這男人是一個放任自己做出瘋癲行為』的角色，這道理和人畜一樣吧。」

「怎麼說呢……我好像也沒辦法接受一興奮起來就會發出怪聲喊：『瘋瘋癲癲！』的角色……」

「那我該怎麼稱呼你呢？」

「妳用普通的方式稱呼我就好。」

「那就稱呼你為阿良良木哥哥吧。」

「好好，普通一點就好。普通最棒了。」

「我討厭阿良良木哥哥。」

「…………」

情況完全沒有改善。

「你好臭！請不要靠近我！」

「這比娘娘腔還要更過分！」

「嗚……的確，只有一個臭字實在有點過分，我更正一下吧。」

「好，如果妳願意的話。」

「你好見外！請不要靠近我！（註12）」

「前後的意思支離破碎了！」

「那不是重點！請你馬上離開到別的地方去！」

「不是……所以說妳迷路了吧？」

「這種程度的小事，我根本就不在乎！這種程度的困擾我已經習慣了！這種事情對我來說再普通不過了！因為我是旅行製造者（Travel maker）（註13）！」

12　日文中娘娘腔為「女臭い」，見外則為「水臭い」，都有一個臭字。

13　原本應為麻煩製造者（Trouble maker）。

「妳是在旅行社工作的嗎！年紀還這麼小就出來工作！」

要是真這樣的話，那她就不可能迷路了吧。

「……我說妳不要逞強了啦。」

「我沒有逞強。」

「明明就有。」

「哼！吃我這招！」

八九寺話一說完，利用全身重量朝我的身體，踢出一記上段踢。她的腰桿筆直像根木棒，漂亮的姿勢讓人想像不到這是小學生的踢擊。然而可悲的是，小學生和高中生的身高差距十分明顯。這段差距無法撼動。如果是踢中臉部或許會有效果，但八九寺的上段踢頂多只能踢到我的側腹。我的側腹被腳尖踢到當然會痛，但也不至於疼痛到無法忍受。我被八九寺的腳踢中後，立刻用雙手抱住她的腳踝和小腿肚。

「蛋完了！」

八九寺大叫，但為時已晚……究竟「蛋完了」這句話在文法上是否正確，這點待會再去問戰場原，總之我毫不留情地把金雞獨立、重心不穩的八九寺，宛如像在田裡拔蘿蔔般猛力向上一拉，動作就像柔道中的過肩摔一樣。在柔道中像這樣抓住對方的腳是犯規行為，不過很可惜這不是比賽，而是實戰。八九寺的身體從地面浮起時，我能從非常大膽的角度窺見她裙底的風光，但不是蘿莉控的我根本絲毫不在意。就這樣直接把她過肩摔出去。

然而，我倆的身高差距在這裡起了反向量作用。八九寺體型嬌小，摔到地面前的滯空時間，比跟我同體型的對手還要稍微長一點，僅僅稍微長了一點。但就在這一點時間、一點空隙當中，八九寺立刻轉換思考模式，用能自由活動的手，揪住了我的頭髮。我因為一些緣故正在留頭髮，所以就算是八九寺的短指，想必也很容易揪住吧。

一陣疼痛竄過了我的頭皮，我的雙手反射性地離開了八九寺的小腿肚。

少女八九寺不會天真到讓這個機會溜掉。她騎在我的背上，以我的肩胛骨為軸，不落地凌空轉了一圈，朝我的頭部發動攻擊。是一記肘擊。我被擊中了，然而——這擊的力道卻很輕。因為她雙腳沒踏地，力量的傳導無法和平常一樣。這一擊，已經完全暴露出我倆在年齡和實戰經驗上的差距。要是她不急著分出勝負，靜下心來發動攻勢的話，剛才這招肘擊就會分出勝負，為一切畫下句點吧。然而現在這樣，就是我反擊的時間。這是必勝模式。

我抓住她使出肘擊的手腕，感覺上應該是左——不對，因為她翻過來所以是右手嗎，我抓住她的右手，從那個位置再來一次過肩摔！

這次，分出勝負了。

八九寺背部著地，被我使勁摔在地上。

我為了防範她的反擊，拉出距離。可是——

她卻沒有起身。

我贏了。

「妳這傢伙真是有夠蠢。妳以為小學生打得贏高中生嗎！哇哈哈哈哈哈哈哈哈哈！」

眼前，有一個高中生和小學女生打架卻當真了起來，還當真用過肩摔把對方摔在地板上，最後還當真地洋洋得意了起來。

那個人就是我。

原來阿良良木曆是那種欺負完小學生後，還會放聲大笑的人嗎……我被自己給嚇到了。

「……阿良良木。」

後方傳來一句冷靜的叫喚聲。

我回頭一看，戰場原就站在我身後。

她似乎看不下去，走了過來。

只見她一臉詫異不已的神情。

「我說過要陪你到地獄去，不過那是因為阿良良木器量狹小的關係，這和你已經無可救藥了之類的完全不一樣，這點你千萬別誤會了。」

「……請讓我解釋。」

「請說。」

「………………」

我沒有任何理由。

不管怎麼找都找不到。

那麼，對話就重新來過吧。

「唉呀，過去的事情先擺到一邊吧，這傢伙——」

我指著躺在地上尚未起身的八九寺說。她是背部先著地，身後的背包正好成了不錯的緩衝物，應該不要緊吧。

「她好像迷路的樣子。照我看起來，她好像沒跟爸媽或朋友在一起的樣子。啊——我從一大早就一直待在這座公園了，在戰場原妳來之前，我有看到這傢伙在這邊看這塊看板。那時候我沒覺得怎麼樣，可是她過一陣子又跑了回來，這就表示她真的迷路了吧？要是有人在擔心她的話就不好了吧，所以我才想說能不能幫上她的忙。」

「……嗯——」

戰場原雖然暫且點頭表示認同，但她詫異的神情卻絲毫未變。我想，她大概很想問我最後為何會變成扭打吧，關於這點我實在無話可說。我只能說，這是戰士和戰士之間靈魂的共鳴。

「是嗎。」

「嗯？」

「沒事，原來是這樣……我搞清楚狀況了。」

她真的搞清楚了嗎。

該不會是不懂裝懂吧。

「啊，對了，戰場原。妳以前住在這附近吧？那地址之類的東西，妳聽到的話應該多少有印象吧？」

「那個，還好……大概一般程度吧。」

戰場原說起話來口齒不清。

她搞不好真的把我當成一個虐待兒童的傢伙了。我覺得這評價可能比蘿莉控還要更過分。

「喂，八九寺。妳其實已經醒過來了吧，還在那邊裝死。快點把剛才那張便條紙，拿給這個大姊姊看一下。」

我蹲下來，觀察八九寺的臉。

她翻白眼了。

……看來她真的昏倒了……

少女翻白眼，真的會叫人退避三舍……

「你怎麼了……？阿良良木。」

「沒事……」

我悄悄用自己的背遮住了八九寺的臉，以免被戰場原看見，隨後若無其事地打了八九寺兩、三個耳光。當然，這是為了讓她醒來，不是因為我想對她再次施暴。

最後，八九寺醒了過來。

「嗯……我好像做了一個夢。」

「哇！真的嗎。是什麼夢啊？」

我像體操大哥哥（註14）一樣，試著回答她。

「快告訴我吧，八九寺小妹妹。妳到底做了什麼夢呢？」

「我夢見自己被一個凶惡的男高中生虐待。」

14 體操大哥哥：NHK的幼兒節目《和媽媽一起》的主持人。類似台灣的西瓜哥哥。

「……夢與現實是相反的。」

「原來如此。是相反的嗎。」

很明顯,那是事實,在她失去意識的前一秒的確是這樣沒錯。

我感覺內疚感快撕裂我的胸膛。

我從八九寺那邊拿到便條紙,直接把它拿給戰場原。然而,戰場原卻不打算伸手接下那張紙。她用比冰點還要更冷冽的眼神,凝視著我伸出去的手。

「幹麼啊。拿去啊。」

「……總覺得我不是很想碰你呢。」

嗚!

應該早已聽習慣的毒舌,這次卻深深刺痛了我的心。

「只是拿一下便條紙而已吧。」

「我也不想碰你摸過的東西。」

「…………」

我被她討厭了……

被戰場原同學理所當然地討厭了……

咦……好奇怪,我們到剛才為止,氣氛還挺不錯的說……

「好吧,我知道了……我唸給妳可以吧。我看看……」

我將便條紙上的地址,照唸了出來。所幸這上頭的字唸法都很簡單,我才得以將它流暢地唸出口。戰場原聽完後,

「嗯。」

沉吟了一聲，接著說：

「那個地址我知道在哪。」

「那就太好了。」

「好像在我以前的家，還要再過去一點的地方吧。詳細的地點我沒辦法說明，不過到那邊的話，憑感覺應該會知道吧。那我們走吧。」

語音剛落，戰場原立刻轉頭，大步朝公園入口走去。我原本以為她會討厭替小孩帶路，或者是嘮嘮叨叨地抱怨一堆，沒想到她卻答應得這麼爽快。不對，話說回來，戰場原還沒向八九寺做自我介紹，甚至不願意和八九寺眼神交會，所以恐怕戰場原討厭小孩這點真的被我猜中了。又或許，她是把這個請求當成我的願望，想回報我，所以才會幫這個忙也說不定。

啊——

如果真是這樣，我總覺得好浪費啊……

「唉呀，算了……我們走吧，八九寺。」

「咦……要去哪裡？」

八九寺的表情好像真的搞不清楚狀況一樣。

這傢伙讀不出對話的脈絡嗎。

「就是去這張便條紙上的地址。那個大姊姊知道地方，所以要幫妳帶路。真是太好了呢。」

「……喔。幫我帶路嗎。」

「嗯嗯？妳沒有迷路了嗎？」

「不，我迷路了。」

八九寺十分明確肯定地說。

「我是迷路的蝸牛。」

「嗄？蝸牛？」

「不，我——」

她搖頭。

「我——沒什麼。」

「……是嗎。那個，那我們先跟著那位大姊姊吧。大姊姊的名字叫戰場原。她雖然人如其名個性冷淡，說話又帶刺，不過習慣之後那種過激的滋味會讓人上癮，其實她個性還挺直率的，人還不錯喔。不過直率得有點過頭啦。」

「…………」

「啊，真是的。反正妳快點來吧。」

但八九寺依舊沒有想動身的跡象，因此我硬是抓住她的手，拉著她……應該說感覺比較像是拖著她，追上戰場原的背影。「啊、啊嗚！啊嗚！喔嗚！喔嗚！」八九寺發出像海狗或海驢一樣的古怪叫聲，過程中雖然險些跌倒，但最後還是站穩了身體，跟上了我。

我決定先把越野腳踏車放在公園，待會再來拿。

我們三人暫時離開了浪白公園。

到頭來，我還是不知道這名稱的正確唸法。

004

這邊差不多該講解一下春假的事情。

一切始於春假，終於春假。

那時，我被吸血鬼襲擊了。

與其說是襲擊，毋寧說是我自己一頭栽進去的。一切就如字面之意，就像是我自己朝著對方的利牙衝過去一樣，總之在這個科學萬能、幾乎沒有黑暗無法照亮的時代中，我，阿良良木曆，在日本郊外的偏僻鄉村中，被吸血鬼襲擊了。

被美麗的鬼襲擊了。

被連血液也會為之凍結一般美麗的鬼……襲擊了。

體內的血液——被她吸乾。

最後，我變成了吸血鬼。

這話聽起來像是在開玩笑，不過這是一個讓人笑不出來的玩笑。

我的身體變得會被太陽灼傷、討厭十字架、會因大蒜而衰弱、因聖水而溶化；但以此為代價，我得到了爆發性的身體能力。而在前方等待我的東西，是有如地獄般的現實。最後將我從地獄中解救出來的人，是一位剛好路過的大叔，也就是忍野咩咩。沒有特定住所、不停旅行的差勁大人——忍野咩咩。他漂亮地消滅了吸血鬼，還替我解決了許多其他的事物。

接著，我變回了人類。

雖然體內還稍微留下一些身體能力——只是某種程度的恢復力和新陳代謝罷了——但我已經不怕太陽、十字架、大蒜和聖水了。

唉呀，這件事也沒多了不起。

也不是什麼可喜可賀的事情。

只是一件已經解決、畫上句點的事情。剩下一些比較像問題的地方，頂多就是我每個月都要持續被吸一次血，而每次被吸血都會讓我視力……等能力超越人類的水準而已，這是我個人的問題，我只要花上自己的餘生去面對即可。

而且，我的情況還算幸運了。

因為我只是在春假這段期間而已。

地獄只持續了兩個禮拜。

打個比方來說，戰場原就和我不一樣。

戰場原黑儀的情況。

遇到螃蟹的她——身體持續了兩年以上的不便。

那不便，阻礙了她大半的自由。

兩年以上都活在地獄當中，那是一種什麼樣的感覺呢。

因此戰場原會對我產生超乎必要的恩情（這點不太符合她的個性），也許是沒辦法的事情吧。因為身體上的不便先不談，能夠消除她心靈上的創傷這點，對她來說應該是任何東西都難以取代，且得來不易的成果吧。

心靈。

精神。

是的，到頭來，那一類的問題無法和他人商量。這種無人能理解的問題，會深深束縛……或許應該說會釘死住的東西反而是精神，而不是肉體。這麼一來——說起來我也一樣，就像我現在已經不怕太陽，但我依然會恐懼早上從窗簾縫隙中射入的陽光。

就我所知的範圍內，跟我和戰場原同班、又是班長的羽川翼，也同樣受過忍野的照顧。不過她的情況只有短短幾天，在時間上比我更短，而且她還失去了那段時間的記憶。在這層意思上，她可以說是最幸運的人。不過，羽川因為這樣，只要她不去和別人談自己的問題，她就完全不會得到救贖。

「這一帶。」

「咦？」

「我以前的家，就在這一帶。」

「妳以前的家——」

我順著戰場原手指的方向看去，那邊只有一條普通的——

「……那邊不是馬路嗎？」

「是馬路呢。」

一條很美觀的道路。柏油的顏色還很新，有如最近才剛鋪上去一般。也就是說——

「這是住宅地開發嗎？」

「應該說是土地區劃整理吧。」

「妳早就知道了嗎？」

「我不知道。」

「那妳的表情應該更驚訝一點吧。」

「我不會將喜怒哀樂表現於形色的。」

她的確連眉毛都沒動一下。

但是，從戰場原一直凝視那個方向、視線一動也不動的舉止來看，只要你想，或許就能從中察覺出，她內心因為失去歸宿而感到很無助不安的情感也說不定。

「這裡——真的完全變了個樣呢。明明才離開這邊不到一年，這是為什麼呢。」

「…………」

「真是無趣。」

難得回來一趟說。

她呢喃。

看似真的很無趣一樣。

無論如何，這麼一來戰場原今天除了習慣新衣服以外，來到此地的另一大目的也算達成了吧。

我轉過頭。

八九寺真宵躲在我的腳後面，窺視眼前的戰場原。她有如在警戒一樣，沉默不語。她只是個小孩，也許應該說正因為她是小孩，所以才能直覺到戰場原是一個更勝於我的危險人物吧，從剛開始她就一直把我當成人牆在躲避戰場原。可是呢，人類當然無法變成真正的牆壁，因此她的意圖全曝了光，而且因為這樣，她看起來很露骨地在躲避戰場原，這狀況甚至會讓第三者也感到不舒服，然而就算如此，戰場原似乎完全不把八九寺這個小孩放在眼裡（「走這邊」和「走這條路」之類的話，她也只對我說而已），所以兩人是彼此彼此，互相互相。

但被夾在中間的我，實在忍受不住。

不過，從戰場原至今的反應看來，與其說她討厭或不擅長應付小孩，倒不如說她的反應比較像是——搞不太清楚狀況。

「畢竟房子已經賣掉了，所以我也沒想過房子會還在……不過沒想到居然變成馬路了。這真的會讓人挺憂鬱的呢。」

「嗯……這倒也是。」

這點我只能同意了。

我實在難以想像。

從公園到此，光是這段路程就已經新、舊路混雜，呈現出與公園那塊地圖看板完全不同的樣貌，因此就連對這一帶沒有特別情感的我，都會覺得心中的幹勁逐漸被削減。

雖然這是無可奈何的事情。

就像人會改變一樣，城鎮的樣貌也會改變。

「呼！」

戰場原深嘆了一口氣。

「我們因為這些無可奈何的事情，浪費了時間呢。走吧，阿良良木。」

「嗯……已經可以了嗎？」

「可以了。」

「是嗎。那我們走吧，八九寺。」

八九寺不作聲，點頭回應。

……她該不會是認為，要是出聲會被戰場原知道自己的位置吧。

戰場原一個人，腳步迅速地往前進。

我和八九寺則跟在她後方。

「我說，妳差不多可以離開我的腳邊了吧，八九寺。妳這樣我很難走耶。真是夠了，幹麼一直像抱抱君(註15)一樣巴著我的腳不放。我要是跌倒了怎麼辦。」

「…………」

「妳說話啊。不要不出聲。」

在我強行要求下，

「我也不想抱著阿良良木哥哥的粗腿不放啊。」

15　抱抱君：日本一種小玩具，可以像無尾熊一樣抱住東西。

八九寺開口說。

我硬是把她給扒開。

不過，倒是沒有發出「啪嚓！啪嚓！啪嚓！」的聲音。

「這樣太過分了！我要跟ＰＴＡ告狀！」

「喔——ＰＴＡ啊。」

「ＰＴＡ可是很厲害的組織喔！像阿良良木哥哥這種未成年、既沒權也沒勢的普通市民，他們只要一根手指頭，就可以把你輕輕鬆鬆地擺平掉！」

「一根手指頭嗎，我好怕喔。不過八九寺，妳知道ＰＴＡ是什麼的簡稱嗎？」

「誒？那是……」

八九寺再次陷入沉默。她八成不知道吧。

不過，我自己也不知道。

至少，對話沒有演變成麻煩的爭論。

「ＰＴＡ是Parent-Teacher Association的簡稱。意思是家長教師協會。」

答案來自前方的戰場原。

「『經皮氣球血管擴張術』這個醫療用語的簡稱也一樣是ＰＴＡ，不過我想這應該不是阿良良木想要的答案，所以這裡的正確答案應該是家長教師協會吧。」

「哦——我原本以為那大概是家長會的意思，沒想到裡頭還有老師啊。戰場原妳真的很博學呢。」

「是你才疏學淺罷了，阿良良木。」

「才疏這說法聽起來很順也就算了,可是學淺在這邊是不是有點多餘……」

「是嗎?那我就把它換成悲慘吧。」(註16)

戰場原完全不回頭。

她心情似乎很差呢……

平常毒舌透頂的戰場原和現在的戰場原,一般人可能分辨不出有哪裡不同。不過,要是像我這樣一直被戰場原的謾罵洗禮,多少能分辨出其中的不同。因為她的話語缺少了銳利感。平常,或者是戰場原心情好的時候,毒舌起來根本不會讓人有喘息的機會。

嗯——

為什麼會這樣呢。

是因為她的舊家變成馬路的關係嗎……還是因為我的緣故?

看來這兩者都有關係。

不管是哪個原因,虐待兒童等事情先擺一邊,因為剛才我和戰場原聊到一半,就跑去管八九寺的事情了嘛……雖說狀況是自然而然演變成這樣,但站在非自願陪伴我們的戰場原的角度來看,正常來說她的心情應該不是很平靜吧。

唉呀,如果是這樣的話,我們先快點把八九寺真宵這個小女孩送到目的地,之後我再努力逗戰場原開心吧。請她吃頓中餐,陪她逛街買東西,如果時間還有剩的話,再去其他可以玩樂的地方吧。沒錯,好,決定了。反正我因為妹妹的事情不想回家,今

16 日文中學淺和悲慘同音。

天一整天就拿來侍奉戰場原吧。幸好我今天帶了不少錢——等一下，我這狗奴才性格是怎麼回事！

我被自己嚇到了。

「不過，八九寺。」

「怎麼了？阿良良木哥哥。」

「這個地址——」

我從口袋拿出便條紙。

這張紙我還沒還給八九寺。

「——到底是什麼地方啊？」

還有，

妳想去那邊做什麼。

站在帶路人的角度來看，這點我想要事先知道，何況如果是小學女生獨自要前往，那就更不用說了。

「哼哼——我不告訴你。我要行使緘默權！」

「…………」

這個死小孩真的很臭屁。

誰說小孩都是天真無邪的。

「妳不告訴我，我就不帶妳去喔。」

「我又沒拜託你。我一個人也能去。」

「可是妳迷路了吧？」

「那又怎麼樣。」

「那個……八九寺，為了妳好我先告訴妳，這種時候妳只要請別人幫忙就好了。」

「對自己沒有自信的阿良良木哥哥，你自己這樣就行了。你可以請人幫忙到你滿意為止。但是我沒有那個必要。因為對我而言，這種程度是日常自販機！（註17）」

「哦……是定額販賣的啊。」

我這回應很奇怪。

或許從八九寺的角度來看，我的幫忙可能很雞婆。我自己在小學的時候，也曾經認為我可以靠己力完成任何事情。曾經確信自己沒必要借用他人的力量，或是根本沒必要請人幫忙。

自己什麼都做得到。

這種事情——

明明是不可能的說。

「我知道了，大小姐。拜託您，請您告訴我這個地址是什麼地方吧。」

「你說話一點誠意都沒有。」

這傢伙還挺頑強的。

如果是我那兩個國中生的妹妹，用這招就可以確實攻陷她們了說……話雖如此，八九寺的臉蛋看起來很聰明，所以不能把她當成一般的傻小孩對付嗎？真是的，到底

17　八九寺原本是想說「日常茶飯事（常有的事情）」，但卻說錯了字。

該怎麼辦才好。

「………嗯！」

我腦中閃過一個好主意，從臀部的口袋拿出錢包。

我今天帶了不少錢。

「小妹妹，我給妳零用錢吧。」

「呀呼──！我什麼都告訴你！」

原來她是一個傻小孩。

應該說，她真的是個傻子……

不管怎麼說，我想歷史上沒半個小孩會被這一招拐走吧；八九寺可能會成為史上第一人，真是難得的人才。

「那個地址住著一戶姓綱手的人家。」

「綱手？那是姓嗎？」

「當然是姓！」

八九寺不知為何怒氣沖沖地說。

我知道自己朋友的名字被人那樣說，心裡會不太舒服，可是也不到怒吼的地步吧。

這不知道該說是她情緒不安定，還是……

「嗯……那你們是什麼關係？」

「我們是親戚。」

「親戚啊。」

也就是說，她利用禮拜天，一個人正要去熟識的親戚家嗎？是她雙親管教方式太放任？還是八九寺瞞著父母自己跑來的？這點我不知道，但是她的決心似乎落空，假日的小學生單獨冒險在中途觸了礁。

「是感情很好的堂哥表姊之類的嗎？從那個大背包看起來，妳應該是從很遠的地方過來的吧？拜託，出遠門應該在黃金週之類的長假做吧。還是說妳有非今天不可的理由？」

「正是如此。」

「母親節妳應該待在家裡孝順媽媽啊。」

我自己，

也沒立場說別人。

——哥哥老是這樣。

老是這樣又有什麼不對。

「阿良良木哥哥沒資格這樣說我。」

「等等，妳又知道什麼了！」

「這是我的直覺。」

「…………」

不管有無道理，她似乎只是單純在生理上討厭我唸她而已。

這真過分。

「阿良良木哥哥才是，你剛才在那邊做什麼？禮拜天一早就在公園長椅上發呆，這不像正經的人會做的事情。」

「沒什麼，我只是——」

只是在打發時間這句話，差點脫口而出。對了，問一個男人在做什麼，如果他回答是在打發時間的話，那就表示那個男人沒有出息。真是好險。

「我只是在遠騎而已。」

「遠騎嗎？好帥喔。」

被她稱讚了。

我原本以為那後面還會接什麼惡毒的話語，結果卻沒有。

原來八九寺也會誇獎我啊……

「不過是騎腳踏車罷了。」

「腳踏車啊。說到遠騎，果然還是要騎摩托車呢。真的好可惜啊。阿良良木哥哥沒有駕照嗎？」

「很遺憾，因為我們學校的校規禁止學生考駕照。不過摩托車實在很危險啦，我覺得開車比較好。」

「這樣啊。可是那樣就變成遠開了。」

「……………」

嗚哇，這孩子似乎誤會了遠騎的拼寫，真是有趣……應該訂正她比較好，還是不管她比較好呢……這點我無法判斷。（註18）

18　遠騎的英文為touring。但八九寺以為是two ring（兩輪），所以才誤以為開車是fourr ring（四輪）。

附帶一提，走在前頭的戰場原毫無反應。
她甚至不打算參與我們的對話。
或許她的耳朵聽不見智商過低的對話。
然而，
我在這裡第一次看見八九寺真宵爽朗的笑容，那笑容相當具有魅力。笑容中沒有了隔閡。宛如向日葵綻放一般，或許這比喻相當普遍，但幾乎所有的人只要過了這個年紀，就無法浮現出這樣的笑容吧。
「呼……唉呀呀。」
這又是一個十分危險的關頭。這一幕假如我是蘿莉控肯定會煞到她。啊啊！我不是蘿莉控真的太好了……
「不過，這附近的路真的很複雜呢。這構造到底是怎麼回事？真佩服妳居然會想要一個人來這種地方。」
「因為我不是第一次來了。」
「這樣啊。那妳怎麼還會迷路？」
「……因為我很久沒來了。」
八九寺的語氣似乎很羞愧。
嗯……不過很多事情就是這樣吧。以為自己能夠做到的事情和實際上做得到的事情，兩者是不同的。以為的東西只是以為。這點不管對小學生或高中生，或是其他年齡層的人，都是一樣的吧。

「對了，阿良良良木哥哥——」

「妳的良多了一個喔！」

「抱歉。我口誤。」

「妳這種口誤讓人心情很糟耶……」

「這是沒辦法的事情。不管是誰都會有說錯話的時候。還是說阿良良木哥哥從出生到現在，一次都沒有口誤過？」

「我不敢說沒有，但是至少我唸別人名字的時候不會口誤。」

「那請你唸三次『巴士、瓦斯、爆炸』看看。」（註19）

「妳那不是人名吧。」

「不對，這是人名。我有三個朋友叫這個名字。所以我想以前這應該是很普通的名字。」

她的臉上充滿了自信。

原來小孩的謊言這麼容易看穿啊。

我自己都覺得很驚訝。

「巴士、瓦斯、爆炸；巴士、瓦斯、爆炸；巴士、瓦斯、爆炸。」

我成功唸出來了。

「會吃夢的動物是什麼？」

八九寺間不容髮地接著問。

19 巴士、瓦斯、爆炸為日本知名的繞口令。

什麼時候變成在玩誘導式猜謎了。（註20）

「……貘？」

「噗噗——！答錯了。」

八九寺得意洋洋地說。

「會吃夢的動物。那就是……」

接著，她露出目中無人的賊笑。

「……人類。」

「不要說這種冠冕堂皇的話！」

我發出超乎必要範圍的怒吼聲。因為我覺得她這個說法真的很厲害，雖然我不想承認。

總之。

這裡可以算是閒靜的住宅區吧。

我們走在路上，沒有和人擦肩而過。因為該出門的人一早就出門了；而不出門的人則整天都待在家裡——這裡似乎就是這樣的地方。不過，這種狀況在我家那一帶也是一樣的，不同的地方就是這裡有許多大得要命的房子吧。這表示這邊住的都是有錢人吧。這麼說來，戰場原的父親也是外資企業的大人物。住在這一帶的都是這種人吧。

外資企業啊……

20　一種猜謎遊戲，先讓答題者唸一個單字十次，接著出容易讓對方誤答的題目。阿良良木會想到誘導式猜謎，是因為貘（baku）音和繞口令相近，同時日本人認為貘會吃人類的夢。

在這種偏僻的鄉村，這個詞實在讓我無從理解。

「我說，阿良良木。」

戰場原久違地發出了聲音。

「可以再告訴我一次那個地址嗎?」

「嗯?可以啊。是在這附近嗎?」

「可能是，該怎麼說呢?」

戰場原的措詞有點微妙。

我丈二金剛摸不著頭緒，又唸了一次便條紙上的內容。

戰場原沉吟一聲，點頭回應。

「看來我們好像走過頭了。」

「咦?是嗎?」

「好像是。」

戰場原語氣冷靜地說。

「如果你想罵我的話，就隨便你怎麼罵吧。」

「……我不會因為這點小事就罵妳的。」

她這惱羞成怒的方式是怎麼回事……

太過爽快反而讓人覺得不乾不脆。

「是嗎。」

戰場原毫不焦急，一臉若無其事地沿著來路折返回去。八九寺以我為中心，順著戰場原的動作繞圈在躲避她。

「……妳幹麼這麼怕戰場原啊？她又沒對妳做什麼事情。而且，雖然看上去可能很難理解，不過幫妳帶路的人是她，不是我喔？」

我只是跟著妳們過來。

老實說我也沒立場說大話。

就算她討厭戰場原是憑小孩的直覺，但也要有個限度吧。戰場原也不是鐵石心腸，八九寺這麼明顯在躲她，實在會傷到她的心吧。總之，就算扣除我對戰場原的掛心，我覺得在道義上，八九寺用這種態度對戰場原並不正確。

「你這麼說的話，我無話可說……」

八九寺無精打采地說，回答的語氣出乎意料的溫順。

「可是，阿良良木哥哥沒有感覺到嗎？」

「感覺到什麼？」

接著，她壓低聲音續道：

「那個姊姊身上散發出的凶暴的惡意……」

「……………」

她這感覺似乎超越了直覺。

無法否定她說的話，實在讓我很痛苦。

「她好像很討厭我……我感覺到一種妳很礙事、快滾的強烈念頭……」

「我覺得她應該不至於覺得妳礙事，或是希望妳快滾吧……嗯——」

好吧。

雖然有點可怕，不過我問一下吧。

這件事對我來說再清楚不過了，不過現在看來有詳細確認的必要。

「戰場原，我問妳一下。」

「幹麼？」

她依舊頭也不回。

她覺得礙事、快滾的人，可能是我也說不定。

我們都覺得彼此是朋友，但為何無法好好相處呢？這點真是不可思議。

「妳討厭小孩子嗎？」

「討厭啊。最討厭了。他們要是全部死光光，一個都不留的話就好了。」

她說話完全不留情。

八九寺「嚇」一聲，縮起了身體。

「因為我完全不知道該怎麼和他們相處。好像是我國中的時候吧。有一次我去百貨公司買東西，撞到一個七歲左右的小孩。」

「啊——結果妳把他弄哭了嗎？」

「不是你說的那樣。那時候，我對那個七歲小孩說：『你不要緊吧，有沒有受傷，不好意思，真是對不起。』」

「………」

「我不知道該怎麼對待小孩才好，所以亂了分寸。可是，沒想到我居然會那麼失態……這事情讓我備受打擊……從那次之後，我就提醒自己，對被稱為小孩的東西，不管是人類還是其他動物，都要以憎恨的心去對待他們。」

這近似於遷怒。

她說的道理我明白，但是心情我卻無法體會。

「對了，阿良良木。」

「怎麼了？」

「我們好像又走過頭了。」

「嗄？」

走過頭——是指地址的事情吧。

咦……？這是第二次囉。

假如這裡是陌生的土地，地址和實際地圖不吻合是常有的事情，但是戰場原不久之前還住在這裡的說。

「如果你有本事罵我的話，就隨便你怎麼罵吧。」

「我不會因為這點小事就罵妳……咦？妳這句話跟剛才那句好像有點不太一樣喔？」

「唉呀，是嗎。我都沒發現呢。」

「什麼啊。啊，對了。妳剛才好像說過什麼區劃整理對吧。仔細想想，連妳以前的家都變成馬路了，這附近的樣貌和妳以前認識的有幾分不一樣，也是很正常的吧。」

「不對。不是你說的那樣。」

戰場原確定周圍樣貌後，接著說：

「這附近雖然多了幾條路，也有拆掉或新蓋的房子，可是以前的舊路並不會完全消失……所以我會迷路不是因為構造上的關係。」

「嗯……？」

可是，實際上我們已經迷路了，我想應該就是構造上的關係使然吧。我也只能這麼想。難道戰場原不想承認自己的失誤嗎？戰場原就是戰場原，相當愛逞強啊……正當我如此思考時，「什麼嘛。」戰場原對我開口說。

「你的表情看起來好像很想抱怨喔，阿良良木。你如果有話想說的話，就說清楚講明白如何？真不像個男人。要不然，我脫光衣服下跪向你道歉也行。」

「妳想要把我變成那種低級的男人嗎……？」

在這種住宅區裡，被她這樣道歉誰受得了啊。

而且我根本沒有那種喜好。

「如果可以讓全世界知道阿良良木曆這個人有多麼低級的話，脫光衣服下跪還算便宜了呢。」

「便宜的是妳的自尊。」

我實在搞不清楚妳這性格算是自傲還是自卑。

「不過，我會穿襪子喔。」

「妳一臉高興地用這種梗來收尾也沒用，我可沒有那種奇怪的屬性。」

「雖然是襪子，不過是網襪喔。」

「就算妳的襪子再變態……」

啊，不過，

雖然我沒有那種興趣，不過如果對象是戰場原的話，我倒也挺想看看她穿網襪的樣子——不，不用裸體沒關係。她現在穿褲襪都已經這樣的話……

「你的表情看起來，好像正在思考傷風敗俗的事情呢，阿良良木。」

「怎麼可能。以清正廉潔為宗旨的我，看起來像是那種人格低劣的人嗎？沒想到戰場原妳會這樣說我，真叫我心寒啊。」

「唉呀。不管有沒有根據，我一直都是這樣說你的，可是你這次居然用這種算不上是吐槽的方式來回答我，感覺很奇怪喔。」

「嗚……」

「原來全裸下跪還不夠，你還想用油性筆，在我的肉體全身上下寫滿各種猥褻的字眼啊。」

「我沒想到那種地步！」

「那你想到哪種地步啊？」

「那不是重點，那個，八九寺。」

我硬是改變話題。

這方面的技巧，我想多跟戰場原學習。

「抱歉，現在看起來可能會花一點時間。不過，我們已經知道是在這附近了——」

「不——」

八九寺的語氣冷靜到讓人驚訝，宛如在敘述已經完全掌握答案的數學算式一樣，沒有任何情感，口吻十分機械化。

「——我想，大概沒辦法吧。」

「誒……？大概……？」

「如果您對大概這個詞不滿的話，那就改用絕對吧。」

「…………」

我不是對大概這個詞不滿。

也不會對絕對這個詞感到滿足。

然而，對她的語氣——

卻讓我無話可說。

「因為我試過好幾次，都沒辦法到那裡。」

八九寺說。

「我永遠都到不了那裡。」

她反覆說道。

「永遠到不了……媽媽那邊。」

宛如壞掉的唱片一樣，不斷重複。

又宛如完好無損的唱片一樣，不停重播。

「因為我是——迷路的蝸牛。」

005

「迷牛。」

忍野咩咩猶如呻吟般低語說。他的聲音聽起來很睏倦，彷彿在安穩的千年封印當中硬是被人吵醒一樣，而且語氣聽起來非常不高興。這應該不是低血壓的緣故，看來忍野似乎有很嚴重的起床氣。現在和他平常直爽的說話方式，有相當驚人的落差。

「那大概是迷牛吧。」

「牛？不對吧。那不是牛，是蝸牛啊。」

「蝸牛用漢字來寫不也有一個牛字嗎。啊，阿良良木老弟該不會都用片假名在寫吧？你的智商還真低啊。漩渦的『渦』，把三點水換成虫邊，然後再加上牛。寫作蝸牛。」

「渦……蝸嗎？」

「單獨一個蝸字，是唸作『ＫＡ』或『ＫＥ』啦，不過除了蝸牛這個詞以外，根本用不到這個漢字……蝸牛背上的殼有漩渦對吧。就是那種感覺……還有，這個字也很像災禍的禍……啊，倒不如說這部分的感覺比較具有象徵性吧？會讓人類迷路的怪異多到數不清……說到會擋住去路的妖怪，就算是阿良良木老弟也聽過塗壁吧？然後……是這種類型又是蝸牛的話，那就一定是迷牛了吧……唉呀，名字在這裡是表示他的本質，而不是外形，不管是牛還是蝸牛都一樣啦。要說外形的話，他還有留下人形的圖畫呢……阿良良木老弟，怪異這種東西，替他命名還有作畫的人，通常不是同一個人。可以說百分之百不是。通常都是先有名字。說是名字，不如說是概念吧。這就和輕小說的插圖一樣。在視覺化之前，就已經有概念存在了。大家常說名字可以表現軀體，不過軀體兩個字不是肉體或外觀的意思，而是本體的意思……嗯啊啊（哈欠聲）。」

（註21）

看來他真的很睏。

不過，這樣相對地消去了他平常輕浮的態度，以我的立場來說，反而比較好說話。因為每次和忍野說話，總是相當累人。

蝸牛。

柄眼目的陸生有肺螺。

通常以蛞蝓比較常見，不過那是貝殼已經退化的形態。

只要灑上鹽巴，牠就會融化。

在那之後。

我——阿良良木曆、戰場原黑儀，還有八九寺真宵三人接連挑戰了五次，包含遊走法律邊緣的捷徑，以及會繞到讓人昏眩的遠路，全都毫無例外地嘗試過了，但從結果來看這一切完全白搭，漂亮地以徒勞無功收場。我們很確定自己已經在目的地附近，但不知為何就是到不了那裡。最後，我們甚至用地毯式搜索，挨家挨戶去尋找，但還是白費力氣。

於是，戰場原祭出最後的終極絕招，用手機的特殊功能（我也不太清楚是什麼），

21　塗壁是福岡縣遠賀郡海邊的傳說妖怪。據說他外形似牆壁，會在夜路中擋住人類的去路。

啟動了ＧＰＳ之類的導航系統時──

在檔案下載的瞬間，手機突然收不到訊號。

此時，我終於──或者該說是不情不願、後知後覺地完全理解了現場的狀況。戰場原似乎老早就察覺到狀況有異（雖然她絕對不會說出口）。此外，比任何人都還要深入了解狀況的人，恐怕是八九寺吧。總之──

我是鬼。

羽川是貓。

戰場原是螃蟹。

而八九寺似乎是蝸牛。

既然如此，事情演變成這樣，我不能就此置身事外。要是對方只是普通的迷路小孩，狀況像現在這樣超乎自己能力範圍所及，那我只要把她送到附近的派出所，就可以自我滿足地宣告事情落幕；然而，事情如果和那邊的世界扯上關係的話──

戰場原也反對把八九寺交給派出所。

她有好幾年的時間，身陷於那邊的世界。

這樣的她，說的話絕對不會錯。

但話說回來，這當然不是憑我和戰場原兩人就有辦法處理的問題。因為我們並沒有具備那方面的特殊能力。我們只是單純知道有一個不屬於這裡的另一個世界而已。

就算知識就是力量。

光是知道的話，實在無能為力。

所以我們在討論之後，決定和忍野商量。這是最簡單省力的方法，也是一個不太情願的選擇。

忍野咩咩。

是我的——我們的恩人。

但是他如果少了恩人這個頭銜，肯定是那種會讓人敬而遠之的人種。他過了三十歲還居無定所，從一個月前左右開始，把這個城鎮裡的一家倒閉的補習班當作居所——光是說明現狀，一般人就會退避三舍了吧。

——目前，我對這個城鎮很感興趣。

他曾說過這句話。

因此，他是一個何時會離開都不奇怪、千錘百鍊又無可救藥的無根浮萍。不過我因為戰場原的事情，上禮拜一還有禮拜二善後的時候才和他碰過面，而且昨天我還有去找他，所以他應該還在那棟廢棄大樓裡吧。

既然這樣，剩下的問題就是聯絡方法了。

那傢伙沒有手機。

只能直接去找他。

戰場原和忍野上禮拜才剛認識，關係還稱不上是親密，所以應該由我這個比較早和忍野打交道的人跑一趟比較妥當，然而，「我跑一趟吧。」戰場原卻主動要求說。

「你的越野腳踏車借我。」

「借妳是沒關係啦……可是妳知道地方嗎？如果有必要的話，我畫一張地圖給妳吧

──」

「你把我的記憶力和你那粗糙的記憶力相提並論的話，就算你擔心我我也不會覺得高興，反而還會覺得很悲哀呢。」

「……是嗎？」

我倒是悲哀起來了。

相當認真地。

「老實說，我第一次在腳踏車停車場看到它，就很想要騎看看了。」

「那輛車真的很棒，這是我的真心話……妳還挺坦率的嘛，雖然這不太可能。」

「應該說，」

戰場原開口續道。

有如在我耳邊呢喃一般。

「不要讓我和那孩子獨處。」

「…………………」

「我不知道該怎麼辦才好。」

嗯，這倒也是。

站在八九寺的立場來看，也是一樣。

我把越野腳踏車的鑰匙，交給了戰場原。我記得之前曾聽說過，戰場原沒有腳踏車的樣子，我居然要把自己的愛車借給這種人，仔細想想這實在很冒險。不過戰場原的話應該沒關係吧，我就是有這種感覺。

所以。

現在，我在等戰場原的聯絡。

我已經回到了浪白公園的長椅上。

八九寺真宵就坐在我身旁。

中間隔著一個人的距離。

她在那個位置，隨時可以逃走。

或者該說，她現在就是一副想立刻拔腿就跑的樣子。

我已經和八九寺適當地提過，自己和戰場原先前有過的問題……還有現在依舊存在的問題，但是我的說明反而更加深了她的警戒心。我們好不容易才稍微混熟了一些，卻因為我不謹慎的行動，而得到失敗且適得其反的結果。現在只能從頭來過了。

彼此之間的信賴是很重要的。

唉……

總之先和她說話看看吧。

因為我剛好也有一些在意的事情。

「妳剛才……好像有說到媽媽的樣子，那是什麼意思啊？綱手不是妳親戚家嗎？」

「…………」

她沒有回答。

看來她行使了緘默權。

不管怎麼說，用剛才那一招大概行不通吧……而且那一招是因為開玩笑用起來才有趣，如果重複用太多次，搞不好會有人當真——應該說那個人就是我自己。

因此，

「八九寺小妹妹。下次我會請妳吃冰淇淋，所以妳可以稍微坐過來一點嗎？」

「我馬上來！」

八九寺一口氣把身體貼了過來。

……看來先開支票後付款，她也沒關係的樣子。

這麼說來，剛才我說要給她零用錢，結果到頭來一毛錢都還沒給她……該怎麼說呢，這傢伙實在太好打發了。

「那麼，回到剛才的問題。」

「你剛才說什麼來著？」

「妳說的媽媽是？」

「…………」

又是緘默權。

我不理她，繼續說：

「妳說那邊是親戚家是騙我的嗎？」

「……我沒有騙你。」

八九寺的語調感覺像在鬧彆扭。

「母親也算是親戚吧？」

「妳說的沒錯啦。」

總覺得這有點像是歪理。

況且以整體的狀況來說，她在禮拜天背著背包來拜訪自己母親家這點，我覺得反而更奇怪……

「而且，」

八九寺維持乖僻的語調，接著說：

「我雖然叫她媽媽，不過很可惜她已經不是我媽媽了。」

「……喔。」

離婚。

父女單親家庭。

我最近也有聽過相同的狀況。

從戰場原那邊聽到的。

「我到三年級為止是姓綱手。之後我被爸爸領養，才會改姓八九寺。」

「嗯……稍等一下。」

這狀況太過複雜，我感覺思緒一片混亂，所以這邊先稍微整理一下吧。現在，八九寺是五年級，而她在三年級為止姓綱手（所以她對綱手這個姓才會執著到不惜怒吼的地步），最後她被父親領養改姓八九寺就表示……啊，原來如此，她雙親在結婚時，統一改姓母方姓氏。結婚時統一姓氏的時候，不管是用男方或女方的姓都無妨。這麼一來……她的雙親離婚後，母親——綱手離開了家裡，搬到了這附近來……不對，這邊應該是她母親的老家。所以，八九寺才會在禮拜天——

利用母親節這個日子，

跑來找她的媽媽。

「唉呀……我剛才還倚老賣老地叫妳要孝順媽媽……」

這樣我當然沒資格說她。

這真是傷腦筋。

「不是的，我不是因為今天是母親節的關係才專程跑過來的。只要有機會，我都會想要去我媽媽家一趟。」

「……這樣啊。」

「不過我永遠到不了。」

「……………」

離婚之後，媽媽離開了家裡。

八九寺從此見不到她。

她想見媽媽一面，

所以才會來找媽媽。

嘗試想要見她一面。

背著背包，然後——

然後就在那時候……

「妳遇到了蝸牛嗎？」

「有沒有遇到我自己也不是很清楚。」

「嗯——」

在那之後，據說她好幾次想要造訪母親家。

但卻沒有一次成功過。

妳嘗試過好幾次全都徒勞無功嗎——這問題我光是要問就覺得自己很不識趣。然而，即使如此她還是不肯放棄，這點實在很了不起。

可是，

「…………」

這麼說或許很奇怪啦，而且這完全不是能夠拿來和別人比較的問題，不過以異常的程度來說，八九寺的異常比起我、羽川和戰場原三人，在氣氛上感覺起來似乎稍微安全了點。因為她這種不是肉體或精神上的問題，而是現象型的異常，問題並不是出自於她自己。

她的問題是外在的。

也不會有生命危險。

可以平穩地過日常生活。

這就是我覺得安全的緣故。

話雖如此，就算這是事實，我也不應該擺出一副自己好像很懂一樣，對八九寺這麼說吧……就算我嘴巴裂開來。不管我在這次春假經歷過多少事情，我都沒有權力對八九寺說那種話。

因此，我沒有多說，

「妳也……很辛苦呢。」

只說了這麼一句話。

這是我發自內心的感想。

我現在真想摸摸她的頭。

所以，我試著摸了一下。

「吼！」

她咬了我的手一口。

「好痛！妳這死小孩，幹麼突然咬我！」

「嗚吼吼吼吼吼！」

「好痛！痛、痛、痛！」

這、這傢伙真的用吃奶的力氣猛咬我一口，不是因為開玩笑或淘氣，更不是因為想掩飾自己的害羞……我知道八九寺的牙齒刺破了我的皮膚，就算不去看我也知道自己在噴血！這真的一點都不好笑，她為什麼突然——難道說，該不會是我在不知不覺間，在自己也沒有注意和發現到的情況下，完成了某種事件的發生條件嗎……

也就是說現在要開始戰鬥囉！

我將沒被咬的另一隻手，緊緊握拳。有如想要捏碎空氣一般。接著，將拳頭朝八九寺的心窩打去。心窩是人體無法鍛鍊的要害之一。八九寺挨了這一擊居然沒有鬆開咬住我的牙齒，實在很了不起，不過她的咬力在一瞬間稍微減弱，這點是不可爭的事實。我趁隙用力揮舞被咬的手。八九寺彷彿想要咬掉我一塊肉似的，但也因為這樣，她身體的其他部位全都放了空。不出所料，我很輕鬆地就讓八九寺的屁股從長椅上浮起。

我張開拳頭，抱住了八九寺洞開的身體。我的手掌感覺到一陣以小學五年級來說，算是非常豐滿的觸感，然而這對不是蘿莉控的我而言，可說是完全沒有影響，我趁勢將她的身體直接反轉過來。她的嘴巴還咬著我的手，因此當然她的身體是以脖子附近為中心，整個扭了一圈。但是，那不是問題。既然我的手被她咬住，朝她頭部附近攻擊，有可能會直接反彈到我身上。更重要的是，八九寺的身體反轉了過來，身體就像訂製用來擊破的瓦片一般暴露在我的眼前，在這狀況下才是我的目標。我瞄準的地方彷彿和剛才那拳重疊一樣，位置自然是心窩！

「嗚哇——！」

勝負已定。

終於，八九寺鬆開了咬進我肉裡的牙齒。

同時從口中吐出類似胃液的東西。

隨後，就這樣癱軟倒下，失去了意識。

「哼——不對，不能笑。」

我揮動被咬的手，想要放鬆它。

「到了第二次之後，勝利這種東西只會讓人覺得空虛而已……」

眼前，有一個高中生朝著小學女生身體中心線的要害痛毆了兩拳，還在故作感慨空虛。

那個人還是我。

…………

如果是拍打、揪住、拋摔那還算好，用拳頭打女生的身體真的很不應該。

看來阿良良木曆就算不讓戰場原黑儀全裸下跪，也已經是一個低級的男人。

「啊——不過是她突然咬過來的。」

我先看了一下被咬傷的地方。

哇……太猛了，深可見骨……我以前都不知道原來人類真的咬起人來，可以做到這種地步……

啊，不過如果是我的話，

疼痛雖不可免，但這種程度的傷，我什麼都不必做，它很快就會恢復了。

傷口濕漉漉、濃稠地，以肉眼可分辨的速度逐漸癒合，這光景宛如錄影帶在快轉或倒帶一樣，我看到這景象，才重新想起自己是多麼異類的存在。重新想起那黑暗且昏暗的感覺。

我真的是有夠渺小。

這副德性還敢說自己是低級的男人，真是笑死人。

你以為自己真的可以變回人類嗎？

「……你的表情好恐怖喔，阿良良木。」

突然，

有人向我搭話。

一瞬間我以為是戰場原，但這不可能。戰場原不可能發出這種開朗的聲音。

開口向我搭話的人，是班長。

羽川翼。

她在禮拜日還是跟在學校一樣穿著制服，不過如果是她的話，這樣反而算正常吧。

羽川身為優等生的舉止，還有髮型和眼鏡都和平常一樣，要說唯一和在學校不同的地方，只有她手上拿的手提包而已。

「羽……羽川。」

「你看起來好像很驚訝呢。嗯，這個表情比較好。」

嘿嘿，羽川展露笑容。

爽朗的笑容。

沒錯，就像剛才八九寺展露出來的一樣——

「怎麼了?你在這裡做什麼啊?」

「沒、沒什麼，倒是妳呢?」

我實在藏不住心中的動搖。

還有，她是何時在那邊看我的呢?

如果是被極度認真、品行端正的活樣本，而且又是以清正廉潔為宗旨的羽川翼，目擊到我在對小學女生施暴的話，這和被戰場原看到的時候完全不同，可說是另一種層次的糟糕……

我不想讀到三年級還被學校退學……

「沒有什麼倒是吧。我就住在這附近啊。真要說的話，倒是阿良良木你以前有來過這邊嗎？」

「那個……」

啊！對了。

羽川說過，自己和戰場原以前讀同一所國中。

而且還是公立國中，因此以學區來看，戰場原以前的地盤和羽川的活動範圍會重疊，也沒什麼好不可思議的。她們兩人的小學應該是不同所，所以活動範圍不至於完全一致吧……

「也不是有來過啦，只是沒什麼事做，稍微來打發時間——」

啊！

我說出打發時間這四個字了。

「啊哈——原來是這樣啊，真好，打發時間。沒有事情可以做是一件好事。那表示你很自由啊。我也來打發一下時間好了。」

「…………」

這傢伙和戰場原是完全不同的生物。

同樣是頭腦好的傢伙，這就是名列前茅和學年之冠的差別嗎。

「阿良良木你知道吧。我在家裡待不下去。而且今天圖書館又沒有開，所以禮拜天是散步日喔。這對身體也很健康啊。」

「……我覺得是妳顧慮太多了。」

羽川翼。

擁有一對異形翅膀的少女。

她在學校中極度認真，是品行端正的活樣本，而且清正廉潔，同時還是班長中的班長，可說是完美無缺——然而，她卻有家庭不和的問題。

不和，並且扭曲。

因為這樣，她才會被貓魅惑。

被抓住心中唯一的一個空隙。

或許這就是「人無完人，金無足赤」的一個例子。然而就算她的問題解決，從貓的手中被解放出來，還失去了那段時間的記憶，但家庭的不和與扭曲卻沒有因此消失。

不和與扭曲依舊存在。

事情就是這樣。

「圖書館禮拜天休息，總覺得好像在表示，自己住的地方文化水準很低一樣，啊哈，真是糟糕啊。」

「我連圖書館在哪都不知道呢。」

「這怎麼可以呢。說那種好像要放棄自己的話。現在離考試還有一段時間，阿良良木只要肯做，就一定辦得到的。」

「妳那種沒有根據的鼓勵，有時候比被罵得狗血淋頭，還要更叫人難受呢，羽川。」

「因為，阿良良木你數學很好吧？數學很好的人通常其他科目不會太差啊。」

「數學不用背東西吧。很輕鬆的。」

「你真愛鬧彆扭呢。不過也沒關係。讀書的事情就慢慢來吧。對了，阿良良木，那個女孩是你妹妹嗎?」

羽川噘嘴，指著橫躺在長椅旁的八九寺說。

「……我妹沒有這麼小好嗎。」

「是嗎?」

「她們是國中生。」

「嗯──」

「她那個，是迷路的小孩啦，叫作八九寺真宵。」

「真宵?」

「真實的真，宵夜的宵。然後姓──」

「她的姓我知道。八九寺這個字在關西圈還滿常聽到。這個姓感覺很有歷史又有威嚴呢。對了，《東雲物語》裡面出現的寺廟，好像也是叫──啊，可是那個漢字不太一樣。」

「……妳真是無所不知呢。」

「我不是無所不知，只是剛好知道而已。」

「喔，是嗎……」

「八九寺加上真宵嗎?上下有關聯的名字呢。嗯嗯?啊，她醒過來了。」

聽羽川這麼一說，我看了八九寺的臉，發現她正緩緩地眨眼。八九寺環視周圍的景象片刻，像在仔細確認、又像是難以掌握自己身處的狀況一樣，最後坐起了上半身。

「妳好，小真宵。我叫羽川翼，是這位大哥哥的朋友喔。」

嗚哇！這傢伙直接就用體操大哥哥的語氣搭話。

不對，羽川是女性，所以應該是體操大姊姊吧。

羽川八成是那種可以稀鬆平常地用幼兒語，向貓狗之類的對象搭話的人吧……

反觀八九寺卻說：

「請不要跟我說話。我討厭妳。」

……她不管對誰都說一樣的話嗎？

「咦——我做了什麼會被妳討厭的事情？不可以對第一次見面的人突然說這種話喔，小真宵。摸摸頭。」

不過，羽川完全沒有沮喪。

而我做不到的事情——撫摸八九寺真宵的頭，她也彷彿很自然一樣地達成了。

「羽川，妳喜歡小孩嗎？」

「嗯——？有人討厭嗎？」

「不，不是我。」

「嗯——嗯，喜歡啊。我一想到自己以前也是這個樣子，就覺得心裡頭很溫暖安詳呢。」

羽川不停撫摸八九寺的頭。

八九寺想要抵抗。

但卻白費功夫。

「嗚、嗚嗚嗚——」

「妳好可愛喔，小真宵。唉呀，真是可愛到我想把妳吃掉呢。妳的臉頰軟綿綿的呢。哇——啊，可是啊。」

羽川的語調驟變了。

她在學校偶爾也會用這種語調跟我說話。

「怎麼可以突然咬大哥哥的手呢。這個大哥哥還沒關係，如果是普通人早就受重傷了！嘿！」

碰！

她用拳頭，很自然地揍了八九寺一拳。

「嗚……嗚、嗚嗚？」

羽川一會對八九寺溫柔一會又揍她，讓她陷入了不省人事的混亂狀態。隨後，羽川讓八九寺面向我。

「來！該不該說對不起？」

「……對、對不起，阿良良木哥哥。」

八九寺道歉了。

這個只有措詞客氣的臭屁小鬼，居然道歉了。

我感到很震驚。

話說回來，羽川果然站在那邊看很久了……是啊，就是這樣。一般來想，要是快被人咬掉一塊肉，起碼也會做出正當防衛吧。說起來，最初的打架也是這傢伙先踢過來的……

羽川雖然不知變通，但也不是那種死板的傢伙。

她單純講求公平。

不過，羽川對付小孩還真有一套。她應該是獨生女，卻說出如此有道理的一句話。

值得一提的是，看來羽川在學校也把我當成小孩子一樣對待，不過，這點就算了吧。

「還有，阿良良木你也不行！」

她用同樣的語調，將矛頭對準我。

這樣的語調，我還是有點難認同。

就連羽川也注意到自己的語調，「嗯、嗯！」兩聲後，重新開口說：

「唉呀，總之就是不行。」

「不行是指……暴力？」

「不是，你應該好好地罵她才對。」

「嗯，喔。」

「當然暴力也不行，不過你打了小孩之後——就算對小孩以外的人也一樣——應該要把打他的理由告訴他，讓他知道自己哪裡錯了才行。」

「…………」

「要說才會懂，就是這個意思啊。」

「……和妳說話，真的讓我長進不少。」

真是。

這傢伙的舉動真是出乎我意料之外。

這世界上也是有好人的。

光是因為這點，就讓我覺得自己得到了救贖。

「對了。她是迷路的小孩吧?她想去哪?在這附近嗎?如果是的話，我可以幫你們帶路。」

「那個——沒關係，我剛才請戰場原去找人幫忙了。」

就算羽川和那邊的世界有關係，但她卻沒有記憶——就算她知道，也已經忘了。既然這樣，我不應該像在玩弄舊瘡疤一樣，隨便捉弄她的記憶。

雖然她的提議讓我很感謝。

「她已經去了一段時間，應該快回來了。」

「咦?戰場原同學?阿良良木剛才和她在一起嗎?嗯?戰場原同學最近都請假沒來學校呢——嗯嗯?啊，這麼說來，上次阿良良木好像問了我很多有關她的事情喔——嗯嗯?」

啊。

開始瞎猜了，開始瞎猜了。

羽川自以為是的能量，瀕臨爆發邊緣。

「啊啊!原來，原來是這樣啊!」

「不，不是妳想的那樣……」

該怎麼說，我真的覺得很抱歉，像我這種笨蛋，居然否定了妳這等秀才提出的答案。

「妳那種幻想力，連喜歡ＹＡＯＩ的女生都望塵莫及了。」

「ＹＡＯＩ？那是什麼意思？」

羽川歪頭不解。

優等生不知道這個詞彙。

「就是『沒有高潮、沒有結局、意義深遠』的開頭縮寫。」（註22）

「聽起來好像在騙人。沒關係，下次我去查看看。」

「妳還真用功啊。」

……………

要是羽川因此誤入歧途的話該怎麼辦。

會是我的錯嗎。

「那，在這邊打擾你們也不太好，我差不多要走了。打擾兩位了，幫我向戰場原同學問好。還有，今天是禮拜天所以我不會太囉嗦，不過可不要太放縱自己喔。還有，明天有歷史小考，你可不要忘了喔。還有，文化祭的準備，差不多要正式開始了，你可要提起勁來喔？還有——」

羽川在那之後，接連說了九次「還有」。

22　ＹＡＯＩ為ＢＬ用語，第三個原本是「沒有意義」，不知從何時開始變成了意義深遠。

她可能是繼夏目漱石以後，最會用「還有」的人。（註23）

「啊，對了，羽川。妳走之前，讓我問一個問題就好。妳知道這附近有一戶姓綱手的人家嗎？」

「綱手？嗯嗯，這個嘛——」

羽川露出回想的表情。她的表情讓人抱足了期待，這樣看來她或許知道；然而——

「……不，我不知道呢。」她答道。

「妳也有不知道的事情啊。」

「我不是說過嗎？我只知道自己剛好知道的東西。對其他的事物，我一無所知啊。」

「是嗎？」

這麼說來，她也不知道ＹＡＯＩ的意思啊。

事情不可能進展得這麼順利嗎？

「抱歉辜負了你的期待。」

「不會、不會。」

「那我這次真的要先走了，掰掰！」

隨後，羽川翼離開了浪白公園。

不曉得她知不知道這公園的唸法。

剛才的問題應該問這個才對，我腦中掠過這個想法。

接著，我的手機響了。

23　會提到夏目漱石，是因為他有一本著作《從此以後》，日文原名和還有一詞皆為「それから」。

液晶螢幕上，顯示了十一位數的數字。

「…………」

五月十四日，禮拜天，十四點十五分三十秒。

在這瞬間，我拿到了戰場原的手機號碼。

006

「那麼——那隻迷牛是哪種魑魅魍魎，又是哪一種妖怪變成的啊？我該怎麼做才能消滅他？」

「真是的，阿良良木老弟的想法還是一樣暴力啊。是不是發生了什麼好事啊？」

忍野似乎睡到一半被戰場原吵醒的樣子。「禮拜天早上打擾別人睡懶覺，這孩子真是過分啊。」忍野抱怨說。不過現在時間早就已經過午，不算是早上，就算這點不去追究，我也不覺得國家會讓每天都是禮拜天、一整年都在放暑假的忍野有抱怨的資格，所以我沒有附和他。

忍野沒有手機，想當然耳，他肯定是借用戰場原的手機和我通話，不過撇開「不帶手機主義」和「金錢上的顧慮」不談，忍野似乎是一個要不得的機械白痴。

「對了，傲嬌妹，我要講話的時候要按哪顆按鈕啊？」聽到這種腦殘的話語時，我甚至有一種想要按下手機掛斷鍵的衝動。

你嘛幫幫忙，這又不是對講機。

「不過……這到底是怎麼回事呢。這要說是稀奇，倒不如說是異常吧。阿良良木老弟居然會在這麼短的時間內，遇到形形色色的怪異。這真是愉快啊。你被吸血鬼襲擊已經算是機率非常低的事情了，結果又和班長妹的貓，還有傲嬌妹的螃蟹扯上關係，現在又遇到蝸牛嗎？」

「遇到的人可不是我。」

「嗯？是嗎？」

「你聽戰場原說到哪了？」

「這個嘛……我應該是有在聽啦，不過因為我剛才在半夢半醒之間，記憶變得很模糊，看來好像是我記錯了……啊！不過我從以前啊，就一直夢想如果哪一天能有一個可愛的女高中生來叫我起床，不知道該有多棒。多虧阿良良木老弟，我從中學的時候就一直夢想的事情終於實現了。」

「……實現之後的感覺怎樣？」

「嗯——我剛才睡傻了不太記得了說。」

夢想實現之後，或許就只是這樣而已。

不管是誰、在什麼情況下都一樣。

「啊啊，傲嬌妹用好可怕的眼神在瞪我耶。好可怕、好可怕，嚇死人了。是不是發生了什麼好事啊？」

「天知道……」

「天知道嗎？阿良良木老弟看起來好像不太懂女人心呢——不過這不是重點。呼。唉呀，就算一次也好，只要和怪異的世界扯上關係，之後就會很容易被捲入其中，這是事實沒錯……不過，你的頻率好像也太集中了吧。班長妹和傲嬌妹都是阿良良木老弟的同班同學——而且，我聽說她們兩個就住在你那邊的附近是吧？」

「戰場原已經不住在這了。不過這件事和地點無關吧。因為八九寺應該也不是住在這附近。」

「八九寺？」

「啊，你沒聽說嗎？八九寺真宵。就是那個遇到蝸牛的小孩。」

「啊啊……」

對話稍微間隔了片刻。

理由似乎不是因為他想睡覺。

「八九寺真宵嗎……哈哈，原來如此。我懂了，我懂了。整個思路都通了。原來如此啊。該怎麼說呢，這算是一種因緣吧。感覺好像一種小小的冷笑話。」

「冷笑話？啊，你是說真宵和迷路兩者的發音有相關嗎？她的名字發音也跟迷牛和迷路的小孩類似……看不出來你一副嘻皮笑臉的樣子，居然會說出這種無聊的話啊，忍野。」（註24）

「那種低水準的冷笑話，就算我嘴巴爛了也不會講好嗎？我可不是平白無故在嘻皮笑臉的。我這叫作笑裡藏刀。你想想，她叫八九寺真宵對吧？說到八九寺就會想到那

24　真宵和迷路在日文中都唸作MAYOI。

個，你知道嗎?《東雲物語》的第五節。」

「啥?」

羽川好像也有說過來著。

只不過我完全沒聽過。

「阿良良木老弟什麼都不知道呢。多虧如此我說明起來才有意義。不過呢，現在我沒那個閒功夫……我睏得要死啊。嗯?怎麼了?傲嬌妹。」

戰場原好像和忍野在說什麼，我倆的對話因此暫時中斷。她的聲音實在小到我聽不見──應該說，是戰場原故意壓低音量在說話。

應該不是……悄悄話吧。

他們到底在說什麼。

「嗯……喔。」

我只聽見忍野回應的聲音。

接著。

「……呼!」

接續在後的，是一個沉重的嘆息。

「阿良良木老弟，你真的很沒用耶。」

「嗄?為啥我要突然被你這樣說?我還沒說『這件事情對你而言只是在消磨時間而已』這句話吧。」

「你居然讓傲嬌妹這麼擔心……這樣她不就會有責任感了嗎?你居然把責任推給女

生，以一個男人來說你實在太廢了。男人應該要被女人騎在頭上，而不是把責任推給女人吧。」

「啊，那個……把戰場原牽扯進來我真的覺得很抱歉。應該說這都是我的責任。上禮拜她才剛處理完自己的事情，現在又讓她遇上這種奇怪的——」

「我不是這個意思啦，真是的。阿良良木老弟，你是不是因為接連三次解決自己和班長妹還有傲嬌妹的怪異事件，所以變得稍微有點得意忘形啊？我先告訴你一聲，可不是只有自己看到和感覺到的東西才是真實喔。」

「……我沒有那個意思。」

面對這番不假辭色的話語，我的氣勢不禁軟了下來。我感覺自己被戳到痛處。但偏偏他說的話，我並不是沒有想過。

「唉呀，你應該沒有那個意思吧。阿良良木老弟是一個什麼樣的人，我個人已經有相當程度的理解。只不過，我希望你能夠多注意一下自己的四周。如果你沒有得意忘形的話，阿良良木老弟，你是不是太急躁了？你仔細聽我說。眼見的東西未必是真實；但反過來說，並不代表看不見的東西就一定是真實，阿良良木老弟。我們第一次見面的時候我好像有跟你說過類似的話，你該不會忘了吧？阿良良木老弟。」

「……現在不是在談我的事情吧，忍野。好了，那個迷牛？快教我怎麼對付那個蝸牛吧。要怎麼做才能消滅他？」

「就跟你說不是用消滅的方法。你根本什麼都不懂嘛。你光說這種話總有一天會後悔的，到時候你可要自己負全責喔？還有——那個迷牛……啊，不是。」

忍野欲言又止。

「……哈哈！這實在太簡單了，就是那個嘛。我不管說什麼，好像都會幫到你的樣子。這樣不太好呢……這件事要讓阿良良木老弟自己解決才行。」

「簡單？真的嗎？」

「這跟吸血鬼不一樣。吸血鬼真的是非常稀有的案例。幹麼啊，阿良良木老弟。你第一次就遇到那種東西，會有許多誤解我想也是沒辦法的啦……這個嘛，該怎麼說，這次的迷牛和傲嬌妹遇到的螃蟹很像。」

「喔？」

螃蟹。

和那個螃蟹很像。

「啊，對了，還有傲嬌妹的事情嗎……真是討厭啊。我的角色是擔任人類和那個世界的橋梁，人類和人類之間的橋梁不是我的專業領域啊……哈哈。真是傷腦筋。這是為什麼呢。看來我和阿良良木老弟可能太親近了。我們大概混太熟了，你才會這麼簡單就依賴我，而且我沒想到你會想用一通電話來解決事情。」

「……因為我覺得這是最簡單的方法。」

這個選擇最簡單，但也讓人提不起勁。

話雖如此，但事實上，也沒有其他方法可供我選擇。

「希望你不要這麼隨便就依賴我啊。平常遇到怪異，根本不可能會有像我這樣的人在你身邊。還有，說這種死板的常識雖然不太像我的風格，不過你居然叫一個妙齡女子單獨來這種類似廢墟、裡頭還住了一個怪人的地方，這樣實在很要不得啊。」

「原來你也知道自己是怪人，住的地方像廢墟啊……」

可是，他說的沒錯。的確如此。戰場原答應的實在太過爽快，甚至讓我感覺她是自告奮勇要去找忍野，所以這方面我稍微欠缺了顧慮。

「不過，你也不會做什麼事情吧。」

「一般來說受到別人的信賴是很好啦，不過，還是需要有個分際吧。規則就是為此而存在的。規則規則，不可厚顏無恥。你懂我的意思嗎？如果我們不先用一個規則框架圍出一個空間來，規定出無論如何絕對不行的事情，自己的領地就會在隨便妥協之中不停被削減。常有人說規則都是有例外的，但是既然是規則就不應該有例外，而且，要是沒有規則也就不會有例外，就是這麼回事。哈哈，總覺得我講話好像班長妹。」

「嗯……」

是啊，他說的沒錯。

的確是如此。

晚點和戰場原說聲抱歉吧。

「阿良良木老弟雖然信任我，不過傲嬌妹可沒有這麼信任我。她不過是因為你相信我，所以才暫時相信我而已。要是出了什麼事情，責任可全都在你身上喔，這點你可別忘了啊。不是，我不會做什麼奇怪的事情。就說我真的不會！嗚哇，拜託妳不要拿釘書機出來啊，傲嬌妹！」

「…………」

她還是一樣，隨身攜帶釘書機嗎？

雖然這習慣不是一朝一夕就改得掉的東西。

「呼……嚇死我了。原來傲嬌妹這麼恐怖啊。這實在無與倫比的傲嬌啊。那個，我看……啊啊！真是的，我真的不擅長講電話啊。講起來實在很不方便。」

「講起來很不方便？忍野……你機械白痴的程度也太誇張了吧。」

「機械白痴是有點關係啦，不過我講得這麼認真，結果你搞不好是躺著一邊在喝果汁看漫畫，一邊在跟我講電話，想到這點我就覺得很空虛啊。」

「你出乎意料還挺纖細的嘛……」

這種事情，在意的人真的會很在意。

「那我看這樣吧。對付迷牛的方法我就告訴傲嬌妹，你就在那邊等她回去吧。」

「對策透過別人來傳遞……這樣妥當嗎？」

「你要這樣說的話，迷牛本身就是民間傳承的東西。」

「我不是說這個，我是說——這次不用像戰場原的時候一樣，做儀式之類的嗎……」

「不用啊。兩者的模式雖然相同，可是蝸牛不像螃蟹這麼難對付。因為他不是神明嘛。他是妖怪類的吧，真要說的話。他應該算是幽靈類的東西，不是什麼魑魅魍魎或奇異現象。」

「幽靈？」

他說的神明、妖怪、魑魅魍魎、奇異現象或幽靈，在這種狀況下我想都是一樣的東西吧——然而我知道在和忍野談話時，這種言語上的區別相當重要。

可是……幽靈。

「幽靈也是妖怪的一種。迷牛本身並不限定於某個特定的地區，日本國內，全國各地，總之不管走到哪都能聽到他的怪異事蹟。他不是什麼重要的幽靈，名稱也形形色色，唉呀，不過他的最原本的樣子是蝸牛啦。還有那個，阿良良木老弟。八九寺這個詞彙原本是指竹林中的寺廟。正確來說，這個詞原本的寫法不是『八九』，而是『淡竹』。淡竹寺。你想想，說到竹子最先想到的就是孟宗竹和淡竹這兩種對吧？淡竹和『勢如破竹』中的『破竹』好像也有關聯。不過這裡沒什麼關係啦。（註25）總之把淡竹兩字換成了十之八九的『八九』，嗯，簡單來說就是一種文字遊戲。阿良良木老弟你知道嗎？四國八十八所，還有西國三十三所。（註26）」

「嗯……那種程度的事情當然。」

畢竟這兩個地方常常有機會會聽到。

「那種程度的事情你也知道嗎。嗯，我想也是。那一類的地方如果不用有不有名來區別，數量其實很多呢。八九寺也算是其中一種，名單中收納有八十九間寺廟。當

25　日文中，八九和淡竹同為ＨＡＣＨＩＫＵ。有人說「勢如破竹」中的竹字就是指淡竹，但也有人說是指孟宗竹。

26　四國八十八所：日本佛教真言宗的空海大師於四國地區開創了八十八個修行的靈場，其目的不僅為了永遠教化當時及後世的人，同時也要引導民眾達到精神上的領悟。
西國三十三所：分散在大阪和京都附近，是日本最有歷史的觀音靈場。據說只要參拜過這三十三個地方的觀音菩薩，就能夠消除現世犯下的所有罪業，往生極樂。

然，八十九這個數字和我剛才說的『淡竹』有關，但在索引的意思上來看，它的數量比四國八十八所還要多一個。」

「嗯……」

八十九寺和四國有關嗎？

不過，羽川好像有提到關西圈的樣子。

「嗯。」

忍野說。

「被選上的八十九間寺廟，大概都是關西圈的寺廟，從這層意思上來看，西國三十三所應該比四國八十八所，還要更接近八十九給人的感覺。不過，我接下來要說的才是重點，也是悲劇的開始。你想想，八九也可以唸作『YAKU』，也就和『厄』這個字同樣唸法。因為這樣，如果冠在寺院前面，就會變成有否定意思的接頭語，所以這樣不大好。」

「……？聽你這麼說，我一開始也把八九唸成了『YAKU』，而不是唸『HACHIKU』……不過，古人不是故意要讓它有這個意思的吧？」

「可是，在偶然的情況下，就是讓它有這個意思了。語言這種東西很可怕的。就算你沒有那個意思，有時候也會變成這樣。這也叫作言靈，不過這個詞最近稍微有點被人濫用的傾向。唉呀，總而言之，這種解釋之後廣為流傳，最後八九寺這個總稱就消失了。其中被指定的八十九間的寺廟，也幾乎都在廢佛棄釋（註27）的時候遭到廢棄，

27　日本於明治維新時宣布神道為日本國教，使得佛教的寺院、文書和雕像等物品受到破壞。

目前還保留的大概只剩下四分之一左右。而且，這些僅存的寺廟，幾乎都在隱瞞了自己曾經被選上的事實。」

「…………」

總覺得這傢伙的說明實在太隨便，雖然這樣的確比較淺顯易懂，不過要是把他的話照本宣科拿來跟別人說，我總覺得一定會出大糗……

畢竟，這些知識在網路上搜尋絕對找不到符合的項目，實在讓我猶豫不知道該吸收到哪種程度才好。

半信半疑——是嗎？

「聽完這層原委——理解了歷史之後，再重新來看八九寺真宵的名字，對吧，正常來說都會覺得有一種奇妙的含意，很傷腦筋吧。上下的名字剛好都有關聯……是吧。這就跟大宅世繼和夏山繁樹一樣。《大鏡》（註28）你應該有在學校學過吧，阿良良木老弟。不過，她下面的名字真宵又是怎麼回事？這不就是字面上的意思嘛。那實在太簡單、簡便了。讓人懷疑這名字命名品味啊。嗯，阿良良木老弟如果在一開始的階段就發現的話，那就太好了說。」

「什麼太好了說。而且這傢伙——」

八九寺坐在椅子上，乖乖地在等我講完電話。她沒有特意豎起耳朵偷聽，但肯定有在聽吧。她沒理由充耳不聞，畢竟這是她自己的事情。

「這傢伙會改姓八九寺是最近的事情。她以前好像叫作綱手。」

---

28 《大鏡》是日本古典書籍，大宅世繼和夏山繁樹是當中的人物。

「綱手？咦，綱手嗎……怎麼這麼剛好。怎麼這麼剛好——這下子線條全扭曲，完全散開來了。以因緣來說，這實在太過湊巧了。有一種運籌帷幄之中，決勝千里之外的感覺。八九寺和綱手……原來如此，然後是真宵嗎？其實真正有含意的是真宵這個名字吧。真正的宵夜。啊哈——真是的。」

傻瓜一樣。

忍野小聲呢喃道。

那聽起來像是獨白，不過其實是對我說的話。

「怎麼樣都沒差。這個城鎮真的很有趣呢。不時都有讓人興奮的狀況。看來我沒辦法輕易離開這個城鎮呢……那就這樣，我會把詳細的方法告訴傲嬌妹，阿良良木老弟，你再問她吧。」

「嗯。好、好吧。」

「不過——」

忍野用諷刺的語調做收尾。

他的輕蔑笑容，似乎浮現在我的眼前。

「希望傲嬌妹會老實告訴你呢。」

接著——通話結束。

忍野是一個絕對不會說再見的男人。

「……就是這樣，八九寺。似乎有辦法的樣子。」

「在我印象中，似乎沒有聽到什麼有辦法的對話。」

她果然有在聽。

不過如果光聽我的答話，重要的部分應該一無所知吧。

「這點先不管，阿良良木哥哥。」

「幹麼？」

「我肚子餓了喔。」

「…………」

那又怎樣。

她的語氣好像是在委婉地告訴我，我無意中忽略了自己應該完成的義務一樣。拜託別這樣。

不過，聽她這麼說也是，事情的狀況因為蝸牛的緣故而含糊不清，仔細一想我好像沒讓八九寺吃中飯。對了，戰場原也一樣……那傢伙去找忍野前，可能自己找地方先吃了東西也說不定。

啊——我真的沒注意到這種細節。

因為我現在的身體，就算不進食也無所謂。

「那我們等戰場原回來之後，再去找個地方吃東西吧。不過這附近好像只有住宅。妳除了媽媽家以外，其他地方應該都可以去吧？」

「是的。可以。」

「是嗎，那我等一下問戰場原吧，她應該知道這附近哪裡有東西吃吧。對了，妳有喜歡吃的東西嗎？」

「只要是吃的我都喜歡。」

「嗯哼。」

「阿良良木哥哥的手也很好吃。」

「我的手可不是吃的東西。」

「您太謙虛了。真的很好吃呢。」

「…………」

話說妳剛才真的吃了我一點血和肉，現在說這種話可是一點都不好笑。

食人族少女。

「對了，八九寺。妳說妳有去過媽媽家是真的嗎？」

「是真的。我沒有說謊。」

「原來如此……」

不過卻因為太久沒來所以迷路了——看來事情沒這麼簡單吧。因為她遇上了蝸牛，就算曾經去過也會迷路。不過，為什麼八九寺會遇到蝸牛呢？

理由。

我會被吸血鬼襲擊自然有理由。

羽川和戰場原也是。

既然這樣，八九寺應該也有理由才對。

「……那個。我這樣說想法可能太單純了，可是去媽媽家應該不是妳主要的目的，妳只是想要見媽媽而已吧？」

「『只是』這個措詞有點過分，不過你說的沒錯。」

「既然這樣，只要請媽媽來找妳不就好了嗎？妳想想，妳雖然到不了綱手家，但並不代表妳媽媽會被關在家裡吧？就算父母離婚，雙親還是有見小孩的──」

雖然這是外行人的想法。

「──權利之類的吧。」

「沒辦法。應該說那是沒用的。」

八九寺立刻回答說。

「如果你說的方法可行，我早就這麼做了。可是就是沒辦法。我連要打電話給媽媽都不行。」

「嗯哼……」

「我只能像這樣來找媽媽而已。就算我知道，自己絕對找不到也一樣。」

她說話的語氣雖然模稜兩可，但簡單來說，就是家家有本難唸的經……看起來似乎很複雜的樣子。當我在母親節，必須像這樣獨自一人來到陌生的城鎮時，就多少可以了解她的心情。不過，話雖如此，這個問題不能用更合理的方法來解決嗎……例如請戰場原單獨行動先繞到綱手家……不，這樣沒辦法吧。對方是怪異，我不認為這種正攻法會奏效。就像戰場原要用GPS功能，手機就突然收不到訊號一樣，正攻法無法達成八九寺的目的吧。和忍野講電話會通，單純只是因為對方是忍野罷了。

因為所謂的怪異──就是世界本身。

怪異和生物不同──他們和世界是有接觸的。

只用科學的角度來看是無法突顯出怪異的存在，就像被吸血鬼襲擊的人類，總是無止無盡一樣。

就算這世界沒有照不亮的黑暗，

你也無法讓黑暗消失。

既然如此，也只能等戰場原回來了嗎。

「怪異嗎……老實說我也不太清楚。妳呢？八九寺。妳對妖怪或怪物之類的東西熟嗎？」

「……嗯，不知道，我不清楚呢。」

一陣奇怪的猶豫後，八九寺回答說。

「我只知道無臉怪。」

「啊啊，小泉八雲的……」

「就是梨子變成的嘛。」

「梨子變成那個做什麼。」

是狸才對。（註29）

那個故事應該無人不知吧。

「那個很恐怖呢……」

「對啊。其他我就……不太清楚了。」

29　無臉怪是小泉八雲的「怪談」一書中出現的怪物，是由狸變身而成。內容還收錄有無耳的芳一，是日本無人不知的怪談作品。

「我想也是。就是這樣吧。」

和她談妖怪也於事無補。

我遇到吸血鬼的時候——不，算了。

以人類的角度來看，都是一樣的。

這是概念的問題。

而問題更深層的地方是——

「八九寺——我不懂為什麼妳這麼想見媽媽呢？老實說，我不明白妳有什麼理由要做到這種地步。」

「我想，小孩想要見母親是很普通的情感吧……不對嗎？」

「妳這樣說，也沒錯。」

的確沒錯。

如果這其中有什麼非比尋常的理由——如此，必然能夠找到八九寺遇到蝸牛的理由，然而，她似乎沒有一個稱得上是理由的明確原因。只是因為一種單純的衝動——一種無法言語、與慾求結構本能相似的原理。

「阿良良木哥哥是和雙親住在同一個屋簷下吧？所以你不明白。當一個人處在滿足狀態時不會去想這麼多，遇到不足的時候才會去思考。如果你和雙親分開生活，我想你一定也會想見他們的。」

「是這樣嗎。」

就是這樣吧，可是——

這麼一來，我的煩惱可能是一種奢侈。

——哥哥老是這樣。

「我這種立場的人來看，阿良良木哥哥光是能夠和雙親住在一起，就讓人很羨慕了。」

「是嗎……」

「在羊下面寫一個次，羨慕。」

「是嗎……妳說的那兩個字，寫起來不是『羨』吧。」

如果是戰場原，這時候她會說什麼呢。如果她聽到八九寺身懷的煩惱——不，她肯定會不發一語吧。她不會像我一樣，對八九寺的事情產生同理心吧。就算她的境遇比我還要更接近八九寺，她也不會。

螃蟹和蝸牛。

不都在水邊出沒的動物嗎……

「阿良良木哥哥剛才的口吻，聽起來似乎好像不是很喜歡令尊令堂的樣子，該不會真的是這樣吧？」

「啊——不是啦。只是——」

我欲言又止，因為此時我腦中閃過了一個念頭，告訴我不應該和小孩子談這種事情，但話雖如此，我已經深入聽了八九寺的煩惱，既然這樣我就不能因為對方是小孩而閉口不提，於是我接著說：

「我啊，以前其實是一個超級乖寶寶。」

「說謊是不行的。」

「我沒說謊……」

「是嗎。那麼，我就當你沒說謊吧。說謊也很方言。」（註30）

「妳是住在說謊村的人啊？」

「我是誠實村的居民。」

「是嗎。總之，我以前雖然講話不像妳一樣禮貌過了頭，但是我功課方面馬馬虎虎，運動方面也普普通通，也不會去做什麼壞事情，而且也不像其他男生一樣，會毫無意義地去反抗父母親。我很感謝他們把我養到這麼大。」

「喔喔。您真了不起。」

「我有兩個妹妹，她們兩個的感覺也跟我很像，同時也是很好的家人，不過我在考高中的時候，稍微做了一點無謀的舉動。」

「所謂的無謀是指？」

「…………」

這傢伙附和的方式意外地痛快。

這種就是擅長聽人說話的人吧。

「我硬是跑去考比自己學力還要高很多的學校，結果考上了。」

「這不是很好嗎。恭喜您。」

「不，這一點都不好。整件事情要是考上就落幕的話那倒還好，結果我的課業卻跟

30　原本應該是「說謊也很方便」，但八九寺口誤說錯。方言為地方語言之意。

不上大家。唉，在好學校變成了吊車尾，這真的讓人笑不出來呢。而且，考上那間學校的都是一群認真的傢伙……我和戰場原這類的人只能算是例外。」

那位極端認真的羽川翼會跑來理會像我這樣的學生，也可以算是非常例外的存在吧。不過，這就表示她有那個能力可以顧及到旁人。

「然後，因為我至今都當乖寶寶，所以反彈就來了。這不代表我家有發生什麼事喔。我雙親還是跟往常一樣，我在家裡原本也打算表現得和往常一樣，不過我心裡有一種無法言語的尷尬。那股尷尬不知怎麼就是揮之不去。所以最後，我和家裡的人就產生了一點距離，另外——」

妹妹。

我兩個妹妹。

——哥哥老是這樣——

「她們說我老是這樣，才會永遠長不大。說我一直都是幼稚的小孩，無法變成成熟的大人。」

「小孩嗎？」

八九寺說。

「那就跟我一樣了。」

「……應該不是跟妳一樣吧。她們的意思是說我只有身體長大，內心卻沒有跟著成長。」

「阿良良木哥哥，你對淑女說這種話實在太失禮了。別看我這樣，我在班上算是發育不錯的呢。」

「妳說的沒錯，妳的胸部還挺有料的。」

「嗄！你摸了嗎！什麼時候摸的!?」

八九寺大吃一驚，瞠目說。

糟糕，說溜嘴了。

「那個……剛才扭打在一起的時候。」

「這比被你打還要更讓我震驚！」

八九寺雙手抱頭。

看來她真的很震驚。

「不是……我不是故意的，而且也只是一瞬間摸到而已。」

「一瞬間?你真的沒騙我？」

「對啊。我只摸了三次而已。」

「你那樣哪叫一瞬間，而且很明顯第二次開始你就是故意的吧！」

「妳這是在挑我語病嘛。那是一個不幸的意外。」

「你奪走了我的『初碰觸』！」

「初碰觸……？」

最近多了這個詞彙嗎？

小學生還真新潮啊。

「沒想到我的初碰觸居然比初吻還要早……八九寺真宵變成一個淫亂的女孩了。」

「啊。對了，八九寺小妹妹。這麼說來我剛才都忘了，我照約定給妳零用錢吧。」

「請不要在這個時間點說這種事情！」

八九寺抱著頭，宛如有胡蜂鑽進了衣服裡一樣，整個身體拚命扭曲掙扎。

真是可憐。

「好啦好啦，妳不要這麼沮喪嘛。這樣總比初吻被爸爸之類的人奪走還要好吧。」

「你說那種戲碼也太普通了。」

「那，對了，總比初吻的對象是鏡子裡面的自己還要好吧。」

「這個世界上哪有那種女生！」

嗯。

我想在「那個世界」也不會有。

「吼！」

八九寺的雙手終於離開了頭部，但下一個瞬間，她猛然朝我的喉嚨咬了過來。她瞄準的位置，剛好是我在春假時被吸血鬼咬到的地方，讓我嚇得寒毛直豎。我好不容易才壓住八九寺的雙肩，才不至於被她的利牙咬傷。「吼！吼！吼！」八九寺發出威嚇般的聲音，上下排牙齒不斷咬合。總覺得以前在電玩（超級瑪莉）裡面好像看過類似這樣的敵方角色（被鐵鍊綁著，形狀類似鐵球的怪物），我心想的同時，一面設法安撫八九寺。

「啾、啾、啾。好乖好乖好乖。」

「請不要把我當成小狗！還是說怎樣，你是在拐彎抹角諷刺我是一條猥褻的小母狗嗎？」

「不是，我感覺妳好像真的得了狂犬病一樣……」

不過這孩子的牙齒排列得真整齊啊。就算她在我的手上咬出一個深可見骨的傷口，恐怕她那混有乳牙的牙齒，也不會有半顆的掉牙或缺角吧。那兩排牙齒不光是排列好看，還非常堅固結實。

「誰叫阿良良木哥哥從剛才就一直很厚顏無恥！完全看不出來你有在反省！你摸了我重要的胸部，至少也該說個什麼吧！」

「……說謝謝嗎？」

「才不是！我是在要求你道歉！」

「就算妳這麼說，剛才我們扭打成那樣，會摸到妳的胸部怎麼想都是不可抗拒的吧。我還希望妳能換個角度去思考呢，只有胸部被摸已經算不錯了。而且，剛才羽川也說過了吧。妳用那種力道咬人可不是開玩笑的，不管怎麼想都是妳的錯吧。」

「這不是誰對誰錯的問題！就算錯的人是我，我還是受到很大的打擊！在一個受打擊的女生面前，就算自己沒有錯也應該要道歉吧，這樣才算是成熟的男人！」

「成熟的男人是不會道歉的。」

我壓低聲音說。

「因為道歉會讓靈魂的價值降低。」

「你以為這樣說很帥嗎！」

「還是說，八九寺要聽到我道歉才肯原諒我？要人家道歉才肯原諒別人……那妳不就變成那種只肯寬容地位比自己低的人了嗎？」

「你現在居然反客為主批評起我來了！所謂厚顏無恥就是指這種事情……我真生氣了……個性溫厚的我，忍耐也是有『鮮度』的！」

「妳個性溫厚的程度還真是不可思議……」

「你道歉我也不會原諒你！」

「被我摸兩下也沒差吧。又不會少塊肉。」

「嗚哇！你惱羞成怒了嗎？不對，現在不是少塊肉的問題！而且我還在發育中根本沒什麼肉，要是少了我會很傷腦筋的！」

「聽說被人揉過，胸部就會變大喔。」

「會相信那種迷信的只有男生而已！」

「這個世界變得還真無趣啊……」

「什麼啊。阿良良木哥哥用那種迷信當擋箭牌，至今摸了多少婦女兒童的胸部啊！你太低級了。」

「很可惜我完全沒有那種機會。」

「因為你是死處男吧。」

「…………」

小學生也知道這種詞彙嗎。

與其說是他們新潮，倒不如說這個世界已經完蛋了。

與其說這個世界無趣，倒不如說這個世界越來越叫人厭惡……

唉呀，我裝得自己好像在感嘆現代的風潮一樣，但仔細回想一下，這種程度的詞彙我在小學五年級左右就已經知道了。人們對下一個世代的擔心，出乎意料也不過如此而已。

「吼！吼喔！吼吼吼吼！」

「嗚！這樣很危險耶！被咬到真的會很痛啦！」

「我被處男摸了！我被玷汙了！」

「這種事情被誰摸都一樣吧！」

「第一次的對象不是老手我不要！阿良良木哥哥居然破壞了我的夢想！」

「妳那是什麼古怪的妄想！我好不容易萌生的罪惡感都快消失了！」

「吼——！吼，吼，吼！」

「啊啊，真是煩死了！妳真的是有狂犬病！妳這個瀏海在眉毛上、把咬人當撒嬌的死女人！既然這樣我就揉爛妳的胸部，讓妳不會再去管什麼接吻不接吻、第一次不第一次的！」

「呀——！」

眼前有一個男高中生忘了對方是小學女生，想要靠蠻力硬是去性騷擾對方，不過我相信唯獨那個人絕對不會是我。

好吧，事實上那個人就是我……

幸好，八九寺真宵的抵抗遠超乎我的想像，最後我全身上下只留下八九寺的齒痕和抓痕，這爭執就已未遂告終。五分鐘後，一個小學生和高中生汗如雨下，上氣不接下氣地坐在板凳上，疲憊到一句話也說不出口。

我口渴了，這附近有自動販賣機之類的東西嗎……

「對不起……」

「不……我才該說抱歉……」

主動道歉的兩人。

一個窮酸的和解。

「……不過八九寺，妳還滿會打架的嘛。」

「這在學校是家常便飯。」

「那種扭打嗎？啊，對喔。小學生的話，不會太在意對方是男生還是女生。不過，妳還挺厲害的說……」

看起來這麼聰明伶俐，居然這麼會打架。

「阿良良木哥哥才是，你很擅長打架呢。要是高中變成不良少年，那種程度的打架是不是家常便飯啊？」

「我不是不良少年。我是吊車尾。」

這兩者的差異在於，訂正自己是吊車尾會令人很空虛。

因為感覺像是自己在傷害自己一樣。

「我讀的是升學高中，就算是吊車尾也不會變成不良少年。而且我們學校根本就沒有那種不良少年集團。」

「可是在漫畫裡面常常會把精英學校的學生會長，描寫成無惡不作的大壞蛋，這已經是一種定論了。頭腦聰明，反而成了惡質的不良少年。」

「那種定論在現實生活中根本可以無視它。對了，不過那種程度的扭打，我常常跟我妹妹做就是了。」

「妹妹嗎？您說過自己有兩個妹妹對吧。您的妹妹和我同年齡嗎？」

「不是，兩個都是國中生。不過她們的精神年齡，搞不好都跟妳一樣也說不定，她們兩個很幼稚。」

不過她們再怎樣也不至於會咬人。

其中一個有在學空手道，打起來可是玩真的。

「搞不好她們跟妳很合得來喔……她們都喜歡小孩子，應該說她們自己就跟小孩子一樣。我看下次就介紹她們給妳認識吧。」

「啊……不，那就不用了。」

「喔，是嗎。妳的態度這麼平易近人，沒想到妳還挺怕生的嘛……不過也沒關係啦。啊——我們扭打的話，只要有一方先道歉就會結束……這點沒錯。」

因為今天的事情，我們雙方都很固執。

不過，只要我先開口道歉，一切的爭吵就會結束。

這點我心裡明白。

「您怎麼了啊？阿良良良木哥哥。」

「妳剛才的良又多了一個。」

「抱歉。我口誤。」

「不對，妳是故意的。」

「我是『狗誤』。」

「妳還說不是故意的！」

「這是沒辦法的事情。不管是誰都會有說錯話的時候。還是說阿良良木哥哥從出生到現在，一次都沒有口誤過？」

「我不敢說沒有，但是至少我唸別人名字的時候不會口誤。」

「那麼，請你說三次『生埋、生理、生漆彈』（註31）。」

「妳自己都說不好了。」

「說什麼生理，好猥褻喔！」

「說的人是妳吧。」

「說什麼生漆彈，好猥褻喔！」

「這我就搞不懂哪裡猥褻了……」

真是愉快的對話。

「話說回來，要故意去說生漆彈這個字，反而很難吧……」

「生漆漆漆！」

「…………」

口誤又口誤，這傢伙還真忙啊。

「那你剛才到底怎麼了，阿良良木哥哥。」

31　原為生麥、生米、生雞蛋，是日本知名的繞口令。

「沒什麼啊。我只是在想該怎麼和我妹妹道歉，心情變得有點憂鬱而已。」

「你所謂的道歉，是因為你揉了她胸部嗎？」

「誰會揉自己妹妹的胸部。」

「阿良良木哥哥會揉小學生的胸部，但是卻不揉自己妹妹的胸部啊。原來如此，你是靠這種區分來約束自己的嗎？」

「喔厚。妳還真有膽識諷刺別人啊。不管事實是什麼，只要講求表現方式，經過加油添醋就可以毀謗中傷他人。這真是一個好例子啊。」

「我似乎沒有加油添醋喔。」

她的表現方式的確很誠摯。反倒是我需要講求表現方式，設法編出一個壯烈無比的藉口，自圓其說為自己脫罪。

「那麼，我更正一下說法。原來阿良良木哥哥只揉小學生的胸部，不揉中學生的胸部啊。」

「那個叫阿良良木的傢伙蘿莉控指數還真高啊，真是一個糟糕的傢伙。我不會想和這種人做朋友。」

「你是想說自己不是蘿莉控吧。」

「當然，那還用說。」

「聽說真正的蘿莉控，絕對不會承認自己是蘿莉控。因為他們認為，那些帶有稚氣的少女已經是成熟的女性。」

「真是一個派不上用場的小常識……」

記這種無處可用的雜學，只會浪費自己的腦容量。

再說，我也不想要小學生教我這種東西。

「不管怎樣，就算是自己的妹妹，只要你們扭打在一起，我想還是會有不可抗拒的時候。」

「拜託妳別再扯那種討人厭的話題。自己妹妹的胸部根本就不算胸部。比小學生的胸部還要更不算。這點拜託妳快點理解吧。」

「這就是所謂的『乳道』吧。受用無窮。」

「拜託妳不要學這種東西。總之——今天我出門的時候，稍微和她們吵了一架。不是扭打，是吵架。我覺得就算自己沒錯，也必須要道歉，妳剛才不也說過類似的話嗎？如果這樣可以讓事情圓滿解決的話。我……心裡明白。明白自己必須這麼做。」

「是啊。」

說到這，八九寺的神情有別於剛才而變得溫順，一邊點頭說。

「我爸和我媽以前也常常發生爭執。我說的不是打架，只是吵架而已。」

「然後——就離婚了嗎？」

「獨生女的我來說或許很奇怪，不過他們一開始原本是一對感情很好的夫妻。結婚之前談戀愛的時候，他們似乎恩愛到了極點。可是……我從來沒看過兩人恩愛的樣子。他們兩個人總是在吵架。」

即使如此。

八九寺還是不認為他們會離婚。

應該說，八九寺心中從來沒有這種想法。她一直深信家人生活在一起是很正常的事情。說到底，她大概不知道還有離婚這個制度吧。

她大概不知道雙親居然會就此分離。

「不過，會吵架也是很正常的。只要是人都會吵架和爭執。有時會頂撞別人、有時會被頂撞；有時會喜歡、有時會討厭。那是很正常的事情。所以——要持續喜歡一樣東西，真的要更加全力以赴才行。」

「為了持續喜歡一樣東西而全力以赴，這樣聽起來雖然還算真實，不過我總覺得不夠單純。要全力以赴去喜歡一個人，這種說法感覺好像你在努力什麼一樣。」

「可是，阿良良木哥哥。」八九寺絲毫不退讓，說：「我們所擁有的『喜歡』這種情感，本來就不是非常積極的東西吧？」

「……妳說的沒錯啦。」

的確。

或許人應該要全力以赴，努力去喜歡一樣東西才對。

「對喜歡的東西感到厭煩，或者是討厭自己原本喜歡的東西，這樣不是叫人很難受嗎？而且也很無聊不是？正常來說，原本你喜歡一個東西，但是討厭的時候卻會變成加倍的討厭了不是嗎？這種感覺真的會——讓人意志消沉。」

「妳——」

我問八九寺說。

「很喜歡妳媽媽吧？」

「嗯，我很喜歡她。當然我也喜歡爸爸。我了解他的心情，我也知道離婚絕對不是他希望的結果。爸爸經歷過許多事情，他也很辛苦。他平常就是我們一家的大黑天（註32）。」

「原來令尊是七福神的一員啊……」

父親真的很偉大。

發生那麼多事情，他應該很辛苦才對。

「爸爸和媽媽吵架，最後雖然離婚了——但是我還是很喜歡他們。」

「嗯……這樣啊。」

「所以，所以我才會覺得不安。」

八九寺低下頭，看起來真的很不安似的。

「爸爸好像變得真的很討厭媽媽，他不想讓我去見媽媽。也不讓我打電話給她，還叫我從此不能再和她見面。」

「…………」

「我很怕自己有一天會忘了媽媽。如果一直見不到她的話，我可能會變得不喜歡媽媽了。我真的很不安。」

所以。

所以，妳才一個人跑到這個城鎮。

沒有什麼特別的理由。

32　真宵原本想說大黑柱，意指一家的支柱之意。大黑天為七福神之一。

只是因為想要見自己的母親。

「……蝸牛嗎。」

真是。

為何她連這點程度的願望都無法實現啊。

這種小小的心願，讓它實現又何妨。

我不知道這是什麼怪異不怪異，也不知道什麼迷牛不迷牛——可是為什麼要妨礙八九寺呢……而且還一而再、再而三——

讓她始終無法抵達目的地。

持續迷路。

……嗯？

不，等一下。忍野似乎說過，這迷牛的模式和戰場原的螃蟹一樣。模式一樣……是什麼意思？我記得那隻螃蟹，沒有替戰場原帶來災厄。以結果來看，失去思念的確是一種災厄，但是那只是結果論而已，在某種含意上，而且以原本的層面來看，那些都是戰場原自己所期望的。

因為螃蟹實現了戰場原的願望。

迷牛和螃蟹是同樣的模式……他們的屬性不同但模式相同，這句話究竟意味了什麼樣的事實呢？假設八九寺遇到的蝸牛，目的不是阻擾八九寺——

而是實現她的願望的話，

那蝸牛——究竟做了什麼事情？

八九寺真宵她……到底期望著什麼呢？

如果從這個角度來看，我甚至覺得，八九寺似乎並不希望迷牛被驅除……的樣子？

「…………」

「唉呀，怎麼了嗎？阿良良木哥哥。突然盯著我看。你這樣會讓我很害羞。」

「不是……該怎麼說，那個啊。」

「要是迷戀上我的話，可是會燙傷的。」

「……那是，什麼，話。」

我無意義地增加了逗號。

「你問我嗎？你看，我看起來是一個 COOL BIZ（註33），所以那種臺詞再適合我不過。」

「我一聽就知道妳原本是想說 COOL BEAUTY（冰霜美人）啦，不過妳接下來那句話，我就不知道該怎麼吐槽妳才好，八九寺。如果妳是 COOL 的話，那會燙傷不是很奇怪嗎？」

「嗚。的確很奇怪。那麼，」

八九寺露出不愉快的表情，重新說道：

「如果迷戀上我的話，可是會低溫燙傷的。」

「…………」

33　日本環境省推動的節能運動，夏天不穿西裝、不打領帶上班，這樣一來冷氣就能設定在二十八度，比較能夠省電和減少二氧化碳的排放量。

「這樣說實在太遜了！」

「而且那也和 COOL 這個字扯不上關係吧。」

低溫燙傷給人的感覺，就像熱水袋一樣溫暖。

聽起來好像脾氣很溫厚的樣子。

「啊，對喔，我知道了。只要換個表達方式就好。阿良良木哥哥，這種時候不用去改經典臺詞，只要換掉 COOL 這個形容詞就好。不能用『COOL 女』雖然很可惜，但也沒辦法。這個時候一點犧牲是必要的。」

「原來如此。對，這個時候如果換一個形容方式，反而會比較接近經典臺詞，這已經算是一種理論了。就像才連載第二回的漫畫，馬上就會在封面上寫人氣爆發之類的煽動文句一樣。好，凡事都要嘗試一下，就來試看看吧。要改的部分是 COOL，所以——」

「我只要說自己是『HOT 女』就好了。」

「真是讓人鬆了口氣啊。」

「聽起來真是一個好人！」（註 34）

八九寺做出一個誇張的反應，隨後她突然恍然大悟，說：

「阿良良木哥哥，你想要岔開話題吧。」

被她發現了嗎？

「我們剛才是說你一直盯著我看的事情。怎麼了，你該不會愛上我了吧。」

34 在日文中，英文的 HOT 和鬆了口氣一詞同音。

「…………」

她完全沒發現我在想什麼。

「被人盯著看的滋味不是很好受，不過我承認我的上臂很有魅力。」

「妳的愛好還真是與眾不同。」

「喔？你是說你對我的上臂沒有任何的感想？我說的是我的上臂喔？你不懂它的形式美嗎？」

「妳的身體只是形式美嗎？」

應該是健康美吧。

「沒想到你也會不好意思，阿良良木哥哥也有可愛的地方嘛。嗯，我可以理解啦。既然這樣，我可以為你保留我的上臂。我發號碼牌給你吧。」

「抱歉，我對矮冬瓜的女生沒興趣。」

「矮冬瓜！」

八九寺聽到這句話後雙眼圓睜，彷彿眼珠就快要迸出來一樣。

接著她宛如貧血發作一樣，晃動自己的頭。

「這個字眼是多麼汙辱人啊……如此過分的字眼，就算將來被禁用也不奇怪……」

「聽妳這麼一說，的確是如此。」

「我，我好受傷。我的發育已經算很好了，我是說真的！真是的，人畜哥哥怎麼會說這麼過分的話。」

「什麼人畜，妳也不要心血來潮就提這個字眼。要比誰先被禁用的話，怎麼想都是人畜先吧。」

「那我換個說法吧，類人畜哥哥。」

「妳這樣講，不就好像我真的不是人一樣嗎！」

我被吸血鬼襲擊後成了半個不死之身，對我說這種話真的一點都不好笑。因為這種侮辱言詞實在太過貼切了。

「啊，對喔，我知道了。只要換個表達方式就好。阿良良木哥哥，這種時候只要把詞彙換成英文就好了。既然國文的說法會傷到人，禁用它也是沒辦法的事情。不過就算國文有那種規制，只要把詞彙改成英文，詞彙的意思就會不停地傳承下去。」

「原來如此。對，如果把它翻譯成英文，整個意思聽起來就會比較柔和，這已經算是一種定論了。就像說一個人是少女愛好者，倒不如說他是 Lolita Complex。」

「就是 shortness（短小）和 human beast（人獸）。」

「太糟糕了！這兩個詞好樣會創造一個新的時代！」

「對啊！真的讓我眼睛的鱗片被剝下來了！」（註35）

看起來很痛的樣子。

應該說，我們是互揭瘡疤二人組。

「好啦，我收回矮冬瓜這句話吧……嗯，不過以一個小學五年級生來說，八九寺妳的發育的確相當不錯。」

「你是說胸部嗎！你是在說胸部吧？」

35 日文諺語，原文直譯應為鱗片從眼睛裡掉下來，意指恍然大悟的意思。

「我是說妳整個人。不過妳還是沒脫離小學生的等級。應該還不到超小學生級啦。」

「這樣啊。阿良良木哥哥從高中生的眼光來看，我這種小學生的身體肯定太過Slider（滑球）吧。」

「妳說得對，只要從外角切出去的角度刁鑽，打者根本別想摸到球。」

她的程度還不算是正中好球。

不過發育很好倒是真的。

附帶一提，這裡應該要說slender（纖細），而不是Slider（滑球）。

「……那麼，為什麼阿良良木哥哥要用那麼熱情的眼神凝視著我呢。」

「也沒什麼，那個……誒？熱情？」

「你用那種眼神看我，我的橫膈膜會一陣抽動。」

「妳那是打嗝吧。」

那還真是高難度動作。

我這個負責吐槽的角色，實力正受到考驗。

「也沒什麼事啦。妳不用在意。」

「是嗎。真的沒事嗎？」

「嗯——對。」

難道——是相反過來？

她該不會口是心非，嘴巴說想見媽媽，但其實心底卻不希望見到她。還是說，八九寺本身很想見自己的媽媽，但又怕媽媽會拒絕見她……該不會這已經成了事實，其實八九寺的媽媽已經叫八九寺不准來找她。應該不會吧。不過，從至今八九寺說的家庭情況來看，這一點看起來十分有可能。

如果真是如此……那就不容易處理了。

根本沒必要參考戰場原的例子——

「……有其他女性的味道。」

戰場原黑儀毫無前兆，突然登場。

她騎著越野腳踏車進到了公園內。

她已經把腳踏車駕馭自如……真是個靈巧的傢伙。

「喔、喔喔……妳回來得還真快啊，戰場原。」

她回程所花的時間，不到去路的一半。

因為她回來的實在太過突然，讓我連驚訝的時間都沒有。

「我去的時候稍微走錯路了。」

「喔喔，那間補習班的位置本來就意外地難找。果然我應該畫張地圖給妳比較好。」

「我剛才還說那種大話，真的好丟臉。」

「對喔，這麼說來，妳好像有說自己的記憶力怎樣又怎樣之類的……」

「我被阿良良木侮辱了……你居然故意讓我丟臉藉此滿足自己，你的興趣也真是低級呢。」

「我什麼都沒做吧！妳那是自找的吧！」

「原來阿良良木喜歡玩羞恥ＰＬＡＹ，是那種藉由羞恥女性讓自己興奮的人啊。不過，我原諒你。只要是健康的男生，會這樣也是很正常的事情。」

「不，羞恥PLAY非常地不健康！」

這麼說來，忍野那傢伙好像把那間補習班的所在地，稱作結界之類的。仔細想想，或許剛才我應該親自去找他才對。

但是就算是那樣，戰場原黑儀的害羞的方式還真是堂堂正正。應該說這傢伙絕對沒有在害羞吧。被羞恥PLAY的人其實應該是我才對吧……

「我沒關係……如果對象是阿良良木的話，我不管被怎麼樣都可以忍受……」

「別突然扮演起性格完全相反的角色好嗎？就算妳這樣，妳的角色幅度也不會再擴張了！還有戰場原，如果妳真的為我著想的話，我要是稍微有那種不健康的舉止，妳應該要立刻提醒我一聲吧！」

「唉呀，我又不是真的有在為你著想。」

「我想也是！」

「我只要好玩就好了。」

「妳這麼說聽起來反而比較爽快！」

「而且，阿良良木……老實說，我去的時候會花那麼多時間，不光是走錯路的關係啦，因為我想說要吃午餐才行，所以就自己一個人跑去吃了。」

「妳果然自己去吃了……妳果然不會辜負我的期待。不過沒關係，那是妳的自由，而且妳本來就是那種人。」

「我連阿良良木的份也吃了喔。」

「是喔……辛苦妳了。」

「不用客氣。這裡有其他女性的味道呢。」

我的慰勞和她的答話都很隨便。說到最後，戰場原還是執著於最初的那句話。

「有誰來過？」

「那個……」

「這個味道──是羽川同學吧？」

「誒？妳怎麼知道？」

我真的大吃一驚。

我原本以為她是憑空瞎猜。

「妳說的味道……是化妝品之類的味道嗎？不過羽川她沒有化妝吧……」

因為羽川是穿制服。她看起來連護唇膏都不會擦。至少她穿成那個樣子的時候，就跟穿軍服的軍人一樣，絕對不會做出和校規脫節太多的行為。

「我說的是洗髮精的味道。在班上用這個牌子的人，應該只有羽川同學而已。」

「咦，真的假的……？女生都知道這種東西嗎？」

「某種程度上啦。」

戰場原的語氣彷彿在說：這麼好懂的東西有什麼好問的。

「阿良良木不是可以靠腰部的形狀去區別女生嗎，你就把味道想成和那個一樣就行了。」

「我不記得我有表演過那種特殊才藝！」

「誒？咦？你做不到嗎？」

「妳不要一副好像很意外的樣子！」

「你前陣子不是對我說：『妳是安產型，骨盤的形狀很棒，腰部看起來很沉穩，將來一定能生出健康的小嬰兒，哦嘿嘿嘿嘿。』」

「那只是普通的變態吧！」

還有，我沒事不會隨便就發出「哦嘿嘿嘿」的笑聲，順便一提妳那個腰也不是安產型的。

「那麼，羽川同學有來過吧。」

「…………」

總覺得這氣氛好可怕。

讓我想要拔腿逃離這裡。

「她是有來過。不過已經走了。」

「是你叫她來的嗎？對喔，這麼說來羽川同學的家好像住在這附近嘛。讓她來幫你帶路可靠多了。」

「不是我叫她過來的。她只是剛好經過這裡而已。就跟妳一樣啊。」

「喔——跟我一樣……嗎？」

跟我一樣。

戰場原重複這句話。

「所謂的偶然，簡單來說就是這樣吧，會重複的時候就是會重複呢。羽川同學有說什麼嗎？」

「什麼意思？」

「有沒有說什麼？」

「……沒說什麼啊。她跟我聊了幾句，然後摸了八九寺的頭，之後好像去圖書館……不，應該不是圖書館，總之她到別的地方去了。」

「摸八九寺的頭……是嗎。嗯。這樣啊……羽川同學——也是那樣嗎？」

「啊？妳是指喜歡小孩的意思嗎？她跟妳不一樣。」

「羽川同學確實跟我不一樣吧。對，不一樣。我們不一樣。那麼，稍微失禮一下了，阿良良木。」

戰場原說完，便把自己的臉湊到我的臉旁邊。我一時之間還搞不清楚她想做什麼，看來她是在聞我的味道。不，不是我的，八成是……

「嗯——」

她把臉挪開。

「看來你們沒有上演愛情戲碼的樣子。」

「……什麼？妳是在檢查我和羽川有沒有抱在一起嗎？妳還能判斷出味道的強弱……太厲害了妳。」

「不光是這樣而已。我還記下了阿良良木你的味道。我先給你一個忠告吧，以後你的一舉一動都會在我的監視之下。」

「一般來說這還挺叫人討厭的……」

話雖如此，但我想正常人應該做不到這種地步，戰場原的嗅覺比一般人還要敏銳是事實沒錯。嗯……不過，戰場原不在的這段期間，我和八九寺扭打了兩次，八九寺的味道沒有留在我身上嗎？為何戰場原沒有把她的味道點出來？還是說，因為戰場原有看到我們第一次扭打，所以之後的味道都混在一起讓她不易察覺……也可能是因為八九寺是用無香味的洗髮精。唉呀，這些不是重點吧。

「對了，忍野不是有告訴妳什麼嗎？戰場原。快點告訴我吧，該怎麼辦才能帶這傢伙到目的地？」

老實說，忍野剛才那句：「希望傲嬌妹，也就是戰場原會老實地告訴你。」一直讓我很在意。

他在開頭還加了一句「只不過」。

所以，很自然我問話的語氣，聽起來像是在催促戰場原。八九寺也一臉擔心地抬頭仰望她。

終於，

「他說正好相反。」

戰場原開口說。

「阿良良木。看來我必須跟你說聲抱歉——這是忍野先生對我說的。」

「嗄？啊，妳幹麼中途改變話題？妳轉換話題的技巧真的很厲害耶。正好相反？必須要向我道歉？」

「照忍野先生的話來說，」

戰場原不理會我，接著說：

「他說，假設事實的真相只有一個，而我們從兩個不同的角度觀察時，卻出現了不同的結果。此時，按理來說，我們沒有方法去判斷哪個觀點得到的答案才是正確的。因為這個世界上找不到證明自己是正確的方法。」

「…………」

「不過他還說，即使如此也不能斷定自己是錯的。他說的話……真的看透了一切呢。」

這樣真討厭。

戰場原說。

「那個……妳在說什麼啊？不對，這些話不是妳說的，是忍野嗎？我覺得他說的話，看起來和目前的狀況好像沒什麼關係——」

「我聽他說從蝸牛——迷牛身邊解放的方法非常簡單，阿良良木。用言語說明的話，真的非常簡單。忍野他是這麼說的。會迷路是因為你一直跟著蝸牛，只要離開蝸牛身邊，就不會迷路了。」

「一直跟著蝸牛……所以才會迷路？」

那算什麼。太過簡單明瞭，反而讓我一頭霧水。我感覺這話沒有說完。不僅如此，我甚至覺得，忍野難得會說出這種沒有命中問題核心的話語。我看八九寺一眼，但她毫無反應。但是，戰場原的這番話，的確在她體內產生了某種作用。因為她緊閉著雙唇。

一句話也不說。

「我們不用驅除也不用叩拜。因為蝸牛沒有附身在我們身上，也不會妨礙我們……沒錯。就跟我遇到螃蟹的時候一樣。此外，更進一步來說……蝸牛不是自己來找人類，而是人們自己去靠近祂，自己主動去靠近怪異。而且，是因為自己堅決的意志所致，不是因為潛意識或前意識作祟。單純只是他自己要跟著蝸牛。單純只是因為自己希望，而追著蝸牛跑。所以才會迷路。因此，只要阿良良木離開蝸牛身邊……一切的問題就能解決了。」

「不是在說我吧，現在是在說八九寺。可是，妳這樣說……不是很奇怪嗎？八九寺不是自己跟著蝸牛，而且她也不希望這樣吧？」

「所以啊，才說是……正好相反。」

戰場原的語氣沒有任何起伏，和往常一樣平淡。語氣中完全無法讀出她的情感。她的喜怒不形於色。

只會讓人感覺她的心情不好。

非常地不好。

「聽說迷牛這種怪異，會讓你在返家的時候迷路，而不是讓你在前往目的地的時候迷路。」

「返……返家的時候？」

「聽說他會封住人們的歸路，而不是去路。」

不是去路，而是歸路？

回去……是要回去哪裡。

自己的家？

來訪和抵達？

「誒，但是……那又代表什麼？妳說的意思我懂，可、可是，八九寺不是要回她自己的家吧？她是要去綱手家這個目的地——」

「所以——我才必須和你說聲抱歉，阿良良木。但是，請讓我辯解。我並沒有惡意……而且，也不是故意的。我原本以為，錯在於我。」

「…………」

我完全不懂她的意思。

但我直覺，她的話中有非常深的含意。

「因為一般人都會這樣吧？我不正常了兩年以上。在上禮拜才終於變回普通人。現在發生什麼事，我會覺得錯在於我也是很正常的吧。」

「喂……戰場原。」

「聽說迷牛和我的螃蟹一樣，只會出現在有某種緣故的人面前。所以，他現在才會出現在阿良良木的眼前。」

「……不是，所以說遇到蝸牛的人不是我，是八九——」

「是八九寺，對吧。」

「…………」

「簡單來說，阿良良木。母親節讓你覺得很尷尬，所以你和妹妹吵架，不想回家。

「那個小女孩——就是你說的那個八九寺，」

戰場原伸手指向八九寺。

應該說，她原本打算指向八九寺。

但是，她指的方向完全不對，根本是錯誤的方向。

「我根本看不到她。」

我心中大驚，下意識看向八九寺。

她有嬌小的身體，和聰明伶俐的臉蛋。

綁著雙馬尾，短短的瀏海露出了眉毛。

身上背著一個大背包的身影——

宛如一隻蝸牛。

007

很久很久以前——也沒有這麼遙遠，大約是十年前左右的故事。在某個地方有一對男女，他們的夫婦關係告終。一個丈夫，一個妻子。加起來兩個人。過去他們的關係令旁人個個稱羡，大家都覺得他們一定會幸福偕老，對此深信不疑。但這樣的兩人，最後婚姻關係只持續了短短不到十年。

我想這不是誰對、誰錯的問題。

這種模式很普通。

這對夫婦有一個年幼的獨生女，這也十分普通。兩人經過不堪入耳的議論之後，女孩的監護權決定歸父親。

這對夫婦最後的關係可說是一場胡塗，與其說兩人的關係告終，倒不如說是一場失敗的婚姻，要是兩人繼續住在同個屋簷下一年，甚至有可能演變到拿刀互砍的地步。最後，父親逼母親發誓自己永遠不來看女兒。這和法律沒有關係。是父親半強迫逼著母親發誓的。

但是，獨生女思考著。

如果那不是在強迫之下說出口的誓言呢？

女孩也被父親逼著發誓，說自己永遠不會去找母親。這時她思考了。母親原本那麼喜歡父親，現在卻如此厭惡他，母親該不會也厭惡自己了？如果不是這樣，為什麼她能發那種誓呢？如果她是被半強迫的，那剩下的一半呢？但是，這個問題也可以套用在自己身上。因為女孩自己也發誓過，說自己不會再見媽媽。

沒錯。

就算對方是母親。

自己是她的獨生女。

這關係也不可能永遠持續。

無論是不是強迫，發過的誓言已經無法取消。面對自己選擇的結果，不用主動語態，而是用被動語態去闡述，這是一種寡廉鮮恥的行為。讓女孩學習到這件事的不是別人，就是自己的母親。

女孩歸父親撫養。

被迫捨棄母親的姓。

但是，這股怨恨逐漸風化了。

往日的悲傷也隨之風化而去。

因為時間，對任何人都很平等且溫柔。

溫柔到會讓人覺得殘酷。

隨著時間的經過，獨生女從九歲成長到十一歲。

她突然覺得很訝異。

因為自己無法回想起母親的容貌，不，嚴格來說不是想不起來。母親的容貌能夠清楚地浮現在她的眼前。但是，那是不是母親的容貌，她無法確信。

就算看照片也一樣。

父親偷留在手邊的母親照片——上頭的女性真的是自己的母親嗎？女孩不知道。

時間。

在時間之中，任何思念都會逐漸風化消失。

任何思念都會慢慢劣化。

所以——

女孩決定去找母親。

在十二歲那一年，五月的第二個禮拜天。

母親節。

當然她不可能告訴父親自己的決定，也沒辦法事先和母親取得聯絡。因為女孩完全不知道母親現在過著什麼樣的生活，而且——

萬一母親討厭我。

萬一母親覺得我很麻煩。

或者，萬一母親早就把我給忘了的話。

女孩會受到很大的打擊。

女孩來找母親前沒有告訴任何人，甚至對好友也同樣保密，老實說這麼做是為了替自己留後路，讓自己隨時都能選擇中止計畫。她動身了。

動身去找自己的母親。

她細心地綁好頭髮，背上自己最喜歡的背包，裡頭塞滿了過去的回憶，她希望這些東西會讓母親感到喜悅。為了不讓自己迷路，她手上緊握著寫有母親地址的便條紙。

但是。

女孩沒能抵達目的地。

沒能抵達母親家。

為什麼？

這是為什麼？

這到底是為什麼？

信號明明是綠燈——

「——那個女孩，就是我。」

八九寺真宵自白說。

不，或許她是在懺悔。

看到她的臉上寫滿了抱歉，有如此刻就要放聲大哭的表情，讓我只能這麼覺得。

我看戰場原。

戰場原的表情完全沒變。

她真的是一個喜怒不形於色的女孩。

在這種狀況下，她的內心不可能沒有起伏。

「在那之後……妳一直在迷路嗎？」

八九寺沒有回答。

也沒看我一眼。

「無法抵達目的地的人，會阻礙其他人踏上歸途——忍野先生雖然沒有肯定這點，但我想那靈體給人的感覺應該像地縛靈吧。以我們外行人的所知來看啦。前往，還有歸來——去路和歸途。不停的巡禮。忍野先生說，這就是八九寺的意思。」

迷牛。

不是「使人迷路之牛」，而是迷牛的原因。

一個必然的理由。

沒錯，因為怪異本身……就在迷路。

「但是那個蝸牛——」

「所以說，」

戰場原用教誨般的語氣說。

那語氣十分平淡。

「那表示她是在死後才變成蝸牛的吧。忍野雖然沒說是地縛靈，不過他有說過幽靈兩個字吧。簡單來說，蝸牛就是那個意思吧？」

「可是，那種事情——」

「可是我想就是因為那樣，她的模式才會和單純的幽靈不一樣。和我們一般想的幽靈。也和螃蟹的模式不同……」

「怎麼會……」

不過，的確……就跟名稱一樣，這怪異雖然有一個牛字但卻不是牛；現在就算說她是蝸牛，她也不見得會是蝸牛的型態。我誤解了怪異的本質。

名稱表現出本體。

本體。

眼見的東西未必是真實；但反過來說，並不代表看不見的東西就一定是真實，阿良良木老弟。

八九寺真宵（ＭＡＹＯＩ）。

八九寺，迷（ＭＡＹＯＩ）。

ＭＡＹＯＩ這個音，原本是布料的經緯線脫散之意，故可以用糸部寫作「紕」，此字也意味著妨礙死者成佛妄執。此外，宵字單獨使用時則表示傍晚，也就是黃昏時刻，即逢魔時（註36），此字在再冠上真字，真字很例外地就會成為否定的接頭語，真宵，即指深夜，更仔細來說在古語中是指午夜二時……沒錯，就是指丑時三刻。這怪異有時是牛，有時是蝸牛，有時是人形——但是，這樣一來真的就和忍野說的一樣。

一切就這麼簡單——不是嗎。

「可是……妳真的看不見八九寺嗎?妳看，她就在這裡啊。」

八九寺伏首。我強硬地抱住她的雙肩，讓她面對戰場原。八九寺真宵。她就在這裡，我可以摸到她。也可以感受她的體溫和柔軟的肌膚。低頭看地板，她也有影子。

被她咬到也會感到疼痛——

我剛才和她聊天的時候，也很快樂不是嗎。

「我看不到她。也聽不見她的聲音。」

「可是妳的舉止都很自然——」

不，不對。

我搞錯了。

戰場原一開始就說過。

她說：我看不見那種東西。

「我只看到你一個人在那塊看板前面自言自語，最後好像在演默劇一樣，開始對空氣拳打腳踢而已。我完全搞不懂你在做什麼。可是，我聽了你的話之後——」

聽了我的話之後。

36　由晝轉夜的時刻，約現在的傍晚六點，如字面之意，古時候認為這個時候容易遇見妖魔鬼怪。

沒錯，剛才所有的狀況，都是由我一字不漏地對戰場原說明。啊啊，難怪，所以戰場原才沒有伸手接過那張寫有地址的便條紙。

因為她看不見。

看不見那張紙。

「可是——既然那樣，妳怎麼不早點跟我說。」

「因為，我說不出口吧。我做不到。眼前有一樣東西，阿良良木你看得見，但是我卻看不到，我很自然會覺得有毛病的人是我。」

「…………」

兩年以上。

怪異纏著少女戰場原黑儀，兩年以上。

有毛病的人是自己。異常的人是自己。

這種想法已經在戰場原的心中根深柢固，無法輕易抹滅。人類只要遇到怪異，哪怕是一次也好，或多或少都會影響到你剩餘的人生。如果真要說是多還是少，那應該算是多吧。既然你已經知道世上有怪異的存在，就算你無能為力，你也無法佯裝不知。

所以……

可是，終於從怪異中得到解放的戰場原，不想承認自己又有了毛病，不想承認自己又出了問題，也不想被我這麼認為，所以看不見八九寺的她才假裝自己看得見。

故意配合我。

原來是這樣啊……

因此，戰場原剛才那無視八九寺的態度……無視這兩個字，在這種場合實在貼切到荒謬的地步。而且，八九寺會藏在我的腳後躲避戰場原，也是因為同樣的理由嗎……

戰場原和八九寺。

兩人終究一句話也沒說。

「戰場原……所以妳才會自告奮勇要去找忍野——」

「因為我想要問他。問他這到底是怎麼一回事。雖然我問了他之後，被他小小地責備了一下。還是應該說，他很驚訝我會有這種想法。不，或許他覺得我很好笑也說不定。」

的確，這聽起來就跟笑談一樣滑稽。

滑稽到讓人笑不出來。

「遇到蝸牛的人，其實是我嗎？」

先是遇到鬼，然後又遇到蝸牛。

忍野一開始就說過這句話。

「小孩——而且還是女童的怪異，其實相當普遍。當然我也有某種程度的認識。這種怪異在國語教科書上也有出現過。例如有身穿和服的幽靈，會讓旅行者在山中遇難；還有會在不知不覺間混入遊玩的小孩當中，然後在遊戲結束的時候把一個人帶走的小女孩之類的。雖然我孤陋寡聞，不知道這些怪異就是迷牛。那個啊，阿良良木，忍野有說過——要遇到迷牛有一個先決條件，就是希望自己可以不要回家。這種希望，對，雖然有一點消極，不過這種事情每個人都有想過。因為每個人的家裡，都會有一本難唸的經。」

「……啊！」

羽川翼。

那傢伙也是一樣。

因為她的家庭不和，關係不正。所以禮拜天是散步天。

她和我一樣，或許程度比我還嚴重。

所以羽川也——看得見八九寺。

看得見，摸得到，還能和她對話。

「實現人類願望的……怪異嗎？」

「那種說法比較好聽沒錯，但也可以說他是一種乘人之危的怪異吧。就拿阿良良木你來說，你不是真的不想回家吧。所以，與其說是自己消極的希望，倒不如說，對，你是因為有一個原因才不想回家的。」

「………」

「不過就是因為這樣，阿良良木。對付迷牛的方法很簡單啊。我一開始就說過了吧。不要跟著他，只要離開他就好。就只是這樣而已。」

因為自己的希望，所以才會迷路。

這樣說沒錯，一切都說得通。如果一直跟在永遠到不了目的地的蝸牛身後，任何人都無法回家。

用言語來說明，其實非常簡單。

就像羽川很乾脆地走出公園一樣。

只要想回去就能回去。

因為跟著人走，所以才會回不了家。

可是——

就算不想回家，到頭來人們可以回去的地方也只有家而已。

「他不是什麼惡質的怪異，能力也不是很強大。大體上他的為害不大。這些是忍野說的。他還說迷牛只是一個小小的惡作劇，一種輕微的不可思議而已。所以——」

「所以？」

我打斷她說。

我無法繼續聽她說下去。

「所以又怎樣，戰場原。」

「…………」

「不是這樣，不是這樣吧，我要的不是這樣，戰場原。我懂妳的意思，而且我覺得不對勁的地方，也都完全搞清楚了；但是我想問忍野的東西，不是妳說的這些吧。你們旁徵博引很辛苦沒錯，但是我請妳去找忍野，不是因為我想要你們告訴我這些東西吧。」

「……那到底是為了什麼？」

「是因為——」

我緊握了八九寺的雙肩。

「是因為我想知道，該怎麼帶這傢伙，帶八九寺去她媽媽那裡。就這麼簡單。打從一開始就這麼簡單。妳剛才說的那些知識，就算知道了也不能和別人臭屁，那種東西我才不管勒。那種無處可用的雜學，只會浪費腦容量而已。重點不是那些東西吧。」

不是阿良良木曆怎麼樣。

重要的是八九寺真宵的事情。

只要我離開她就可以?不對。

因為我不能離開她。

「……你懂嗎?阿良良木。那個孩子，她不在那裡。她既不在這裡，也不在任何地方。八九寺……你說她叫八九寺真宵是吧。那孩子……已經死了。所以，她已經不是理所當然的存在。她沒有被怪異附身，因為她就是怪異本身——」

「那又怎樣!」

我怒吼了。

我當著戰場原的面大吼。

「不是理所當然又怎樣，那種事情大家都一樣吧!」

「…………」

我也是，妳也是，羽川翼也是。

沒有東西可以永遠持續的。

即使如此。

「阿……阿良良木哥哥，我好痛。」

八九寺在我的手腕中無助地掙扎。我下意識太過用力，指甲陷入她的肩膀中，似乎弄痛了她。

她似乎很痛。

接著，她開口說：

「那、那個，阿良良木哥哥。戰場原姊姊說得對。我，我——」

「妳閉嘴！」

無論她說什麼，聲音都無法進到戰場原的耳中。

只有我聽得見。

但是，這傢伙用那個只有我聽得見的聲音，一開始就很坦白地告訴我，說自己是迷路的蝸牛。

她盡最大的努力，盡自己所能，想要告訴別人。

然後，每當她第一次開口的時候，

她都會說出同樣的話語。

「妳沒有聽到對吧，戰場原，那就讓我來告訴妳。這傢伙不管是對我，還是對羽川都一樣，嘴巴張開第一句話都讓我們意想不到——」

請不要跟我說話。

我討厭你。

「妳懂嗎？戰場原。她不希望有人跟著自己，所以她必須對所有看得見她的人說這種話。這種心情妳懂嗎？自己的頭快要被別人摸的時候，她必須去咬對方的手，這種心情妳能體會嗎?我完全無法體會。」

只要請別人幫忙就好了?我這句話真是太殘酷了。

她沒辦法告訴別人自己是什麼樣的存在。

也不能告訴別人有毛病的人是自己。

這種事她根本無法說出口。

「可是,就算我們不能體會她在迷路或孤獨一人的時候,必須那樣說的心情,可是我和妳也曾經用不同的方式體會過吧。就算我們的心情和她不一樣,但是我們承擔的痛苦應該都是一樣的吧。我曾經變成了不死之身,妳也曾經因為怪異而失去體重。對吧,我說的沒錯吧。所以我不管她是迷牛還是蝸牛,但如果這傢伙本身就是怪異的話,那整個情況就不一樣了吧。妳看不見,聽不見,甚至也聞不到她的味道,就是因為這樣,才必須要由我,把她平安送到她母親身邊。」

「……我就知道你會這樣說。」

對戰場原說這些話完全不合道理,但我還是不由得出聲怒吼,慢慢地我冷靜了下來,當然,我知道自己是在強人所難。但是,戰場原面對我的怒吼卻沒有變臉,連眉毛也沒有動一下。她開口對我說:

「我終於能夠實際體會,你是一個什麼樣的人了。」

「……誒?」

「我好像對阿良良木你有所誤解。不對,應該不算是誤解。其實我心裡多少……應該說我早就已經知道了。這應該算是幻想破滅吧。阿良良木。你聽我說。上禮拜一,我因為一點小小的失敗，被你知道我心中背負的問題……然後，你在那天馬上就跑過來找我。」

我或許可以幫上妳的忙。

那時我對戰場原這麼說。

「老實說，我一直搞不懂你這麼做的意義何在。為什麼你要那麼做呢？因為那對你來說一點好處都沒有吧。就算你幫助我，你也無利可圖。但是為什麼你會這麼做？該不會是因為對象是我，你才伸出援手的吧？」

「…………」

「然而，並不是。似乎不是我所想的那樣。單純只是因為阿良良木你……對任何人都會伸出援手。」

「什麼伸出援手……沒那麼誇張吧。妳太小題大作了。在那種狀況下，任何人都會那麼做的。而且妳也說過吧，我只是剛好有經歷類似的問題，又剛好認識忍野——」

「就算你沒有經歷類似的問題，就算你不認識忍野，你也會做一樣的事情不是嗎？就我從忍野那邊聽到的話來看。」

那傢伙到底說了什麼。

他肯定說了一些有的沒有的。

「至少我——不會因為在住宅地圖前面，看到一個不認識的小學生兩次，就跑去跟人家說話。」

「…………」

「如果一直獨自一人，就會懷疑自己是特別的存在。獨自一人的話，確實會無法融入其他的群體。不過，那也只是因為不習慣而已。真好笑。我遇到怪異後持續了兩年，其實有很多人發現了我的問題，但是不管最後的結果怎樣，像阿良良木這樣的人，只有阿良良木你而已。」

「……那是因為，我就是我吧。」

「是啊，說的沒錯。」

戰場原莞爾一笑。

接著，戰場原黑儀明確地看向八九寺真宵。當然，有可能是因為角度剛好對上而已。

「忍野最後說了一句話，阿良良木。他說：『反正阿良良木老弟一定又會說一些天真的話，所以親切的我呢，就傳授他一個只有這次可以用的祕技吧。』」

「祕、祕技？」

「他真的……看透了一切呢。他活著到底都在想些什麼，我真的是猜不透。」

那我們走吧，戰場原用輕鬆的語調說完，跨上越野腳踏車。熟練的動作，彷彿腳踏車已經是她的所有物一般。

「要走去哪？」

「當然是去綱手家啊。我們要以善良市民的身分，把八九寺小妹妹送過去。跟我來，我替你帶路吧。還有，阿良良木。」

「幹麼？」

「I love you.」

「………………」

她用平淡的口吻，指著我說。

…………

我思考了幾秒鐘後才終於理解到，我成了全日本第一個被同班同學用英文告白的男人。

「恭喜你。」

八九寺說。

在任何含意上，這句話都很沒意義且不合時宜。

008

接著一個小時後，我、戰場原和八九寺到了十年前左右，我不清楚正確的時間，總之我們到了十年前左右，少女——生前的八九寺真宵在母親節時，想前往的地方——那張便條紙上的地址。

我們花不少的時間。

然而，卻很輕鬆地就抵達了目的地。

「……可是，怎麼變成這樣。」

話雖如此，我卻沒有達成目的的感覺。

因為眼前的景象，讓我沒有絲毫的成就感。

「戰場原……妳確定是這裡嗎？」

「對。我確定。」

她斷定的語氣，似乎沒有推翻的餘地。

八九寺的母親家——綱手家。

已經變成了一塊……乾淨的空地。

空地的四面是圍欄，裡頭立著有一塊看板插在赤裸的地面上，上面寫著：「私人土地，未經許可禁止進入。」那塊看板的邊緣早已鏽蝕，以此來看，它應該是很久以前就立在這裡。這點無庸置疑。

住宅地開發。

土地區劃整理。

這裡就像戰場原昔日的舊家一樣，雖然沒有變成馬路，但卻沒有留下一絲往日的光景。

「……怎麼可能有這種事情。」

忍野咩咩——那個不愛外出的懶人說的僅限這次使用的祕技，方法其實相當簡單明瞭，讓人聽了會有一種「原來也不過如此」的感覺。迷牛，就算是以蝸牛的外型存在，但只要他的怪異屬性是幽靈，本質性的資訊記憶就不會累積在他腦中……的樣子。

這種怪異基本上是不存在的。

存在，卻又不存在的存在。

倘若沒有人看見他，他就不會在那裡。

拿今天發生的事情對照來說，我坐在公園長椅上不經意看到那塊導覽圖的瞬間，八九寺就出現在那裡。從那個時點開始，她就開始存在於我的眼前。

同樣方式來說，以羽川的角度來看，她不經意路過公園看到我坐在那裡，同時也看見了我身旁的八九寺。這就是八九寺出現在那裡的理由吧。她是在被目擊的瞬間突然出現，而不是永續存在的怪異。在這層意思上，撞見迷牛時用「遭遇」兩字來形容，可能只說中了實情的五分。

唯獨看見他，他才會存在——觀測者與觀測對象。要是羽川在場，此時她或許會不吝嗇地露一手理科的知識，說出更符合現狀的比喻名詞；但我想不到更好的比喻方式，而戰場原似乎早已知道原因，所以沒有刻意去提及。

總而言之，

資訊記憶——簡單來說就是知識。

像我這對當地不熟的人當然不用說，戰場原只是陪在我身旁，根本看不見蝸牛的形影，但蝸牛卻有本事讓她也跟著迷路。甚至還有本事遮斷手機的訊號。從結果來看，蝸牛確實讓對象永遠地迷路了。

然而，

不知道的事情就是不知道。

不，就算蝸牛知道也無法對應。

例如，土地區劃整理。

別說是和十年前相比，這一帶的街道風貌就連和去年相比，也都截然不同。我們不是抄近路、繞遠路，當然也不是直接往此處走來。

我們只要挑選新造的道路來移動，迷牛那種程度的怪異自然無法對應。

據說怪異絕不會年老，少女形體的怪異永遠都會是少女。

就跟老是長不大的——

我一樣。

八九寺十年前是小學五年級生……也就是說，整理一下時間表來看，八九寺真宵的年紀應該比我和戰場原都還要年長，不過，對她來說過去在學校的頑皮時光，卻像昨日的記憶一樣鮮明，在她的記憶中普遍所說的一般性記憶並不存在。

不存在。

沒有任何痕跡。

所以……所以。

舊瓶裝新酒，忍野似乎說了這句話。

忍野那傢伙，那令人不愉快的男人看透了真實，他根本沒實際看過八九寺的身形，對事情的原委恐怕也不是很深入了解；對這個城鎮也幾乎一無所知，他還真有本事說得自己好像洞曉一切似的。

不過，從結果來說，他成功了。

接著在一個小時後，我們像在玩線籤一樣，在黑鴉鴉的柏油路上做取捨選擇，盡量避開了舊路，或舊路重鋪而成的新路，途中還經過早已變成馬路的戰場原舊家。

本來，公園到目的地的距離，徒步恐怕花不到十分鐘，兩地用直線相連恐怕不到五百公尺，我們卻花了一個小時以上——

好不容易才抵達了目的地。

我們是到了沒錯。

但眼前早已是一片……乾淨的空地。

「凡事無法盡如人意嗎……」

沒錯。

房屋櫛比和道路有了如此巨大的改變，不可能這麼湊巧，只有目的地保留了昔日的風貌。短短不到一年的時間，就連戰場原的舊家都成了馬路。追根究柢來說，倘若目的地旁沒有新路，忍野的計畫本身只不過是紙上談兵罷了。很必然地，目的地本身也跟著變貌的可能性非常之高，高到在最初的階段就能輕易預測——但是，話雖如此，要是終點已經不復存在，那這一切的計畫不就都白費了嗎？一切都會變得毫無意義了不是嗎？沒有終點，一切就等於白費功夫。

人世間的一切，總是無法順心如意嗎？

願望總是無法達成嗎？

倘若迷牛想要去的地方消失不見，那她不就真的是迷路的蝸牛，只能永遠迷失、永遠在外飄流、永遠在漩渦中無止境地迴轉。

這種災禍實在太悲慘了。

忍野他，那個奇幻色彩的夏威夷衫混蛋，他連這個結局——連這個結果都看透了嗎？因此，或許說就是因為那樣，他才故意——

忍野咩咩，他雖然一副輕浮樣，又是一個容易得意忘形的長舌鬼；但是他這個男人絕對不會把道別的言語掛在嘴邊，而且要是你不發問他就絕對不會回答。你不拜託他，他就不會主動行動；但要是你拜託他，他也不見得會回應你的要求。

就算該說的事情沒說，他也無關緊要。

「嗚、嗚哇！」

八九寺的嗚咽聲，從一旁傳了過來。

眼前的現實出乎意料，讓我只顧著驚訝，無暇顧及一旁的八九寺。聽到她的聲音我才回過神來，轉頭望向她——

八九寺正在哭泣。

但她沒有低下頭，而是望著前方。

她看著空地，看著房子曾經存在的地方。

「嗚、嗚啊啊啊——」

接著，

八九寺穿過我的身旁，向前跑去。

「——我回來了。」

忍野他，很理所當然地，早就已經預見了這個結局，預見到這個結果了吧。

他是一個……該說的事情不說的男人。

真是，我真希望他一開始就直接告訴我啊。

我們辛辛苦苦地來到這裡後，八九寺到底看見了什麼呢？

我和戰場原來看，這裡只不過是一片空地而已，四周的景象全變了一個樣。而迷牛

——八九寺真宵，到底看到了什麼景象呢？

出現在那幅景象中的又是什麼東西呢？

開發和土地整理，無關緊要。

時間也無法影響那幅景象。

女孩背著大背包的身影，隨即模糊、朦朧、變淡……剎那間就從我的視野中消失不見。

我看不到她了。

她就這樣不見蹤影。

不過，少女剛才說：我回來了。這裡是她離婚母親的老家，這個家早就和她沒有瓜葛，只不過是尋母之行的一個目的地而已，那孩子卻說：「我回來了。」

就像回到自己的家一樣。

這一點，

讓我覺得是一個很棒的美談。

真的很棒、很棒。

「……你辛苦了，阿良良木。你還頗帥的喔。」

最後，戰場原開口說。

用她那略微缺乏情感的聲音。

「我也沒做什麼啊。這次辛苦的人應該是妳，不是我吧。妳對這裡很熟，如果妳不在的話，那招祕技只是紙上談兵而已。」

「確實是這樣，或許你說的沒錯吧，不過我不是說那個啦。話說回來，這裡變成空地真的讓我很吃驚呢。會不會是因為獨生女跑來看自己的路上發生車禍，所以綱手家才搬走的呢。當然如果真要猜的話，還有許多各式各樣的理由。」

「或許吧，不過要是妳繼續說下去，就會扯到八九寺的母親，現在是否還活著的問題。」

更深入來說的話，她的父親也是。

我想，最讓我出乎意料的是羽川其實早就知道了也說不定。對於綱手這戶人家，她當時似乎想到了什麼。假如綱手家因為某種原因而離開此地，同時羽川知道原委的話，她肯定會三緘其口吧。她就是這樣。至少……她不是那種一板一眼的傢伙。

她這麼做，單純只是站在公允的角度去看事物而已。

無論如何，這樣一來，一切算告了一個段落了……吧。

以結局來看，簡單得讓人出乎意料。此外，當我注意到時，禮拜天的太陽……已經準備要西沉。現值五月中旬，白晝還十分短暫……也就是說，我也差不多該回家了。

就像八九寺一樣。

對了，今天是由我負責籌備晚餐。

「那……戰場原。我們回去拿腳踏車吧。」

戰場原當時原本想騎越野腳踏車，替我和八九寺帶路，但腳踏車和徒步——這兩者的組合一快一慢，共同行動可說是毫無意義；要是下來用牽的，腳踏車又會變成無用的累贅。這兩者不用我多說，她似乎也注意到了，因此她最後把越野腳踏車先停回公園的腳踏車停車場。

「嗯。對了，阿良良木。」

戰場原一動也不動，看著空地的方向說。

「你還沒有答覆我呢。」

「…………」

答覆……？

她是在指告白的事情吧。

「那個，戰場原。關於那件事——」

「我要事先聲明，阿良良木。我最討厭那種明明最後男女主角都會在一起，還一直維持朋友以上、戀人未滿這種不冷不熱的關係，來歹戲拖棚賺話數的愛情喜劇。」

「……是嗎。」

「順便再告訴你，我也很討厭那種反正到頭來主角都會贏，然後每場比賽還要花上一年的運動漫畫；也很討厭那種反正最後大魔王都會被打倒，世界都會恢復和平，還在那邊和雜魚打來打去浪費時間的打鬥漫畫。」

「妳這樣不是把少年漫畫和少女漫畫全都否定掉了嗎？」

「那麼，你的答覆呢？」

一個毫不讓對方有空思考的連續攻擊。

雖然還有逃避的空間，但現在的氣氛似乎不允許我含糊帶過。打個比方，就算一個女生帶著一票朋友跑去向一個男生告白，那個男生的內心也不會像我現在這樣被逼得喘不過氣來吧。

「我想妳大概有點會錯意了，戰場原。妳這樣太性急了吧。的確，上禮拜一妳長久以來承受的問題獲得解決，那件事情我或多或少有一點貢獻。不過，那個，照我來看，要是妳把恩情和愛情混為一談的話──」

「你該不會是想說『男女在身處危機狀況的時候容易墜入愛河』這種理論是完全無視人類理性；在那種情況下同伴之間也容易露出本性，營造成險惡至極的關係，但是那愚蠢的理論卻沒將這點列入考慮。是嗎？」（註37）

「我可沒說愚蠢──唉呀，妳說的或許沒錯吧？要是真有人會在危險的吊橋上告白，那我想那傢伙的腦子可能相當有問題……不過，妳剛才不是有提到要報答我嗎？那時候我就在想──妳是不是對我抱持著超乎必要的恩情……該怎麼說呢，先不管事情的原因和背景因素，妳這樣說聽起來好像是我想賣妳人情，乘人之危，我不大喜歡這樣。」

「那只是一個藉口。我只是想要讓你掌握主導權，讓你主動來跟我告白，才會故意

37 心理學的吊橋理論。

說報答的事情。愚蠢的男人。你放過了這麼寶貴的機會。我會給人面子這種事情，可不會再有下次了說。」

「…………」

好猛的說法。

不過，果真是這樣嗎……

她是誘受型的角色……（註38）

「你放心。其實我也沒有很感謝你。」

「……是這樣嗎？」

咦——！

這樣說也有點奇怪吧。

「因為阿良良木你，不管是誰都會幫嘛。」

不過在早上的時候，我不知道這件事，也沒有實際的感覺。戰場原流暢地接著說。

「你不是因為對象是我，所以才來幫我的。不過這樣對我來說反而是好事。就算被你幫的人不是我——假如阿良良木你幫的人是羽川同學，我在一旁來看還是會覺得你很特別。我雖然不特別，但如果我可以變成你心中特別的存在，我想那是多麼痛快的一件事啊。唉呀……這麼說好像有點誇張，阿良良木，真要說的話，我只是因為和你說話很開心，就只是這樣而已。」

「……可是，我們——沒聊過幾句話吧。」

38　BL漫畫用語。用來形容故意說一些話，引誘對方做出自己期待反應的角色。

豈止如此。

上禮拜一、禮拜二還有今天，這三天的時間密度都太過緊湊，讓我不留神可能就會看漏一個事實——我和戰場原像這樣聊天的時間，也只有那三天而已啊。

不過就三天而已。

就算我們同班三年——

但我們之間的關係就形同陌生人。

「對啊。」

戰場原不反駁，點頭說。

「所以，我想再跟你多聊一點。」

想要用更多的時間。

來了解你。

來喜歡上你。

「我覺得這和一見鍾情那種廉價的東西不一樣。不過，我的個性也不是很有耐心，沒辦法花時間讓自己去準備喜歡上一個人。該怎麼說呢——對，這種感覺或許應該說，我想努力去喜歡上阿良良木你也說不定。」

「……這樣啊。」

聽她這麼一說——的確是這樣。

我沒辦法反駁她。

為了持續喜歡一樣東西而全力以赴——因為我們所擁有的「喜歡」這種情感，本來就不是非常積極的東西。既然這樣，戰場原的說法，也沒什麼不好吧。

「反正這種事情是時機的問題。其實我們要維持普通朋友的關係也行，不過我很貪心啊。既然要當朋友，那我就要當『最高級的朋友』，其他我都不要。」

你就當自己和惡女扯上關係了吧。

她說。

「你就是因為對誰都很溫柔，才會遇到這種倒楣的事情，阿良良木。這是自食其果，你可要好好反省一下。不過你不用擔心，我好歹分得清楚恩情和愛情之間的差別。因為這一個禮拜……我利用阿良良木你，做了許多的妄想。」

「妄想……」

「這一個禮拜還真充實啊。」

她這種說話方式……還真是直接了當。

我在戰場原的妄想當中，到底做了什麼事情，亦或被強迫做了些什麼呢……

「沒錯，你乾脆這樣想就好，你被一個對愛情感到飢渴、只要有人稍微對她溫柔就很容易愛上對方的神經病處女給盯上了。」

「……原來如此。」

「你還真倒楣呢。你就詛咒自己平常的所作所為吧。」

她甚至不在乎貶低自己……是嗎。

還有，我居然讓她說到這種地步。

連一些過激的詞彙都出來了。

……真是的，我實在太遜了。

我實在太不體貼了。

「所以，阿良良木。我說了這麼多。」

「什麼啊。」

「要是拒絕我的請求，我會殺了你然後逃走。」

「妳這只是普通的殺人犯吧！妳也跟著殉情啦！」

「這麼說是代表我是認真的。」

「……喔。是喔……」

我打從心底，有如反芻般嘆了口氣。

真是的。

這傢伙還真有趣啊。

我們同班三年，卻只有三天在講話——這樣實在太浪費了。我阿良良木曆，至今到底浪費了多少寶貴的時間啊。

那時候，接住她的人是我，

我真的覺得很棒。

能接住戰場原黑儀的人，是我阿良良木曆——這真是太好了。

「你可別說需要時間考慮一下。要是說出這種沒出息的話，我可是會看不起你的，阿良良木。你可不要讓女生太沒面子喔。」

「我知道……我現在就覺得自己很窩囊了。不過，戰場原。我可以提出一個條件嗎？」

「什麼條件？例如你想觀察一個禮拜我處理雜毛的樣子嗎？」

「這肯定是妳至今說出的話當中，最下流的一句！」

從內容和時間點來看，這點毫無疑問。

間隔數秒後，我再次面向戰場原。

「其實也不算是條件，應該算約定之類的東西啦——」

「約定……什麼約定？」

「戰場原。以後妳看不見的東西，不要假裝自己看得見；看得見的東西，妳也不能假裝自己看不見。以後不許再這樣了。別讓這種狀況再發生吧。遇到自己覺得奇怪的事情，妳要老實說出來。不要再有奇怪的顧慮了。因為經驗是經驗，知識是知識，我們今後都必須背負這兩樣東西活下去，因為我們知道那種東西的存在了。所以，如果哪天我們的意見不合，到時我們要好好溝通。妳要答應我。」

「小事一樁。」

戰場原一臉滿不在乎，表情依舊沒有半點變化，但從我的角度來看，她回答的方式輕率且不假思索，但在這零秒反應的速度當中，我確實些許感受到了某些東西。

我自食其果嗎？

這往往都是來自平常的所作所為。

「那我們走吧。現在天色已經烏漆抹黑了，那個……我送妳回去吧，這種場合應該這樣說對吧。」

「那輛腳踏車沒辦法坐兩個人吧。」

「我的腳踏車後面有棒子，兩人的話還ＯＫ，不過三個人就沒辦法了。」

「棒子？」

「腳踩的棒子。我不知道正式的名稱啦……就是裝在後輪上的那個。只要站在上面，手放在前面的人的肩膀上。我們猜拳決定誰騎車吧。現在已經沒有蝸牛了，我們可以走普通的路回去吧。來這裡的路太複雜了，我也記不得。戰場原，那我們——」

「等一下，阿良良木。」

戰場原沒有移動腳步。

她在原地抓住我的手腕。

戰場原黑儀有很長一段時間，都不允許自己和他人接觸。所以，這當然也是她第一次主動碰觸我。

碰觸。

相望。

這就表示，此刻，我們存在於此吧。

我倆彼此都一樣。

「你可以給我言語上的承諾嗎？」

「言語上的？」

「因為我討厭曖昧的關係。」

「啊——原來妳是指這個啊。」

我陷入思考。

這邊如果我用英文回答追求最高級的她，那也未免太無趣了。話又說回來，我對其他語言的相關知識也是一知半解，而且不管怎麼說，用外文回答都有一種回鍋的感覺。

既然這樣——

「要是能流行起來就好了。」

「嗯？」

「戰場原，我對妳眼迷心蕩。」

總之，現在大致上看來，

都代表羽川的「會錯意」正中了紅心。

看來那位班長，果真無所不知。

009

以下是後日談……應該說是本次故事的收尾。

隔天，我一如往常被兩個妹妹：火憐和月火叫醒。她們跑來叫我起床，就表示昨天我接近無條件投降的謝罪話語有了效果，平安地消除了她們倆的怒氣。今年到頭來我無法有所表示，但我跟她們約好了，明年的母親節絕對不離開家裡半步。做了這個約定或許是好事吧。總之，今天是禮拜一。沒有任何的活動，是最棒的平常日。我輕鬆吃完早餐，出門往學校出發。騎的是菜籃車，不是越野腳踏車。我一想到戰場原今天也應該會出席，踩踏板的腳也就自然輕快了起來。然而，我在離家不遠處的下坡路段，險些撞上一個走路東倒西歪的女孩，於是我慌忙緊急煞車。

對方是一個綁著雙馬尾，短短的瀏海露出眉毛的女孩。

身後還背著一個大背包。

「啊……阿阿良木哥哥。」

「又給我亂換名字了。」

「抱歉。我口誤。」

「妳在幹麼啊？」

「啊，該怎麼說呢。」

女孩露出困惑的表情，有如使用隱身術失敗的忍者般，隨後浮現出害羞的笑容。

「那個啊，我多虧阿良良木哥哥的幫助，平安從地縛靈晉升到浮游靈了。連升兩級喔。」

「耶……」

我傻眼了。

這馬虎又隨便的神奇理論，要是忍野聽到——就算他再怎麼輕浮和得意忘形，好歹也是個專家——他肯定也會暈倒吧。

不管如何，雖然我和這孩子還有許多話可以聊，但我是學生必須要以出席日數為優先考量，上課不能遲到，「那我先走了。」所以在這邊我聊了兩、三句後，重新坐上椅墊。

就在此時，

「那個，阿良良木哥哥。我想，我暫時會在這附近溜達——」

女孩對我說了這句話。

「要是你看到我的話，請過來跟我說話喔。」

所以說，唉呀。

這肯定是一件美談吧。

第三話 駿河・猴子

KANBARU SURUGA

001

說到神原駿河這個人，她可是出類拔萃的知名人物，在校內沒有學生不認識她，當然我也在無意中耳聞過她的名字。不，如果光談知名度的話，和我同班的羽川翼和戰場原黑儀，或許不會遜色於她，但這只局限於三年級——我們的學年之間。沒錯，神原駿河比我、羽川翼和戰場原黑儀還要小一屆，還是二年級生，就已經有名到連我這個平常不怎麼關心這種事情的三年級生，都知道她的存在。以平常來看，這可非比尋常。就算我想裝學長開玩笑說：「她年紀輕輕就這麼不得了。」也無法忽視這一切，因為她的話題已經迫切地逼近到我的周遭。

此外，與其稱神原駿河為知名人物，毋寧說她是個明星，這樣才能確切傳達其中微妙的區別吧。羽川翼和戰場原黑儀兩人是大家公認成績優秀、品行端正的優等生——先不管後者是否真是如此——而神原她給人的印象完全不是這樣。當然，並不是因為她是知名的粗野太妹，所以才稱她為明星。羽川翼和戰場原黑儀主要精通的是課業之路；而她精通的則是運動之路。神原駿河是籃球社的王牌選手。她從一年級入學開始，短時間就當上正式球員，如果只是這樣的話，那或許還找得到理由解釋說：「那是因為她加入的是每次都在第一回合就輸掉、弱小又默默無聞的女子籃球社。」但要是在那之後，她突然帶領那個每次都在第一回合就輸掉、弱小又默默無聞的女子籃球社，一路進軍到全國大賽，這樣她不被奉為明星才奇怪。這唐突的傳說可說是非常地「出色」，反而會讓人想責備她說：妳到底做了什麼好事。我們學校的女子籃球社，一步登天成了一支強到不是在開玩笑的籃球勁旅，附近高中的男子籃球社還跑來申請，希望能打友誼賽。這些不過是因為一個女學生的力量。

她的身高不是特別高。

體型也只是普通女高中生的身材。

甚至還有一點嬌小纖細。

溫柔優美一詞，正好和她的身姿不謀而合。

但是，神原駿河她——會跳躍。

我去年不知道是陪誰，曾經稍微去看了一下神原駿河的比賽。總之她可說是技巧了得，三不五時就打破——應該說是「穿過」對方的防禦，然後，就像過去曾經席捲全日本的某部少年漫畫一樣，輕快地灌籃得分。她輕輕鬆鬆，游刃有餘，臉上還掛著運動少女的爽朗笑容，看似相當愉快，連續再連續地灌了好幾十次的籃。女子籃球社之間的比賽用雙手投籃可說是基本，現在居然有人會灌籃，到底有多少高中生可以目擊到這種灌籃場景？我身為一個觀眾，沒有被她的超人技巧給震懾住，反而同情起那些被她壓著打、完全失去鬥志的敵方成員，最後我看不下去也待不住，只好靜靜地離開會場。這件事我到現在記憶猶新。

總之，就算我們的學校是以課業掛帥的升學高中，但不容否認，裡頭聚集的全是一些多愁善感的十五歲少男少女。對他們而言，外表光鮮亮麗的運動英雄，當然比只會讀書的優等生還要容易受到矚目吧。神原駿河做了什麼、對某件事物做出了什麼反應……等，這些怎麼樣都好、怎麼樣都無所謂的事情，馬上就會成為傳聞，在學校裡散播開來。要是把那些傳聞收集成冊，甚至可以寫成一本書。就算我對她本人沒興趣，想刻意去避開那些話題，神原駿河的傳聞還是會傳到我的耳裡。只要是我們學校的學生，不論學年高低，只要你有心，連她今天在學校餐廳吃了什麼東西，大概都可以追查到吧。這很簡單，只要問當時在場的人就知道了。

不過，傳聞終究是傳聞。

只有一半的真實度。

傳聞不見得是真實。

實際情況來說，就連流傳到我這裡的傳聞，有很多都缺乏可信度，讓我猶豫不知是否該照單全收。不僅如此，甚至有不少時候，同時會有正反兩極的傳聞在外流傳。「她的性情粗暴；不，她的個性溫和。」「她很替朋友著想；不，她很冷淡。」「她為人很謙虛；不，她很傲慢。」「她是一個談起戀愛來很瘋狂的人；不，她沒有和男性交往的經驗。」假如真有人可以滿足上述的傳聞，那我只能說此人的人格已經分裂了吧。我這個就算看到她也不會主動向她搭話，甚至不曾靠近她五公尺內的人，這些傳聞也只好任憑自己去想像了。話雖如此，從現實面看來，我可以說是完全沒有必要去想像吧。因為我們學年不同，對方又是運動明星，籃球社的王牌球員（我們學校社團活動到二年級為止，聽說她現在被任命為隊長。這點程度的傳聞看起來應該可信），她和我這種吊車尾的三年級生，絕對不會扯上關係。

不會有任何牽扯和瓜葛。

當然，她也不知道有我這號人物的存在吧。

她沒理由會知道的。

我原本這麼想。

如此深信不疑。

當我知道自己錯了，是五月尾聲，接近換季的六月前。此時是我鬆了一口氣的時候，因為我脖子上被吸血鬼咬的兩個小洞，就快可以用留長的髮尾來遮住，照這樣看來，我只要再貼半個月左右的ＯＫ繃即可；也是我因為一個小小的契機，和戰場原黑儀以男女朋友的身分，交往了十天左右的時候。

神原駿河踏著響亮的腳步聲跑來向我搭話，從這時開始，她的左手已經纏著一層潔白的繃帶——

002

「啊……阿兩兩木。」

「是阿良良木。」

「抱歉。我口誤。」

禮拜五放學回家的路上，我在坡道上踩著腳踏車時，忽見前方有一個身後背著背包、綁著一頭雙馬尾的嬌小女孩——即八九寺真宵的身影後，我隨即按下煞車，停靠在她的左側出聲叫她。隨後，八九寺眨眨眼，一臉驚訝，然後一如往常地叫錯了我的名字。

原來我的名字還有唸錯的空間啊，雖然我心中些許感動了一下，但我還是耿直地訂正她。

「……我說妳啊，不要把人家的名字唸得像冒失鬼八兵衛一樣（註39）……」

「我覺得這樣很可愛啊。」

「聽起來感覺給他非常地沒出息。」

「嗯——唉呀，那跟你很像不是嗎？」

這小學五年級生，說話傷人的方式相當乾脆。

「阿良良木哥哥，你看起來很有精神真是太好了。能夠和你再會，我感到很高興。如何啊，阿良良木哥哥，在那之後有什麼特別的事情發生嗎？」

「嗯？啊，沒有啊。那種事情不會常常發生的啦。在那之後我過著和平的日子。要說和平呢，還是該說安穩呢。對了，我就要實力測驗了，從這點來看應該不算和平，也不算安穩吧。」

太約在兩個禮拜前——五月十四日，母親節。

我在某座公園和這位八九寺真宵相遇，接著被捲入一個小事件當中……不，或許那件事沒有具體到能夠稱為事件，也沒有抽象到需要特別拿來討論，總之就是一個有點不尋常的體驗。

39　日本古裝劇《水戶黃門》裡的角色。冒失鬼來自於他的口頭禪：「我太冒失了！」

不尋常的意思，就是不尋常。

唉呀，雖然最後是借助那個讓人不愉快的大叔——即忍野和戰場原的幫助，才平安無事地獲得解決，如果那五月十四日的事情，對我來說是必然而不是偶然的話，那我在那之後兩個禮拜，每天會過著和平安穩的日子，我想也同樣是必然而不是偶然。

現在看起來，八九寺也一樣平安無事。如此一來，母親節發生的事情，可說是圓滿解決了吧。經歷過不尋常的體驗之後，像她這種情況還挺稀奇的。因為我、戰場原和羽川，在經歷過不尋常的體驗之後，善後處理可是相當辛苦……或者該說痛苦吧。要說淒慘也不為過。

八九寺真宵。

這樣看起來，她還真令人羨慕啊。

「唉呀！你怎麼了嗎？阿良良木哥哥，居然用那麼熱情的眼神凝視我的身體，好猥褻喔。」

「……妳所謂熱情的眼神，到底是怎樣的眼神？」

而且還很猥褻嗎？

那種熱情還真討人厭。

「你用那種眼神看我，我會打嗝的。」

「妳橫膈膜有問題啊。」

應該是嚇一跳。（註40）

40 日文中，打嗝和嚇一跳的發音相近。

唉呀，從八九寺抱持的問題來思考，也不是可以單純用「羨慕」兩個字一面倒地帶過……換個不同的角度來看，我們當中最辛苦、最痛苦的人，不是我和羽川或戰場原，而是八九寺也說不定。應該會有不少人會抱持這種看法吧。

在我思考的同時，有一對高中生從我腳踏車的左邊穿過。兩位都是女性。身上的制服和我不同，是別所學校的學生。那兩人很訝異地看著我和八九寺的方向，露骨地發出竊竊私語，一邊從我身旁走過。她們的行為舉止，實在讓我非常不舒服……果然，高中三年級的阿良良木曆，和小學五年級的八九寺真宵在聊天的樣子，在癖好正常的人眼中似乎非常奇怪的樣子。

無所謂。

誰管世間的冷漠眼神怎麼樣啊。

我是有所覺悟才會向八九寺搭話的，無妨，真相只要我和八九寺能相互理解就好。建立在我們彼此之間的友情，決不會因為那種程度的偏見而有所動搖。

「唉呀呀，那兩位好像看穿你的真面目，知道你是蘿莉控了呢，阿良良木哥哥。我真同情你呢。」

「不用妳來說我！」

「這沒什麼好可恥的。因為喜歡小女孩這件事本身沒有犯法。這種癖好是個人的自由。你不要把那種病態的思想付諸行動就好了。」

「就算我喜歡幼女，沒錯，我也不會看上妳！」

看來我們之間的友情尚未建立起來。

我的周遭都是這種傢伙嗎？
我轉頭向後看。
身後看不見半個人影。
目前是如此。
「……拜託。妳這傢伙的言行舉止，還真是前途有為啊。那妳呢？八九寺。這種時間妳怎麼還在這裡閒晃啊。該不會妳想去哪裡，結果又迷路了吧？」
「你說這話還真失禮呢，阿良良木哥哥。我出生到現在，從來都沒有迷路過喔。」
「妳的記憶力還真好啊。」
「你這樣誇我，我會害羞。」
「不，妳記憶力是真的很好，居然可以選擇性地忘記對自己不利的事情。」
「哪裡哪裡。話說回來，你是誰啊？」
「我被忘記了！」
她這反擊還真是鋒利啊。
這傢伙的臨場反應還真好啊。
「……不過話說回來，就算知道妳在開玩笑，被人家遺忘真的會讓人很受傷耶，八九寺……」
「因為我把頭腦差的人全都忘記了。」
「我還沒有笨到輪到妳來說我！我是說忘記對自己不利的事情，不是忘記頭腦差的人！」

「因為我把對我不利的事情都忘記了。」

「對對，這樣才對……才怪！一點都不對！別把別人的存在說的好像對自己不利一樣！」

「這不是你自己說的嗎？」

「閉嘴。不准挑我語病。」

「阿良良木哥哥還真是任性。我知道了，那我就注意措詞，換句話來說吧。」

「妳要換成什麼……」

「我只記得對自己有利的事情。」

「…………」

這對話還真愉快。

老實說，我阿良良木曆一個高中三年級生，居然和小學五年級生聊成這副德性，也實在是有一點奇怪。不過，這感覺跟在和我兩個國中生的妹妹說話一樣，感覺沒什麼改變……而且，或許這是小學生和國中生之間的差異吧，小學生比較不愛鬧彆扭，所以跟我兩個妹妹比起來，和八九寺聊起天來更為順暢。

「唉……」

我嘆了口氣，從腳踏車上下來。

接著我牽著龍頭，徒步往前走去。

和八九寺聊天是很快樂，不過要是一直呆站在原地大聊特聊，可能會對我之後的行程帶來影響，但現在時間上也還算充裕，因此我決定牽著腳踏車，邊走邊和八九寺繼續聊天。走路比呆站在原地好。而八九寺也不是因為有什麼地方要去才在這裡閒晃，所以她不等我催喊，很自然就跟了上來，走在我腳踏車旁邊。她大概很閒吧。

我會決定移動的理由還有一個。我再次轉頭瞄了一眼，目前好像還不用擔心「那位人士」會出現。

「阿良良木哥哥，你要去哪啊？」

「嗯，我要先回家。」

「先回家？意思就是說，之後你還要出門嗎？」

「算是吧。我剛才有說過吧？我們學校就快實力測驗了。」

「那就代表阿良良木的實力，也就是真正的價值要被考驗囉。」

「沒那麼誇張啦……這只是事關我能不能畢業而已。」

「這樣啊。那是在考驗看阿良良木哥哥能不能畢業囉。」

「…………」

這兩句話明明意思相同，但聽起來就是有這麼點不一樣。

國文真的很難懂啊。

「因為阿良良木哥哥的腦袋不怎麼聰明啊。」

「妳乾脆直接說我笨，我聽起來反而會舒服一點。」

「不不不，就算是事實，也有分『可以說的』和『沒有必要多說的』兩種。」

「另一種應該是『不可以說的』吧！」

「啊，那個沒關係的。因為我的成績也不是很好，我們是同伴、同伴。」

「…………………」

我被小學生安慰了。

和小學生是同伴。

而且，她說自己的時候不是說「笨」，而是若無其事地說自己「成績不好」，從這點來看，我感覺八九寺真宵做人不夠老實。

「……不過這實力測驗可不是鬧著玩的。要是考不好的話，真的會有點糟糕。」

「會被退學嗎？」

「我的學校雖然是升學學校，不過沒有誇張到會因為考試不好而被退學啦。話說，世上哪有那種升學學校啊？聽起來像個笑話。唉呀，考不好頂多留級而已……不過我可不想留級啊。」

如果可以避免的話。

不，我必須要避免才行。

「嗯。那阿良良木哥哥今天不應該出門才對吧？你應該在家閉門苦讀。」

「意外說出正經話呢，八九寺。」

「阿良良木哥哥，『說出正經話呢』是多餘的吧。」

「只留下意外兩個字就行了嗎!?」

妳這是哪種搞笑角色。

「不過妳不用擔心啦，八九寺。我出門當然是和唸書有關。不用妳來提醒啦。我說的出門可不是去買東西，也不是去玩。而是要出門唸書。」

「喔？」

八九寺一本正經地歪著頭，一臉不解。

「也就是說，你要去圖書館之類的地方讀書囉？嗯——我個人認為在熟悉的環境，也就是自己的房間裡靜下心來唸書，會比較有效果……啊，還是說阿良良木哥哥有報名補習班之類的東西呢？」

「要說是圖書館還是補習班的話，應該比較接近補習班吧。」我說。「妳還記得她吧？戰場原。那傢伙的學年成績名列前茅，今天我們約好要去她家，她要教我功課。」

「戰場原……」

八九寺雙手抱胸，嗖一聲低下頭。

她該不會忘記了吧。

如果戰場原的存在對八九寺不利的話，那大概是因為戰場原太恐怖的關係。

「她的全名是戰場原黑儀……就是上次和我在一起的那個馬尾姊姊啊，她還幫妳……」

「……啊！是那個傲嬌的大姊姊嗎？」

「……………」

看來她記得戰場原。

戰場原那傢伙，似乎逐漸被定位成「傲」開頭、「嬌」結尾的角色……這樣好嗎？看來我有必要問問她本人對這點有何看法。我的應對方式，將會隨著她的答覆而改變。

「她是一個富有包容力的漂亮姊姊對吧。她那個時候一路上背著我，還替我帶路。」

「妳過去的記憶被美化囉!?」

先前她們之間的互動，在八九寺的心中想必造成了心理創傷。唉呀，如果從她們彼此抱持的問題來看，會這樣也是理所當然的……

八九寺的雙手依舊交叉在胸前，

「嗯——」

她低吟了一聲。

「咦，可是……我記得阿良良木哥哥和她——那個，該怎麼說才好呢，就是……」

看來八九寺似乎在慎選措詞的樣子。我大概已經知道她想問什麼了，但她似乎卻在找尋別的表現方式，無法直接將那個字眼說出口。她小學五年級程度的詞彙，到底會做出什麼樣的詞彙選擇？儘管我不是很好奇，但多少還是有一點興趣，因此我故意不幫腔，靜候她開口。

最後，八九寺開口了。

「……你們是不是締結了戀愛契約啊？」

「妳這是最爛的詞彙選擇！」

正如預期，我怒吼了。

這對答就跟教科書上寫的一樣漂亮。

「嗄？阿良良木哥哥，我說了什麼奇怪的話嗎？」

「就算表面上妳沒說什麼奇怪的話，但我想只要是人，都可以聽得出妳話中帶有不好的含意……」

「契約……這個詞如果不行的話，阿良良木哥哥，那我改成『交易』這個詞你看怎樣？戀愛交易。」

「這更傷人了！拜託妳用普通的說法就好！」

「喔。那我就聽你的，用普通的說法吧。只要我想，這對我來說是易如反掌。那我要說囉，阿良良木哥哥和戰場原姊姊，現在好像在做男女交際對吧？」

「……嗯，算吧。」

男女交際嗎？

她居然用這種古風的說法攻了過來。

這就是她的普通說法嗎……

「那麼，你說要請她教你功課，我想那只是藉口吧，其實你們兩個是去幽會吧？」

「……………」

幽會，這又是一個古色古香的詞……

這傢伙的詞彙選擇肯定有問題。

「在這關係到留級問題的實力測驗前，你還跑到女朋友家做客，照我來看，這只能算是自殺行為呢，阿良良木哥哥。」

「是關係到我能不能畢業，不是留級。」

她似乎認為我很笨。

我覺得自己好可憐。

「還有，別說這是自殺行為。」

「那麼，我想就和自殺沒兩樣吧。」

「看我們總有一天，我們必須對簿公堂，分個是非對錯了……」

「該凸的地方？你是指胸部或屁股嗎？（註41）阿良良木哥哥想要對小學生的身體要求什麼啊。」

「閉嘴。不要曲解我的意思。」

我敲了八九寺的腦袋。

八九寺回踹了我的脛骨一腳。

雙方負傷平手。

同病相憐。

「不過，妳不用擔心啦，八九寺……因為戰場原對那方面的事情，可是很嚴格的。」

「那方面是指課業上嗎？她的教學方式是斯巴達式的吧。啊，這麼說來，她好像很討厭笨蛋。」

「嗯。她有說過。」

所以戰場原才會討厭小孩。

也討厭八九寺。

她可能連我都討厭也說不定。

不過，從現在的對話方向來說，戰場原似乎不只是對功課嚴格而已……唉呀，這裡就用優等生一詞來帶過吧。

41　日文中「對簿公堂」和「該凸的地方」的用字相同。

「她宛如一個充滿愛心的軍曹(註42)。」

「那聽起來像個好人的陸軍士官是什麼東西。」

「嗯——說到戰場原姊姊的家，不是在之前那座公園的——」

「沒有，我應該有說過吧，戰場原很久之前就搬家了。我在遇見妳之前去過她家一次，她家還滿遠的。所以我要先回家換腳踏車，然後再去她那裡……啊，這樣想想，我時間上好像不是很充裕的樣子。」

「我沒有那麼不解風情，如果你趕時間的話，我就不留你了。」

「不會，我也不是很趕啦。」

而且，去戰場原家是OK，但如果目的是唸書的話，說句真心話，這實在讓我有點提不起勁來……要是我把這話告訴戰場原，她不知道會用什麼毒舌謾罵來洗禮我。

但是，也罷。

戰場原黑儀。

八九寺也是一樣，但戰場原也有她自己的——

「我說八九寺……妳——」

當我話說到一半的時候，身後突然傳來一陣聲音。

那聲音是……

腳步聲。

42 日本軍曹一詞相當於我國的中士，在立場上必須板著一張臉斥責和鼓勵士兵，以及維持部隊士氣與秩序，故有「魔鬼軍曹」一詞出現。

「咑、咑、咑、咑、咑、咑！」那緊湊的旋律，給人一種愉悅感。與其說腳步聲的主人是用跑的，倒不如說他是用跳步的方式在前進。

我沒必要回頭確認。

是啊……

要說我這陣子有哪裡不和平安穩的話，在某種意義上，除了實力測驗外還有另一個問題讓我非常傷腦筋……

我還以為自己已經甩掉她了。

咑、咑、咑、咑、咑、咑！

腳步聲快速逼近。

就算我沒必要回頭確認——

但我還是不得不回頭。

蹬！

接著，當我心不甘情不願，緩緩轉過身體時——她跳了起來。

她。

神原駿河跳了起來。

她的助跑跳遠，隨便一跳距離都超過一、兩公尺，宛如無視萬有引力定律，用相當標準的姿勢和軌道，在空中穿過我右側飛了過去，幾乎快貼近我的臉旁——

接著落地。

在那瞬間，散亂的頭髮立刻就靜止了下來。

她穿著制服。

這次的制服不用多說，當然是我們學校的制服。

領帶顏色是二年級的黃色。

順道一提，她剛才穿制服這樣跳躍，身上那件時下流行的短百褶裙當然是整個翻了起來，不過她還穿著一件及膝的運動緊身褲，因此我絲毫沒有感受到幸福的滋味。

她身上那件裙子慢了半拍後，也跟著回到原位。

四周突然傳來橡膠燒焦的味道。

那味道是她腳下那雙看似高級的帆布鞋，和柏油路面激烈摩擦所造成的結果……這傢伙的運動神經，到底有多離譜啊。

隨後，籃球社的王牌選手——

神原駿河轉過頭來。

她的表情微帶稚氣，但卻有一種威嚴可敬的氣息（就算是三年級生，也沒幾個人有這種神情）。接著，她用線條分明的眼眸直視著我。

同時把手放在胸前，宛如在宣誓一般。

最後，她露出了一抹微笑。

「唉呀！阿良良木學長。還真是巧啊。」

「最好是有這麼剛好的巧遇啦！」

她會跑過來很明顯是針對我。

這時我往身旁一看，八九寺的身影已經消失得一乾二淨。那孩子——八九寺真宵跟我說話的時候毫不客氣又沒大沒小，沒想到居然還會怕生。她這落跑的判斷下得還真快，腳下功夫實在不得了。唉呀，就算剛才在場的人不是她，假如有一個陌生的女子用驚人速度向你衝過來（從八九寺的位置來看，神原看起來像是朝她發動突擊一樣），任誰都會腳底抹油吧。

不過，友情這種東西還真是薄弱啊。

算了沒差啦。

我把視線挪回神原身上，她不知為何一臉陶醉，十分欽佩地反覆點了好幾次頭。

「……妳幹麼啊？」

「沒有啦，我只是在回想阿良良木學長剛才說的話。我要把它銘記在心。『最好是有這麼剛好的巧遇啦』嗎……這種一語道破剛才那種情況的話語，乍看之下要想到似乎很容易，可是突然要想還想不太到呢。學長還真是隨機應變啊。」

「……………………」

「嗯，學長說的沒錯。」神原接著說。「其實我是追著學長跑過來的。」

「……我想也是。我早就知道了。」

「學長已經知道啦。真不愧是阿良良木學長，我這種晚輩的所作所為，全部都被學長你看穿啦。這還真叫我難為情，不過我真的很佩服學長你呢。」

「……………………」

我快說不下去了……

我不清楚現在自己的臉上是什麼表情，但神原駿河對此毫不在乎，用精力充沛的笑容看著我。

三天前。

我走在學校走廊上時，這女人——神原駿河突然踏著響亮的腳步聲，稀鬆平常地跑來向我搭話。由於她的舉止實在太過自然，那時我也下意識地用普通的態度去對應她，但對方可是二年級的明星，出類拔萃的名人。就連我這個平常不怎麼關心校內傳聞的人，都知道有她這號人物——但是，我一直以為她和我之間不可能會有任何交集，我也不可能會有緣分認識她——因此，多少有一點訝異。

不過，真讓我訝異的東西是她的個性。不，我不知道該怎麼說才好，總而言之，她很不可思議……神原駿河擁有的人格及性格，是我至今的人生當中從未遇過的。

接著。

在那之後，也就是三天前開始，到今天的此刻為止，神原駿河就像這樣，一直糾纏著我。不論我身在何方，她三不五時就會踏著「咑、咑、咑、咑、咑、咑！」的腳步聲朝我衝來，毫不在意旁人的眼光。

「……下課休息的時間也就算了，神原妳放學之後不是還有社團活動嗎。跑來這種地方可以嗎？」

「喔喔！阿良良木學長還真是敏銳啊。絕對不會看漏細微的疑點，簡直就像偵探小說的主角一樣。就算是菲力普・馬羅（註43），在阿良良木學長面前也會落荒而逃。」

「我只是想說全國區的籃球選手，這種時間出現在這裡相當反常而已，別說得我好

43 菲力普・馬羅（Philip Marlowe），雷蒙・錢德勒筆下打死不退的冷硬派偵探。

像很厲害一樣。」

偵探小說主角會因為這種三腳貓功夫落荒而逃的話，那種小說我實在不想看。

「學長把謙虛當成僅次於生命的第二樣武器，剛才那番話語中充滿了謙虛謹慎的自我規戒……我這個人動不動就會錯估自己，應該要積極向學長看齊才對呢。呵呵，自古以來就有『近朱者赤，近墨者黑』這句話，我光是這樣和阿良良木學長聊天，就感覺到自己的人格有了成長呢。所謂的仿效就是指這樣。」

神原笑容滿面地說。

她的笑容沒有半點惡意。

……我至今一直認為所謂的善人一詞，是指羽川那一類的傢伙；但出人意料，神原這類的人可能是善人一詞的最高級型。

簡單來說，她比羽川還要猛。

比那個班長還要麻煩。

「不過，學長你看，我現在手這個樣子。」

神原一邊說，一邊出示自己的左手。

她的左腕上纏著潔白的繃帶。繃帶從她的五根手指一路纏繞到手腕處，包得密不透風。其實那繃帶一直延伸到她的手肘處，只是手腕以上的部分被長袖制服遮住看不見而已。聽說她是在自主訓練的時候不慎挫傷，而且受傷的角度還很奇怪……等等之類的傳聞，早在神原向我搭話前，我就已經有所耳聞。

傳聞終究是傳聞。

就算傳聞只有一半的可信度，我也很難相信有這等運動神經、且身體柔軟的神原駿河會在自主訓練的時候挫傷，但現在她纏著繃帶的手就擺在眼前，看來那傳聞是真的吧。正所謂仙人打鼓有時錯。人有錯手，馬有失蹄。猴子也會從樹上掉下來。

「不能打球還待在體育館只會給人添麻煩，所以我現在盡量避免參加社團活動。」

「不過妳是隊長吧?就算不是隊長好了，要是妳不在，隊伍的士氣也會下降吧。」

「學長把我的隊伍說得好像只有我一個人在打球一樣，真叫我感到遺憾啊。我的球隊可沒那麼軟弱，她們不會因為我不在士氣就下降。」

神原加強語氣說。

「籃球是相當激烈的運動。單靠一個人是沒辦法贏球的。我承認在位置上，也就是責任上我很顯眼沒錯，但那是因為有大家的力量才會有我。因此我所受到的讚賞，應該和隊伍中的每一個人分享。」

「……嗯，妳說的沒錯。」

她就是……這種人啊。

要說她善良呢，還是說她是善人呢。

我也不知道該怎麼說。

神原會做出這種反應，不只局限於這次。只要有人說她隊員的壞話（雖然我沒這個意思），就會觸碰到她的敏感神經。似乎還有傳聞說，她在一年級接受新聞部採訪的時候，只因為對方對她當時的學長說了不禮貌的話，她就氣得翻桌（附帶一提，這項傳聞是子虛烏有，但似乎真的有發生過類似的事情）。

呵呵，此時神原笑出聲來。

「我知道你的用意，阿良良木學長。你現在是在考驗我，看我有沒有當隊長的資質對吧？」

「…………………」

這學妹洋洋得意、居功自傲地在說什麼啊。

不要用那種眼神看著我。

「說真的，要將阿良良木學長的語錄，記錄下來流傳給後世的時候，必須要請執筆者把內容全部用成粗體，然後標上標點，不然箇中的意義就無法傳達給讀者吧，因為這一字一語內含的重量完全不同。有句話說：『說服力不是取決於你說了什麼，而是要看說這句話的人是誰。』平常這句話是用在負面的地方，但唯獨套用在阿良良木學長身上，聽起來就像是正面的了。請學長放心。我沒有打算捨棄隊長的責任和義務。我沒有那麼驕傲怠慢。好歹我也有身為王牌選手的自覺。我來這之前，已經確實指示大家練習的內容。我不在的話，大家反而能夠輕鬆練習呢。所謂閻王不在小鬼翻天嘛。」

「閻王嗎……聽妳這麼說我就放心了。」

「我們的運動，說到底也只是學生的社團活動。況且我們學校是升學高中。社團活動基本上是用來製造青少年時代的快樂回憶，最重要的是要輕鬆且無顧慮。不過，沒想到阿良良木學長居然會關心我這個陌生人的人際關係，甚至還顧慮到我的隊友，你真是一個體貼的人啊。這無微不至的關懷，讓我不勝惶恐。學長真是心胸寬大，胸襟廣大無邊啊。為了我們籃球社，居然特意扮黑臉。學長真的是把我們這些晚輩當成自己人才會這麼做的。我從來沒遇過像阿良良木學長這樣的人啊。」

「我也從來沒遇過像妳這樣的傢伙……」

這種天然型捧人上天的角色……

大概是一種新創意吧……

「是嗎。能夠承蒙阿良良木學長這麼說，我真是感到光榮至極呢。呵呵，被學長這種內心優質的人誇獎，我就會有一種想要努力向上的感覺，連我自己都覺得不可思議，我甚至感覺心中原本沒有的勇氣，都湧出來了一樣。現在我感覺自己無所不能。我決定了，以後如果我意志消沉的時候，就來找學長你吧。因為只要拜見學長一面，不管遇到什麼困難，我一定都可以繼續努力下去。」

神原的臉上始終帶著一抹微笑。

她的笑容看起來毫無防備，但絕對不是如此，因為我感覺得到，她笑容的深處有一種堅強的意志。正因為她對自己有絕對的自信，才能露出這種笑容吧。

她和我完全是不同世界的人。

她和我完全是不同種類的人。

不，這些我老早就心知肚明，我不是在說性格方面的事情。神原是運動型少女，又是校內的明星人物，和我阿良良木曆是不同世界、不同種類的人，這些我早就心知肚明到一塌胡塗的地步；不過問題在於，為什麼神原駿河會來找我搭話？

不只是搭話而已。

她還像這樣一直跑來找我聊天。

一而再、再而三地朝我跑來。

神原剛才說過，以後要是意志消沉就會跑來找我，以尋求努力的動力——她原來不是這樣說，但語意應該差不多——但這應該不可能吧。我可沒那種超能力。要是有的話，我早就不客氣地用在自己身上了。

「對了，神原。妳今天找我有什麼事？」

我問。從三天前算起來，這問題我已經不知道問過幾次了。

「啊，對喔……」

平常神原聽到這個問題都對答如流，但她今天卻猶豫不知道該說什麼。這還是頭一遭。不過，那猶豫也只是一眨眼間，她馬上就笑容滿面地對我說：

「……學長有看今天早上報紙的國際版吧？我想聽聽阿良良木學長對俄羅斯未來的政治情勢有什麼見解。」

「時事話題嗎!?」

而且選的偏偏還是這種話題。

我對日本政治都不是很懂了，還要我說海洋另一端的俄羅斯嗎……

「對啊，還是說阿良良木學長比較喜歡印度方面的話題？不過，很可惜就如學長所見，我是體育系又是戶外派的人，ＩＴ相關的話題我比較薄弱。而且現在俄羅斯方面的問題，對我來說比較實際。」

「……我今天早上沒看報紙說。」

我說這話很明顯是藉口，連我自己都不覺得可以蒙混過關。其實報紙我是有看，但我的見識沒有深入到可以和別人議論……

然而，神原聽到我的說詞，

「這樣啊。」

只是眯起眼睛，緩緩地笑著說。

「阿良良木學長日理萬機，早上會沒空看報紙也不奇怪。我搞不清楚自己的身分，問這種有欠顧慮的問題，真的很抱歉。既然這樣，這個話題我想我們明天再討論好了，學長你可以嗎？」

「可以啊……」

「學長的心胸真寬大。我沒想到學長會這麼簡單就答應我。優秀如學長的人物，聽到我這種膚淺的發言不可能毫無想法，可是學長居然把自己的想法藏在心裡，用這種落落大方的態度回應。這種胸襟寬闊、廣納百川的心胸，我又多喜歡上阿良良木學長的一個地方了。」

「是嗎，謝謝……」

「學長無須道謝。這是我真誠的內心話。」

「…………」

不過，這傢伙的頭腦還挺好的嘛。

這種文武雙全的人，以人類來說可是相當犯規的存在……羽川和戰場原運動方面雖然不差，但是根本無法和這位學妹相提並論吧。戰場原在國中時代雖然是田徑社的王牌，不過她升上高中後就沒碰田徑，有一段很大的空窗期，再加上她本身懷抱的特殊理由，就更不用說了。

不過，當然。

我不認為神原是真的想和我議論俄羅斯的政治情勢，她這麼說很明顯是權宜之計吧。

我每次問神原找我有什麼事時，她都是這種調調，不肯認真回答我。

我覺得她找我可能另有目的。

但我卻猜不透她。

這傢伙為何——而且還這麼突然——一直纏著我不放呢。校內明星神原和我這個三年級的吊車尾，根本不會有任何交集。

八竿子打不著邊。

「對了，阿良良木學長，你今天有遇到什麼奇怪的事情嗎？」

「嗄？沒有啊……還挺普通的。」

除了妳以外。

不，我差不多也快習慣妳了。

「實力測驗就快到了，讓我有一點頭痛啦……」

「實力測驗嗎？嗚，我對那個也很頭痛。測驗這種東西，對有社團活動的人而言相當困擾。因為學校會在考試前一個禮拜強制禁止我們練習，我們只能做自主訓練。」

「嗯——」

原來是這樣啊。

既然被禁止就應該好好休息，為何還要做自主訓練？這理由我很難理解，唉呀，畢竟她的世界和我不一樣。

「不過，這對妳來說剛剛好吧？這段時間妳左手的挫傷大概也好了吧。」

「嗯？啊……對啊，說的沒錯。」

神原的視線落在左手上。

「不愧是阿良良木學長，看事情的角度和別人不一樣。感覺學長好像常常在思考讓人類幸福的方法。這種正面思考還真是令人感嘆啊。」

「正面思考這方面，我再修練個一百年也絕對贏不了妳……」

到底要怎麼養育，才能培育出這種人才呢。

這真是非常不可思議。

「不過，套一句大家都知道的話，學生的本分就是唸書嘛。實力測驗雖然讓我很困擾，不過我會努力去考的。」

「好險妳傷到的不是右手。」

「不，其實我是左撇子。」

神原說。

「左撇子在日常生活中大多數的情況下都很不方便，唯獨在競爭勝敗的運動世界中比較會有優勢，所以可是很貴重的存在。」

「咦——真的嗎？」

「是真的，這點有在玩運動的人都知道。天生慣用左手的人，在現今的日本通常都會被矯正，所以左撇子的運動選手，在比例上十個人裡頭只有一個，有時候還不一定會有呢。阿良良木學長，如果把這個比例套用在籃球這個運動上，你覺得會變成怎樣？籃球是五對五的球技，也就是說場內只有一個人是左撇子。而那個人就是我。這就是我能夠當上王牌選手的其中一個原因。」

「嗯……」

這話我聽了似懂非懂。

「不過，就因為這樣，萬一要是左手受傷，那就只有麻煩而已了。雖然這是我自己不小心弄傷的啦。」

「左撇子啊……我沒有在玩運動，所以對那方面的事情不是很清楚，我只是單純覺得左撇子很帥。」

這是我由衷的感想。

我總覺得左撇子的人舉手投足看起來都很有型，這可能是我自以為是的偏見啦。

「阿良良木學長說這麼多，其實你自己也是左撇子吧？呵呵，因為學長的錶戴在右手，我馬上就發現了。左撇子的人對同類可是很敏感的。」

「…………」

手錶我只是無意中戴在右手而已，這件事我現在就算打死也不能說出口……以後我在這傢伙面前必須用左手寫字、用左手拿筷子了嗎？我覺得左撇子很有型沒錯，但我壓根沒想過要把自己矯正成左撇子……

「那妳考試的時候不就糟糕了嗎？慣用手變成這樣，國文根本沒辦法考吧。」

「唉呀，但是也只是實力測驗，不是每一科都要寫論文啦，字稍微有點歪七扭八，嗯，沒關係的。老師大概也會考慮到我的狀況吧。阿良良木學長，抱歉讓你擔心了。話說回來，學長你真的很替學弟妹著想呢。在考試之前還有餘力來擔心我，我只能說這真是了不起。這可不是一般人都做得到的事情。」

「……呃，我也不是很有餘力。」

這話是真的。

我不是因為有餘力才來擔心學弟妹，眼下，我根本沒有餘力去擔心別人。完全沒有。

「我今天等一下還要去讀書會。」

「讀書會？」

神原的表情訝異。

她對讀書會一詞似乎沒有會意過來。

「就是那個啊，簡單來說，我從以前到現在的成績不怎麼理想……而且一、二年級的時候，出席率也很糟糕……」

為何我必須多作說明。

就算對方是明星，也不過是年紀小我一歲的學妹。

「總歸一句話，實力測驗是我挽回的機會。」

最後我說出口的話，像是在打腫臉充胖子。

我切身感受到自己的器量有多麼狹小。

「嗯，原來如此。」

神原點頭說。

「我是那種考試的時候不會認真讀書的人，所以我不太清楚啦，不過這麼說來，我班上同學在考試前也會聚集在其中一個人的家裡唸書……是那種的嗎？」

「嗯。大概就是那種感覺吧。」

「這樣啊。那阿良良木學長待會要去朋友家囉。不過……」

神原的話中略帶躊躇。

「我覺得讀書和運動不太一樣，不是大家努力就有辦法搞定的東西……」

「沒問題的。說是讀書會也只有兩個人，我是負責等人教我的那一方，感覺就跟家庭教師一樣。我班上有一個成績超好的傢伙，所以我要去麻煩她。」

「喔……啊！」

神原有如想到什麼一般，她說。

「是戰場原學姊嗎？」

「嗯？妳認識她嗎？」

「說到學長班上成績好的人，除了戰場原學姊外沒別人了吧。我老早就有耳聞了。」

「嗯——妳說的沒錯啦。」

戰場原那傢伙果然也是名人。

就算一、二年級當中，有人知道她的事情也不足為奇吧。

嗯？

可是很奇怪，說到成績優異的名人，應該會先聯想到羽川才對吧，她從來沒把學年第一的寶座讓給別人……至少「除了戰場原之外沒有別人」這句話放在這裡說不通。而且，讀書會給人的感覺，通常都是去同性家讀書，一般來說她應該先說男生的名字比較正常吧？

怎麼會突然就提戰場原呢。

「那我不能耽誤學長的時間了。今天就這樣，我先告辭了。」

「好。」

神原駿河似乎很明白進退的分寸，句尾不忘加上「今天」兩字，這的確很像她的作風。

接著，只見她沉下腰，拉直腳筋。

暖身運動。

她仔細地伸展阿基里斯腱——

「阿良良木學長。祝你武運昌隆。」

語畢瞬間，她踏著「咑、咑、咑、咑、咑、咑！」的腳步聲，沿著過來的路衝刺跑了回去。她的腳勁還真不錯——不只跑得快，從加速到最高速度的時間更是快到嚇人。她跑百米、兩百米的秒數成績，或許不會特別優異。但如果是十米、二十米這種超超短距離賽跑，神原絕對不會遜色於田徑社的選手吧。神原駿河是籃球運動員，這方面的能力被特別強化，以便能在被局限的場地中自由活動，而眼前的場景更活生生地印證了這一點……她一眨眼間，背影就消失得無影無蹤。她激烈的動作，讓短裙任意翻動，但神原的裙下穿著及膝的運動緊身褲，根本不會在乎自己的裙子亂翻。……可是，我覺得跑步還是穿運動褲比較好……看的人也不會有邪惡的期待。

接著，我嘆了口氣。

我頓時感覺如釋重負。

這次和先前比起來，時間算短了……要是我不趕快弄清楚她纏著我的理由，以後這種狀況可能會不斷發生，一想到這我就無法悠閒下來。不過，她對我也沒造成什麼實質上的災害，放著不管其實也無所謂，只不過神原她的個性，我這一類的人稍微有點招架不住……不，應該說真的有人和神原駿河說話，不會覺得疲憊的嗎？就算有——

對了。

那也只有戰場原吧。

「良良良木哥哥。」

「……這名字和剛才比起來，的確非常接近正確答案，不過八九寺，妳不要把我的名字像唱歌一樣唱出來。我的名字是阿良良木。」

「抱歉。我口誤。」

「不對，妳是故意的……」

「我狗誤。」

「還說不是故意的！」

「我偷窺了。」（註44）

44　口誤和偷窺兩字，在日文中音近。

「妳偷窺到我才能的冰山一角嗎!?」

八九寺不知何時出現在我身旁。

她似乎是看神原走了才跑回來的。雖然我一直搞不懂八九寺內心在想什麼，但從她馬上就跑回來這點來看，剛才她把我一個人丟下自己跑走一事，似乎讓她抱有一定的罪惡感。而她這次唸錯名字是故意的，把它當作是遮羞比較妥當吧。

「那個人是誰啊？」

「妳看了還不知道嗎？」

「嗯——她叫你學長，從這一點來推理的話，沒錯，她應該是你的學妹吧？」

「……好棒的推理啊。」

神原要是在場，她應該會列出幾個像馬羅那種古典偵探的名字，把八九寺一口氣捧上天吧。我沒辦法，我瞬間有想要模仿神原的衝動，但我的靈魂卻不允許自己這麼做……

「不過，阿良良木哥哥。我剛才在暗處偷聽你們的對話，她一直找你講一些無關緊要的事情。我到最後還是搞不懂你們的主題是什麼。她是為了和你閒聊才追上來的嗎？」

「嗯……不對，八九寺，妳問我，我也不曉得……」

「不曉得？你這種說法還真是欠缺水彩呢。」

「我是美術社的社員嗎？」

是欠缺精彩吧。

我決定老實對八九寺說。

「最近那傢伙一直在跟蹤（stalking）我。」

「跟蹤是指女性下半身穿的那個？」

「那個叫絲襪（stocking）。」

「是這樣嗎？」

「跟蹤的意思妳不懂嗎？簡單來說就是跟蹤狂啦。」

「跟蹤狂是指女性下半身穿的那個。」

「那是裙子吧（註45）？我是一個對女生下半身的衣著很感興趣的男人嗎？」

由於機會難得，因此我稍微想了想，八九寺會把「運動緊身褲」這個詞和什麼東西搞錯，不過可惜我的單字量不足聯想不到，所以我只好死心，繼續進行對話。

「我也搞不清楚，她從三天前就就一直纏著我，毫不避諱。總之每次等我注意到時，她已經站在我旁邊要向我搭話了。都是她單方面來找我。而且就跟妳說的一樣，每次聊一些無關緊要的事情……不知道那應該算閒聊還是什麼，說實話，我真的搞不懂她想做什麼。」

她應該有目的才對。

但我完全無法推測。

因為她幾乎都在轉移焦點。

三年級和二年級，行動範圍會重疊到的地方也只有操場，所以要巧遇的機會也

45　跟蹤狂和裙子在日文中發音相近。

不多。簡單來說，用反向思考來看，神原她是刻意利用短暫的下課時間，抽空來找我……這一點我知道，可是反過來說，我也只推測出這點東西而已。

「嗯。可是，阿良良木哥哥。你不用想得太複雜，應該是那個吧。這是因為她喜歡你吧？」

「嗄？」

「她剛才好像有跟你告白吧。」

「……啊，聽妳這麼一說──最好是有啦！妳那種說法……我又不是美少女遊戲的主角，哪可能突然有一天就受歡迎起來啊。」

「說的也是。如果阿良良木哥哥是美少女遊戲的主角，那我肯定也會被列入攻略的對象，我才不要那樣呢。」

「…………」

小學生知道美少女遊戲是什麼？

連我都沒玩過呢。

「不過，真是那樣的話，我一定是攻略難度很高的角色吧。」

「不，要攻陷妳大概輕而易舉吧……」

只要化解她怕生的屬性，之後就能一點一點地把她蠶食掉吧……假如女主角有六個，她大概是第四個被攻陷的吧。

不過呢，要是考慮到年齡方面的問題，八九寺的確有相當的難易度。

「神原不是那種人……啊，不過聽說她談起戀愛的時候很瘋狂。不過就算那樣好了，她之前和我的交集完全是零喔。我和那些人……和神原不一樣，我什麼都不是啊。」

可是仔細想想，她一開始會跑來向我搭話，就代表她至少知道我的名字和班級。

這是為什麼？

她跑去向人打聽……的嗎？

「會不會是你在撿棄貓的時候被她看到了？」

「並沒有。」

話說，我可沒看過棄貓那種東西。

哪有貓會乖乖待在瓦楞紙箱——箱子上還要寫著「請撿我」的字樣——等人來撿的啊。

最好是有貓咪家教這麼好。

「那會不會是你在撿垃圾的時候被她看到了？」

「妳現在是不是把貓和垃圾畫上等號了？」

「你這種說法才奇怪。請不要故意找碴。阿良良木哥哥居然以挑我這種弱女子的語病為樂，這種興趣真的很低級呢。」

「妳快點跟貓道歉。貓可是很恐怖的喔。」

「就算不是那樣，阿良良木哥哥，一見鍾情是真的存在的。人類彼此之間的關係，說穿了都是靠第一印象來決定的。只要理解到這一點，就有辦法可以解釋她為什麼會纏上你了不是嗎？」

八九寺咯咯笑著，開心地說。

從這點來看，她果然是小學生。

「絕對錯不了。我體內的女性直覺告訴我這絕對錯不了。該怎麼辦？阿良良木哥哥。她現在好像還在試探你，如果我沒說錯的話，她可能最近就會向你告白喔。該怎辦、該怎辦、該怎辦？」

「拜託。我不太喜歡什麼東西都用戀愛兩個字來說明。這說法不就好像以前海外電影裡頭，常常出現的愛的力量嗎？如果用愛可以解決任何事情，這世界不知道會有多麼美好啊。不可能、不可能。單純說她是別有用心，我還比較能接受。而且——」

我接著說：

「我已經攻陷難易度最高的角色了。」

003

「我覺得好像有人在背後說我壞話。」

戰場原黑儀冷不防呢喃說。

這話真的突如其然，而且沒有任何脈絡可循，讓我心頭一驚，在筆記上振筆疾書的鉛筆停了下來。

但那完全是戰場原的自言自語，「話說回來，」她馬上就轉變話題說：

「要教人功課，真的很困難呢。」

在那之後，八九寺陪我走回家，一路上和我聊了很多神原以及其他的話題，接著我和她告別了。八九寺老是四處閒晃，我們很快就會在某處再會吧。然後，我放下背包，換了套衣服，把教科書、筆記和參考書塞進波士頓包後，把上學用的菜籃車擺一旁，換乘越野腳踏車往戰場原家出發。早就已經回家的兩個妹妹，追根究柢地想要逼問我去哪裡，所幸我成功逃走了。

剛才我也對八九寺說過，要到戰場原家確實有一點遠。一般來說不是騎腳踏車能去的距離。不過如果搭公車過去，到頭來還是要走一段路，因此我想還是騎腳踏車過去比較快。這是感覺上的問題，我去戰場原家這次是第二次沒錯，但我還是第一次從自己家裡過去，因此我也不能斷定怎樣去會比較快。

民倉莊——木造的二樓公寓。

裡頭的二〇一號房。

三坪的房間，一個小流理臺。

兩位標準體格的高中生，隔著日式矮桌面對而坐，要是把讀書的東西拿出來擺在左右兩旁，就足夠把整個房間擠滿。戰場原是單親家庭，又是獨生女，而戰場原的父親又是晚歸的拚命三郎，在這狀況下，現在我們當然是兩人獨處。

阿良良木曆和戰場原黑儀。

健康的少年少女，在狹窄的房間內兩人獨處。

一男一女。

而且是彼此公認的情侶。

是一對男女朋友。

然而。

「……為什麼我還在讀書啊。」

「咦?因為你是笨蛋的關係吧?」

「妳這說法真討人厭!」

雖然妳說的沒錯。

我只是希望能有一點特別的事情發生。

老實說。

我們開始交往是在和八九寺真宵認識的那一天——母親節,五月十四號,在那之後已經過了兩個禮拜,卻沒有任何「桃色」的發展,完全沒有。

……………

咦,仔細想想,我們甚至連個約會都沒有喔。

早上我們在學校見面,下課時間聊聊天、中午一起吃飯、放學後一塊回家,走到分歧點後說再見。我們的交流只有這樣而已。如果是觀念比較開放的人,這種事情在普通的男女交際上也會做,根本不用當男女朋友吧……

我不是很強烈希望能有什麼桃色發展,但至少能讓我們有一點情侶之間的進展吧。

「我活到現在從來不覺得讀書辛苦,所以我完全不知道阿良良木你在煩惱什麼、有哪裡不懂……我不知道你哪裡不會。」

「是嗎……」

這話還真讓我沮喪……

我們兩個在程度上的差距到底有多大呢。那差距感覺就像一個深不見底的峽谷。

「我甚至以為你是想搞笑，才故意裝作不懂的。」

「我幹麼這麼委屈自己啊……不過戰場原，妳也不是一生下來頭腦就很好吧？妳應該是經過吐血般的努力，才讓成績維持名列前茅的吧？」

「你覺得一個努力的人會認為自己在努力嗎？」

「……是喔。」

「啊，不過，阿良良木你不要誤會喔。我是很同情像你這樣努力完全得不到回報、甚至還不知道該怎麼努力的人。」

「拜託妳別同情我！」

「我覺得你們的努力全是白費功夫，毫無意義。」

「呃、嗚嗚！現在的遊戲規則是我一吐槽妳就說得更過分嗎……？這樣一搞，我甚至要用淚眼相對都不行！」

這到底是什麼遊戲。

「就算沒有草叫作雜草，還是有一種魚叫作雜魚……」

「也沒有魚叫作雜魚吧！」

「就算沒有草叫作雜草，還是有人被稱做雜草……」

「會有人叫作雜草，就代表有取這個綽號的人吧！」

「不過，唉呀，如果我這次讓你在實力測驗合格的話，我以一個人類來說，也會更往前推進一步。一想到這裡我的幹勁都來了。」

「別把我的成績拿來當作對自己的考驗啦……而且妳以一個人類來說，需要進步的應該是別的地方。」

「你很煩耶。我把你勒死『了』。」

「過去式?我已經死了嗎!?」

請她來教我功課，或許是個錯誤的決定……嗯——我應該拜託羽川才對。

不過。

我雖然對八九寺說那麼多，但老實說，我的確有一種可愛又害羞的邪念，暗自期許在戰場原家兩人獨處時會發生一些事情……

我的視線從筆記上，往戰場原身上瞄去。

戰場原依舊一本正經。

表情幾乎沒有變動。

就算我們變成男女朋友，她在我面前也不會露出特別的表情……從這點來看，這傢伙根本稱不上傲嬌吧。

她的態度完全沒變。

嗯——

還是說就跟往常一樣，是我太過期待了呢。我曾經模糊想過，和她交往之後，應該會出現更特別的會話，但不管我們關係如何，談話的內容依舊跟過去沒兩樣。這就算過度期待吧。這代表情侶之間的甜言蜜語，是一種愚蠢的幻想嗎？

「……………」

一定是。

從我認識戰場原到現在來看，從戰場原黑儀之所以為戰場原黑儀的原因來看，當然或許還有貞操觀念等問題，但不光是這樣，我想戰場原或許對我們現在的關係感到很滿足吧。

她說過，她最討厭曖昧的關係。

既然她說過，那就表示她真的很討厭吧。

……不對。

可是就算是這樣……

我想戰場原身處這種狀況下，不可能沒有任何想法吧……但不管怎麼說，至少上次我來這裡的時候，有發生一些色色的事情啊……她趁家人不在時，招待名目上的男朋友來家裡，內心不可能毫無感覺，她不是那種不諳世事的女生……唉呀，假如用這種角度來看，或許是心理作用，矮桌另一端、戰場原穿著便服的身影，看起來似乎有這麼一點積極，只是我覺得她的裙子好像太長了。她裙下沒穿褲襪，但多虧那條長裙，害我幾乎看不到她的美腿。與其說她有感覺，不如說她在提防我。

呼。

還是說這種時候，應該要由身為男性的我積極採取攻勢呢？但就算要我採取攻勢，我過去沒交過女朋友，可不知道要如何攻起啊。

「怎麼了?阿良良木。你的手沒在動喔。」
「沒什麼……我只是覺得這題很難。」
「就這種程度的問題?你真讓我傷腦筋耶。」
戰場原絲毫不打算理解我的心情,僅露出愕然至極的表情回應我。那是慣於瞧不起他人的傢伙,才會有的眼神。
接著她一臉憂鬱,喃喃自語。
「不過,算了吧。」
「誒?等等,妳一臉麻煩地把自動鉛筆放到一邊,舉止又很無精打采,該不會妳心中還有『對我見死不救』這個選項?」
「也不是沒有。」
十分乾脆的一句話。
「六:四……不,七:三吧。」
「不管哪邊是七、哪邊是三,這都是很現實的比率……」
妳乾脆直接說九:一我會比較輕鬆點。
說真的,到底哪邊是七啊?
「這讓我很掙扎呢。我努力教你,你還不會;那我乾脆隨便教教,你不會就算了。這樣才能保住我的面子啊。」
「請不要捨棄我……」
看來我真的只能拜託羽川教我功課了。

不管怎麼說，我都不喜歡那樣。

那位班長認為：「只要努力用功，不管是誰都能把書讀好。」同時毫不介意地把它當作常識，深信不疑。我實在沒辦法請她教我功課……

「唉呀，既然你都這樣說了，那我也不會對你見死不救啦。」

「真這樣就太好了。」

「好說好說，我這是來者不拒，去者不饒。」

「好可怕的思考方式！」

「別擔心。既然要教你，我就會拼死去做。」

「不用拼死去做！妳只要盡全力就好了吧！妳是想用什麼可怕的方法逼我唸書啊！」

「……不過，阿良良木。這麼說來，你好像只有數學還算不錯對吧？」

「誒？對，嗯。」

妳怎麼會知道？

在我正要開口問之前，

「我聽羽川同學說的。」

戰場原說。

原來，羽川的確比任何人都還清楚我的成績。

「嗯……可是，我想羽川不會把別人的成績到處張揚吧。」

「啊，這應該說是我感覺到的吧？上次，阿良良木和羽川同學在聊天的時候，我在一旁間接聽到的。」

「……那不叫感覺到吧。」

什麼間接，那根本是偷聽吧。

「唉呀，真的嗎？」

戰場原毫不在意。

真是個傷腦筋的傢伙。

「數學不是背誦科目，所以我多多少少會一點。我感覺公式和方程式很像必殺技，這很棒不是嗎？就像十字死光、龜派氣功（註46）之類的一樣。如果其他科目也有那種必殺技就好了。」

「如果有這麼湊巧的話，那大家就不用讀得那麼辛苦了。不過呢，科目本身的學習先放一邊，如果光指『考前複習』方面，雖然沒有必殺技，但還是有必勝法則啦。」

戰場原再次拿起放在一旁的自動鉛筆。

「其中有一種考前猜題型的讀書方法。以結果來說，這種方法會讓人有投機取巧的心態，要是用上癮了不太好，所以我不太推薦。不過事到如今，或許也只能用那種治標不治本的方式吧。這是不得已的。說這麼多，簡單來說只要你考試全部及格就好，所以把及格線設為平均分數的一半……」

戰場原說著，一邊在筆記本寫上數字。

預測平均點，以及其一半的數字。

46　十字死光：初代超人力霸王的絕招。

這樣一寫出來，感覺好像有辦法達成的樣子。當然，這意思就是要我把這數字當作是自己的一百分。

「以背誦為主的科目，老師都會有幾個必考題，因此那就是考試重點。我們不要隨便猜題，要針對重點來擬定對策。不要鑽牛角尖，要針對自己會的問題下手。阿良良木，到目前為止，我說的你聽得懂吧？」

「……嗯，還算懂。」

不過，聰明人對考試的思考方式，真的完全不一樣……我從來都沒站在出題老師的角度去思考。不，我在國中功課很好的時候，或許也有同樣的思考模式……但那已經是很久以前的事了。

國中時代。

我一點都不懷念。

「那我們就先從簡單的世界史開始讀起吧。」

「世界史很簡單嗎……」

「很簡單啊。只要把重要的句子全部背起來就好了吧？」

「…………」

「我剛才說過，這次我不會要求你做到那種地步。不過，阿良良木。這次的實力測驗，我現在開始幫你的話，你十之八九會及格吧，不過你對未來的事情，到底有什麼看法呢？」

「未來的事情？」

「就是你畢業之後想做什麼。」

戰場原說完，用自動鉛筆的筆尖指向我。

「畢業之後……妳突然問我這種問題，我也不知道該怎麼回答。」

「現在已經是高中三年級的五月底囉。你不管怎麼樣多多少少有想過吧？之前你好像說過只要能畢業就好，意思就是說，你畢業之後就要出社會工作了嗎？你有什麼具體的計畫嗎？有找到工作的門路和希望嗎？」

「這……」

「還是說，你要先當飛特族？還是當尼特族？這幾個字似乎都把問題太過單純化了，所以我不是很喜歡，當然阿良良木的意見和想法是最重要的。啊，不過也可以先去專門學校學個一技之長，這個選項也不錯吧？」

「妳是我媽啊……？」

劈哩啪啦地問了一連串瑣碎的問題。

就算她用連珠砲的方式發問，我也無法回答……光是迫在眉睫的實力測驗，就已經叫我分身乏術。但戰場原絕對無法體會我的心情。

「我是你媽？你在說什麼啊。我是你女朋友吧。」

「…………」

直接了當的說法。

必殺技。

在某種層面上，這是比毒舌還要更厲害的必殺技。

至少對我而言是如此。

「未來的出路嗎……妳說得對。的確要快點決定才行……對了，戰場原妳打算做什麼？」

「繼續升學吧。我大概可以推薦入學。」

「……是喔。」

「我說大概是不是太謙虛了？」

「依妳的個性來說，的確很謙虛。」

「反正就是升學。」

「升學嗎……」

說得很理所當然一樣。

但這本來就很理所當然。

聰明人的聰明到底是什麼感覺呢，我現在無法明白，以後也永遠不會明白（戰場原剛才也說過類似的話語）。

「考慮到學費的話，我能去的學校自然有限。不過，說幸好的話或許有點自虐，我以後也沒有特別想做的事情，所以感覺上我可以主動去配合學校方面。」

「不管妳去哪裡，妳都是妳吧。」

「是啊。不過，」戰場原接著說：「可以的話，我希望能和阿良良木你走在同一條道路上。」

「呃，那可能有一點……」

妳這麼說我是很高興，但這在現實上，只能說是不可能的任務吧……

說的也對。戰場原點頭說。

「無知是罪過，不過笨可不是。笨是一種懲罰。要是阿良良木像我一樣在前世好好積陰德，現在就不會變成這樣了，你好可憐啊。螞蟻在凝視挨寒受凍的蟋蟀的心情，我現在可以清楚體會到了。阿良良木還真了不起，可以讓本小姐體會到那些小蟲的心情。」

「…………」

我要忍耐……

這種事情要是反駁，只會白白讓自己的傷口擴大……

「你乾脆趕快去投胎會比較輕鬆。因為蟋蟀死掉之後，至少還能變成珍貴的養分，成為螞蟻的食物。」

「我們下次見面就是在法庭上了！」

我忍無可忍了。

我也很欠缺忍耐。

「不過，就算妳這麼說，戰場原。我們畢業後的目標不一樣，也不代表我們走在不同的道路上吧？」

「也對。你說的沒錯。可是，要是我上了大學每天都在聯誼，最後變心了怎麼辦？」

「妳已經準備要快樂享受大學四年的生活了嗎!?」

「該怎麼辦？我們畢業之後要不要同居？」

戰場原輕描淡寫地說。

「這樣一來，就算我們的出路不同，在一起的時間也會比現在還要多。」

「嗯……是不壞啦。」

「不壞？你那是哪一國的說法。」

「……我想要同居。請讓我跟妳同居。」

「唉呀，是嗎？」

戰場原說完，很自然地低頭看課本。她雖然裝作若無其事，說這話的時間點感覺又很像在說笑，但我知道她在這種事情上面，不是那種講話會半開玩笑的人。就算我再遲鈍，也看得出來。

這傢伙可是戰場原黑儀。

……話說回來，她想得還真遠。

不，或許我應該換個角度來看——戰場原是如此認真地在為我著想。普通的高中情侶應該不會把交往兩字想得這麼遠吧。

但是，所謂的交往又是什麼呢。

只是一種口頭約定，也沒有任何的保證。

我嘆了口氣。

我無法對應，因為我從來沒和女生交往過，別說什麼採取攻勢，我根本不知道在這種狀況下該做出何種反應。

我完全摸不著邊。

早知道我就先玩一下美少女遊戲了。

至少可以拿來當作參考。

攻陷女生不是問題，但現實生活和遊戲不同，沒有破關那種東西。

「你的嘆氣還真多呢，阿良良木。吶，你知道嗎?聽說每嘆一次氣，幸福就會溜走一次喔。」

「那我已經讓幸福溜走了幾千次了吧……」

「你讓幸福溜走幾次我沒興趣，我只希望你不要在我面前嘆氣。因為我會覺得很煩。」

「妳講話真的很狠耶。」

「說是煩，也是為愛心煩。」

「……嗯，這話讓我很難做出反應。」

也讓我聽了有點高興。

好一個吐槽陷阱。

「對了，你知道嗎?阿良良木。」

戰場原開口說。

「我，沒有和男生分手的經驗。」

「…………………」

不，這話有兩種正反兩面的意思吧?

乍聽之下，她彷彿是在說自己是一個追求者眾多的好女人。但換個角度想，這句話不就等於在宣告自己沒有和男性交往的經驗嗎？

「所以，」

戰場原繼續接著說。

「我也沒打算和阿良良木分手。」

她依舊一副若無其事的表情。眉頭沒有半點抽動。甚至讓人覺得，她沒有一絲的自我情感。可是——儘管如此，她的內心絕不可能沒有感覺。

兩年。

從國中升上高中之間，戰場原黑儀在這段既不是國中生、也是不高中生，更不算是春假的時候開始，便完全斷絕與他人的接觸。她不知道怎麼和別人接觸，也不無道理；會變得比一般人還要消極、膽怯也無可厚非。這感覺就像一隻警戒心很高的野貓

——唉呀，貓還是拿來形容羽川比較貼切吧。

不知道如何採取攻勢這點，我們彼此彼此嗎？

「……我說，戰場原。」

「幹麼？」

「妳最近還有把釘書機之類的東西帶在身上嗎？」

「你這麼一說……我最近都沒帶了說。」

「是喔。」

「我太大意了。」

「真的呢。」

這樣一來，也算有進步吧。

只有這種程度的變化，根本沒辦法稱作傲嬌，但如果傲嬌是戰場原的個性之一的話

————

……嗯?這麼說來。

在那兩年以前，戰場原應該是——

「妳國中的時候，不是田徑社的王牌選手嗎?」

「嗯。」

「妳不想再練田徑了嗎?」

「嗯。因為沒有繼續練的理由。」

戰場原回答的速度可說是毫不猶豫。

「我沒有打算回到過去。」

「嗯——」

據說戰場原在國中時代的人品卓越，是一個努力不懈、態度非常和藹、對任何人都很溫柔、自然不做作，而且又是田徑社的王牌——是一個相當有朝氣又活潑的學生。這八成是謠言，但可信度可說是非常高。

在她升上高中前，這些特質全都改變了。

接著過了兩年。

變調的東西，恢復了原狀。

但卻不是一切都恢復原狀。

如果本人不想恢復的話。

「我想不到繼續練田徑的必要性和必然性，而且回去參加既沒意義，也會讓自己增加許多負擔。況且，最重要的是我現在已經三年級了。不過，阿良良木，你怎麼會問我這個？」

「沒什麼，我只是單純對妳之前在練體育的那段時間有興趣而已……妳這麼久沒練也會有空窗期，沒必要勉強自己。」

就像我說到貓會想到羽川翼一樣，我問到有關運動的事情時，腦中自然浮現出那位學妹——神原駿河的身影……但，戰場原的反應也太冷淡了。

確實，她的思考是很積極向前看。但是——

不回首過往，真的就表示自己積極向前看了嗎？

現在的戰場原，果然……

「不要緊的。我就算不運動，也有自信維持現在的身材。」

「……我不是怕妳身材走樣才這麼說的。」

「阿良良木不是被我這個沒和男性交往過、又富有彈性的惹火身材給吸引住的嗎？」

「別說的好像我是看上妳的身體才跟妳交往的一樣！」

還說什麼惹火身材……

沒其他說法了嗎。

「是嗎？你不是看上我的身體啊。」

戰場原裝迷糊地說。

「既然這樣，你應該暫時克制得住自己吧。」

原來她是想說這個嗎。

如果真是這樣，這話還真是繞了一大圈，相當拐彎抹角。這種說法完全不符合戰場原有話直說的個性。

貞操觀念嗎……

應該不是這麼簡單而已吧。

「也對。去吃高級自助餐的時候，明明大家都付一樣的錢，就是會有人想要把那筆錢吃回來、或者是想多吃一點免得吃虧。阿良良木你應該不會是那種小家子氣又厚顏無恥的人吧。」

「…………」

我不知道戰場原這比喻裡頭有什麼含意，但她的意圖很明顯是想要牽制我……

她在人際關係方面很膽怯。

對我倆之間的關係，卻很慎重。

既然這樣，我也要盡心盡力和她交往。

我還是搞不清楚交往到底是什麼感覺，但我既然和她交往，就要喜歡上她的一切。

「……啊，對了。」

此時，我想到一件事。我決定和戰場原說神原駿河的事情。我不是怕她會擔心才至今隻字不提，只是單純覺得沒必要特別拿出來說，沒必要說出口讓她心煩。但方才八九寺用小學生獨有的猜測，去解釋了神原駿河的行動原理，萬一真有那一絲的可能性，戰場原在身分上(應該也算)是我的女朋友，我要是隱瞞對她似乎不怎麼公平。

這問題剛才就浮現在我的腦中。

而且，有些地方也讓我很在意。

「我問妳喔，戰場原。」

「幹麼？」

「妳知道神原駿河這個人嗎？」

「……………」

她以沉默回應。

不，應該說她沒有任何的回答。

要說不公平的話，這個問題本身就很不公平吧。因為神原駿河是校內明星，在校內可說是無人不知、無人不曉。我不知道現在怎麼樣，但最遲下禮拜初，神原駿河在跟蹤我的事實，也會變成傳聞在校內流傳吧。但我不用緊張，反正這傳聞很快就會被當作謠言而告終吧。因此，這個問題自然有其他含意。我刻意不接話，耐著眼前的寂靜之後——

「認識啊。」

戰場原開口說。

「神原駿河嗎，好懷念的名字啊。」

「……是嗎？」

她們兩個——果然是舊識。

我早就猜到了。

所以我說到讀書會時，神原最先聯想到的不是學年第一的羽川，而是戰場原——不光是這樣，我從神原話中的細微之處，也感覺到一些微妙的區別。我完全想不到八九寺說的那種可能性，就是因為神原給我的那種氣氛很明顯。而那種氣氛告訴我，神原的目標不是我，而是我以外的東西。

「所以你才會問我國中的事情嗎？沒錯，那孩子是我國中的學妹。」

「現在也是妳學妹吧。因為我們同校。啊，還是說神原以前在國中也是田徑社的？」

「不是，那孩子從國中開始就是籃球社……神原？你叫得還挺親密的嘛。」

戰場原的眼神瞬間變得很險惡。平常她總是不帶情感的眼眸，冷不防凶光四射。她完全不等我開口解釋，右手拿著自動鉛筆，筆尖精準地朝著我的左眼伸了過來。我反射動作頓時想要閃躲，但她右手行動的同時一腳跨過桌子，完全不在乎桌上的筆記會散落一地，用左手抓住我的後腦，封住了我的動作。

自動鉛筆的筆尖——以間不容髮的距離停留在我的眼球前，最近距離可能連一張紙的厚度都不到，甚至讓我無法眨眼。這樣看來，戰場原會用左手抱住我的後腦自然有她的顧慮，或許她是不希望我有多餘的動作，免得自己失手傷到我也說不定。

……戰、戰場原黑儀。

妳根本一點都沒變，現在只是沒拿釘書機而已！

「那孩子怎麼了嗎？阿良良木。」

「…………！」

喂喂……！

這傢伙的嫉妒心有這麼重嗎……？

這種深情的程度還真扯……況且，剛才我沒有叫得很親密吧。我只不過是直呼學妹的姓而已吧？只因為我在她不知道的地方認識了其他女性，就要受到這種待遇嗎？假如我真的劈腿的話，戰場原到底會用什麼方法來料理我？

眼前這恐怖的遭遇，反而讓我鬆了口氣。這真是太好了，我可以在有充分理由可以解釋的情況下，早一步知道戰場原有這樣的一面……！

「阿良良木，你傷口恢復的速度很快對吧。那我弄瞎一隻眼睛，應該沒關係吧？」

「住手、住手！眼球千萬不要！我沒有做什麼對不起妳的事情，我跟她一點都不親密，我的眼裡只有戰場原妳一個人！」

「是嗎，你這話還真中聽。」

戰場原嗖一聲將自動鉛筆收回，在手中旋轉了兩次後放在矮桌上，接著開始整理散亂的筆記本和教科書。我一臉茫然，壓抑住靜不下來的心臟，凝視著戰場原的一舉一動。

「我可能稍微激動了一些。嚇到你了嗎？阿良良木。」

「……妳再過不久一定會變成殺人犯。」

「到時候，我會選擇殺你的。我第一次的對象會選擇你，不會選擇你以外的人。我跟你約好了。」

「妳不要把這麼可怕的事情，說的好像很濃情蜜意一樣！我是喜歡妳沒錯，但還沒到被妳殺死也無所謂的地步！」

「被愛到想殺死自己的人所愛，然後死在他手上。這是最棒的死法不是？」

「我討厭那種扭曲的愛情！」

「是嗎？真可惜。也讓我很遺憾。如果是阿良良木的話，我就算被——」

「被殺死也無所謂嗎？」

「……嗯？啊，對，算是吧。」

「妳的回答還真是模稜兩可！」

「呃，那個，被你殺死可能不太好。」

「然後又模稜兩可地拒絕了！」

「有什麼關係，你就認命吧。我殺死你，就代表你在臨終的時候，本小姐會陪在你身邊喔。這不是很羅曼蒂克嗎？」

「不要，就算我會被人殺死，我也絕對不要死在妳手上。因為我覺得，不管別人怎麼殺我，都比妳親自動手還要來得好。」

「什麼嘛，我討厭那樣。要是阿良良木被我以外的人殺死，我會去殺掉那個犯人。誰管我們剛才的約定怎樣。」

「…………」

這傢伙的愛相當地扭曲變形。

雖然我可以實際體會到她是真的愛我……

「不管怎樣，你剛才在問神原的事情吧。」

戰場原的態度彷彿在說危險的話題到此為止，用一如往常的步驟，理所當然地將話題拉回原點。

「我們國中的社團雖然不一樣，不過我們一個是田徑社的王牌，一個是籃球社的，所以就算學年不同，我們還是有一定的交集。而且——」

「而且？」

「……事到如今也不用特別說明啦，不過我們除了社團活動外，私底下也有來往，我以前常常照顧那孩子，應該說那孩子硬逼我照顧她……不對，阿良良木。」

戰場原開始試探我。

「在這之前你可以先告訴我，為何你會突然提到那孩子的名字嗎？你要是問心無愧，應該會老實告訴我吧？」

「啊、啊啊。」

「當然，就算你做了什麼對不起我的事情，你也要據實稟報。」

「……………」

要是隨便隱瞞她或許真的會招致殺身之禍，因此，我將神原駿河從三天前開始就一直跟蹤我的事情，告訴了戰場原。總是踏著「咑、咑、咑、咑、咑、咑！」的愉悅旋律跑到我身旁，找我說一些不著邊際的話，然後在我還沒猜出她的來意前就兀自離去的學妹——神原駿河。我還告訴戰場原，她或許別有用意，但我一直猜不透她。

在說明的同時，我想到一些事情。

神原肯定是看準戰場原不在的時候，才跑來找我的吧。今天我和八九寺在聊天時，她跑來找我算是個例外，基本上她應該都是趁我落單的時候跑來。也就是說，戰場原至今不知道神原的跟蹤行徑，這點並不是偶然。

還有一點。

要說叫得很親密，那戰場原叫得不是更親密嗎？就算神原在國中是自己的學妹，她稱呼神原時是用「那孩子」，沒錯，這樣在語意上實在太過微妙——不，或許這只是單純的修辭表現罷了。

戰場原的喜怒哀樂不形於色，聲音也同樣不帶任何感情。她不管說什麼，語調幾乎都是四平八穩。她到底是用多強大意志力在約束自己啊，一想到這點我就毛骨悚然。

可是……「那孩子」嗎？

「是嗎。」

我大致說明完後，戰場原終於點頭說。她依舊一副撲克牌臉，語氣平穩。

「吶，阿良良木。」

「幹麼？」

「上面是洪水，下面是大火災，答案是什——麼？」

「……？」

為何突然問這種腦筋急轉彎。

戰場原何時變成這種會玩猜謎的角色？我心覺奇異，但還是作答了。這問題的答案我剛好知道。

「答案是洗澡用的大鍋吧？」

「噗噗——答錯了。答案是……」

戰場原語氣平淡地說。

「……神原駿河的家。」

「妳想對學校明星的家做什麼事情！」

這真的很可怕！

她兩眼發直，目露凶光了！

「唉呀，先不開玩笑了。」

「妳的玩笑一點都不好笑……因為妳真的有可能付諸行動。」

「是嗎。不過，既然阿良良木你都這麼說了，那要我把它當作是口頭上的玩笑也行。」

「一般來說都應該這樣吧……」

「神原她啊，比你還要早一年發現了我的祕密。」

她說話的語氣很自然，心情沒有起伏，但語氣中卻帶有若干的鬱悶。

「那是在我剛升上二年級，也就是神原剛進直江津高中的時候。我看學校的地理位置，早就預料到會有認識我的學弟妹進來就讀，也有擬定適當的對策，不過，當時我對神原稍微大意了一點。」

「嗯——」

戰場原黑儀。

她所抱持的祕密——

我因為在樓梯間接住失足滑倒的她，才進而知道了那個祕密。真要說的話，那只是普通的偶然。但反過來也可以說，這個祕密危險到只要一個小小的偶然，就會輕易地曝光。戰場原剛才自己也說了，我不是第一個發現她祕密的人。這麼一來，神原她……

以她那種個性來看。

「那時候她……神原大概有想要幫妳吧？」

「是啊，你說得對。但是我拒絕了。」

戰場原泰然自若地說。

彷彿那是一句文法正常，又是標準的國文一樣。

「我應對她的方式，和之前對付你的手法很像。阿良良木在那之後還是想幫我。而神原在那之後就沒來找過我了。唉呀，這代表我們之間的關係，就那種程度而已。」

「……沒來找過妳。」

那是一年前的事情嗎。

戰場原大概拒絕得很徹底吧。正因為神原很了解她的過去，很了解過去在田徑社時代的她。因此戰場原拒絕她的方式，肯定比拒絕我的時候還要來得更狠。若不是這樣，以神原的個性絕對不會乖乖退讓。我知道戰場原的祕密好像是在五月八號，那時候她說現在知道這個祕密的人，除了我以外只有保健室的春上醫生。

她說現在。

簡單來說，神原駿河在過去發現了戰場原的祕密，卻被逼著要忘掉這件事，是個可憐的被害者……不，她應該算是其中一個犧牲者吧。但，神原是否真的能忘掉戰場原的事情呢？

「……妳們是朋友吧？」

「那是國中的時候。現在不是了。毫不相干。」

「可是，妳的狀況……已經和一年前不一樣了，應該說妳的祕密已經解決了。所以

──」

「我剛才不是說過了嗎？阿良良木。」

戰場原打斷我的話說。

「我，沒有打算回到過去。」

「…………」

「這是我選擇的生活方式。」

「是嗎……」

唉呀。

既然這是戰場原自己選擇的生活方式，那我也沒必要從旁插嘴──在理論上，我是這麼想的。過去這麼嚴厲地拒絕對方，現在麻煩解決了就想跑去跟人家和好如初──戰場原不是這種自私的人。

「可是……就算我知道了妳和神原的關係，還是沒辦法說明她糾纏我的理由啊。」

「那大概是因為，她聽到我們變成情侶的傳聞吧。我們是在兩個禮拜前開始交往，她跟蹤你是從三天前開始，以時間點看起來不是剛剛好嗎？」

「什麼？也就是說，她想知道戰場原黑儀的男朋友是怎麼樣的人……所以才跑來刺探我的嗎？」

「我想八成是吧。我給你添麻煩了，阿良良木。關於這點我沒有辯解的理由。人際關係沒有清算乾淨，是我的責任。」

「清算……」

用這種字還真討厭。

我反而感覺她這樣很淒慘。（註47）

「沒關係。我會負起責——」

「不用、不用！天曉得妳會做出什麼好事來！這種小事情，我的麻煩我自己來解決！」

「你不用跟我客氣。太見外了吧。」

「我是怕妳讓我見血……」

嗯——

可是，我還是不得其解。

「神原在一年前被妳狠狠地拒絕了吧？然後，妳們在那之後就沒聯絡了吧？那為何

47 清算和淒慘在日文中同音。

事到如今，神原還要在乎妳交了男朋友這種小事情呢?」

「在一般的情況下，如果只是單純因為和自己絕交的學姊交了男朋友，那也就算了，我們的情況不一樣吧?阿良良木。你做到神原做不到的事情，所以你自己不覺得奇怪。但對神原來說，那卻是她想做而做不到的事情。」

「啊啊……原來是這樣啊。」

她發現戰場原黑儀的祕密……卻被本人拒絕了。而且拒絕的方式十分激烈，毫不客氣。我是戰場原的男朋友，理所當然會知道她的祕密，這點任何人都可以推測到。這麼一來，我知道戰場原的祕密卻還能待在她身邊，肯定讓神原看了覺得奇怪吧。

話雖如此。

神原大概沒注意到戰場原的祕密已經解決了。因為假如她推測到這一點，應該會直接和戰場原接觸，而不是來找我吧。

「我自己說可能很奇怪。不過對神原而言，戰場原黑儀是她崇拜的學姊。」

戰場原看著一旁說。

「我知道自己在她心目中的地位，才會扮演那樣的角色。那也沒辦法。我想那是沒辦法的事情。所以我拒絕她的時候有特別留意，以免之後留下禍根。不過……對，看來那孩子還忘不了我。」

「……別把人說得像個麻煩一樣。對方也沒有惡意吧。況且被人遺忘這種事情，還挺讓人沮——」

「她是個麻煩。」

戰場原斬釘截鐵地說。

語氣毫不猶豫。

「這和有沒有惡意沒有關係。」

「沒必要這樣說吧……妳是神原以前崇拜的學姊，而且神原現在還會在乎妳的事情……要妳們和好或許很奇怪，但至少現在還有和好的餘地吧？」

「並沒有。那已經是一年前的事了，我們是好朋友也是國中的事情，而且，現在要和好實在奇怪。我剛才有說過吧？我沒有打算回到過去。還是說，阿良良木你希望我事到如今還跑到那孩子面前，說一聲對不起讓妳久等了之類的話嗎？沒有比這還要更蠢的事情了。」

接著，戰場原想讓這段問答就此結束，有如臨時想到什麼一樣，改變了話題。她轉換話題的技巧，始終這麼高超。

「對了、對了，你最近有要去找忍野嗎？」

「找忍野？嗯——也不是沒有啦……」

忍野先不管，我還要去給小忍餵血，所以最近要去那棟廢棄的補習班一趟才行。今天是禮拜五，嗯，明天或後天找個時間……

「是嗎，那麼，」

戰場原一聲不響地站起，拿起放在衣櫥上的信封，隨後走了回來，直接把信封推到我面前。信封上頭印有郵局的標誌。

「這個可以麻煩你拿給忍野嗎？」

「這啥啊……啊，對喔。」

我問話的瞬間，立刻就注意到了。

忍野咩咩——

這是要付給那個輕浮的夏威夷衫混蛋的報酬嗎？

要消除戰場原的祕密和她所遭遇的災禍，這是必要的代價。簡單來說就是報酬。

我記得沒錯的話，好像是十萬塊。

我隨手確認信封內的東西，沒有錯，萬元鈔票十張。這些鈔票大概是剛領出來的新鈔，正好十張，不多不少。

「哇……妳這麼快就準備好啦，比我想得還快呢。妳不是說籌錢可能要一點時間嗎，妳該不會跑去打工了吧？」

「是啊。」

戰場原滿不在乎地說。

「我幫我爸工作，幫了他一點小忙。應該說是我自己硬要幫他的比較貼切，所以就賺了這筆錢。」

「嗯——」

聽說戰場原的父親是在外資企業工作，唉呀，以選擇來說這比較妥當吧？依戰場原的個性，她大概不適合一般的打工，況且我們學校禁止學生工讀。

「我覺得請我爸幫忙有一點犯規，所以原本不想這麼做的，但唯獨錢的事情我想要早一點把它處理好。我是在有債務的家庭中長大的嘛。我手邊還剩下一點零頭，下次我請你在學校食堂吃頓飯吧。我們學校食堂的東西好吃，價錢又很合理，你要點什麼都沒關係。」

「……謝謝。」

可是，地點是學校食堂。

時間是平常日的午休。

這傢伙完全沒打算跟我約會……

「不過既然這樣，妳直接去找忍野，當面交給他不就行了？」

「不要。因為我討厭忍野先生。」

「原來如此……」

對方是妳的恩人，不要說得這麼坦白。

這不代表戰場原對忍野沒有感謝之意，我想這點就是戰場原心胸寬大的地方。

唉呀，我自己也不是非常喜歡忍野啦。

「可以的話我希望不要再見到他，我不想再和他那種能夠看透別人的人扯上關係。」

「唉呀，忍野的確和妳個性不合。可是這種完全瞧不起他的輕浮態度，和妳的個性不合吧。」

我說話的同時，把信封放到我的坐墊旁。接著我拍了拍信封，對戰場原點頭說：

「我知道了、我知道了。既然這樣我不會再多說什麼了。那我確實收下了。下次我去找忍野的時候，我會負責把錢交給他的。」

「麻煩你了。」

「嗯。」

接著，我想到了一件事情。

個性契合度。

處事態度。

還有個性。

那位學妹神原駿河那種難以形容的新創意角色，在性格上和戰場原似乎完全相反。包含個性契合度、處事態度、個性，以及除此之外的一切——

戰場原在國中時是田徑社的王牌選手。

不僅如此，還是人們崇拜的對象。聚集在她身上的尊敬目光——當然不光神原一個人。因為自己被當成崇拜對象，才扮演那種性格的角色。她當時扮演的角色，大概和她現在毒舌謾罵的性格完全相反吧。

謾罵和稱頌。

毒舌和褒獎。

完全相反。

整個顛倒過來。

這也就是說——

「那麼，阿良良木。」

戰場原用不帶感情的眼神說。

「我們繼續唸書吧。你知道嗎？湯瑪斯・愛迪生說過一句名言。天才是一分的天分，加上九十九分的後天努力。他真不愧是天才，說得真棒呢。不過，我想愛迪生肯定也認為那一分的天分很重要。據說人類和猿猴在基因上的差別，也不過就差那一點而已呢？」

004

戰場原是兩年，而我是兩個禮拜。

羽川是在黃金週的中期。

八九寺我不清楚，正確時間不明。

這是我們各自接觸到怪異的期間。經歷不尋常體驗的時間。在這段期間和時間中，我們共同體驗了一段非常不普通、絕無可能的恐怖事物。

比方說阿良良木曆。

就拿我的狀況來說。

我在這二十一世紀的文明社會中，遭逢到古典古老的吸血鬼毒手，說來真讓我可恥到想找個地洞鑽。之後，我被那恐怖到令人血液為之凍結、同時具有傳統和傳說的吸血鬼，吸乾了全身的血液。

吸得一乾二淨，一滴不留。

最後，我變成了吸血鬼。

我畏懼太陽、厭惡十字架、忌諱大蒜、害怕聖水，但相對地我的肉體能力變得比人類還要強上數倍、數十倍、數百倍、數千倍。而其代價就是我會對人血感到絕對性的飢渴，成為動漫和電影中最活躍的夜行者。不對，電影那種真實系的吸血鬼，根本就是犯規。現在時下的吸血鬼就算白天也能大搖大擺地走在路上，身上可以穿戴十字架的飾品，能吃水餃暢飲聖水，而唯獨優異的肉體能力沒有打折扣——這才是時下的主流。

即使如此。

既然是吸血鬼，就避免不了吸食人血，唯獨這點從古至今不曾改變。

吸血的鬼——吸血鬼。

最後，我被一位路過的大叔所救。他不是吸血鬼獵人，也不是天主教的特務部隊，更不是獵殺同族的吸血鬼，只是一個普通的路人大叔、輕浮的夏威夷衫混蛋。那個人就是忍野咩咩，他解救我脫離了地獄。但我確實經歷了那段生活，這兩個禮拜的事實不會就此消失。

鬼。

貓。

螃蟹。

蝸牛。

但是，我和其他三人之間有著決定性的差異，這點千萬不能忘記。特別是戰場原黑儀和阿良良木曆的情況，兩者相差甚遠。

這不是指期間上的長短。

而是指失去事物的多寡。

她說……不打算回到過去。

不談必要性和必然性的問題，她說這句話的意思，是不是代表就算她想回去，也無法回到從前的意思呢？

因為戰場原……在那兩年中一直拒絕和他人交際，在班上從不與人接觸，作繭自縛了兩年。現在那兩年過去了，戰場原黑儀依舊沒變。

除了我的事情以外，其他事物一切沒變。

因為阿良良木對戰場原而言是特別的存在，也是個特例，除此之外戰場原真的毫無變化。

前後沒有絲毫的差異。

只不過沒再去保健室而已。

只不過可以上體育課而已。

她總是在教室的一角……靜靜地看書。在教室中，她彷彿想藉由讀書這個行為，在同班同學和她之間，築起一道厚重堅固的牆壁。

她現在只和我交談。

只和我一起吃午餐。

她在同學心目中還是和過去一樣，是一個體弱多病的文靜優等生。同學們只有稍微感覺到，她的病狀有某種程度的好轉。

班長羽川覺得那已經是天大的變化，由衷地感到喜悅；但我卻沒辦法想得太過樂觀、太過單純。

她不是失去。

或許是她自己捨棄的。

但從結果來看，這兩者沒有差異。

我不想說得自己好像很懂一樣，未來不管我倆用什麼方式交往，我可能都不會知道事實為何；但那些都不是我能從旁插嘴的問題。

我不覺得多嘴和干涉是正確的。

但我心中的想法，還是無法抹滅。

要是戰場原她——

現在，戰場原沒拿釘書機了……如果這是一個進步、一個變化，那再更往前進一步，肯定會更好不是嗎？

不光是我的事情。

對其他事物，要是——

「喂？」

「喂！讓你久等了，我是羽川。」

「…………」

這以電話的應答來說十分正確，但講手機用這個臺詞似乎有點奇怪吧？

羽川翼。

班長，登峰造極的優等生。

彷彿是為了當班長才生下來的女性。

被神選上的班長中的班長，這句話一開始只是我的玩笑話，但我任職副班長和她共事兩個月後，我才知道那形容真是貼切到讓我笑不出來。知識對人類而言應當是最重要的東西，但可能的話，這種事情我還真不想知道。

「怎麼了？阿良良木竟然會打電話給我，真是稀奇呢。」

「也沒什麼事啦，該怎麼說呢，我有點事情想要問妳。」

「有事想要問我？沒關係你問吧。啊，你是想問我文化祭的節目嗎？不過，實力測驗結束前，還是別去想文化祭的事情比較好吧。阿良良木你這樣會很辛苦吧？當然，雜務方面我會全部處理好。還是說你想要變更文化祭的節目？我們是用問卷決定的，要改我想很難喔。啊，難道說出了什麼不得不變更的問題嗎？那樣的話，我們必須盡早處理才行。」

「……拜託讓我答個腔，有個參與感吧。」

她真的是只顧自己說話的人。

除了擇善固執外，她說起話來更是一發不可收拾。

要找插話的空隙非常辛苦。

晚上八點。

我從民倉莊——戰場原的家踏上歸途，離開坐墊牽著腳踏車，走在柏油路上。我不騎車而用牽的，單純只是因為我想思考一些東西，並不是因為八九寺在我身旁，也不是因為神原又朝我跑來的緣故。

在那之後，我們到晚上八點前一直在唸書。

晚飯時間，我原本還稍微期待戰場原會為我洗手作羹湯，但那女人完全沒有那樣的打算。最後我耐不住飢餓，婉轉地告訴她我肚子在唱空城計後，「是嗎，那我們今天就到這裡為止吧，我想你應該記得這附近的路燈很少，所以你回去的時候要小心點。See you later, Alligator.（註48）」她很爽快地就把我掃地出門了。她父親常工作到三更半夜，因此戰場原黑儀和獨居沒兩樣，所以我想她沒理由不會做料理……

她真的是難易度很高的女主角。

唉呀，現在的我在體質上不太容易感到飢餓，剛才說肚子餓其實有一半以上是騙人的。

無論如何。

雖然我在思考，但我可是連戰場原都放棄要我拿到平均分數的人，對我而言思考不是一個創造性動詞。只是一種自我滿足。但是，這個世界上有些東西能以自我滿足畫下句點，有些則否。現在的情況就是屬於後者。

所以，

我才會右手牽著腳踏車，邊走邊打電話到羽川的手機。時間是晚上八點——我不知道在這時間打電話給關係不是很親密的女生是否恰當，但從羽川的反應來看，似乎還

48　此為英文中常見的俏皮話，Alligator是短吻鱷。這麼說的目的是為了讓句子有押韻音，單字本身的意思並不重要。

在她的容許範圍。羽川有如認真兩字的化身，道德感比常人還要嚴格一倍，這麼做不行的話，她應該會清楚地教導我才對。

「那個。可能會稍微占用妳一點時間，妳時間上沒問題吧？」

「嗯？沒關係啊？我剛才在輕鬆唸書。」

「…………」

能乾脆地說出這種話，又不讓人反感，從這點來看她真的是「被神選上的班長中的班長」。

輕鬆唸書？到底是哪一種唸書啊……？

「好，那我盡量長話短說……羽川妳和戰場原是同一所國中吧？那所國中好像叫……對了，是公立清風國中吧？」

「嗯，對啊。」

「那妳應該認識晚妳一屆的學妹神原駿河吧？」

「當然知道啊。應該說，現在有人不認識神原同學嗎？阿良良木你也知道吧？她是籃球社的隊長，校內明星。她先前比賽的時候，我還和朋友去幫她加油過呢。」

「沒有，我不是說現在的事情，我是想問神原在國中時候的事情。」

「嗯嗯？是嗎？為什麼？」

「沒為什麼。」

「嗯……不過她在國中的時候，也和現在差不多。一樣是籃球社的王牌，在場上相當活躍。她好像從二年級下學期，就跟現在一樣開始接任隊長。她怎麼了嗎？」

「不是，那個——」

我說不出口。

無法表達。

她不會相信吧。

偏偏那個明星，好死不死地找上了，對我做了只能用「跟蹤」兩字來比喻的行為。

就算不是這樣，該怎麼把事情正確地傳達出來也是個問題，既然對方是羽川，稍微透露一點原因也無妨吧。當然該委婉表現的地方還是要委婉一點。

「聽說神原和戰場原在國中的時候是好朋友，這是真的嗎？」

「嗯？我之前應該有說過，我和戰場原同學雖然是同一所國中，但我們之間不是很常接觸吧？戰場原同學是個名人，所以就連不起眼的我也只是單方面認識她——」

「我每次聽到妳這麼謙虛都會覺得很感動，不過這種一如往常的應對，這次就先擺到一邊吧……」

「聖殿組合。」

「嗄？」

「剛才聽你這麼一說我才想到。她們以前被稱為聖殿組合。田徑社的戰場原和籃球社的神原，是聖殿組合。」

「聖殿組合……？這邊的聖殿是什麼意思來著，我以前好像有聽過。可是為什麼要那樣稱呼她們……」

「神原的『ｂａｒｕ』和戰場原的『ｈａｒａ』，唸起來就變成聖殿『瓦拉哈

（Walhalla）』了。而瓦哈拉在北歐神話中是主神奧丁居住的天上宮殿，是戰場上壯烈犧牲成仁的戰士們最後的歸宿，也是戰神的聖地。所以──」

「……啊，是神原的『神』和戰場原的『戰場』嗎？」

「所以是聖殿組合。」

「喔……」

這也未免太過貼切了。

不過是個外號，居然有人可以取得這麼貼切……硬要挑剔的話，就是外號聽起來太美，讓聽者只有感到佩服的份，甚至困擾不知道該做出什麼反應。不過這是負責吐槽的角色，壞心的見解。

「既然她們被稱為組合，至少她們不會是仇人或是關係險惡吧？戰場原同學到畢業前一直都在參加社團活動，所以和運動社團之間應該有最低限度的交際吧。」

「妳真是無所不知呢。」

「我不是無所不知，只是剛好知道而已。」

一如往常的對話。

總而言之……已經查證完了。

查證完之後──該怎麼辦？

表面上該做些什麼？

「我以前好像也問過妳同樣的問題，戰場原在國中的時候……感覺和現在完全不一樣對吧？」

「嗯,沒錯。最近戰場原同學似乎變得有點不一樣,可是還是和以前完全不同。」

「是嗎……」

變得有點不一樣。

只有在關於我的事情方面。

所以……和以前不一樣。

「她在學弟妹之間也很有人氣吧?」

「是啊。她在男女之間都很受歡迎。也不限於學弟妹吧?還是一年級的時候,學長也很喜歡她,當然在同年級之間風評也很好——」

「也就是不分男女老少……是嗎?」

「只是學長姊、學弟妹而已,稱不上是老少啦。不過真要說的話,她在學妹之間的人氣最高吧。阿良良木你想問的是這個吧?」

「……妳的觀察力這麼好,真是幫了我一個大忙。」

不過好到有點過頭了。

我有一種被看透的感覺,雖然她不是忍野。

「不過,以前的她怎麼樣都沒關係,阿良良木喜歡的是現在的戰場原同學對吧?」

「…………」

妳的反應和小學五年級生一樣喔。

順帶一提,我和戰場原交往的事情沒有特別對誰宣言過,但明眼人一看即可明白。

戰場原在班上被定位為溫順的優等生,現在也依舊維持一貫作風;而我在班上更不可能有宣言的對象，因此沒人會公然地跑來調侃我們，以及大肆宣揚此事，然而這件事情卻在不知不覺間成了眾所皆知的事實，一種默認。

傳聞真是恐怖的東西。

不過要穿越二、三年級之間的障壁傳到神原的耳朵裡，的確多少需要一點時間……唉呀，戰場原是個名人，神原大概也很掛心她的事情，照這樣看來，神原知道的或許算慢了吧，隔了一個學年果然會需要一些時間。

「這算老生常談了，不過你們要維持純潔正常的男女關係喔，阿良良木。千萬別傳出不檢點的風聲喔。戰場原同學看起來很正派，我想你們應該不會有不純的交往吧。」

「咦……正派嗎？」

這麼說來，羽川還不知道戰場原的本性……班上其他同學先不管，沒想到戰場原居然連羽川班長都騙倒了，實在是了不起。對方可是在我們交往前，就預料到我們會交往的厲害人物啊。這是不是代表戰場原只讓我看到她不為人知的一面呢……這點我還真是高興不起來。因為這不代表她認為我是特別或特例的存在吧。

可是我們交往的現狀，大概就是那種感覺吧。她都不肯為我洗手作羹湯了，更別提我們會有不純的關係。

…………

啊啊！不管她們國中時代的關係如何，神原曾經被戰場原拒絕過，這代表神原已經很清楚知道她的本性。而且神原現在還跑來跟我搭話，這表示她——

「戰場原同學很難對付喔？」

羽川冷不防開口說。

聽她這麼一說我才想到，先前羽川也曾對我說過類似的話語。當然，從羽川口中說出來的話，應該不會指戰場原黑儀的攻略難度吧。

「唯獨這件事，我不想說得自己好像很清楚一樣，不過戰場原同學在自己身旁張開了難攻不落的自我領域。」

「…………」

「那東西阿良良木你也有。先不管強弱問題，自我領域本身是一種隱私，任何人都會有，不過戰場原同學和你，卻是更進一步把自己關在蟲繭裡頭。這一類的人很多都對人與人之間的交際感到厭煩。你應該心裡有數吧？」

「妳是在說我？還是在說戰場原？」

「你們兩個都是。」

「算有吧。」

確實沒錯。

但就算如此。

「可是呢，阿良良木。討厭和人交際，並不等於討厭人吧？」

「啥啊。這不是一樣的意思嗎？」

「『人世之間，只因有人誕生，而吵雜不已』。」（註49）

羽川用平穩沉靜的聲音說。

49　大田南畝的名言。（1749年～1823年。）

「『話雖如此，那人絕非是你』……就算阿良良木你不擅長國文，這種程度你應該聽得懂吧？而且，你也懂我想說的意思吧？」

「……我懂了。」

我只有如此回答的份。

雖然她把我當小孩，讓我有點生氣。

但是……我除了道謝外，想不到其他的詞彙。

「Thank you。抱歉，我說了一些奇怪的話耽誤了妳的時間。」

「這一點都不奇怪啊。想了解自己最重要的女朋友，是很普通的事情吧。」

羽川說。

她毫不介意就說出那種會讓人害羞的話。

真不愧是班長中的班長。

「可是我覺得，還是不要太常打聽女朋友過去的事情比較好吧？你要有點分寸，不要因為好玩而隨便亂打聽喔。」

最後羽川貼心地叮嚀我後，接著說了一聲「那掰掰囉」，隨後就沉默不語。

都說再見了為什麼還不掛電話？正當我感到疑惑時，這才想到羽川在春假時教過我的電話禮儀。打電話的時候，要讓打過去的人先掛才是禮貌。

她真是有禮貌到可怕的境界……

我心想的同時一邊說「那明天學校見」，隨後按下通話結束的按鈕。接著我蓋起手機，放回臀部後方的口袋。

這是為什麼呢？

我過去和戰場原站在同一種立場，有過相同的經驗，多少可以理解為何她會用那種態度和話語拒人於千里之外；但是，我現在實在很同情神原啊。

我想，如果可以的話。

而且可能的話。

或許是我雞婆多管閒事，或許會幫倒忙吧。「我會將溫柔視為敵對行為。」戰場原先前曾對我透露過，她那超乎常理的思想哲學。但我現在要做的不能說是一種溫柔吧。

因為這只是一種權宜上的考慮。這種自以為是的想法，別說化為言語，就連去思考都令我有所顧忌。

但我卻不得不這麼想。

我希望戰場原能夠找回自己失去的東西。

我希望她能夠拾回自己曾經捨棄掉的東西。

因為。

這是我絕對做不到的事情——

「這種事情就算和忍野討論也沒用吧……那個爽朗的混蛋，個性上不適合做事後處理，也不是那種會照顧人的傢伙吧。不過我也沒資格說別人啦……咦？」

人們常會在毫無前奏的情況下，突然想起自己不慎忘記的重要事物。現在我正是這種情況。我拉開背在肩上的波士頓包拉鍊，檢查裡頭的東西。其實我不用檢查就已經知道結果，但是我就是想掙扎一下。果然，波士頓包內沒有戰場原給我的信封。

那個裝有忍野工作報酬的信封。

「我放在坐墊旁邊忘了拿嗎……啊——該怎麼辦。」

金錢方面的問題最好趕快處理比較好，但這又不是特別急的事情，明天到學校見面再跟戰場原拿也行……該怎麼辦？我想應該是不會啦，可是會不會我放在衣服的口袋裡，然後剛才邊走邊和羽川講電話時不小心弄丟了呢。這的確不無可能，為了安全起見，還是打通電話和戰場原確認一下比較妥當……不。

我剛才是牽著腳踏車走路，應該沒有走多遠。現在騎車回頭的話，馬上就能到民倉莊了吧。既然這樣，現在回去拿才是正確答案。現在時間不早了，最糟的情況下可能會遇到戰場原的父親，但我耳聞戰場原的父親是個大忙人，因此碰面的機率應該低到可以直接忽視吧。

的確，我打通電話也能解決眼前的問題。不過只要有機會，我想要多見戰場原一面。

雖然我不知道如何主動。

但我至少能夠品嘗戀愛的滋味。

「那就走吧。」

我跨上腳踏車坐墊，同時調頭——

在這瞬間，我以為下雨了。

不是因為有雨水滴到我的臉頰，而是因為腳踏車掉頭後，有一個「人物」就像至今一直在尾隨我一樣，冷不防地出現在我面前。他身上的穿著，讓我有下雨的聯想。

「人物」。

穿著兩截式雨衣。

雨帽深戴蓋住頭。

腳上穿著黑色長靴，左右手戴著橡膠手套。

要是下雨的話，這可說是對應雨天的全套裝備……可是，我伸手到半空中卻感覺不到半滴雨水。

頭頂上星空高掛。

此處為地方都市的郊外，又是鄉下小鎮——夜空中僅有一片不識趣的雲橫越而過，除此之外別無他物。

「……請問——」

啊……

我知道……這種場面我知道……我非常清楚，清楚到刻骨銘心。這場面在春假時曾經體驗到令我生厭……

我臉上浮現出似笑非笑的笑容。我知道笑容和這狀況不大相襯，但我也只能乾笑。這麼想或許不合時宜，但我甚至有一種懷念的調和感……我回想起在黃金週和羽川的共同經驗，同時心想著。

要說有什麼問題的話……這個嘛，大概是我現在和春假時不一樣，既非不死之身，更不是吸血鬼。

我在這狀況下理當驚慌失措……但為了看清眼前的「這個」是哪一種「對手」，我必須保持絕對地冷靜。總之在最近這幾個月，我也稍微習慣，有一些經驗了——

對「怪異」。

……如果這怪異和母親節——八九寺的蝸牛一樣，實際上無害的話，那我就不會有危險……但是現在，我的本能卻要我趕快逃離現場。不對，不是我的本能，而是盤據在我體內某處、只剩殘渣，但確實存在的吸血鬼本能。

我想將腳踏車再次掉頭時——憑藉瞬間的判斷，我有如滾落般從腳踏車上跳下。

這個判斷是正確的——然而代價卻是我永遠失去了自己最珍惜的越野腳踏車。雨衣怪用肉眼無法捕捉的速度朝我跳來，左手拳頭一揮，我急忙閃開驚險躲過後，拳頭打中越野腳踏車的龍頭正中央——越野腳踏車有如被強力龍捲風吞噬的輕盈紙屑般，整臺扁掉變形，飛了出去。在它撞上電線桿前，剛才外形還是越野腳踏車的物體，已經失去了原形。

要是我沒躲開——變成那樣的人就是我。

……是嗎？

光是拳頭颳起的風壓，就割碎了我的衣服。

波士頓的背帶也同樣被割斷，咚隆一聲從我的肩上掉落到腳邊。

「……差、差太多了。」

我連苦笑也消失了。

不用直擊，光是被削到而已，這種驚異的感覺……程度雖然不及傳說中的吸血鬼，卻能讓我聯想到她……這怪異伴隨著實際的恐怖。

這和母親節的情況截然不同。

肯定和春假的時候一樣。

現在我失去了腳踏車。

我有可能靠雙腳奔跑，逃離這裡嗎？

從雨衣怪剛才的動作來看……更正，我剛才根本看不見，既然他速度快到我看不見，我自然不可能靠兩條腿逃離此地。

況且，

就算是為了逃走，我也不想背對這個怪異。背對這個雨衣怪或目光離開他，比任何事物都還要恐怖。這是內心深處無法抹滅的恐怖感。

我馬上就收回前言。

這種感覺哪能習慣。

我甚至不願去回想。

雨衣怪轉身面向我。他雨帽深戴，我無法窺視帽內的表情。不過表情並非重點，他帽內的部分有如一個深不見底的窟窿。一片漆黑，完全看不見任何東西。

有如從世界中消失一般。

有如從世界中脫落一般。

接著，雨衣怪朝我攻了過來。

左拳。

這速度無法只靠反射神經來閃躲，不過就跟剛才打壞越野腳踏車時一樣，它的路徑完全是一直線，因此在他做出揮拳的起步動作時，我下定決心做出反應，再次驚險地躲過。避開的左拳有如理所當然般，輕易地貫穿了我身後的水泥牆。這景象就像被彈射器打中一樣。

這破壞力有如一種惡劣的玩笑，我感到驚愕的同時，打算利用雨衣怪把手從水泥牆抽出來的延遲時間，重整態勢。簡單來說，他現在就像把手伸入瓶中的猴子，我以為這會讓雨衣怪產生幾秒鐘的空檔，但我的估計實在太天真，完全不管用。水泥牆周圍數公尺，有如攔河壩以一點為中心潰堤般，發出巨大的聲響逐漸崩落。

好懷念的光景。

根本沒有一絲的延遲時間。

雨衣怪扭轉全身，左拳直接朝我打來，這次沒有任何起步動作和預兆，只是直接從剛才的位置，猛力貫進我的身體。

彈射器。

別說是閃躲，我連防禦都來不及。

我也摸不清楚身體哪裡被擊中。

我的視野瞬間迴轉，兩圈、三圈、四圈，劇烈的重力加速度施加在我身體的前後左右，晃動了我的思考迴路，我眼中的世界扭曲變形，隨後我的身體朝下，狠摔在柏油路上。

我體驗到全身和柏油路摩擦的滋味。

就像被擦碎的蘿蔔泥一樣。

但是……好痛。

會痛，就表示我還活著。

我全身疼痛，但最痛的是腹部，剛才被打中的地方似乎是腹筋。我急忙想起身，但我雙腳顫抖，光要翻身仰躺就已經用盡吃奶的力氣。

雨衣怪的身影，離我有點遠。感覺很遠。我以為是自己的錯覺，然而不是，是真的很遠。看來剛才不過這麼一拳，就讓我飛得大老遠。真不愧是彈射器。

我的腹部內側——很不舒服。

這種感覺的疼痛……我也有印象。

不是骨頭在痛。

大概有幾處的內臟破裂了。

我雖然受了內傷，但經我確認之後，四肢的形狀可說是完好無缺。原來如此，腳踏車和人類在構造上有所差異，就算同樣被打中，身體也不會變得像紙屑那樣嗎……關節好棒，肌肉萬歲。

話雖如此……

受到這種衝擊，我一時之間根本動彈不得。

而雨衣怪則步步向我靠近。這次我看得很清楚，他的身姿悠然，不疾不徐的速度令我留下深刻的印象。他只要再給我一擊，不行的話再兩、三擊，就會分出勝負，所以他根本沒有著急的必要。

我想，這判斷大概是正確的吧。

可是……為什麼？

這個像攔路魔一樣的「怪異」……從他打爛腳踏車、破壞水泥牆的那股力量來看，就算他再怎麼人模人樣，也絕對不可能是「人類」，這點一開始就很清楚——但是，這「怪異」為何要襲擊我？

每個怪異都有適當的理由。

不會做出莫名其妙的舉動。

他們是合理主義者——每個行為都會有理由。

這是我從忍野，以及和那位美女吸血鬼打交道時，學到的最大收穫。那麼理所當然，這怪異會攻擊我也一定有理由，但我卻完全想不到——

原因何在。

我回想今天經歷過的事物。

我回想今天遇見過的人物。

八九寺真宵。

戰場原黑儀。

羽川翼。

兩個妹妹、級任老師、五官模糊的同學們，還有——

我不按順序在腦中列舉名字時，

最後我想到了神原駿河。

「……………！」

這時，雨衣怪改變了方向。

將那人形的身體，整個轉身向後。

動作結束的瞬間，他開始奔跑──

一眨眼間就消失得無影無蹤。

這突如其來的舉動，叫人愕然。

「誒……誒誒？」

為何這麼突然……？

在支配全身的疼痛，從鈍痛逐漸轉為銳痛之間，我仰望夜空。天空依舊星光明媚。我在身上各處隱約嗅到了血味，這味道相當不符合現在的光景。

我的口中也有濃厚的血味。

內臟果然受傷了……內臟適當地糾結在一起。但這種程度還死不了……而且也用不著去醫院。雖然我已經非不死之身，但還有某種程度的恢復力。只要靜養一晚，差不多就能恢復原狀吧。這次九死一生，平安脫險了嗎……

但是……

被擊中之前的記憶，突然毫無理由地在我腦中復甦。雨衣怪的左拳朝著我飛來──現在我只仔細回想那個拳頭。他手上的橡膠手套，在手指的銜接處有四個小洞，或許是在打爛腳踏車或貫穿水泥牆時弄破的，那裡就和雨帽中的窟窿一樣，有如脫落消失般，但是──

在那左拳之中，

是某種野獸的——

「阿良良木。」

上方突然傳來呼喚聲。

一個冷若冰霜的平淡聲音。

仔細一看，有一個人用同樣冷若冰霜、不帶任何感情的眼眸，正在俯視我。是戰場原黑儀。

「……喲！好久不見。」

「嗯，好久不見。」

相隔不到一個小時的好久不見。

「我把你忘記的東西送過來了。」

戰場原說完，把右手上的信封拿到我的眼前。不用拿這麼近我也知道，那是裝有十萬塊的信封，是戰場原要付給忍野的報酬。

「你居然隨便忘記我交給你的東西，真是應該處以極刑呢，阿良良木。」

「嗯……抱歉。」

「你道歉我也不原諒你。所以我才追上來想要好好凌虐你一頓的說，沒想到你居然自己處罰自己了，阿良良木你的忠誠心真叫我欽佩。」

「我沒那種興趣自己處罰自己……」

「你不用隱瞞了。我就看在你那忠誠心的份上，給你減刑一半吧。」

「…………」

減刑還不能獲判無罪嗎？

戰場原法院還真是戒律嚴苛。

「先不開玩笑了。」

戰場原說。

「你是被車撞到的嗎？那邊有個東西面目全非，好像是阿良良木你很寶貝的腳踏車。或許應該說它整臺插在電線桿上比較貼切。如果不是被車隊撞到，應該不會變成那樣吧。」

「這個嘛……」

「你記得對方的車牌吧。我會替你報仇的。我會先把他的車子整臺拆掉，然後痛扁駕駛一頓，直到對方跪下來求我用腳踏車輾死他為止。」

戰場原將如此恐怖的事情，稀鬆平常地掛在嘴邊。

看到她一如往常的樣子，我放下了心來。我居然從戰場原的毒舌中得到活著的實感，真讓我覺得既滑稽又有趣……

「……沒有，是我自己一個人摔倒的。我沒注意看前面……一邊講電話一邊騎腳踏車……結果就撞到電線桿……」

「是喔。既然這樣，對了，那我就去把電線桿打爛吧？」

妳那是遷怒。

連挾怨報復都談不上。

「那樣會給附近的居民添麻煩，所以算了吧……」

「是嗎……不過你連那麼堅固的水泥牆都撞壞了，居然只受到這點程度的傷，看來阿良良木你的身體很柔軟呢。真叫我佩服。你這柔軟的身體，總有一天會派上用場的。對了，要幫你……叫救護車嗎？」

「啊……」

戰場原是不是也想多和我見面，所以才刻意花時間把信封拿過來給我的呢？她原本是打算坐公車送到我家去的嗎？真是這樣的話，雖然光是這樣的舉動還稱不上是傲嬌，但我還是覺得高興……

而且，多虧她的出現，我得救了。

不用想也知道。

因為雨衣怪看到戰場原出現，就消失不見了。

「我休息一下就好，很快就能動了。」

「是嗎，那我就給躺在地上的阿良良木一個大優惠吧。」

突然——

戰場原跨站在我的頭上。附帶一提，剛才也說過戰場原今天的穿著是一件長裙。修長的美腿沒有穿褲襪。而現在這個情況，從我的角度來看，裙子的長度根本不重要。

「你就沉浸在這幸福的氣氛當中，直到你能動為止吧。」

「…………」

老實說，我已經可以起身了——不過我決定繼續躺著，思考一些東西。雖然我的思考不是創造性的動詞……但我還是——

暫且思考了戰場原的事情。

以及明天該做的事。

005

神原駿河的家，從校門口騎腳踏車過去，大約要三十分鐘左右。而用跑的也一樣是相同的時間。一開始我原本想載神原，但她婉拒了。她說兩人共乘很危險，而且法律上也不允許。她說得的確沒錯，也或許神原對坐在後座抱住我這件事情有抵抗感吧。既然這樣，我原本想說要配合神原，要不牽腳踏車用走的，要不就把車放在學校，但神原卻要我騎車過去不用在意她。我正想說那妳要怎麼辦時，神原開口說：「那我來帶路吧。」接著很理所當然地，用雙腳開始奔跑。神原駿河在跟蹤我的時候也一樣，她把「跑步」列入自己的移動方式之一，和「徒步」、「腳踏車」、「汽車」、「電車」等選項同格。這種人在體育系當中，我想應該不稀奇。「咑、咑、咑、咑、咑！」踏著愉悅的旋律，在前方替我腳踏車領路的神原——還有她左手的繃帶。當我們抵達目的地時，神原只稍微流了一點汗，呼吸絲毫不亂。

在我眼前是一棟美觀的日式房屋。

看起來相當有歷史。

既然門上掛著「神原」的門牌，那這裡應該是神原家沒錯，但這房屋卻有一種持重的空氣，會讓人猶豫是否該進入屋中。

但是，我沒辦法不進去。

我就像在參加社會科的校外教學，要去看某處的神社佛寺一樣，抱著難以言語的心情登門打擾，在神原的帶領下走過面向庭院——當中可見竹筒敲石的造景——的走廊，拉開眼前的拉門，來到她的房間。

……妳還真敢帶不是很熟的學長，來這種房間啊。這是我看到房內的景象後第一個感想。

一床棉被鋪在地上沒收，衣服散落一地（包含貼身衣物），一堆書籍包括教科書、小說和漫畫，有些書面朝上蓋在地上。這房間不是倉庫，角落卻堆滿了瓦楞紙箱。而更可怕的是垃圾沒有丟進垃圾桶內，被隨意丟棄在榻榻米上，要不充其量就是被塞進附近超商的塑膠袋內，隨興丟在一旁。不對，追根究柢來說，這房間內根本沒有半個稱得上是垃圾桶的容器。

這寬敞的房間應該有六坪大。

然而現在卻毫無立足之地，讓我無法踏出第一步。

「抱歉我的房間很亂。」

神原駿河轉過頭將右手放在胸前，用天真無邪的笑臉爽快地說。原來如此，這句話的確很符合現狀，但我想，這句應該是用在帶客人到整理得還算乾淨的房間時，所說的客套話吧。

上面是洪水，下面是大火災，答案是什——麼？

這話形容得還真妙。

嗚哇……

地上竟然還有生理用品……

我下意識壓低視線。

我覺得再繼續看下去，會看到一堆更不應該看到的東西……對自己有自信是很棒，但有自信和沒有羞恥心是兩碼子事啊，神原駿河……

啊啊！

這一點，套在戰場原身上也通用……

只不過戰場原的房間裡沒有一粒灰塵就是了……這傢伙在國中時代包含個性方面等，都受到戰場原人格的深遠影響，我覺得這反而讓她的性格整個泡湯了。

「學長不用客氣喔。我們還不是很熟，所以我知道學長進去之前會猶豫，我也感覺到學長纖細的心情，可是現在不是在意這些的時候吧。」

「……神原。」

「什麼事？」

「我很清楚現在不是在意這些的時候……不過，我還是想拜託妳一件事。」

「好啊。請儘管開口。我不會拒絕學長的要求的。」

「一個小時，不，三十分鐘就好……可以讓我打掃一下這個房間嗎？然後再給我一個大垃圾袋。」

我沒有潔癖，而且我自己的房間也沒多乾淨，可是眼前這幅景象實在太超過……甚至可以說淒慘。神原愣了一下，似乎完全搞不清楚我的用意，但反過來說她也沒有反對的理由，「我知道了。」她說完後，便去拿垃圾袋。

中略。

應該這麼說。

神原房間的慘狀處理起來沒這麼簡單，當然不可能只花三十分鐘就收拾乾淨，而且不管怎麼說我跟她還不是很熟，房間內有些地方在倫理上或道義上我可以去碰，有些則反之，因此我只是將散亂一地的垃圾收集起來，把書本和雜誌整理好（話雖如此，神原的房間內沒有書架，因此我只是按大小把它們堆好而已），適當地、馬馬虎虎地將正方形的房間大致上掃過一次。不過最後，我把棉被折好收進壁櫥，然後將衣服折好放到角落後（這裡別說衣櫥，連個衣架也沒有），這才變得像樣些，至少有空間可以讓我和神原面對面坐下。

「你實在太厲害了，阿良良木學長。原來我房間的榻榻米是這種顏色的啊。我不知道已經有幾年沒看過地板了。」

「用年來計算的嗎……」

「感謝您。」

「……等事情解決之後，我會花一整天的時間……不，我會住下來幫妳整理的。下次我會帶一套像樣的洗潔劑和去汙劑過來的……」

「抱歉讓學長費心了。我是一個只會打籃球的女生，像這種打掃整理善後之類的東西，我最不擅長了。」

「…………」

妳笑容滿面、一臉自信地跟我說這些，我也會很困擾……從她剛才那三十分鐘都在走廊上發呆閒晃，完全沒有打算幫忙這一點來看，神原不是怕麻煩或厚臉皮，而是真的不擅長打掃環境。話說回來，這雖然不是我該關心的地方，但剛才的光景，肯定不能讓那些在學校把神原當明星的人看到。這傢伙該不會有叫班上的朋友來家裡過吧……朋友的話還無妨，如果是社團的學妹，在最糟的情況下可能會留下心理創傷吧。剛才我塞到垃圾袋裡的東西中，混有不少被捏扁的碳酸飲料空罐、零食包裝袋，以及速食食品的杯子……全國大賽等級的運動少女，別吃那種東西啦。

名人一些脫線的插曲，有時反而會讓人有好感，但這情況不管怎麼想都太超過了。我再怎麼努力，都不會萌上這種性格的人……

「那──我們進入正題吧。」

所謂明天的事情。

也就是禮拜五的隔天。

禮拜六的事情。

週休二日雖在社會上行之有年，被當作順理成章的事情，但我們就讀的私立直江津高中是知名的升學學校，禮拜六也會正常上課。就算明天的事情變成今天的事，我還是無法做出結論，因此我利用第一節下課，到二年級的校舍一趟。畢竟對方是明星，我不用調查就知道她的班級。二年二班。一個三年級生突然造訪教室，當然會在班上造成一些騷動（升上三年級後的現在，這感覺讓我既懷念又有新鮮感），但對方不愧是神原。神原駿河毫不避諱，朝著在走廊上等待的我，大步地走了過來。

「你好啊，阿良良木學長。」

「呦，神原。我有事要找妳。」

「是嗎，既然這樣——」

神原沒有任何反問，直接回答說。

彷彿我們事先說好了一樣。

「放學後，希望學長能到我家一趟。」

就這樣——

我們來到一棟日式房屋中——神原駿河的家。

如果只是要說話，我想不用專程來神原家，只要隨便在學校找間空教室，或是去屋頂和操場，不然到校外隨便找一間速食店也行，但神原卻邀請我去她家談，看來她似乎有什麼理由。

既然她有理由，那我就順從她的提議。

無須多問。

「要從哪裡開始說起呢，阿良良木學長。如你所見我是一個口拙的人，這種情況下我不知道該照什麼順序來說明，不過首先——」

神原突然端正坐姿，朝我低下頭。

「我想先為昨天的事情向你道歉。」

「……好。」

我摸著肚子點頭回應。經過一天我的身體已經恢復，不過還是覺得腹部有些疼痛。

「果然昨天那個是妳嗎？」

雨衣。

橡膠手套、長靴。

剛才整理的衣物當中，這兩樣東西就參雜在其中。

一切盡在不言中。

「果然這個說詞真叫人心煩啊，阿良良木學長。你還真貼心呢。其實你早就看穿了吧？不然學長也不會跑來找我啊。」

「我只是……用猜的而已。從體格、輪廓、外形來判斷……還有知道我去戰場原家讀書的人，我只是鎖定以上的條件來思考罷了，而且就算跑來找妳之後發現弄錯了，也不會有什麼問題。」

「嗯，原來如此。真是高見啊。」

神原一臉佩服地說。

「男生裡面有人可以用腰形去分辨女性，學長是在說這個吧？」

「大錯特錯！」

穿著雨衣哪看得出腰形啊！

「抱歉，那真的不是我的本意。」

神原再次低下頭。

我想，這道歉非常地有誠意。

但，她說那不是她的本意……那她的本意又是什麼？昨天很明顯是針對我，難道說針對我也非她的本意嗎？

「……不，妳不用道歉，我比較想知道理由。不對，理由……我們先不談。」

攻擊我的理由。

我不是完全想不到。

眼前我不用把它說出口，但那個理由，正是讓我聯想到雨衣怪是神原的契機與線索。

但是——

「總之，我想先問妳——」

怪力。

怪異。

把腳踏車像紙屑一樣打爛。

一拳打壞水泥牆。

然後，把活人——

「關於那股怪力……的事情。妳到底是……」

「嗯。果然一開始要先從那邊開始講起啊。這個嘛，但是……我想要先問阿良良木學長，你是那種能夠相信超常事物的人嗎？」

「超常事物？」

這是指——啊，原來如此。

神原不知道我身體的事情。我昨晚雖然被神原打傷，但我的傷口不是瞬間恢復，所以她不可能知道我的身體本是不死之身。所以才會有那個開場白嗎？不，也不盡然。

神原就算不知道我的情況，也知道戰場原的事情。她比我還要早知道戰場原的超常祕密。所以，她應該知道我身為戰場原的男朋友，不可能不知道那個祕密。也就是說，現在神原可能是在刺探我。

「學長不懂嗎？簡單來說，學長是那種只相信自己所見事物的人嗎？」

「我是那種眼見為憑的人。所以，我至今一直相信自己看見的東西。戰場原的事情也是。」

「……什麼啊，連這點都被看穿了嗎？」

神原聽到我的話後並不驚慌，也沒有半點愧疚。

「可是，」她接著說。「學長請不要誤會。我最近會跟蹤學長，不是因為我想知道戰場原學姊的事情。」

「誒……？是嗎？」

我以為——肯定是那樣呢。

她那麼做，不是為了想確認阿良良木曆和戰場原黑儀，在交往的傳聞是真是假嗎？而她昨天聽到我要去戰場原兩人獨處唸書時，心中因此有了確信……不是這樣的嗎？

不，這點當然是有。

我想我的推測不會錯。

還是說她跟蹤我有其他的理由？

「國中的時候，籃球社的妳和田徑社的戰場原，被稱作聖殿組合對吧？」

「對啊，沒錯。阿良良木學長你居然知道這件事情，我真是有眼不識泰山。我至今為止都對學長有很高的評價，不過我似乎還是太小看學長了。用我的價值觀實在無法去衡量學長啊！我越是了解學長，就覺得學長離我更遠了。」

「……我只是聽人家說的。」

她說了一連串露骨的美詞麗句，卻不見半點阿諛奉承，這傢伙在某種意思上算是一種藝術品吧。

「由來我也聽說了。這個通稱還真貼切啊。」

「對吧。是我自己想的。」

神原自傲地挺起胸膛。

……自己想的。

這種空虛的感覺，真是好久不見啊……

「我可是絞盡腦汁呢。順便說一下，我還有替自己想一個綽號，叫『加油小駿河』（註50）。不過很遺憾，那個綽號沒有定型下來。」

「我現在也覺得很遺憾。」

「真的嗎。學長也很同情我嗎？」

沒錯。

50　神原（KANBARU）與加油（GANBARU）兩字，在日文中音近。

同情妳的感性啊。

「阿良良木學長，你真是以慈悲為懷。不過聽學長這麼一說，那個外號叫起來似乎太長了一點，所以也沒辦法。」

「要反省的地方應該不是那裡吧。」

看來國中時代的神原，身邊似乎有一群很好的夥伴。

包含當時的戰場原在內……

「總之就是這樣。聖殿組合先擺一邊、擺一邊，學長好像已經知道很多了，所以我接下來的說明，可能會讓你覺得有點煩，戰場原學姊和我在國中的時候——不對，在這之前我要先讓學長看一樣東西。所以我才會請學長專程抽出寶貴的時間，長途跋涉來我家一趟的。」

「要先讓我看一樣東西？啊，原來是這樣。因為那東西在家裡，所以我們沒辦法在其他地方談話囉？」

「不是的，在學校太過顯眼，或者該說我會忌諱他人的目光……可以的話，我不想讓其他人看見。」

說完，神原開始解開左手的潔白繃帶。她解開別扣，一圈圈將繃帶從手指附近，依序解開——

我回想起，

昨晚的事情。

打爛腳踏車、打壞水泥牆，還有讓我內臟破裂的——

全都是一顆左拳的傑作。

「老實說，我不想要被人看見這東西。我雖然這樣，好歹也是一個女生。」

繃帶完全解開後，神原捲起制服的衣袖，露出纖細柔軟的女性上臂。而手肘以下的地方，是一隻骨瘦如柴的左手，上頭蓋著一層毛茸茸的黑毛，有如野獸之物。

那是我從手套的破洞中，所看到的東西。

有野獸的味道。

「唉呀，就是這個樣子。」

「…………」

這東西很明顯不是造型手套或布偶。它的長度和粗細太不自然了，而且先不管外表，我先前確實目擊過和這東西相似、或似是而非之物。所以我知道這個東西。

這東西就是怪異。

怪異。

那是野獸沒錯，但如果問我那是什麼，我是完全摸不著邊。我感覺那東西像動物的手，但卻不屬於任何一種動物。所有部分都和動物的手相似，但卻無法歸類。不過，從那五指各自的長度和指甲形狀來看，硬要說的話——

我覺得這表現，不太適合用來形容女性身體的一部分。

「猿猴之手。」

我說。

「就像——猴掌一樣。」

猿猴。

哺乳綱靈長目中，除了人類以外的動物總稱。

「喔——！」

神原不知為何做出感歎的表情。

接著，她拍打自己盤起的膝蓋。

「阿良良木學長果然擁有深不可測的慧眼啊。真叫我佩服，我們的眼睛好像是不同的東西一樣。沒想到學長居然一眼就識破這東西的真面目，我只有吃驚的份而已。學長累積的知識量，和我這種凡夫俗子截然不同啊！既然這樣，我也不用多作說明了。」

「別、別隨便就下結論！」

說明就此打住的話，我哪受得了。

虎頭蛇尾也要有個限度吧。

「我只是說出自己看到的感想而已，並沒有識破什麼東西。」

「真的嗎？威廉・威馬克・傑考布斯有一則短篇小說的標題，就叫《猴掌》。原文標題是《The Monkey's Paw》，可以說是直譯啦。《猴掌》這個標題被各種媒體隨意引用，因此衍生再衍生，就產生了各種不同的模式——」

「我聽都沒聽過。」

我老實說。

這樣啊，神原說。

「什麼都不知道卻能一語道破真實，我只能認為學長是被天上的某位神明選中之人。學長居然可以捨去理論，直觀事物的本質。」

「……還好啦，我的第六感還算小有名氣。」

「果然如此。嗯，我覺得自己很驕傲。雖然我不及學長你，不過我的直覺告訴我要敬學長三分，看來果然沒錯。」

「是嗎……」

我覺得是錯得離譜。

「嗯——」我再次看神原的左手。

野獸之手——猴掌。

「我……我可以摸一下嗎？」

「嗯，現在沒什麼關係。」

「是、是嗎……」

得到她的許可後，我輕摸神原的手腕部分。

戰戰兢兢，提心吊膽。

這手有質感、肉感……體溫和脈搏。

是活著的。

這怪異——果然是活物型的怪異。

……難怪神原駿河可以讓別人看自己的髒房間，卻不願讓人看見這隻左手。當然在自我訓練中受傷，只是一個權宜之詞吧。繃帶是用來遮掩手臂，而不是用來保護傷口……她說自己扭傷，但我卻看不出來，我從來沒看過她保護自己身體的左側，所以一直覺得很奇怪……不過謎底揭曉後才說這些，根本就沒有說服力。

但是，

左手變成這樣，不能打籃球大概是真的吧。

我下意識，

用力緊握了她的手腕。

「嗯啊，不要——！」

「不要發出奇怪的聲音啦！」

我下意識把手甩開。

「誰叫學長的摸法這麼奇怪。」

「我哪有啊。」

「我很怕癢的。」

「那妳也不用突然發出和妳個性不搭的聲音吧……」

說到這裡我才想到，這種事情戰場原那傢伙也做過好幾次。當然神原的用法和戰場原有天壤之別，但從她已經學會這招來看，那就表示戰場原從國中開始就有這個絕活了嗎……

「妳可能已經忘了，神原。這裡是妳家，妳的房間喔。妳發出那種聲音被妳爸媽聽到的話，那我可慘了。」

「這點不要緊。」

神原活潑地說。

「學長完全不用在意我爸媽。」

「……那就好。」

嗯……？

這說法是怎麼回事？有一種很明顯不想言及、不想讓人深問的感覺……這點才和她至今的個性不搭。而她說話的語氣，還是和往常一樣活潑。

唉呀唉呀，神原快速切換話題。

左手一邊開合。

「就像學長看到的一樣，我現在可以自由控制手部的動作，可是有時候我會無法控制它。不對。應該說它的動作會違背我的意思——」

「違背妳的意思？」

「該說是意識還是想法呢——不對。這樣說很難懂。我現在說明的東西，連我自己都不太明白，所以這樣很正常吧……簡單來說，阿良良木學長。昨晚攻擊學長的人是我，確實是我沒錯，可是我幾乎沒有昨晚的記憶。」

神原說。

「當時該說我是意識模糊，還是該說我在作夢呢——我不是完全沒有印象，但一切就好像在看電視一樣，我沒辦法去干涉——」

「催眠。」

她說明到一半，我打岔說。

「那叫——催眠狀態。我有聽說過……附身型的怪異，會慢慢侵蝕被附身者。」

我的狀況與此不同，不過羽川，羽川翼的貓就是如此。因此羽川幾乎不記得自己在黃金週接觸到怪異的事情。以案例來看，這次的狀況大概和她類似吧。那時的羽川，也有出現肉體上的變化。

「阿良良木學長真是博學呢。原來這東西叫作怪異啊——」

「我也不是很清楚啦，只是最近不知為何常碰到這種東西，而且有一個傢伙——」

忍野。

這完全是……忍野的專業領域了吧。

忍野的勢力範圍。

「比我還清楚這類的事情。」

「嗯。原來如此，幸好學長是個大人物。要是你看到這手臂就逃走的話，那我就沒辦法和你談話了。而且，我心裡應該會稍微受點傷吧。」

「幸好我對這種超常事物早就習慣了，所以妳放心吧。當然戰場原的狀況……也是超常事物。」

既然這樣，關於我自己也和怪異有關，有一段時間還變成吸血鬼的事情，待會先說明一下會比較好……照理來說，我有義務事先和她說明，但神原左手的怪異，實在有太多的未解之謎。

「不過我還是有一點驚訝。照我一個小學五年級朋友的說法，應該是嚇到打嗝吧。不過妳一開始就讓我這麼驚訝，之後不管聽到什麼插曲，我都有自信不會再嚇到了。」

「真的嗎？這就是我先讓學長看手腕的目的。最麻煩的地方已經先處理好了。現在我們終於可以進入正題了。」

神原面帶笑容接著說。

「其實我是蕾絲邊。」

「…………」

我滑了一下。

就像藤子不二雄老師的漫畫一樣，滑了一下。

「嗯，喔、喔。」

看到我的反應後，「學長是男生，剛才我的說法可能有點露骨了。嗯——」神原歪頭思考。

「我換個說法吧，其實我是百合。」

「這兩個說法意思都一樣吧！」

我藉由大吼，想要把持住自己。

誒？什麼？這是怎麼回事？

所以，她和戰場原在國中才會被稱為聖殿組合？學姊和學妹？戰場原用「那孩子」來稱呼神原是因為這樣？咦咦？昨天戰場原還說她沒和男生分手過，該不會是帶有這層意思吧？

「啊，不是的。是我在單戀戰場原學姊的。對我而言學姊是一百分，是我崇拜的對象，只要待在她身邊我就心滿意足了。」

「只要待在她身邊就心滿意足……」

好棒的一句話。

真的很棒沒錯。

不過，她在這之前，輕鬆就把單戀兩字說了出口……

八九寺，妳體內的女性直覺，導出了一個完全錯誤的答案……不對，我要冷靜，我不能劈頭就否定一切。對了……現在時下的女生，搞不好都是這樣啊。可能只是我的感受性太古板了。或許我應該用更明亮、更自由的角度去思考才對。

「是嗎，百合嗎……原來如此。」

「嗯，我是百合。」

神原不知為何一臉欣喜。

可是就算如此……

又是吸血鬼、貓、螃蟹、蝸牛；又是班長、體弱多病、小學生；然後又貓耳、傲嬌、迷路小孩，最後還跑出一個百合，這個世界該怎麼說才好呢，是要說有挑戰精神，還是貪得無厭……

這樣根本就是恣意妄為。

戰場原知道神原駿河是這樣的人嗎……從神原的說法來看，她八成不知道吧。不管知不知道，對國中時代的戰場原來說，那種事情根本不重要吧。

田徑社和籃球社的王牌。

聖殿組合。

「戰場原學姊是大家的偶像，不過我對學姊的愛慕和眾人有明顯的區別。我有這種自信。我甚至覺得如果是為了學姊，我死不足惜。對，真要說的話就是，Dead or I Love這種感覺。」

「…………」

咦……那個？

該說這英文是好是壞呢，感覺很微妙。

「嗯。我這話說的還真有趣。I Love和Alive兩字音近，我真是太高招了。你不覺得嗎？阿良良木學長。」

「是啊。我一開始就覺得很微妙，聽到妳這麼一說，我更肯定自己的判斷是對的。」

妳這個梗很冷。

不管怎麼說。

我催促神原繼續說明。

「也沒什麼好繼續說的，現在也不是在說以前的事情。要繼續說的話，就說一些和現在有關係的事情吧。我會選擇直江津高中，老實說就是為了追隨戰場原學姊。」

「我想也是……聽到妳剛才的話，我就覺得是這樣。這點我的理解大於驚訝。」

我想到一個問題。這問題我藏在心裡沒有說出口，因為依照看法的不同，神原可能會誤會我又在侮辱她的隊友。可是，既然她國中就是籃球社的王牌，她應該可以靠運動績優之類的東西，到更棒的環境去打籃球才對。但神原卻選擇進入無心經營籃球等社團活動的升學高中——直江津高中。她的動機到底是什麼？

因為一心一意的愛戀？

這也太過直接了。

「我被學姊吸引住，就算要我舔她舔剩的糖果我都甘願。」

「…………」

這種比喻可以隨便對別人說嗎？

「可是，阿良良木學長。戰場原學姊畢業後，我國中三年級一整年都很灰暗。」

「灰暗嗎？」

「對。灰暗的百合生活。」

「…………」

她似乎很喜歡百合這個表現。

隨便她吧。

「不是灰色的腦細胞，而是灰暗的百合生活。」

「這個梗很明顯一點都不好笑。」

不要硬把冷笑話夾雜在對話裡面。

這樣很明顯缺乏緊張感。

「阿良良木學長好嚴格喔。這麼嚴格的標準，對我來說門檻太高了。不過一想到學長說這些是為了我好，我就能夠虛心接受，這真是不可思議呢。」

「然後……那灰暗的百合生活怎麼了？」

「嗯。在那一年間，我才後知後覺，知道了戰場原學姊對我而言，是多麼重要的存在。出乎意料地，和在一起的兩年時光相比，分開一年對我的影響更大。所以，如果能考上直江津高中，再次遇見學姊的話，我原本打算和她告白。我以此為目標，拚命準備升學考試。」

神原說。

她自信滿滿的態度一如往常，但或許是心理作用，我覺得她臉頰泛著紅光。看來這單純只是因為她覺得害臊。糟糕，稍微有點可愛。我被她跟蹤時，滿腦子只有吃驚和混亂，現在我初次覺得神原駿河真是一個可愛的學妹。啊啊！在我心中一塊名為百合的萌之領域，即將新生發芽……

現在我突然覺得，就算神原的左手是獸手也無所謂……不對，故事的正題應該是那隻手才對……

「不只是糖果。是口香糖才對。我被學姊吸引住，就算要我吃她吃過的口香糖我都甘願。」

「我完全搞不懂妳的比喻基準……」

請用更委婉的方式比喻好嗎？

「但是，」

神原說到這，語調明顯降了下來。

「戰場原學姊，她變了。」

「嗯……」

「變得和以前，完全不一樣。」

螃蟹。

戰場原黑儀遇到了螃蟹。她因此喪失、捨棄、失去了許多東西——拒絕了一切事物。國中時代的舊識包括羽川來看，一定會覺得戰場原的改變判若兩人。更何況神原信奉戰場原，以她的立場來看戰場原的改變肯定令她難以置信吧。

甚至會讓神原懷疑自己的眼睛。

「我聽說學姊上高中後得了重病，也聽說她因為久病不癒而停止了田徑運動。這些我事前就知道了。可是我沒想到……學姊會改變到那種地步。我原本以為那些只是不好的傳聞。」

重病嗎……

這說法沒有錯……但對戰場原而言，那重病就像宿疾一樣，至今還未痊癒。

「但是——我錯了。傳聞本身雖然偏離事實，但一切都是真的。戰場原學姊身上發生了更嚴重的事情。我發現到這點後一直在想辦法。想要幫助學姊。這很正常吧？我在國中的時候，受到學姊很多的照顧。我沒有忘記她的恩情。過去就算年級和社團不一樣，學姊還是對我很溫柔。」

「那溫柔……」

那溫柔對戰場原而言，到底象徵了什麼？這種問題，在這個場合我根本說不出口，也無法發問。

「所以我才想要幫助學姊……我想要幫她。可是，卻被學姊冷淡地拒絕了。」

「這樣啊……」

如何被拒絕這點，她終究無法告訴我吧。這大概是因為她想要保護戰場原……因為神原不管發生什麼事，就算嘴巴裂開也絕對不會說一句戰場原的壞話。

她受到的對待肯定和我一樣，甚至比我還慘吧，這點我可以輕易地推敲出來……但老實說我並不想聽。

這是為了我，為了神原。

也是為了戰場原好。

釘書機。

「我以為，我能幫上忙。」

神原似乎壓抑不住心中的懺悔，感覺打從心裡感到懊悔一般，但她還是故作堅強，勉強自己作出輕鬆愉快的表情。

「我以為戰場原學姊的問題，我有辦法解決。就算自己無法根除原因，無法改善現狀，只要我待在學姊身邊就能治癒她的心靈。」

「…………」

「這很好笑吧。我真是個笨女人。現在回想起來，真是可笑無比。」

因為戰場原學姊從來沒有要求過——

說完，神原伏首。

「學姊很清楚地對我說：我沒有把妳當成朋友，也沒把妳當成我的學妹。不管是現在還是以前都一樣。」

「唉呀……」

當時的她大概會那樣說吧。因為戰場原黑儀身上，有一種比文具還要更可怕的凶器

——辛辣的毒舌謾罵。

「一開始我以為學姊把我當成她的戀人，但我錯了。」

「妳當時的想法真的很正面。」

「嗯，接下來她說的更清楚了。她說和妳這種優秀的學弟妹當朋友，我自己的風評也會提升，所以我才會跟妳當朋友，扮演一個愛照顧人的學姊而已。」

「……這話還真狠啊。」

因為這話是以傷人為目的。

以疏遠神原為目的——

不過，昨天戰場原稱呼神原為那孩子，還說神原是自己國中的學妹，雖然現在不是，但卻承認神原在國中是她的朋友。或許這樣的解釋正合我意，可是……即使如此。

「她說我是優秀的學妹，讓我很高興啦。」

好一個正面思考。

徹頭徹尾的。

「但是，當時我體會到自己的無能為力。我居然以為只要待在學姊身邊就能治癒她，實在太自以為是了。戰場原學姊反而希望身邊不要有任何人。」

這世間確實存在著獨而不孤之人。

正常情況來思考，戰場原絕對是屬於那一類人種。至少，她不是那種無端想要和他人群聚的人。就算在有親和力的國中時代，戰場原內心恐怕也是一樣吧。但是——

獨而不孤，和想要獨自一人不同。

就像討厭和人交際，並不等於討厭人一樣。

「所以我在那之後，就沒再接近戰場原學姊。因為這是學姊對我的唯一希望。當然我絕對忘不了學姊，但是如果我離開、什麼都不做、別待在學姊身旁，可以讓學姊得到救贖，哪怕是一點也好，我都會很樂意去做。」

「……妳。」

我不知道該說什麼才好。我不是單單佩服她這可說是崇高的態度，而是佩服她不把這選擇當作無可奈何或迫不得已，反而還很樂意去做。戰場原說已經回不到過去，但其實不是如此，是神原憑藉自己的意志而離開的。

神原是認真的。

對戰場原。

從國中時代開始直到一年前，神原心中只有她一人——

直到現在也是。

「我很小心不讓自己和學姊碰到面。我把我們的行動範圍完全錯開，不讓彼此在走廊上巧遇、在朝會上見面、在學生食堂擦身而過。這些舉動不是為了我自己，而是為了讓學姊不要在意我。當然，我如果在社團活動的比賽中大放異采，學姊一定也會聽到我的傳聞，所以我才會在傳聞當中夾雜了一點虛實。」

「……難怪，所以才會有那種前後矛盾、讓人以為妳有人格分裂症的傳聞啊。」

我懂了。

但是她居然做到那種地步……她那些行為有別於跟蹤的寸步不離，可說是一種……反跟蹤的方法吧。

「這一年來，我是這樣度過的。這一年別說是灰暗，根本就是黑色的百合生活。所以我才會不顧一切，比以前更熱中籃球，這結果是好是壞我不知道……可是，過了那樣的一年之後，我知道了學長你的事情。」

「…………」

我還在想她既然這麼在意戰場原，怎麼會這麼晚才知道我們交往的事情，原來不是因為我們隔了一個學年，而是神原她一直在躲避和戰場原有關的話題嗎？

就算她不想知道戰場原的事情，

她還是知道了阿良良木曆的事情。

「我坐立難安，事隔一年我才主動地……去找戰場原學姊。想主動和她接觸。當然這一年間，我有好幾次粗心大意不慎和學姊碰到面，但那還是我第一次想主動去找學姊。我看到戰場原學姊面帶笑容……和阿良良木學長兩個人，在晨間的教室內喋喋不休地在聊天。我在國中的時候，學姊從來沒對我露出那種幸福的笑容。」

「…………」

那大概是戰場原把我罵得狗血淋頭時的笑容吧……那只有一號表情的女人，也只有那個時候臉上才會浮出笑容吧。

「學長懂我的意思嗎？」

神原面向我說。

「阿良良木學長，你做了一件我十分想做卻又做不到，只能放棄的事情……學長好像很理所當然一樣地達成了。」

「神原……妳誤會了。」

「剛開始，我很嫉妒你。」

神原一字一句，斷句分明地說。

「我在途中，雖然想改變自己的想法。」

她的聲音彷彿在克制自己滿溢的感情。

「可是一直到最後，我還是很嫉妒你。」

她做出結論說。

「…………」

「我曾經想過為什麼我就不行。我很嫉妒學長，同時也對戰場原學姊感到失望。我一直在想是不是因為對方是男人就行，而我是女人所以不行。我還在想學姊是不是只要有戀人就夠了，不需要朋友和學弟妹。既然這樣，」

既然這樣，神原重複同樣的話語，瞪視著我。

她初次對我露出譴責的目光。

「既然這樣我應該也可以不是嗎？」

我知道這個小我一歲的學妹，不會突然勃然大怒向我撲來，但她氣勢洶洶的態度，還是會讓人下意識退縮。

「我嫉妒學長，對戰場原學姊感到失望。然後……我非常驚訝自己會有這種想法。

什麼叫自願離開……這一切都是自我欺騙。這一切都是我自私的想法。我根本只顧我自己好而已。我這樣做，戰場原學姊就會誇獎我嗎？愚蠢。偽善也要有個限度。不過就算是這樣，我還是希望學姊能夠像以前一樣溫柔對我。我不管這是自私還是什麼，我就是想待在戰場原學姊的身旁。所以——」

神原用自己的右手，觸碰自己的左手。

觸碰那野獸的左手。

「所以我，才會向這隻手許願。」

006

威廉・威馬克・傑考布斯的《猴掌》一書的大綱，在這裡沒有閱讀和詳細說明的必要——不過就連不知道那故事的我，聽完後都會出聲贊同，在怪談和恐怖故事的分野當中，那的確是一個經典故事。一個就像教科書一樣的恐怖談、古色古香的故事。沒錯，即便我沒聽過那故事，聽完都會覺得很耳熟，或是某些橋段很熟悉。

這就是所謂的古典吧。

照神原的說法，這故事雖然不及吸血鬼，但猴掌這個道具相當一流，因此被許多媒體以不同的風格改編使用。作品衍生再衍生，就像生物的進化圖般不停演化，最後雖出現了各式各樣的版本，但有一點貫徹始終，從未變動過。那就是猴掌貴為猴掌的最大要因——

猴掌能夠實現持有者的夢想。

但是，實現的方式會違背持有者的本意。

就是以上兩點。

猴掌就是這種有問題的道具。

例如，你許願想要家財萬貫。結果隔天家人突然橫死，你也因此得到了保險金。例如，你許願想要在公司飛黃騰達。結果隔天，公司的聲勢突然日落西山，上層人員被革職處分，你也因此在日落西山的公司中出人頭地。

就是這種感覺。

故事中的猴掌是由印度那些靈驗的老行者所製造的道具，目的是用來告訴眾人：人類應該順從自己的命運而生，若要違抗命運就會遭遇恐怖的災難。故事中一開始所宣揚的一點就是：猴掌能夠讓三個人各自實現三個願望。

說到能夠實現三個願望這點，我一開始聯想到的是天方夜譚裡頭的神燈，那是一個怎麼樣的故事？結局又如何呢？這一類的故事分布在世界各地。能夠實現任何願望的道具出現在人類面前——這種故事類型，對於被無窮慾望所支配的人類來說，或許是最根本的故事形式吧。怪談類型中最有名的，說到底還是「猴掌」——

「對了，那個人叫作忍野咩咩嗎？咩咩是口部嗎？」

「對。不過他本人沒有名字那麼可愛。我之前有說過，他是一個愛穿夏威夷衫的大叔。妳不要抱任何奇怪的期待。至少，他看起來不像幹那行的，這點希望妳要有心理準備。」

「我不是說這個……他的名字在字面上讓人印象深刻，或許該說很有象徵性……唉呀，這不是重點。不過咩咩這個名字，好像很容易被人家取綽號吧。」

「妳這麼說也是……那傢伙小時候，別人是怎麼叫他的呢。雖然我沒興趣知道……應該說那傢伙的孩提時代本身，就讓我無法想像。」

忍野的住處，就在離住宅區不遠的地方，是一棟四樓高的補習班舊址——簡單來說就是廢墟。平常所說的廢墟，一般人都會有種恐怖的印象，就算辦試膽大會也不會想要靠近，更別提把它當作建築物在裡面生活，外觀上就是一座廢墟。要是來場大地震，這棟上了年紀的廢墟，恐怕會體無完膚地倒塌殆盡吧。不對，這間補習班因為站前新開的大型補習班而倒閉，也不過是幾年前的事情，還稱不上老舊。原來建築物只要幾年無人使用就會變得如此殘破不堪，這補習班就像是一個死亡的樣本，讓我學習到了這一點。所以此處不是住家，不過是忍野擅自入住而已，也就是嚴重的非法侵占。那傢伙在私有地和禁止進入的看板圍繞下，從春假開始住了兩個月的時間，直到現在。他以廢墟內遺留的書桌為床，終日在這城鎮中徘徊。

徘徊。

沒錯，他不是一直待在這裡。

因此，就算像現在一樣跑來找他，他是否會在建築物內也要聽天由命。要見到沒有手機和ＰＨＳ的忍野，老實說運氣因素占了很大一部分。

從神原的日式房屋到這裡，騎腳踏車需費時一個多小時。

當然，神原用跑的也是一個多小時。

我們抬頭仰望補習班舊址。

「話說回來，阿良良木學長。學長曾經被吸血鬼襲擊過，那是學長第一次遇到的怪異……遇到那個稱作怪異的東西嗎？」

「嗯，大概是吧。」

或許是我至今都沒注意到。

但至少吸血鬼是我第一次有意識到的怪異。

「那是在春假，然後是戰場原學姊和我……學長以前根本沒碰過的事情，最近卻連續碰到三次，感覺好像在暗示什麼一樣。」

「嗯。」

老實說，加上羽川和八九寺的部分已經連續五次了，但基於個人資料保護的理念，她們的事情必須要顧慮到兩人的隱私，因此我決定適當地模糊焦點，隱瞞不提。

「這種東西好像體驗過一次，之後就很容易碰到……的樣子喔？所以我以後可能會一直遇到也說不定。」

「那還真痛苦啊。」

「也不全部都是……痛苦的事情。正因為體驗過怪異、體驗過不尋常的事情，我才能得到一些東西或注意到一些事物。」

話雖如此，但我這句話聽起來像是在附和她，也像是在模糊焦點想要掩飾自己的心情，這無可避免。老實說，光是回想起春假的經驗，我都覺得「不是只有痛苦的事情」這句話說得很心虛。在這尷尬心情的加成下，我不由得看向神原左手上重新纏好的潔白繃帶。現在雖看不到繃帶底下的東西，但只要見過那隻手的廬山真面目，就算從外觀也能看出神原手部的長度和形狀有些不自然。神原似乎刻意在同一個地方繞上好幾圈，意圖讓人看不出來……

「阿良良木學長和戰場原學姊，每年都換班級卻能夠同班三年，我以為你們從以前開始關係就很親密，照學長的說法聽起來，你們是在三個禮拜前才第一次說話的樣子。」

「說是第一次交談聽起來也有點奇怪啦……至少，要是她不犯那種無聊的失誤，我也不會發現她的祕密，當然也就不會交往吧。而且，要是不認識忍野，我也沒辦法幫戰場原……這樣看起來只是偶然而已。要說是湊巧……還是不湊巧呢。神原，就像妳知道猴掌的事情，而我剛好知道吸血鬼。」

一年前，神原發現戰場原的祕密時，很輕易就會意了過來，這是因為她當時已經知道猿猴的事情吧，就跟我發現當時已經體驗過鬼和貓一樣。因此，神原和我之間的差異，只在於認不認識專門對抗怪異的忍野而已。

因此，這裡我不得不思考。

要是神原認識忍野——不，不一定要忍野，她只要認識一位有辦法幫助戰場原的專家，在一年前就解決戰場原的祕密，那現在神原是否會取代我的位置呢？先不看年齡和性別的差異——

碰巧，吧。

就算是運氣，說到底也不過是普通的偶然。

「我很高興學長顧慮到我，不過我希望學長別說那種話。戰場原學姊不是那種人。她不是那種會把恩情和愛情混為一談的人。那不過是你們認識的契機而已。」

神原淡淡語氣中，流露出寂寞。

「所以我才覺得懊悔。被學姊拒絕時，我抽身離開了學姊。學長則是追了過去。不是吸血鬼和猿猴的差異，認不認識忍野這個人也無關，如果要說的話，我們就差在這裡吧。」

「…………」

這才是決定性的不同，神原呢喃說。

在我們談話當中，我意外發現她是一個會自省的人……這點和她活潑、精力充沛的運動少女形象，是完全相反的個性。但如果說那是一種內疚的話，我感覺自己也和神原一樣有相同的問題。

這是為什麼呢？

我和神原談話的過程中，感覺到有種內疚的心情，就像針一樣在刺弄我的心。剛才我沒必要那麼做，但卻不自禁地說話想安慰她。

這讓我更加內疚。

「嗯……不過戰場原學姊的問題已經完全解決了，我真的覺得很高興。我來道謝可能很奇怪，不過我真的打從心底感謝學長。」

「所以說解決問題的人不是我，那是忍野的功勞。不，這麼說也不對。戰場原會得救是因為她自己。是她自己救了自己的。」

就是這樣。

我和忍野做的事情有限。

無可辯駁，僅僅如此而已。

「這樣啊……或許學長說的沒錯。不過學長，我可以問一個問題嗎？」

「什麼問題？」

「我知道戰場原學妹喜歡上學長的理由了。我也知道……嗯，不能用嫉妒和失望去看待這件事……可是學長是看上學妹的哪個地方呢？你們只是同班兩年，完全沒說過話的普通同學啊。」

「這個……」

當面被問到這種問題，讓我很難回答。當然也有害羞的因素在內，但是要我說出一個明確的理由實在……單純只是因為那天，母親節在公園的時候——

啊，對了。

原來如此。

我內疚的原因，原來是這個嗎？

「……為什麼妳要問這個問題啊，神原。」

「嗯。意思就是說，要是學長看上的是戰場原學妹的肉體，那我可以代替學妹。」

「…………」

一個相當要不得的聲明。

神原用右手和包著繃帶的左手，一把抓住自己的雙峰，集中托高。她做出這種和身上制服格格不入的輕率姿勢，更讓她飄散出一種異樣的妖豔氣息，充滿誘惑的魅力。

「我覺得自己還算滿可愛的。」

居然自己說出口了。

「我只要再把頭髮留長一點，應該會變得比較有女人味，而且我肌膚的光澤也保持得很漂亮。還有，嗯，我從以前就一直在運動，所以腰部還算不錯細，整個身材相當緊實堅挺。還有人誇獎過我，說我的身材是男生會喜歡的完美身材呢。」

「妳把說那話的人帶來這裡，我要宰了他。」

「是我社團活動的顧問老師。」

「世界末日了！」

「他被殺掉我會很困擾的。這樣我們就要停賽了。」

怎麼樣？神原再次問我說。

她看起來不像在開玩笑，而且也不像在半開玩笑，氣勢洶洶的態度十分認真，一直要逼我在YES和NO之間做一個選擇。

「我的覺悟是認真的。只要學長想要，我隨時隨地都可以接受學長的『攻』。」

「『攻』？『受』？為啥我必須去追求那種東西！（註51）」

「嗯？啊！原來如此。學長沒有BL的相關知識嗎。真讓人意外啊。」

「我不想和自己的學妹討論BL的話題！」

51　BL用語，一號和零號的意思。

「嗯？ＢＬ是Boys' Love的略稱喔？」

「我知道！我沒有搞錯這個字的意思！」

是啊，我早就發覺到了。

我在打掃神原房間時，早就看到散亂的書籍當中，確實有大量那種類型的封面混雜在裡頭！

可是我故意不去碰觸那個話題！

我故意裝作沒看見的說！

「原來學長沒搞錯啊。從學長的反應來看，我還以為你一定搞錯了呢。那學長現在到底在氣什麼呢？我應該沒有說什麼讓學長不高興的話吧，該不會學長其實是『受』？」

「這個話題就到此結束！」

「我是ＮＥＫＯ，所以我當不了攻。」（註52）

「嗯……？這邊我就聽不懂了。」

貓（neko）？

我還沒踏進不可踏入的領域之內嗎？

總覺得這對話好像踏在薄冰上一樣。

「況且，神原，為什麼我們一男一女要演ＢＬ啊。根本完全沒有那個必要吧。」

52　日文中除了用「攻受」來區分零號一號外，還會用「ＴＡＣＨＩ（攻）」和「ＮＥＫＯ（受）」來稱呼。ＮＥＫＯ音同日文的貓。

「可是啊，阿良良木學長。我想要把處女之身奉獻給戰場原學姊——」

「我不想聽！」

薄冰破了，談話被水淹沒了！

戰場原黑儀和神原駿河，妳們兩個聯手，想要把我對女性的幻想破壞得體無完膚嗎!?我現在完全相信了，我的危機管理意識下了斷言，妳們兩個絕對是學姊學妹＋舊知，聖殿組合！

我深刻地感覺到，全身的幸福躡手躡腳、快步急跑地大舉離我而去，一邊深嘆了口氣。

啊啊……真是夠了，什麼目的是身體，什麼彈性柔軟討男性喜歡的惹火身材，我們怎麼一直在聊這種會磨耗精神、近乎下流對話啊……我開始懷念和小學生聊天了。八九寺那傢伙雖然早熟，不過我們聊的話題很純真，真的很快樂。

我這是末期症狀。

「抱歉，我這麼說可能太多嘴了，不過阿良良木學長，我覺得如果學長不能和學妹享受這種下流的話題，出社會可是吃不開的喔。學長最好早點捨棄對女性的幻想才好。」

「這點我不需要學妹開導我呢。」

還有下流這個詞也很奇怪。

但也不是說用別的詞彙替代就行得通。

「話雖如此，阿良良木學長。我這樣講你可能聽得很煩，但老實說，學長基於自身膚淺的女性幻想，想要我貞潔賢慧一點的話，我會不知道該怎麼回答你才好。這沒辦法，因為女生也喜歡色色的事情。」

「喔……」

這樣講反而會讓我挑起另一種女性幻想……不過戰場原和妳的情況，和那種幻想的境遇，我想是完全不同吧。

「好了，那我們繼續回來討論學長是三角褲派還是四角褲派的話題吧。」

「我們沒聊那種話題吧！」

「奇怪？那我們是在聊，我的緊身褲裡頭有沒有穿內褲的話題嗎？」

「妳沒穿嗎？神原同學！」

我動搖之餘，連稱謂都加上了。

「那、那妳那件跑出裙子的緊身褲裡頭……！」

「就算我真的沒穿也不用那麼驚訝吧。緊身褲原本就是貼身衣物的一種。」

「那就更誇張、更離譜了！這不就等於妳每天都過著內褲外露的生活嗎？」

而且，妳……跑步和跳躍的時候，那件裙子可是會順勢翻起喔！

「嗯。學長這麼一說也對，唉呀，那就當作是運動少女贈送的精美小禮品吧。」

「不對！妳那是暴露狂的變態行為。」

「啊！對了，我想起來了。我們也不是在聊這個。我們是在聊我可不可以代替戰場原學姊——」

「給我等一下，在真相還沒搞清楚前，妳別想回到原來的話題！妳是有穿還是沒穿，快點講清楚！」

「那種下流的事情我們就跳過吧，阿良良木學長。不過是件小事。」

「茲事體大，這是我的學妹是運動少女還是暴露狂的分水嶺！」

先不管這話題有無顏色。

接著，非常沒意義的談話又再度展開。

「嗯——那這樣想如何？我是運動少女也是暴露狂。覺得我是運動少女的人就是運動少女；覺得我是暴露狂的人就是暴露狂。」

「不要玩這種文字遊戲！『我是○○也是××。覺得我是○○的人就是○○；覺得我是××的人就是××。』這種臺詞只能帥到國中為止！妳是我妹嗎!?」

極其不重要的話題。

沒有比這更沒意義了。

「……不過，神原。老實說，妳不管再怎麼努力，都沒辦法代替戰場原的。」

「…………」

無法取代。

我要說的不僅是這點。

「因為妳不是戰場原啊。誰也不能代替誰，誰也不能變成誰。因為神原是神原駿河，戰場原是戰場原黑儀。就算妳再怎麼喜歡她，再怎麼崇拜她，再怎麼仰慕她。」

「……說得對。」

神原沉默後，點頭說。

「阿良良木學長你說得對。」

「嗯。那我們不要再打屁了，走吧。還有，拜託妳快點停止那個姿勢吧。我從剛才開始，一直在和一個猛揉自己胸部的女高中生說話。沒有比這更難以理解的景象了。」

「嗚。這點我沒注意到。」

「注意一下吧。」

有許多事情，妳必須快點注意到。

「我們不快點的話，太陽就要下山了。到晚上那隻左手可就糟糕了吧？」

「嗯。反過來說。只要太陽還在就沒問題。至少在幾個小時以內它不會發作。」

「是嗎……活動時間只限夜晚這點，讓我不由得想起吸血鬼啊……」

我和神原沿著圍繞大樓的鐵絲網向前，隨後在鐵網上找到了一個大破洞。三個禮拜前，我和戰場原一起鑽過這個破洞。這次則是和學妹——神原一起。

我雖然不相信什麼因緣際會。

但這已經是一段奇緣了。

萍水相逢，自是什麼來著。

「注意妳的腳邊。」

「嗯。謝謝學長的提醒。」

我撥開雜亂叢生的雜草，一邊整理出一條路同時向前進，讓後來的神原能夠走得輕鬆些。現在草就長成這樣，到了夏天這裡會變成什麼德性呢，我一邊思考一邊走進即將倒塌——或者該說看上去已經像倒塌過後——的補習班。

裡頭一片狼藉。

內部四處都是水泥碎片、空罐、看板、玻璃，還有一些莫名其妙的東西，雜亂不堪地散亂一地。這裡沒有電，所以建築物內部才傍晚就一片昏暗，看起來比平常還要更腐朽老舊。忍野要是很閒的話，至少把裡頭打掃乾淨吧，我心想。生活在這種地方，心情不會覺得憂鬱嗎？

唉，這裡至少比神原的房間還要好上幾分……

戰場原當時看到這建築物淒慘的模樣，不禁對忍野的懶散皺起了眉頭。神原的話，我就沒必要擔那個心了……

「好髒。這也未免太離譜了，實在讓人無法恭維啊。那個叫忍野的人既然都住在這裡，為什麼不打掃一下啊。」

「…………」

這女人在奇怪的地方上，對其他人還真嚴格。

應該說，或許這傢伙對自己房間的髒亂沒什麼自覺吧……我以為她是對自己有自信才會擺出那種堂堂正正的態度——然而，她或許也有這叫人意外的一面。

這是她和戰場原不同的地方。

她的自覺太異常了。

忍野的老巢主要在四樓。

我走在昏暗之中。

離入口漸行漸遠後，黑暗逐漸加深。我失策了，已經來過這麼多次，今天至少要帶個手電筒來才對。不過，戰場原託付給我的十萬塊信封倒是有帶來。也就是說，今天打從一開始，我不管和神原談得如何都打算來這裡一趟，既然如此，我應該注意到燈光這點啊。

但是，

雖然要看時間和場合，但我現在可以毫不在乎地走在暗處……才會一時忘記燈光這種理所當然的問題。

這是我曾為吸血鬼的影響嗎？

「…………」

爬上樓梯後我往後一看，神原的腳步非常提心吊膽，搖搖晃晃。看上去相當危險，看來她似乎很怕黑。正因為她平常是一個堅強的運動少女，現在的危險步伐看起來更徬徨無助。要她這樣爬樓梯，實在有點殘酷……先不說她的左手，要是她在這裡弄傷最重要的雙腳……先前帶戰場原來這裡時，對了，我有牽她的手引導她……

第一次和戰場原牽手，就是在那時候。

嗯——可是現在呢。今天神原會謝絕腳踏車雙載，就表示她有顧慮到身體碰觸的事情。再仔細想想我自己，戰場原對出軌的基準很嚴格，這點昨天我已經切身領教過了……

「喂，神原學妹。」

「怎麼了?阿良良木學長。」

「妳把右手伸出來。」

「這樣嗎？」

「好。合體。」

我抓住她的指尖拉了過來，讓她握住我繫在學生褲上的皮帶。

「從這邊開始是樓梯。小心不要跌倒了。我會慢慢爬，妳小心一點喔。」

「……………」

不管怎樣，這種程度的物理接觸，用戰場原規格來檢視，應該也不構成出軌吧。實在是一個好方法。雖然這聽起來像是詭辯，但這樣至少我能對戰場原有個交代。

「你好溫柔喔，阿良良木學長。」

神原似乎在確認皮帶的堅韌度，緊握拉扯的同時，一邊說。

「大家常常說你是個溫柔的好人吧？」

「那種話好像是在替自己的沒個性打圓場一樣，我才不希望常聽到呢。」

「就連在暗處帶路這點，學長都考慮自己和對方的關係，我打從心底覺得很感謝。學長的關心讓我甚感惶恐，處理方式也讓我很佩服。」

「……我的用意被妳看穿了嗎？」

她還真敏銳。

一般人根本看不出來吧。

應該說，知道就算了，不用故意說出來嘛……這會讓人很難為情不是嗎。就算妳假裝在開玩笑，也會讓人羞得無地自容。

「阿良良木學長。我想問你一個問題。」

「幹麼啊。只要是攻受以外的問題，妳儘管問沒關係。」

「好，攻受的問題待會再說。」

「妳還想再講攻受啊！」

「另外還有內褲和暴露狂的事情。」

「不要冷飯重炒！」

「老實說，我只想談色色的事情，其他都不要。」

「真這樣我哪受得了！有問題就快問吧！」

「從至今的對話來看……學長好像沒有對戰場原學姊說我的事情。」

「嗄？不對，我有說過啊。就是因為我說了，才會知道妳和戰場原以前是聖殿組合。」

正確來說，聖殿組合一詞是從羽川那邊聽來的，不過要是我先前沒和戰場原本人確認，就不會了解戰場原黑儀和神原駿河之間的關係。就算我推測得出來，也跳不出推測的框架。更不會想要去問羽川吧。

「我不是說那個……我是在說我的左手。我的左手攻擊阿良良木學長的事情……」

「啊，是那個啊。嗯，我沒有機會和她說……昨天也不是說那些的時候，而且我也不知道真相，也不知道妳的左手變成了這樣。說到底，我沒辦法確信妳是犯人。要瞎猜也要有個限度。所以我昨天只跟她說，是我自己騎腳踏車撞到電線桿的。」

「可是昨天連那附近都壞得那麼嚴重，學長的身體不要緊嗎？」

「我原本是吸血鬼的身體，可不能去找警察或去醫院。事情要是鬧大我也會很困擾。當然妳的事情我不打算一直瞞著戰場原……但是我覺得妳應該親口告訴她，不是由我來說。」

「我？」

「我既不溫柔，也不是好人。我只是呢，有各種的考慮——」

權宜上的考慮。

壞心的留戀。

一件我絕對做不到的事情——

「……嗯。唉呀！」

來到三樓和四樓間的拐彎處，忍出現在眼前。

忍野忍。

一位外表只有八歲左右、有著晶瑩剔透的雪白肌膚、頭上戴著防風眼鏡帽的金髮少女，雙手抱住曲起的雙腳，坐在樓層間的空曠處。她的樣子宛如座敷童子，只不過金髮讓她的相似度打了折扣。

我不由得驚訝出聲。

忍朝著上樓的我和神原狠瞪了過來。那眼神帶有憎恨、嚴厲、寂寞、不滿如骨鯁在喉，複雜難解。

「…………」

我無視。

我挪開視線，無視忍的存在，繞過她繼續走上四樓。我想不到其他的對應方式……

可是為何那傢伙會坐在這要上不下的樓梯間？她和忍野吵架了嗎……

「我、我說，阿良良木學長。那個孩子是怎麼回事？」

走上四樓後，神原的語氣稍微欠缺冷靜，輕浮地問。畢竟我什麼也沒告訴她，突然看見一個女生雙手抱腳坐在廢墟裡頭，要她不在意才難吧……不過，神原現在身體的一部分也化成了怪異，該不會她在忍身上感覺到什麼東西了吧？

「她超級可愛的！」

「妳用今天最燦爛的笑容在說什麼鬼東西啊！」

「我好想抱緊她……不對，我希望她能擁抱我！」

「妳還挺三心二意的嘛！」

妳不是很專情嗎？

而且對方可是小孩喔……

「那種事情就算想也不要說出來……」

「可是我不想瞞著阿良良木學長。」

「就算是這樣，妳也說得太過赤裸裸了吧。」

「赤裸裸？」

「不要對裸這個字反應這麼大！這麼簡單的三字熟語妳都不會嗎，讓人難接話也要有個限度吧。」

不過，這傢伙簡直是雜食類，她的百合不只限於戰場原而已……她這樣一次又一次對我做地毯式轟炸，打碎了我包括女性幻想在內的所有幻想。我在內心發誓打死也不把八九寺介紹給神原，同時用黯淡的心情對她說：

「……她喔，那個……妳不要管比較好。」

吸血鬼的——

落魄下場。

吸血鬼的——

殘渣。

這就是那個金髮少女，忍野忍。

趁鬼不在的時候洗衣服。（註53）

「嗯哼。是喔……真可惜。」

「在妳用今天最遺憾的表情看我的時候，我們已經到了，神原。我不知道忍野那傢伙在不在……如果他不在的話，我們也不能等明天再來吧。這可攸關我的小命。」

「……抱歉。」

「我沒有諷刺妳的意思。妳不用放在心上。」

「不，這樣我沒辦法釋懷。我要向學長賠罪才行。對了，阿良良木學長喜歡什麼顏色？」

「啊？顏色？妳要給我什麼？顏色嘛，我是沒特別喜歡的啦，勉強要說的話大概是水藍色吧。」

「這樣啊，我知道了。」

53 日本的諺語，意指趁討厭的人不在，乘機放鬆心情。

神原點頭說。

「那我答應學長，以後我跟學長見面的時候，會盡量穿水藍色的內衣褲。」

「不要把我捲進妳的黃色世界裡！這樣說不就等於好像是我的錯一樣嘛！妳只是慾求不滿而已吧！」

四樓有三間教室。每一間的門都壞掉了。假如忍野在的話，他肯定在這三間教室裡的某處——

第一間教室，空無一人。

第二間教室，出現了忍野的身影。

「你好慢啊，阿良良木老弟。我等你等得不耐煩，差點就睡著了。」

教室內鋪著油布，上頭佈滿了裂痕，別說是會絆倒，就連赤腳走過都有可能會被深深割出一道傷口。忍野咩咩在地上鋪了一塊變了色、看似腐爛的瓦楞紙箱，躺在上頭，一開口就是這句話。他還是老樣子，不管事情的原因為何，開口第一句就彷彿看透了一切。

他身上穿著一件色彩奇幻、皺巴巴的夏威夷衫，頭髮蓬亂，整體看起來就很骯髒。這個男人和整潔與清爽等詞彙完全沒有緣分。他的造型正好和這棟廢墟相符，不過他在此生活之前，外表看起來究竟是怎樣呢？現在我完全無法想像。

忍野一臉麻煩似地搔搔頭。

接著，他注意到半躲在我身後的神原。神原或許是不安，也可能是出自對忍野這可疑人物的警戒心，我們明明已經爬上樓梯，她卻不打算放開握在我腰帶上的右手。

「搞什麼啊。阿良良木老弟，你今天又帶不一樣的女生來喔。每次你來找我都帶不一樣的女生，真是可喜可賀啊。」

「煩死了。同樣的話你要講幾次。」

「你要這樣說我也沒辦法，因為每次的情況都一樣啊。我辭窮嘛。嗯？而且又是直瀏海的女生呢。從制服看起來是你同學嗎？阿良良木老弟的高中，校規有規定髮型嗎？這制度還真古色古香呢，太有趣了。」

「哪來那種校規啊。」

一切都是偶然。

應該說，戰場原和神原的頭髮雖然一長一短，但髮型上卻有相似之處，我想這是因為神原在模仿戰場原的關係吧。我不清楚戰場原用那髮型的理由，但羽川我知道。她的髮型大概是認真的象徵吧。

「那這是你個人的喜好囉？嗯——既然這樣阿良良木老弟，下次我會為了你把小忍的頭髮剪成那樣的。小忍頭髮太長，差不多也該剪了。我希望你下次可以帶一個長髮、髮尾水平剪齊的女生過來啊。我先說出我的希望，雖然這可能只是在浪費我的口水。」

「……忍的話，我在樓梯那邊有看到她。她幹麼坐在那裡啊？」

「啊，我們在吃點心的時候，我多吃了一個 mister donut 的甜甜圈，結果小忍就鬧脾氣了。她從昨天開始就那樣了。」

「…………」

這是哪門子的吸血鬼。

還有你這大叔又是怎麼回事。

「我還含淚把蜜糖波堤讓給她吃了說，唉呀唉呀！小忍的心胸還真狹窄呢。看來我應該要教她『質重於量』這句話。」

「隨你便啦……我真的打從心底覺得無所謂。還有，忍野，有個地方我必須糾正你一下。她不是我同學。你仔細看，她裙子的顏色跟戰場原和羽川不一樣吧？她是我學妹，名字叫神原駿河。『神原』是神明的神，草原的原。駿河是……那個──」

唉呀。

漢字我知道怎麼寫，但要說明很困難。

國文不好的阿良良木曆，發揮出了看家本領。

「『駿河問』的駿河。」

神原替我解了圍。

太好了……不過駿河問是什麼東西？

這個詞我沒聽過，不過既然有個問字，是不是有名的謎題啊？就跟人面獅身像問幾隻腳的謎語一樣。

「啊，駿河問啊。我懂了、我懂了。」

忍野理解地點頭說。

嘖……要是忍野不知道的話，我只要安靜在旁邊等說明就好了……我咂了咂嘴，要是就這樣沒弄懂心裡會很不痛快，「駿河問是什麼啊？」於是我問神原說。

「是江戶時代一種有名的拷問方式。就是把犯人的手腳綁在身後吊在天花板上，然後在他背上放一塊大石頭，不停地旋轉他。」

「別用這種拷問來解釋自己的名字啦！」

「這是我想嘗試一次看看的拷問方式之一。」

「…………！」

妳是百合、BL、NEKO、受、蘿莉控加上被虐狂嗎!?

這組合實在太不可思議了……

我校的明星根本沒必要散播那些矛盾的傳聞，她早就已經人格分裂了。

我無話可說。

「總之我叫神原駿河。」

這對話似乎消除了神原的緊張感，她的手終於離開我的皮帶，躲在我身後的半邊身體也現身在忍野面前，接著，她用平常充滿自信的堂堂態度，將右手放到胸前，毫不猶豫地說出自己的名字。

「初次見面，我是阿良良木學長的學妹。」

「初次見面。我叫忍野咩咩，小姐。」

神原一臉微笑。

相對地，忍野則是冷笑。

微笑和冷笑只有一字之差，但我在一旁看起來感覺卻完全不同，甚至可以說這兩人是一種對比。這讓我深深感覺到，笑容不是只要笑就好。雖然那是忍野的爽朗笑法，但我就是覺得那笑容實在爽朗過頭，反而讓人覺得不愉快。忍野整體的造型就是有一種很假的感覺。

「……嗯。妳是阿良良木老弟的學妹，那也是傲嬌妹的學妹囉。」

忍野說。他失焦的遠目，似乎在看神原的身後一般。因為戰場原和我一樣是三年級，所以理所當然神原也是她的學妹——但我想他的話沒這麼單純。

可能是我想太多了。

「忍野，我先把這個交給你吧。這是傲嬌妹，也就是戰場原給你的。」

「嗯？這信封是什麼？啊，是錢啊。錢錢錢。太好了、太好了，我差不多手頭也有點緊了。靠這些就可以撐到梅雨季節了。只要下雨的話，就能夠靠雨水解渴，我以為要撐到那時候呢。」

「不要跟多愁善感的少年少女說這種事情。」

他們在這種困苦的生活中爭奪 mister donut 嗎……難怪忍會鬧脾氣。她雖然是吸血鬼，但好歹也是貴族血統。現在居然要和這骯髒的中年大叔，一同住在這種廢墟裡，實在是墮落到地獄的深淵了……一想到我自己要負一部分的責任，心情實在很複雜……

忍野檢查信封袋內。

「嗯，剛剛好十萬。這樣一來我和傲嬌妹兩不相欠了。她託你拿來，不直接拿給我，是不是對我有好感啊。看來傲嬌妹還挺明事理的嘛。」

「你說反了吧？應該直接拿來給你比較有謝意或誠意——」

「那種東西不管有沒有都一樣啦。唉呀，我不打算和阿良良木老弟爭論這些，不然沒完沒了。話說回來，這位小姐找我有什麼事？」

忍野一派輕鬆，把信封亂七八糟地塞進夏威夷衫的口袋後（專程準備的新鈔全泡湯了），用下顎指了指神原說。

「你不會是想介紹可愛的學妹給我認識，才專程帶她過來的吧。還是說，你只是單純來向我炫耀可愛的學妹啊？如果真是這樣，那就代表我以前實在太小看你了……哈哈——不管怎麼說，那實在很難想像呢。既然這樣——嗯？喔，是那個繃帶嗎？嘿……」

「忍野先生。我——」

當神原話說到一半時，

忍野緩緩揮手制止了她。

「照順序來吧。看來不是什麼快樂的話題。和手扯上關係的話題，每次都是這樣，對我來說啦。何況還是左手，那就更不用說了。」

007

在整理神原駿河的房間時，我發現被捏扁的碳酸飲料空罐、零食包裝袋，以及速食食品的杯子當中，有一個奇怪的東西混雜在裡頭。那是一個細長的桐木盒。盒上漆有古風的顏色，或許是因為神原未妥善保管的緣故，上頭滿是傷口，但看上去還是一樣厚重結實。裡頭大概放有花瓶之類的骨董吧，我心想。從這日式房屋的莊嚴格調來看，就算有那一類的東西放在盒內也不奇怪。

可是，

盒子裡頭空無一物。

當然，我不能因為這樣就認定那盒子是垃圾，因此只好先將它擺在瓦楞紙箱上。不過，等到我和神原的談話進入正題時，她突然把盒子拿了過來，接著，煞有其事地將它放在我倆之間。隨後，她問我覺得這盒子原本是用來放什麼的。大概是花瓶吧，我說出了剛才的想法。

「阿良良木學長也會猜錯啊……我這樣說或許很失禮，不過我真的鬆了一口氣。有一種得救的感覺。因為我終於窺見學長像人類的一面了。」

「……那這盒子裡頭原本放什麼？」

「木乃伊。」

神原不假思索地回答說。

「裡面原本放的是……木乃伊的左手。」

「…………」

放在盒內的是木乃伊的左手。

神原初次使用那個東西，據說是在國小的時候。八年前，當她還是小學三年級時，她的母親將這盒子託付給了她。

那是她最後一次和母親見面。

宛如母親早已預見未來一樣，神原拿到盒子後過了幾天，她的雙親就在車禍中喪生。這時間點就像事先安排好的一樣。神原在學校上數學課時，兩人在遠方的高速公路上遇到連環車禍，當場死亡。他們駕駛的車子陷入火海當中，遺體也因此叫人慘不忍睹。

事後，神原被爺爺奶奶領養。

然後，住進現在這棟日式房屋中。

在這之前，她和雙親是住在外面的公寓。這是因為神原的雙親是私奔結婚。據說他們的婚姻沒受到任何人的祝福。因為她的父親出生在有歷史傳統的門第中；而母親則和那些東西完全搭不上邊。這時代還會有這種事嗎？我聽了不禁半信半疑，但神原卻說這一類的情況是道也道不盡。

「媽媽因為那樣，似乎吃了不少苦。爸爸他……雖然試圖反抗，但最後徒勞無功。他們幾乎已經和爺爺奶奶斷絕關係了。我是在爸媽葬禮上才第一次見到爺爺奶奶，也不知道他們的名字。對方也一樣不知道我的名字。他們開口第一個問題，就是問我叫什麼。」

「嗯……」

上面是洪水，下面是大火災。

完全不用在意我爸媽。

原來是因為這樣……嗎。

話雖如此，就算兩老和神原的母親鬧得不愉快，神原對他們而言是兒子的獨生女，也就是自己的孫子，領養她也是應該的。因此，神原離開自己至今居住的土地，當然也轉學到這裡的小學。

但她似乎無法融入同學中。

「因為我們說的話不一樣。雖然我現在說話很標準，不過之前我和父母居住的地方，或許他們是想離這邊越遠越好，所以我們是住在九州的最邊端，那邊的方言口音很重……所以我剛來到這的時候，雖然沒到被欺負的地步，不過大家都取笑我，因為這樣，我沒辦法跟大家好好相處。」

「那個……妳小學沒有和戰場原同校吧？」

「嗯，我和學姊是從國中開始同校。」

「是嗎。」

從兩人住的地方看起來，我想也是吧。

她和羽川大概也不同小學。

「現在想想，我在新環境中和周圍格格不入這點，我自己也不能說沒有責任。可是那也很正常，雙親的死影響了我的心。所以我封閉了自我。我自己不願意和他人交流，總不能叫大家對我溫柔一點吧。不過，這句話是因為現在我才敢說……當時的我，被雙親的死給深深束縛住了。然而，我卻無法沉浸在雙親的回憶當中。甚至無法去想念他們。因為我爺爺奶奶，把爸爸和媽媽的東西全都丟掉了。他們兩位老人家，似乎想把我養育成和雙親毫無關係的人吧。」

有一點我要事先聲明，神原說。

「我爺爺奶奶的人格都很高尚。我尊敬他們，也很感謝他們把我養到這麼大。這是因為他們和我父母之間的不愉快，和我並沒有關係。」

她說得沒錯吧。

如果只是單純的不愉快，那時間也過太久了。

正因為如此，神原對雙親的回憶只有在記憶當中，以及，母親交給她的桐木盒子而已。

盒子封得很密實。

但母親卻沒有囑咐她不准打開。

所以她打開了。

木乃伊的左手。

只不過，打開當時……那隻木乃伊的左手，長度只有到手腕而已。盒內還有一封母親的信。不，那內容稱不上是信。單純只是那隻左手的使用說明書。

上頭寫著：這是可以實現願望的道具。

它可以實現任何的願望。

僅限三個。

它就是這樣的道具。

當時，神原升到小學四年級，年紀約九歲、十歲。但不管實際年齡幾歲，這年紀對這類夢幻故事，可說是半信半疑的微妙年齡。不是驚險過關，就是遺憾出局。那年紀的小孩大概有一半相信聖誕老人是真實存在的吧？不然就是跟我一樣把他當作幻想……至少我小學四年級就已經不相信聖誕老人的存在，不過，那時候我或許還相信哆啦A夢的祕密道具。

神原則是……站在信與不信的界線上。

也就是用半信半疑。她抱著有如在嘗試少女雜誌上刊載的咒語——真要說的話就是輕率的心情，對木乃伊許下「願望」。

第一個願望的內容不管是什麼都行。

因為只是抱著嘗試咒語的心情而已。

她只是想嘗試看看。

「要是第一個願望順利實現的話，我已經想好第二個願望要許什麼了——」

神原說。

想當然耳。

那一定是……和雙親有關的願望吧。

與雙親的生命有關。

「我想要跑快一點。」

小學四年級的神原駿河，對木乃伊……許下第一個願望。那時候的神原，跑得慢是出了名的……不只是方言，這也是她被同學取笑的理由之一。到了高中後回想起來，因為跑得慢和說方言被取笑，都是很蠢的事情，但就算沒被取笑，跑得慢對小學生而言，都是非常認真嚴肅的煩惱。那時，神原的小學剛好要舉辦運動會，如果能在跑步比賽中拿下第一名，那大家也會對自己另眼相待，她抱著如此心情許下願望。

「當時我的運動神經爛得要命。不知該說是笨拙還是遲鈍，我甚至平常在走路也會跌倒。」

「嗯……不過妳現在是——」

籃球社的王牌選手。

校內明星。

「……難道說，那個願望讓妳……」

「如果是就好了。」

我反而希望如此，神原說。

「許完願的那天晚上，我做了一個夢，一個惡夢。我夢見穿著雨衣的怪物……在襲擊小孩。怪物的左手，毫不留情地攻擊在被窩裡熟睡的孩子。」

「…………」

「直覺敏銳的阿良良木學長，應該已經看見這個故事的結局了吧。隔天我起床到學校後，發現有四個學生缺席。那四個人跟我一樣，都是要參加跑步比賽的學生。」

猴掌。

猴掌能夠實現持有者的夢想。

但是，實現的方式會違背持有者的本意——

「這讓我毛骨悚然。接著，我急忙到圖書館去調查那木乃伊的真面目……很快我就找到傑考布斯的《猴掌》。恐怖讓我渾身發抖……要是我一開始就許第二個願望，那事情會變成什麼樣子。不，那四個同學照情況來看就算死掉也很正常……他們運氣好沒有大礙，可是萬一真的被打死也不奇怪。」

神原把木乃伊放回盒內，把它封得比打開前還要更加密實，塞進了壁櫥的深處。她不敢再許第二、第三個願望，想要逃避一切。忘記全部的事情。

但是，

這樣行不通。

就算她想，也無法忘掉。因為那時離運動會還有一段時間。在隔天練習的時候，神原被分到其他的參賽組別。

這次是五個人。

她要和……另外五個人一起參賽。

「學長覺得我當時做了什麼？」

「…………」

「你覺得我該怎麼辦才好？」

沒有什麼怎麼辦，要是不採取任何行動，下場再明顯不過了。只會再發生同樣的事情……不停地發生。所以按常理來看，現在只能向木乃伊許願，許願說要取消第一個願望。但那實在太可怕了。這是已經調查過木乃伊來歷的神原，最畏懼的事情。實現的方式會違背持有者的本意──她不知道許願之後，第二個願望會用什麼方式實現。

所以，神原選擇奔跑。

奔跑、奔跑，不停奔跑。

因為她跑得很慢——

所以她努力要讓自己跑快一點。

「我只能靠自己實現願望。這樣一來，木乃伊就沒有理由攻擊我的同學。幸好我一開始努力，立刻就抓到了訣竅。我跑得慢的主要原因，不是因為身體太胖或腳上有傷。就算我運動神經沒辦法馬上發達起來，還是有辦法讓自己跑快一點。最後在運動會上，我順利拿到了第一名……因為這樣，我和班上同學的感情開始變好了。不過，最後還是花了一段時間。」

接著，成功靠己力達成願望的神原，在運動會結束後也努力不懈。說這話可能很失禮，或許她原本就有跑步的才能吧，她長久的努力逐漸開花結果，升上六年級時，甚至還有國中的田徑社跑來邀請她入學。

「咁、咁、咁、咁、咁、咁——！」

但是神原不能加入田徑社。田徑社可能會有人跑得比自己快，她不能讓自己置身於那種地方。因為對木乃伊許的第一個願望，效力不知道會持續到何時。可能在運動會上拿到第一名願望就已經失效，但也有可能會持續一輩子。這點她無法確認。既然無法確認，她當然會怕可能是後者。

以神原的立場來看。

這時她已經知道自己不適合長距離賽跑。如果是小學生等級的馬拉松倒還好，她到了國、高中不能再繼續這些項目。要是有人跑得比自己快，那一切就破局完蛋了。

所以神原在國中才會加入籃球社。只要將範圍限定在球場內，沒有人可以追上神原。

「或許也有不參加社團、不運動的選擇，不過我怕會有萬一所以不能讓身體鈍掉，當然不光是這樣，因為運動幾乎已經強制性地變成了我的優點。要是我什麼都不做，可能會就此崩潰。大家都說我是運動少女，其實我沒那麼了不起吧。我只是因為恐懼而動罷了。」

可是，

籃球很快樂。

她很喜歡這項運動。

過去她強迫自己奔跑，現在這雙腳卻可以用在積極正面的地方。以前自己練跑只是一種逃離木乃伊的手段，現在卻能以不同的手段，不，是不同的目的加以活用。

而且。

她因為變成隊上的王牌球員——

而認識了戰場原黑儀。

「那時候，戰場原學姊是田徑社的王牌選手……聽說我跑得很快，特地跑來看我。學姊可能已經忘了也說不定……就算她記得，也不會覺得這有什麼大不了的吧，不過一開始是戰場原學姊主動來找我的喔。」

「哇……」

那還真叫我有點意外。

就算不是現在，而是國中的戰場原，這舉動還是叫我很意外。

「學姊來找我，說她想私下和我來一場百米賽跑。可是，我不得不拒絕她的要求，心裡真的很難過。她是一個很棒的學姊。我雖然不是一見鍾情，不過和學姊開始聊天後過了第三天，我就喜歡上學姊了。開始想要待在她身旁。因為戰場原學姊治癒了我的心。」

治癒。

這個詞和現在的戰場原，就像太陽到冥王星這般遙遠，但是，神原遇到戰場原後，似乎就不再去想母親交給她的木乃伊，以及壁櫥內的桐木盒子。

她終於能忘記這些事。

忘掉這些她想忘記的事情。

但是，

「不過那東西還是殘留在我記憶的深處，一直遺留在我的潛意識當中，在那之後，我有好幾次像瘋了一樣想要去用那個木乃伊。被想要依賴木乃伊的衝動所駕馭。例如，在籃球比賽中碰到強敵、跟朋友大吵一架，或者是想和戰場原學姊一樣考上直江津高中的時候……還有，被戰場原學姊拒絕的時候。」

神原全部忍了下來。

她全部靠己力去克服。

或者全部死心放棄。

那時的神原，終於理解到母親將桐木盒子交給她的原因。母親肯定是自己成為能夠靠自身力量，去克服困難的人。《猴掌》一書告訴我們要接受命運的安排，但母親的教誨則不同，她一定是想告訴神原：想要改變命運必須要靠自己的力量。那一定是母親從外婆、曾外婆、曾曾外婆、曾曾曾外婆，代代傳承下來的教誨。用意是告訴子子孫孫們：命運可以靠自己的雙手去改變，願望可以靠自己的雙手去實現的。因此，神原的飛毛腿和聰明頭腦，都是靠自己的力量得到的東西。

不是與生俱來。

是經過嘔心瀝血般努力的結果。

她時時刻刻意識到這一點。

因此，

只要向木乃伊許願，或許就能解決戰場原的祕密和煩惱，但神原沒有那麼做。

她默不作聲。

自願抽身離開。

甚至放棄待在戰場原身旁。

她緊握雙手，抿緊嘴唇……放棄了。

她為了戰場原，就算賠上性命也無所謂。

說明白一點，神原駿河她——

為了戰場原而扼殺了自己。

對自己的思慕見死不救。

她強迫自己——

忘記自己不想忘記的事情。

「可是在那之後過了一年……我知道了學長你的事情。知道學姊和你的關係。看到戰場原學姊身旁，有阿良良木學長你的身影。」

她忍受不住。

無法自拔。

她無法就此放棄。

她是何時打開壁櫥、何時拿出桐木盒子、何時解開封蓋、何時向木乃伊許願的，神原自己也不知道。同時她完全沒去思考，為什麼原本只有到手腕的木乃伊左手，會變長到手肘長度。等她發覺時，神原的左手已經化成了怪異。

手臂變成了野獸之手。

神原她——

事隔七年後，再次感到毛骨悚然。

「……妳開始跟蹤我，是在左手變成那樣之後嗎……這麼說來神原妳每次來找我，都會問我今天有沒有什麼奇怪的事情對吧。」

那個問題，原來是有含意的。

並不是普通的閒聊。

神原的舉動不是為了想探聽我和戰場原的事情……她的左手變成那樣不能再打自己最喜歡的籃球，她應該也不想讓其他人看到自己的手，但她卻不惜用繃帶藏住左手，跑來確認我的安全嗎？

然而，就在開始跟蹤的第四天。

第四天晚上。

事情終究還是發生了。

據說神原做了一個夢。

她夢見穿著雨衣的怪物在襲擊我。

所以，今天我到二年二班的教室去找神原時，她的態度才會那麼平心靜氣。

因為她早就知道了。

知道發生了什麼事情。

這內情和我的預測相差甚遠。

我知道這事情和怪異有關，但我卻沒料想到這和神原的意志無關……對，我沒料想到這是木乃伊在作祟。

猴掌能夠實現持有者的夢想。

但是，實現的方式會違背持有者的本意——

木乃伊認為要待在戰場原身旁，最快的方法就是除掉和她交往的男朋友——阿良良木曆。

八成是這樣吧。

神原就是怕這樣才會跟蹤我——

然而，她的預感正中了紅心。

老實說，如果我不是我……阿良良木曆不是阿良良木曆，不是經歷過不死身的吸血鬼之人，恐怕在昨晚早就已經死透了。我大概躲不掉第一擊和第二擊，就算真的躲過，第三擊也會讓我直接受到致命傷。木乃伊的力量，就是具有如此強大的破壞力。根據我的推測，小學時被神原打傷的人會沒有生命危險，一定是因為她是小學四年級的身體，還有她那時候的運動神經沒有很發達的緣故。現在的神原，破壞力不可同日而語。很諷刺的是，她為了躲避第一個願望而鍛鍊的身體，在第二個願望卻引發了更可怕的災害。昨天攻擊我的只有那隻左手，不過那快到眼睛無法捕捉的速度，卻是神原駿河自己的能力。恐怕她自身能力的升級版吧。

能力——破壞能力。

暴力。

還有，

那個問題還沒有徹底結束。只要我還活著，一切就不會落幕。只要日落西山，夜幕低垂，雨衣怪就會不停來襲擊我。神原也會夢見我被雨衣怪襲擊吧。

直到我化成屍骸為止，周而復始，循環不斷。

直到她實現願望為止。

直到神原的第二個願望得以實現之時。

她想要在戰場原身旁。

神原的願望不過如此簡單——

「人世之間，只因有人誕生，而吵雜不已，話雖如此，那人絕非是你。」

「嗯？」

神原聽到我引文，一臉疑惑，雙眼圓睜。

「那是什麼東西？」

「沒什麼……我只是在想我們待會要去找的人，會不會歡迎我們而已——」

接著。

我倆沒更衣也沒吃午餐，我騎腳踏車，神原用跑的，直接朝住宅區郊外，忍野咩咩和忍野忍居住的荒廢補習班出發。

然後——終於到了現在這一刻。

現在。

我和神原、忍野三人，在補習班四樓面對面交談。忍野聽完事情概要之後，沒做出什麼像樣的反應，只是抬頭看掛在矮天花板上的日光燈（當然這裡沒有電，所以燈只是掛著），途中他叼了一根沒點火的香菸左右搖晃，一句話也沒說。我能說的包括戰場原的事情全都交代完了，手上已經無牌可出……

總覺得這氣氛很尷尬。

平常，忍野咩咩聒噪到會讓人懷疑他是從舌頭先生出來的，但偶爾他會像這樣突然沉默不語，實在叫人難以應對……他看起來個性很開朗，其實骨子裡非常陰沉吧，每到此時我都會如此心想。

「繃帶。」

最後，忍野終於開口說。

「可以把繃帶解開來給我看嗎？小姐。」

「啊，好——」

神原有如在求救般，瞄了我一眼。「不要緊的。」為了讓神原安心，我開口說。聽到這句話後，神原用右手開始拆繃帶。繃帶順利解開了。

接著——野獸之手出現在眼前。

神原捲起自己的衣袖，露出自己的上臂。她彎起手肘，似乎想突顯獸腕和人腕的銜接處，接著踏出一步對忍野說：

「這樣可以嗎？」

「……嗯，可以。原來如此。果然是這樣。」

「果然？果然是哪樣啊。忍野。你今天也是一樣，心無旁騖地在裝神弄鬼嘛。你每次都是一副故弄玄虛的樣子。裝成一副無所不能的樣子很有意思嗎？」

「別那麼急嘛。你還真有精神，阿良良木老弟。是不是發生了什麼好事啊？」

到頭來，他沒點火就把嘴上的香菸直接吐掉——不，仔細想想，我從來沒看過忍野叼過有點火的香菸——用平常那抹輕浮的冷笑對著我。

「阿良良木老弟，還有小姐。首先我要先糾正一下你們的誤解……那東西不是猴掌喔。」

「嗄？」

忍野冷不防顛覆了至今一切的前提。我吃了一驚。神原也露出意想不到的表情。

「猴掌在傑考布斯之後，的確出現了許多衍生物，不過哪些是真的、實際情況又是如何，我沒看過實物所以不清楚。但是，猴掌和持有者的手腕一體化的例子，孤陋寡聞的我從來沒聽過呢。如果傲嬌妹是螃蟹，小姐是猴子的話，那聽起來就會像日本童話故事一樣感覺很不錯啦，不過世界上沒有這麼剛好的事情。小姐，妳自己也查過了吧？找不到對吧？猴掌和持有者一體化的事例。萬一真的有，那就代表我才疏學淺，知識不足了。」

「……我雖然調查過，不過那是小學時候的事情。」

「是吧。可是為什麼妳會認為它是猴掌？令堂絕對沒跟妳說它是猴掌吧……唉呀，因為它和猴掌的條件大致上吻合的關係吧。」

「條件？那是什麼？」

「也就是兩個傳說，阿良良木老弟。有問題的道具猴掌，能實現持有者的夢想。但是，實現的方式會違背持有者的本意。好像是這樣對吧？」

忍野哼笑了兩聲，浮出令人討厭的笑容。

性格惡劣的笑容。

與其說性格惡劣，倒不如說這笑容讓人感覺他爛到骨子裡去了。

「把它當作猴掌，正好順了小姐的意吧。不，應該說這樣想心情會比較快樂吧？不過這不是重點啦。反正這東西不是猴掌就對了。這原本應該是木乃伊對吧？它藉由和小姐同化獲得生命嗎？這麼一來——這東西應該是雨魔（Rainy Devil）吧。」

「雨魔？」

我對這單字起了反應，但忍野不讓我有時間發問，「對了，」接著繼續說道。

「阿良良木老弟，你有看過《浮士德》這本書嗎？」

「啥？」

「看你的反應就知道沒有。應該說你根本不知道有那本書的存在吧。當然這種程度的小事，我一點都不會驚訝啦。因為我早就已經習慣你的那種反應了。那小姐，怎麼樣?妳有看過《浮士德》嗎?」

「啊?那個……」

問題突然轉到神原身上，讓她吃了一驚，但她就像無條件反射一樣，「抱歉，我努力不夠，還沒看過。」立刻就回答說。

「當然，故事概要和大綱的相關常識，我是知道啦。」

「是嗎。光是知道概要和大綱就夠了。嗯嗯。一般來說都是這樣吧，讀到高中這點程度的事情應該要知道吧。啊——啊!阿良良木老弟還真是可恥啊。」

「不要瞧不起阿良良木學長!學長一定只是剛好不知道而已!而且學長原本就不是讀書這種既存框架可以容納的人!」

神原聽到忍野所言突然動怒，扯開嗓門對他怒吼說。忍野看到這超乎常理的反應愣了一下，隨即用視線要求我說明。

我只能避開自己的目光。

……神原。

妳為我生氣讓我很高興啦……看到有人願意為自己動怒，的確會讓人心有依靠沒錯，可是妳在這裡對忍野大吼，不就等於我真的是笨蛋嗎……

「神原……這種獨特的反應僅限這一次吧。這反應有趣是很有趣啦，不過要是忍野調侃我一次妳就來一次的話，談話就進行不下去了……」

「嗚。是嗎。這是不管和誰都能虛心交往的阿良良木學長，才說得出的含蓄言語。老實說，對容易動怒、品格欠佳的我來說，這話有些地方讓我難以聽從，但既然學長這麼說，那我就自律忍耐下來吧。」

神原點頭說完，對忍野低下頭來。

「對不起。」

她真是一個能夠虛心道歉的乖孩子。

真是率直。

「……沒關係啦。妳的反應的確很有趣。話說回來，小姐自己的左手都變成那樣了，還可以這麼有精神啊。是不是發生了什麼好事啦？總之呢，就是《浮士德》的故事。約翰・沃爾夫岡・馮・歌德，狂飆突進運動（Sturm und Drang）的代表作家（註54），他的集大成代表作就是戲曲：《浮士德》。戲曲的內容呢……小姐，妳能把自己所知道的，告訴阿良良木老弟嗎？」

「嗯，好、好。」

神原有所顧慮地看著我。

她的視線奇妙，看似有些不好意思。

她在向我說明傑考布斯的《猴掌》概要時也一樣，神原駿河在個性上對教導長輩事物的行為，似乎感到有些內疚。

徹頭徹尾的體育系人物。

54　狂飆突進運動：指1760年代晚期到1780年代早期在德國文學和音樂創作領域的變革。

「就跟忍野先生說的一樣，那是歌德的代表作……還有呢，這部作品最容易理解的特徵，就是它是前後兩部所構成的故事。先有《浮士德初稿》、《浮士德片段》後，再來是《浮士德悲劇第一部》、《浮士德悲劇第二部》。是一部花了六十年以上的時間才完成的長篇大作。真是讓人很佩服。說到歌德，《少年維特的煩惱》和《親和力》也是他的名作，不過大家都公認《浮士德》是他最嘔心瀝血的作品。內容是敘述主角浮士德博士，將靈魂賣給一個名為梅菲斯特的惡魔，想要藉此得到一切的知識。這樣以介紹來說，應該算很充足了吧。我怕會說到作品的核心部分，所以不能說得太詳細，不過以內容來說，第一部是在描寫主角與平民女性葛麗卿的戀愛故事，第二部則是在描寫理想國家的建設。一般都把這部作品解讀為哲學思想，不，應該說是探求知識的故事。我想阿良良木學長一定知道『浮士德衝動』這個字的意思是指：想要理解、體驗一切事物的知識慾，所產生的衝動。」

「…………」

為何這位體育系的學妹會認為一個連《浮士德》都不知道的學長，會知道「浮士德衝動」呢。

「把靈魂賣給惡魔，是這部作品最重要的地方。浮士德博士把靈魂賣給惡魔，想要藉此實現基於『浮士德衝動』所許下的願望……故事的結局呢，就請阿良良木老弟親自去書店一趟了。嗯，就是這樣。小姐說明的部分是一般常識，這部分懂的話，我也比較好說明。沒看過書卻可以滔滔不絕、口才流利地解釋這麼多，小姐妳還真厲害啊。如果說有什麼需要補充的地方呢，對了，有一件事可能不多人知道，其實介紹歌德的解說本上通常都會寫到啦，不過古典文學現在沒什麼人在看。我不是在說小姐啦，而是這種不用看就知道內容的有名作品，實在沒必要專程花時間去看。所以現在大家不知道也很正常吧，其實《浮士德》這個故事是基於實際人物而改編的作品。」

「什麼？真的嗎？」

神原一臉意外地說。

連《浮士德》一書都不知道的學長，完全不明白這有什麼好驚訝的。

「約翰・浮士德。據說他是文藝復興，也就是Renaissance時代的人物……雖然他是實際存在的人物啦，不過這方面也有各種不同的說法，他的相關故事，最後變成了民間傳說。他以醫生和魔術師的身分過著流浪漂泊的生活，當然最後他和惡魔梅菲斯特訂契約，以靈魂為代價換取一切的知識和經驗，並答應惡魔在行動上要和天主教為敵，在接下來的二十四年間，他完全遵從『浮士德衝動』來生活……而契約結束的同時，等待他的是悲慘的下場。這部分的細節，也請你們自己去查了，因為《浮士德博士悲劇史》一書裡頭寫得很詳細。」

「嗯……原來是這樣啊。」

神原似乎很佩服忍野的雜學知識。先不管《浮士德》云云，只要和民間傳說有關的東西，都是忍野的專業領域，所以這種程度的旁徵博引已經是慣例了。從神原的感覺來看，她該不會等一下要把忍野誇上天去吧。老實說，我搞不太清楚神原誇獎人的基準。看來，她不是對誰都可以捧上天的……

「我還以為那是歌德的創作呢。原來是以街頭小巷的傳說為藍本的啊。」

「不過呢，故事經過歌德流的手法加工過，真要說的話應該是歌德版的《浮士德博士悲劇史》啦。就像太宰的《跑吧！梅洛斯》，芥川的《羅生門》一樣。《今昔物語集》和芥川，兩者的《羅生門》給人的印象差很多吧？大概就是這種感覺。除了歌德以外，還有許多人也把浮士德傳說寫成了故事。有名的例如英國的馬羅等等。你們知道馬羅吧？不是雷蒙・錢德勒筆下的菲力普・馬羅喔。是克里斯多福馬羅。許多人把他當作莎士比亞的前輩作家來介紹，作品就是我剛才說的《浮士德博士悲劇史》。」

「浮士德是醫生這點，滿有趣的。」

神原帶著微妙的羞澀說。

「嗯？」忍野露出詫異不解的表情，看來他不懂神原羞澀的意義何在。

「不過……忍野。」

總覺得現在的話題偏離了主題，所以我決定試著參與忍野和神原的對話，雖然我不太清楚《浮士德》的結局。

「那又怎麼了嗎？你像平常一樣，拖拖拉拉說一堆長篇大論是很棒啦，不過我搞不懂這些和現在神原的狀況有什麼關係。我們現在是不是偏離主題，搞錯焦點了？惡魔以靈魂為報酬實現你的願望這點，或許和猴掌很類似沒錯，可是神原的手不是《浮士德》裡頭出現的惡魔梅菲斯特的手吧？你現在說這不是猴掌而是惡魔手——」

「沒錯，你說得對，阿良良木老弟。今天你還真聰明啊。」

忍野他——

裝模作樣地用手指向我。

「姓『神』原的小姐，配上惡魔手實在太過巧合，雖然沒有猿蟹合戰和之前的迷路小妹那麼巧啦。這種情況只是非常普通的暗示吧。當然，梅菲斯特不是什麼特別可怕的東西，他是一種低俗的惡魔。他的階級很低，可能根本沒有階級吧，存在就像一種體格很好的使魔吧。這樣一來，原本要特定這惡魔的種類是很困難的，但是如果是擁有猴掌的雨衣惡魔，那很自然數量就有限了。要是還會跟持有者一體化的話，那就只有雨魔了。」

雨魔。

降雨的惡魔。

「那不是猴掌，而是惡魔手。哈哈——你這樣去想就會比較好懂吧，為什麼猿猴會無條件實現人類的願望？猴掌會實現願望是因為印度老行者在上頭施加了神祕的力量，這點書中有特別說明到。但是換成惡魔的話，為什麼就不用特別說明？惡魔當然會實現人類的願望，這是因為我們用靈魂作交換。」

「靈魂——」

「以靈魂作交換，他們就會實現人類的願望。這很理所當然，如果是惡魔的話。」

忍野哼笑一聲。

他的態度完全把人當成笨蛋。

「而且，如果是猴掌的話應該是右手，不是左手。」

「……是嗎？」

「因為猴掌是用右手握住來使用的道具。正常來思考的話，我想應該是右手。不過惡魔手嘛。雖然這傢伙不是體系內的惡魔，不過還是嚇了我一跳呢。阿良良木老弟你都見識過吸血鬼了，所以多半的事情不會讓你吃驚吧……可是在日本出現這種類型的惡魔，是很稀奇的事情。很有收藏的價值。唉呀，雖然像這一類會實現人類願望的妖怪，日本也不少啦。總覺得這樣看來，班長妹、傲嬌妹和迷路小妹，都是類似的情況……這個城鎮還真奇怪啊。會不會最後連閻羅王都被召喚出來了啊……小姐，妳剛才說那左手是從令堂那裡拿到的吧？神原是令尊的姓吧？妳知道令堂的舊姓嗎？」

「我記得好像是……有點稀奇的姓。」

神原緩緩地摸索記憶後，回答說：

「好像叫『臥煙』。臥薪嘗膽的『臥』和煙幕的『煙』，臥煙遠江是我媽媽婚前的名字。」

「……喔？啊，原來如此。『遠江』是遙遠的『遠』和長江的『江』吧。遠江嗎。小姐的駿河這個名字，原來是這樣來的啊。哈哈——這名字取得真不錯。」（註55）

「結婚之後自然就變成神原遠江了。不過忍野先生，這名字有什麼關係呢？」

「有什麼關係？妳該不會在反問我吧？不不不，沒有關係啊。我只是無聊隨便問問而已，完全沒有關係。而且，在這種情況下，那些背景因素根本不重要。那麼，阿良良木老弟，還有小姐。你們的事情我知道了，這隻手是猴掌還是惡魔手對你們來說可能都一樣吧，你們來這裡找我，已經想好接下來要怎麼做了嗎？」

「你問我要怎麼做——」

「唉呀，阿良良木老弟，當然我還算得上是一個專家啦。遇到這種事情，我不會吝

55　遠江和駿河皆為日本古代的地名，約在現今的靜岡縣一帶。

嗇用我一知半解的知識幫助你們的。」

「可以——」

神原探身向前。

「可以救我嗎?」

「我不會救妳。只會助妳一臂之力。想得救還要靠妳自己,小姐。如果妳是來求救的話,那找我就找錯人了,而且我根本就沒有出場的機會。不過呢,這種情況呢……阿良良木老弟,我該怎麼做呢?」

忍野用壞心的口吻說。但他不是在尋求既定的答案,似乎真的在等我回答一樣,沒有繼續說下去。為什麼?你該怎麼做……這還需要問嗎?

「喂,忍野……」

「也就是說,這次你希望我怎麼幫你啊,老弟。是要我幫忙讓小姐實現的第二個願望?還是希望我幫你們取消第二個願望?或者是要我幫忙把小姐的左手復原?又或者是上述的全部呢?全部都要我幫忙可能太貪心了一點,不過可以肯定的是,這一切都沒辦法用普通的方法解決。」

「不……那個。」

如果回答全部……就能夠全部解決嗎?

可是,

「這次發生的現象有兩個簡單的解決方法。第一個是阿良良木老弟在晚上,被穿著雨衣的怪物——雨魔殺死。這樣一來,小姐的手就能恢復原狀,願望也能夠實現。另一個就是把那隻野獸的左手，和怪異同化的左手，一刀砍掉。」

「砍、砍掉！」

聽到忍野可怕的提議，我頓時慌了。

「……可以把猿猴……惡魔的部分切掉嗎？在那之後，我原本的手會長出——」

「又不是蜥蜴的尾巴，哪可能有這麼好康的事情。只犧牲一隻手臂就能解決事情的話，這買賣還算便宜了。」

說得倒輕鬆，開什麼玩笑。

什麼便宜不便宜。

正常人都不會切，更何況是神原。要是把手臂卸掉，神原就再也不能打籃球了不是嗎……籃球這個運動，對神原來說是一種莫大的救贖，現在可能還是她心靈的支柱，這樣來想，那種提議就算想到也不應該隨便說出口。

「是、是沒錯。可是那樣實在……我會很傷腦筋——」

「這隻手想要殺掉一個人喔？這點程度的犧牲是很正常的吧？小姐。」

神原一時之間不知所措。忍野嚴詞厲句地質問她。忍野在這種時候，真的是手下不留情。雖然在羽川和戰場原的時候也是如此——

「其實阿良良木老弟被殺掉，也是一個簡單明瞭的解決方法啦。」

「喂、喂！你的意思我明白，可是等一下，忍野。你說這隻手想要殺掉一個人……那個人是指我對吧？可是那不是神原的願望啊。神原只是想待在戰場原的——」

「只是想待在她身邊？真是好笑。」

忍野維持嚴厲口吻對我說。

「阿良良木老弟，你真的很溫柔耶。溫柔的好人……你真是一個溫柔的好人。真的是溫柔到讓人心頭冒火啊。你打算用那種溫柔傷害多少人才甘心啊？小忍的時候也是一樣。只是想待在身邊，這種甜言蜜語，你就這樣照單全收相信了？」

「……難道不對嗎？」

我一邊窺視神原，同時反駁忍野。

神原一句話也沒說。

「喂，神原——」

「我舉個例來說好了，阿良良木老弟。你不覺得奇怪嗎？她小時候實現第一個願望的事情。你想想，為什麼那隻左手沒有讓小姐腳程變快，反而跑去痛扁周圍的人啊？」

「那是……因為猴掌實現願望的方式，會違背持有者的本意——」

「不過，那不是猴掌。」

忍野一口斷言說。

「願望必須用靈魂去交換。所以，願望應該也會照內容實現才對。雨魔雖然是低級惡魔，雖然擁有馬上訴諸暴力的毒辣性格，可是契約就是契約。交易就是交易。如果小姐希望腳程變快，正常來說，應該會直接變快才對。痛扁同學一頓就可以讓腳程變快嗎？你不覺得這因果關係很奇怪嗎？把和自己比賽的人痛扁一頓，只會被編到其他組別，這種常理不是很顯而易見的嗎？」

「…………」

這麼說來，的確如此。

「……那又是為什麼？為什麼雨衣怪要把神原的同學——」

「因為小姐想要痛扁他們一頓吧。畢竟她沒辦法融入新學校，還一直被他們嘲笑。雖然還不到霸凌的程度啦，但是被欺負的人通常都會覺得自己被霸凌。在剛失去雙親的痛苦時期，要是被同學欺負的話，就算想報復他們也完全不奇怪。不想反而才奇怪吧。」

「我——」

神原欲言又止，沉默了下來。

她打算怎麼解釋？

為什麼欲言又止？

她發現了什麼嗎？

「當然，妳是無意識的吧。我想妳是在潛意識中，許了那種願望的吧？如果是刻意的，那妳應該自己知道才對。在妳的自覺上，肯定許了『希望能讓自己跑快一點』的願望。可是那只是表面，裡面卻不是這樣。那個願望的裡面，有一個黑暗願望。妳希望報復同學，把他們痛打一頓。小姐妳在當中許了那種願望。惡魔看穿了妳願望的本質，察覺到妳深層的願望。不過，這一點其實小姐妳自己知道吧？就算是在潛意識中，但那畢竟是妳最真實的心情。可是妳不想承認，所以才會在別種現象中尋求解答……那就是『猴掌』吧。會實現願望這點不重要，而是實現的方式會違背自己的本意

——這句話才是重點吧？這可以用來解釋：攻擊同學完全不是出自於自己的本意，可以當作精神上的藉口。這才是最重要的地方吧。」

精神上的藉口。

解釋的問題。

「不光只有猴掌，能夠實現願望的怪異，通常都會讓當事人的下場很淒慘。在這層意思上，小姐在小學調查的時候，就算把這左手誤以為是其他怪異也不奇怪。妳剛好把他誤以為是傑考布斯的《猴掌》而已。不過，怎麼樣？妳實現願望後有變不幸嗎？嘲笑自己的同學被痛扁了一頓，對我來說真的很不幸——妳敢對阿良良木老弟這樣說嗎？正常來說只會覺得這樣很爽、他們活該而已吧？」

「……正常來說？可是，忍野——」

「哈哈——阿良良木老弟，我是有確切的證據才會這樣說的喔。因為，那一聽就知道了吧。實在太明顯了。我問你，小姐的那隻手……在小學的時候有怎麼樣嗎？」

「……………………」

這麼說來。

當時只有手掌的左手木乃伊，變成什麼樣子呢。

「小姐沒有提到繃帶吧。她到教室得知那四個同學缺席前，完全都沒發現到已經出了事對吧？要是她的手有怎麼樣，應該會察覺到發生了什麼事才對。也就是說怎麼樣？也就是說，她在晚上痛扁同學一頓的時候，願望就已經實現了。怪異在一個晚上，在不知不覺間和小姐的左手同化，然後又在不知不覺間離開她的左手。離開後，左手因為實現了小姐的願望，而得到了她的靈魂——然後成長，最後從手腕長成了下臂吧。」

「……喂，忍野，那不就是——」

忍野所言我明白。

但照他的說法，宛如——

「所以，阿良良木老弟一開始想的很正確。很難得你會找到正確答案。我不是說了嗎？今天的你腦袋很靈光。不要去想一些亂七八糟的瑣碎問題，只要很普通、很自然、很順理成章地去思考，那一切就沒問題了。想不到你居然會相信加害者的辯解，你還真是個好人啊？阿良良木老弟一定當不了陪審員的。你搶走了她最喜歡的學姊。就算她嫉妒到想殺死你也不奇怪吧。左手要殺你和小姐沒有關係？笑話，這一切都是她的意識使然。左手哪有什麼自我意識啊。」

忍野說。

008

雨魔似乎是非常暴力的惡魔，他特別喜歡惡意、敵意、嫉妒、怨恨和悔恨等，整體來說，就是人類所有黑暗的負面情感。他會看穿、挑起、引出人類的黑暗面，進而讓其開花結果。有如故意引人不快似地聽取人類的願望；有如刻意引人不悅似地實現其心願。契約本身須以靈魂來交換，可實現三個願望。在三個願望達成之時，據說他會奪取許願者的生命和肉體。簡單來說，他在性質上會讓人類最後變成惡魔。神原在一年前知道戰場原的祕密時，要是她想靠許願來解決問題的話，恐怕願望不會實現吧。因為雨魔只能實現暴力和負面的願望。

惡魔可以讀出願望的裡層。

有表就會有裡。

神原想讓腳程變快，是因為她憎恨自己的同學。想待在戰場原身旁，是因為憎恨阿良良木曆。

惡魔讀出了裡層。

看到裡層的願望。

他看穿神原在潛意識中許下的願望。

惡魔全部看透了。

神原雖然不後悔離開戰場原身旁，但她卻不允許有人佔走那個位置。要是別人可以，那自己應該也可以才對——

既然這樣，我神原應該也可以才對。

雨魔。

自古以來流傳在歐洲的惡魔。

他常被描繪成穿著雨衣的猿猴。

這樣看來，說那隻左手是猴掌也算正確答案吧。總之，第一和第二個願望本身不論明暗，都是神原在潛意識中的期望。

她希望教訓嘲笑自己的同學。

還有教訓我。

小學的同學只是受個傷就沒事；而我卻差點見閻羅王。這是因為神原在意念上的差距嗎……因為黑暗情緒的份量差距嗎？神原在運動神經等方面的成長，當然也是要因和遠因，但再上一層還有精神方面的差距。

不過忍野說得對。

或許我的思考不夠周密。

如果神原真的向雨魔許願：「希望可以待在戰場原身邊。」那為何她會擔心我的人身安全，這太奇怪了。聽完她小學時發生的事情後，我知道那隻暴力的左手打算排除阿良良木曆。但是，站在神原的立場來看，為何她知道這狀況確實會發生呢？左手會如何實現願望，會如何違背自己的本意——這些她應該不可能會知道才對。

因為她在無意間，知道自己在潛意識中許下的願望。

因為她知道我會有危險。

忍野說怪異和神原的左手同化後，雨衣怪沒有立刻現身在我面前，這是因為她抑制了那股衝動吧。她在理性與黑暗的交界和左手產生摩擦，彼此鬥爭。

「她努力讓自己的腳程變快，這是對自己最好的一種藉口。說什麼只要自己實現願望，木乃伊就不會有動作，這種說法實在笑掉別人大牙了。或許小姐自己是這麼認為，想要如此相信，同時妳的想法本身也絕對沒有錯，不過，雨魔用暴力實現的願望是裡層，不是表面。而小姐遇到問題都想靠自己解決的態度，這次反而起了好的作用……怪異雖然和她的手同化，但她卻能夠抑制他發動。在這層意思上看來，這類型的怪異確實就像道具一樣，受到持有者的意識左右……唉呀，說句實際點的話，就算他是惡魔現在也只有單手，雨魔也無法發揮出全部的力量吧。他無法引出凌駕於自我意識的潛意識。也就是說，小姐在擔心阿良良木老弟的那段期間，左手才沒有發動。她從四天前開始的跟蹤，如期發揮了效果。或許小姐自己不這麼認為，因為這些都是在潛意識之中進行的。可是——昨天嗎？小姐知道阿良良木老弟和傲嬌妹兩人要單獨開讀書會。在那之前，她覺得你們交往的傳聞只是謠言，可能是哪裡搞錯了。但是聽到你的說法後，她終於確信了。所以……她無法忍耐。這就跟阿良良木老弟推測的一樣。」

她的內心被惡魔趁隙而入。

這句話，忍野絕不會說出口。

因為他徹底厭惡這種撒嬌似的脆弱。

可是——

一開始是嫉妒，到最後還是嫉妒，神原自己已經坦白說出口了。

說出口了。

「嗯，差不多了吧。」

忍大口吸食我的血液直到極限時，我輕拍她嬌小的背部說。現在我們彼此擁抱在一起。隨後，忍把牙齒自我頸上的兩個小洞輕輕拔出，並用舌頭將拔出時滲出的少許血液舔拭乾淨。未來我可能需要好好思考，像這樣和忍相擁在一起，照戰場原的標準來說是不是也算出軌，可是，不用這個姿勢根本無法吸血，所以只能請她法外開恩了。春假的時候暫且不管，現在忍的身體實在很嬌小、無助，就像這樣抱著她，也彷彿像在擁抱霧氣或煙靄一般，完全沒有擁抱的感覺。

「……喔、喔！」

我從蹲姿起身，稍微有一點腿軟。果然，這也很正常，被吸血之後會出現一些類似貧血的症狀，特別是這次，被吸的血量多了一些。

接近標準值的五倍。

我連續做了幾個輕跳。

不過老實說，我的感覺和體感和平常沒什麼差別……因為現在我全身的能力都獲得提升，所以我不太清楚和普通狀態有什麼差別。

忍已經回復到體育課的坐姿。

體育課坐姿……那是一種用雙手環抱大腿，有如在確認自己身體是否存在的坐姿。

她沒瞧我一眼。

溫柔的好人……嗎。

「…………」

就算我再怎麼主張自己不是，就現實來看，第一個被我溫柔傷害的就是這位金髮吸血鬼……忍野會說那種話也不是沒有道理吧。

我說什麼，對忍來說都……

我大把抓住忍的防風眼鏡帽，試著左搖右晃。忍一時間雖然無視於我，沒有做出任何反應，但最後她似乎覺得我很煩，粗魯地撥開了我的手。

嗯。

我對這反應暫時感到滿足，隨後一語不發，有如在模仿忍野的不說再見主義一樣，沒有話別，直接轉身背向忍，從樓梯間往下走到三樓。下次來找忍的時候，帶六小福（註56）之類的伴手禮來送她吧，我一邊心想，同時經過三樓來到二樓。

我順著走廊來到最深處的教室。忍野咩咩在教室門前，雙手抱胸，背靠牆壁，一派輕鬆地晃著一條腿在等我。

「喔！我都等得不耐煩了，阿良良木老弟。你花的時間比我想像中的還久呢。」

「是啊。我搞不清楚剛剛好的標準。可能讓她吸太少了……不過，總比讓她吸過頭還要好。不管是對我而言，還是對忍而言。」

「嗯——你說的確實沒錯啦，不過阿良良木老弟，你對小忍沒必要這麼神經質。她的存在被我的名字束縛住，所以不會亂來的。我替她取名字，就等於是馴服她了。我反而比較擔心她會餓死呢。阿良良木老弟待會要和惡魔來一場激烈的全武行，現在應該不是在意那些的時候吧？你要演的只是一個普通的丑角喔。我想就算你把能力提高到極限，勝算也不會高到哪去吧？就算對方只有一隻左手。」

……對付雨魔的方法。

驅除惡魔本來就是費時費力的大工程，雖然雨魔是低級惡魔，但即便是忍野也無法

56　六小福是mister donut的一種六入盒裝甜甜圈。

輕易地驅除他。這是忍野本人自己說的，聽起來感覺很微妙；但現在至少可以確定一點，就是在目前的狀況下，忍野沒有親自出手的打算。

這和戰場原的時候不一樣。

或許戰場原的螃蟹，也算是一種能實現他人願望的怪異。但螃蟹是神明，這次卻是惡魔。這次要解決沒那麼簡單。這點連我這外行人都知道。

「神」原遇上惡魔嗎？

這與其說是暗示，倒不如說是諷刺。

不趕快採取行動，我可能今晚就會送命。我死或者是砍下神原的左腕——很可惜我對活著還有一點執著，所以無法選擇前者來完結這個故事。然而，砍下神原左手這個選項，更是門都沒有。

既然這樣，就只剩第三個選項。

「契約嗎……那樣做的話，能讓惡魔乖乖回魔界或靈界去就好了。」

「魔界和靈界都是指『這裡』，不是不同的世界。唉呀，這不太好懂，總有一天應該會討論到類似的話題，所以下次有機會再說吧。沒問題的，這點我可以保證，阿良良木老弟。如果惡魔無法履行契約，契約就會無效。這不是什麼鑑賞期啦，不過可以讓小姐的願望無效。可憐、無法完成工作的無能惡魔，最後會摸著鼻子自己離開。」

惡魔會離開。

只要沒有完成契約。

「簡單來說……只要我沒被惡魔殺掉就可以了嗎？」

「正是如此。」

忍野傻笑說。

「當然，就算現在的阿良良木老弟餵血給現在的小忍，你的能力還是有限吧……我想大概只能發揮春假——你真正是吸血鬼時的十分之一，這樣說還算高估了呢。」

「……這數字還真隨便啊。」

「不過，那個雨魔只有左手而已，要是對方是整個身體的話，老弟你是沒有勝算的，況且他現在還帶著一個人類的『重物』，就算是現在的阿良良木老弟，也有十分、十二分、十四分的勝算。」

雨魔和猴掌是完全不同種的怪異。他們共通的地方只有實現人類的願望一點，就像他被稱為雨衣惡魔一樣，這怪異應該有完整的身體（在這狀況下，完整的定義會影響到事物的觀點，因此這裡請恕我省略不提）。而他現在只有左手，還是木乃伊狀態，可見他曾被下了強力的「封印」吧，忍野說。

「小姐母方那邊的家系似乎有問題。她的雙親會落得私奔的下場，可能是那邊的緣故吧？我不喜歡靠獨斷的猜測，去揭發或窺探別人家庭的隱私啦。不過惡魔的木乃伊可是很了不起的東西。如果是人魚之類的木乃伊，我倒是有耳聞啦。嗯——如果小姐拿到的時候只有手腕的話，那剩下的部分跑到哪去了？這點我個人非常感興趣。」

母親嗎？

戰場原黑儀、八九寺真宵。

她們的怪異……都和母親有關係。

神原駿河也是同樣的模式嗎?

神原駿河的母親和父親一樣，在私奔時已經和家族斷絕關係，因此神原駿河本人和母親的老家完全沒有交集，所以那邊的狀況現時點無法究明……

「說句題外話，要是雨魔湊齊完整的身體會怎樣?會強到連全盛時期的忍也無法對付的地步嗎?」

「怎麼可能。那東西不過是低級惡魔，贏不了正牌吸血鬼的。如果對方是梅菲斯特的話那還說得過去，雨魔那種雜魚只要花兩秒鐘就搞定了。他湊齊的身體會被粉碎，體內的液體會被吸乾，然後就嗝屁啦。你忘了嗎?小忍可是令人恐懼的傳說中的吸血鬼喔。那種東西根本不是對手，贏不了她的。對了，從雨魔的階級來看，之前班長妹的那隻魅貓都比他強上許多呢。喔!不過你可別想借用小忍的力量喔。如果只是單純要消滅惡魔或許還可以，不過真要這樣的話，就只能砍下小姐的左手，不要說我在嚇唬你。就因為是阿良良木老弟親自去消滅惡魔，這一切才有意義。」

「雨魔是藉由實現願望來奪取人類的身體吧?每實現一個願望，人類就會朝惡魔靠近一步……一開始只有手腕的木乃伊會長出手肘，是因為惡魔實現了神原的第一個願望，既然這樣，之後會變成怎樣?忍野。要是神原恨到想殺死我的第二個願望實現，然後又實現了第三個願望的話，她會變成什麼樣子?就算身體會被奪取，惡魔也頂多奪取到肩膀附近吧?」

「這個問題過去沒有前例所以我不清楚。我只能用這種打官腔的方式來回答你。不過照正常來看，比例上應該和你想的一樣，就算身體被奪走，惡魔也頂多奪取到肩膀附近。可是阿良良木老弟，這是一樣的吧。就算只有手到肩膀這一帶被奪走，也跟全身被奪走沒什麼兩樣。拿股份有限公司來說，那就跟獲得全部股份的三〇％一樣。」

「……我想也是。」

「靈魂不管怎麼樣都會被剝離身體吧。肉體會變成沒有靈魂的空殼，留下來也沒用。啊，我幫你保管背包或貴重物品吧，阿良良木老弟。你拿著那些東西，手腳施展不開來吧。」

「啊……麻煩你了。那你等我一下。」

我從屁股和制服的口袋中，分別拿出手機和家裡鑰匙，將它們放進背包內，然後交給了忍野。「嗯。」忍野應了一聲後，將背帶掛在肩膀上。

「不過……我可以問你一個問題嗎？阿良良木老弟。」

「啥問題啊。」

「為什麼你連想要殺死自己的人，都會想要去救她呢？就算是潛意識、就算那是願望的裡層，那個小姐都很憎恨你喔。她把老弟你當成可恨的情敵喔。」

忍野這番話——

似乎不是平常那壞心的貧嘴。

「追根究柢來說，當你知道雨衣怪的真面目是小姐的時候，為什麼會想聽她的理由？正常來說，那時候應該不會去管那些。在發現他是小姐的時候，你應該馬上甩開他來跑到我這邊來才對吧。」

「……人只要活著，都會去憎恨某人吧。我雖然不想被殺掉，但是如果這是一切的原因，是出自於神原對戰場原的憧憬——」

每個怪異都會有一個相符的理由。

如果這就是神原的理由——

「那我可以原諒她。」

照忍野所說，如果我一開始的思考是正確的，現在的狀況也不會有任何的改變。只是回到原點而已。不管對方是猴掌還是雨魔都沒有關係。神原會把我當成情敵，完全出乎我的意料，但即使如此。

權宜上的考慮。

壞心的留戀。

我可能是一個溫柔的好人。但我和羽川不同，不是一個清正廉潔的善人。

羽川翼。

擁有一對異形翅膀的少女。

……只有她，讓我真的很羨慕。

羨慕到嫉妒的程度。

「是嗎，既然這是老弟你決定的事情，那就沒差啦。我沒關係，這不是我該管的事情。那總之就麻煩你助小姐一臂之力了。我事先聲明，你一旦走進去，事情沒有解決是出不來的。因為這扇門從裡頭絕對打不開。你沒有逃走這個選項，這點你要先有心理準備。無路可退這個狀況有多可怕呢，你仔細想想春假的事情，沒做好覺悟可不能進去喔……當然，不管發生什麼事情，我和小忍都不會進去幫你。你可別忘了，我可是超乎常理的和平主義者，還是一個常常錯失機會的人道主義者。等一下目送你進這間教室後，我會回四樓睡大頭覺，之後發生什麼事情都與我無關。你們要回去的時候，不用來知會我沒關係。那時候我想小忍大概已經睡著了，你們就自己回去吧。」

「……給你添麻煩了。」

「沒差啦。」

忍野的背部離開牆壁，打開了門扉。

我毫不猶豫，走進了教室。

忍野隨即把門關上。

這樣一來，我已經出不去了。

二樓最深處的教室，樣式和方才四樓的教室一樣，但這裡是這棟荒廢的補習班中，唯一一間窗戶的部分沒脫落的教室。但這不代表窗戶的玻璃沒有碎掉。而是指沒有玻璃的窗架上，就像以前在防範颱風一樣，釘了好幾塊厚重的木板。反覆釘上的好幾層木板，讓人有一種何苦釘成這樣的感覺。也因此，只要把教室門關上，就連一條細光也不會滲入。目前時值深夜，但就連星光也找不到縫隙鑽。

黑漆漆的一片。

但我卻看得見。

現在的我剛餵完血給忍，就算在漆黑當中，一樣能夠看穿黑暗。沒錯，在這個狀態下的我，在暗處反而看得更清楚。我緩緩移動視線。

很快我就發現了目標。

有一個人影，佇立在不算寬廣的教室中。

身上穿著雨衣。

「……呦！」

我打了聲招呼，但對方沒有反應。

看來——神原早已進入催眠狀態。

他的身體雖然是神原駿河，但現在體內的靈魂是雨魔……順帶一提，這件雨衣是我在餵血給忍的時候，神原獨自跑到附近的雜貨店買來的。其實雨衣是一種選擇性的道具，並非不可或缺的必備之物，但這邊就和慣例一樣，是製造氣氛和狀況設定的一種儀式。

教室內的桌椅，因為太礙事所以事先撤掉了。所以這間教室裡面，現在只有我和神原兩個人而已。只有雨魔的左手和類吸血鬼的非人類而已。

半吊子同志之間，應該會有一場勢均力敵的好比賽吧。

不——不對。不能勢均力敵。

我必須要一面倒才行。

雨帽內側就和昨晚一樣，像一個深不見底的窟窿，別說是表情，就連帽內是何物也無法一窺究竟。

「…………………」

面對這種會實現人類願望的怪異——不只限於雨魔和猴掌——最標準的處理方法，就是許一個其怪異無法實現的願望。

一個格局過大的願望。

或是矛盾的願望。

絕對不可能的願望。

抑或是一個會讓人陷入進退兩難的願望。

簡單來說，就是沒有底的勺子（註57），忍野說。他還提到，這樣做就能夠驅除和看透怪異。

但是，這次神原已經許了願望——希望待在戰場原身旁。而且，因為這股思慕，讓她在潛意識中，覺得阿良良木曆很礙事、可恨，希望將他除之而後快。而雨魔想要照實回應她的願望。

這個願望無法取消。

因為神原已經這麼想了，所以沒辦法去改變。

既然這樣，就將這個道理反轉過來看。

只要讓她的願望不可能實現即可。

只要阿良良木曆是一個雨魔這種小角色殺不死的存在即可。

「理由這種東西要多少有多少，這聽起來有點像在硬拗，要耍小聰明和猴戲也要有個限度，不過以一個妥協點來說……嗚喔！」

不知道是什麼原因使然，雨衣怪突然朝我跳了過來。神原駿河的跳躍力被憎恨的能

57　沒有底的勺子，是用來防止船幽靈的道具。據說船幽靈出現時會喊「給我勺子」，要是真給他，他就會用勺子把海水倒入船內使其沉船，因此漁夫們都會在船上準備一個無底勺子來應對。

量所強化。正常來說，他的速度應該會和昨晚一樣快到我無法捕捉，但今晚不同了。

我看得見。

而且還能做出反——

「嗚、嗚哇！」

我利用離心力將身體扭開，躲過雨衣怪的左拳。閃躲得相當驚險。我隨後轉了幾圈，離開了原本的位置。這麼做雖然很糗，但最好先重整姿勢比較好。

搞什麼？

他的動作和昨天相比似乎更快了。不，只是我眼睛還沒習慣而已。總之，我只要躲開雨衣怪的左手，一邊找機會抓住他身上的「重物」——神原的身體，用蠻力把他壓制住……

「…………嗚！」

他已經追上來了。

不可能，我原本以為自己在速度方面，絕對可以壓倒雨衣怪。在忍的幫助下，我得到了強化，已經和昨晚不可同日而語。但雨衣怪居然這麼輕易用左拳朝我劈了過來。我不能往左邊閃，必須要往右邊迴避，繞到雨衣怪的外側才行——

裸露在外、毛茸茸的黑手掠過了我的臉頰，畫破了空氣。瞬間產生的風壓，有如要割裂我的身體般。但雨衣怪的側腹也因此暴露在外，我朝那凌空一腳踢了過去。

……抱歉，神原！

一邊在心中如此道歉。

不出所料，雨衣怪左手以外的部分，並沒有那麼超乎常理。他的身體老實地朝著被踢中的方向飛了出去。就這樣失去平衡，半邊身體倒在油布地板上。

果然支配身體的只有左手，這對雨衣怪來說是一個障礙……他的身體平衡很糟，很明顯全身的動作都跟不上左手。

但就算如此，剛才的速度又是怎麼回事……？難道昨晚雨衣怪沒有發揮出實力嗎？對方是配合我的強化而提升速度的嗎……可是，怪異有手下留情的必要性嗎？

我搞不懂。

在我一頭霧水的這段期間，雨衣怪站了起來。

嗯——就算不去管他的身體是神原的，我還是沒辦法追擊倒在地上的對手啊……我知道自己必須這麼做，但我還是會猶豫。現在根本不是猶豫的時候啊。

溫柔的好人。

這評價真是惹人厭。

簡直是在替沒有個性的我打圓場一樣。

雨衣怪的左拳這次用最短的距離，像彈射器般直線打中我的右肩。雨衣怪原本是想攻擊我身體的正中線，我勉強讓他打偏……但卻沒有完全躲開。我沒能看透他的攻擊，實在太快了。我向後被打飛了三公尺多，隨後憑藉肉體的平衡感，在空中翻了一圈後落地。同樣是能把腳踏車當紙屑一樣打爛、讓水泥牆垮掉的左拳，但我卻沒像昨天一樣飛得大老遠，身體也沒受到致命的打擊。當然我有受傷，但還不到動彈不得的地步。我的肩骨脫臼，骨頭甚至多了條裂痕，但這點程度，很快就能靠吸血鬼的治癒能力自我恢復。身體的刺痛也在一瞬間退去。這真是一種懷念的感覺。唉唉，我等不及看明天早上的太陽了……到時候我會受到多嚴重的燒傷呢？

我沒空去思考這個問題。因為在我著地瞬間，雨衣怪馬上就追擊而至。追擊，不停追擊。雨衣怪沒有任何迷惘。他的左拳這次朝我的顏面貫來。我的眼睛還沒適應，直接就用顏面接下了這一拳。鼻骨折斷的聲音在我耳邊響起。目前的我都已如此，因此這一拳的破壞力，恐怕能讓普通人的腦袋化為粉塵吧，光想就叫我不寒而慄。我狼狽地匍匐在地，想要遠離雨衣怪拉出距離。在我這麼做的同時，折斷的鼻骨也在自我恢復。這種感覺真的很討厭。好像自己成了阿米巴原蟲一樣。這只是原本的十分之一，可見我在春假的那段經歷有多麼的地獄啊。

接下來的一拳我躲開了。

但下一拳卻擦到了邊。

「…………該死！」

為什麼？

為什麼沒辦法完全躲掉？

就算他的攻擊是走直線，沒有任何多餘的動作，但動作本身卻很單純，只是把左拳從肩膀部分猛甩出來，活像機器人卡通中的飛拳一樣，靠蠻力揍了過來而已，事前的準備動作很少，我沒理由看不穿。為什麼我追不上他？為什麼逃不掉？我的速度很明顯比昨天還要提升了好幾倍……就算挨了他一、兩擊，不對，就算一次吃他好幾十拳，以我現在的身體絕對不會被秒殺，為什麼只有速度差這麼多？

昨天和今天有什麼不一樣……

雨衣……

裸露在外的左手，野獸之手。

……右手也一樣裸露在外，但那邊就和雨帽的內側一樣，感覺像一個深不見底的窟窿，應該看得見卻看不見——咦?原來如此，這點和昨天不一樣。昨天雨衣怪有戴橡膠手套，兩隻手沒有裸露在外。但那又怎樣?戴橡膠手套不至於讓移動速度降低吧。

接著我注意到了。

注意到自己的失誤。

不是橡膠手套……而是長靴!

神原從雜貨店買來的只有雨衣……她沒有買橡膠手套和長靴。這單純是我的思慮不周，並不因為我覺得製造氣氛沒必要準備得這麼周到。我也真是，直到現在才注意到這一點。我不知道真正的雨魔被描繪成什麼樣子，但就像忍野用繪畫來聯想雨魔的外形一樣，假如靠一件雨衣就足夠展現出他的性格、表現出他的怪異形態的話，那我和神原絕對沒有弄錯。

但是，沒有準備長靴就表示，現在雨衣怪腳上穿的是帆布鞋。這點一目了然，就攤在眼前。就像他的左手裸露在外一樣，足下當然不可能打赤腳。那雙鞋子原本就在神原的足下，當然也就直接穿在上頭。

一雙看起來很高級的帆布鞋。

和長靴的速度簡直天差地遠。

穿在神原駿河這等運動員的腳下，那就更不在話下。

「……慘了。」

其實我可以事先給神原戴腳鐐，或者是束縛住她的腳來增加她的重量，但以戰略上或目的上來說，我不得不放棄這些露骨的偷吃步方式。但一雙長靴的話，用來當作讓分不是剛好嗎……為何我要專程製造出可以讓雨衣怪發揮百分之百實力的狀況呢。本來用來妨礙左手的「重物」——神原駿河的身體，現在很輕快地跟著左手在跑！

嗚嗚……

我真是思慮不周……

事情變成這樣，我不能光靠閃躲了……要是現在的狀況不是剛好閃過，就是驚險擦到邊的話，我這具身體是不會有傷害累積的問題，因此不會像格鬥遊戲一樣血條耗盡而死，但是這樣一來我就無法達成壓倒性勝利的目標。看來這不是眼睛習不習慣的問題。既然這樣，我只能抱著玉石俱焚的覺悟，從正面接住雨衣怪的攻擊。我沉下腰，就像迎戰十二碼罰球的守門員一樣，舉起雙手擺出架式——不對，這個情況應該拿籃球的人盯人防守來比喻比較明確。

但是，以籃球來說很明顯是犯規的彈射拳（這是哪門子的犯規？），朝我的頸根飛襲而至，我用雙手招架，右手抓住雨衣怪的拳頭，左手抓住他的手腕，再用全身包住他的左手想要接住這一擊，但這一連串的動作沒有趕上。不，應該說我左右手趕上了，但卻無法擋住他的彈射拳。我感覺手指折斷了幾根，瞬間他的左拳就擊中了我的鎖骨。我的身體大幅向後傾倒，勉強用後腳穩住身體。雖然我沒能成功擋住，但至少在拳頭擊中我的身軀前，成功地消耗掉一定程度的威力。

雨衣怪抽回拳頭前，我的斷指已經恢復，立刻用雙手抓住他的左手。這才達成我當初的目的，停止了雨衣怪的動作。終於我成功抓住他了。很好，就這樣——

「神原，抱歉了！」

這次我出聲謝罪，雙手緊抓住雨衣怪試圖掙脫的左手，用腳刀朝他的腳、腹部和胸部，連續踢擊三次。在人體構造上，普通的肉體無法做到這樣的攻擊。雨衣怪只能用左手攻擊，但是我可以使用雙手雙腳。我必須充分活用這個差異和優勢。

雨衣怪的左手有如發狂般，激烈亂動。

看來似乎對他造成傷害了。

忍野是對的。要是雨魔有完整的身體，現在的我不會有勝算。但現在的狀況，只要我封住這隻左手，就有可能壓倒他。只要不是連續攻擊，以他攻擊的威力就算被擊中我也能在瞬間恢復，因此反而是神原被提升的腳力比較麻煩，帆布鞋真的是計算外的不規則變化，不過只要這樣抓住他，接下來只要狂踢到雨魔投降即可。他不投降就踢到他斷氣為止。這有如在用駿河問拷問犯人一樣，感覺不是很好，但我總不能把神原的左手整隻扯下來，也不能讓她有生命危險，因此我只能不停給予痛擊，直到惡魔退去為止。

雨衣怪的腳軟了下來。

看來我不停踢出的下段踢總算有了效果——這只是我以為而已，但事實並不是這樣。他軟下的腳，不，是刻意蹲下的腳，用最短最快的軌道，朝著我的下顎彈了上來。不是左手，雨衣怪的左腳——神原的長腿用上段踢，有如線頭穿過針孔一樣，精準地踢中了我的太陽穴。這威力當然遠不及左手，話雖如此，但神原的腳力直接被轉換成攻擊力，而且完全出乎我意料，使得我的大腦受到震盪，視野因此模糊。針對感覺器官的攻擊，對（類）吸血鬼的身體確實非常有效。這點是春假時的重要教訓。

我鬆開了雨衣怪的左手，

為了防禦他接連而來的踢擊。

我用十字防禦擋住的踢擊，雖然不如左手的彈射拳那般強勁，但這衝擊反而讓我無法解釋現在的狀況，思考陷入了混亂。

他能用的不只左手嗎……？

可是忍野有說過，其他地方是「重物」——

「……原來是這樣嗎？」

我想到的答案只有一個。

倘若雨魔是以人類的黑暗感情為能量來活動的話，那就表示他現在是以神原駿河對我的嫉妒為糧食吧。如果左手是彈射器，那神原的肉體就是航空母艦。炙熱的心情和火熱的思慕，讓高壓蒸氣膨脹，讓肉體凝縮。所以神原的身體不是拖累左手的「重物」——不，基本上這個想法沒錯，不過要是雨魔和剛才一樣陷入危機時，身體也會不吝嗇做出防衛動作嗎……？

不對，這種說法只是狡辯。

如果我想要原諒神原，就不應該用那種會讓事實大打折扣的表現方式。那樣的表現方式就像通電讓青蛙的腳藉由脊髓反射抽動，看起來好像在動一樣，這並不公平。

簡單來說。

這是神原靠自己的意識在移動雙腳。

這一切和她的意識有關。

神原在潛意識中，拒絕了一些事物。

拒絕失去雨魔的左手。

拒絕不讓第二個願望無法實現。

拒絕放下對我的殺意。

她不打算放棄戰場原。

「……」

「壞心的，留戀啊。」

神原的心情我明白。

我心有痛感。

感同身受。

因為我也失去了，捨去了。

永遠無法失而復得。

雨衣怪不知為何，呆站在原地不動。方才就像磁鐵順從磁力一般，不死心一直朝我揮舞左直拳的雨衣怪，突然停止了動作。有如在思考什麼複雜的事物。

或者，

有如在迷惘。

雨衣怪至今毫無迷惘的動作……停了下來。

……神原駿河。

戰場原黑儀的學妹。

籃球社的王牌選手。

把我的手砍下來吧——剛才她說了這句話。

那左手是惡魔手不是猴掌，願望只是照妳的期望實現而已——當忍野告訴神原這個不要揭露比較好的無聊真相後……她的視線低伏幾秒，隨後堅強地抬起頭來，交互看了我和忍野——

「這種左手，我不要了。」

她開口說。

她的臉上沒有平常的笑容。

神原的語氣，剛好和她最尊敬的學姊現在的個性相似……平穩平淡，不帶任何感情。

「把它砍掉吧。請你們砍掉它吧。拜託。我知道會給你們添麻煩，可是拜託。因為我實在沒辦法砍掉自己的手……」

「不、不要這麼說啊。」

我慌忙將神原伸出的左手推了回去。毛茸茸的觸感，摸起來很不舒服。讓人毛骨悚然。

寒毛直豎。

「妳在說什麼傻話，我哪能砍掉妳的手啊。這樣的話妳以後要怎麼打籃球。」

「剛才忍野先生說得對。我想要殺死一個人。這點程度是理所當然的代價吧。」

「這、這沒什麼，我沒把那件事情放在心上，完全沒有——」

滑稽可笑。

我這話根本沒命中問題核心。

問題不是我介不介意。

況且，我能不能原諒她也和問題完全無關。問題在於，神原駿河能否原諒她自己。

她不想傷害同學，所以一直在練跑。

她克制和壓抑住所有的黑暗情感，將它們封閉在心裡。

她的堅強意志，反而束縛住自己。

懲戒了自己。

「況、況且，我根本不可能砍掉妳的手吧。別說這種蠢話了。妳在想什麼啊。蠢蛋，妳真的是一個蠢蛋。為什麼妳的思考要這麼短淺。妳這主意不是認真的吧。」

「這樣啊。也對，砍掉自己的手這種事情，不應該拜託別人。就算拜託別人，對方也無法輕易幫你。我知道了，我自己想辦法吧。只要利用汽車或電車的力量，應該會有辦法吧。」

「妳這樣——」

什麼利用汽車和電車。

那樣不是自殺行為嗎？

不是自殺行為，而是自殺。

「如果要砍掉的話，我有一個好方法喔。阿良良木老弟，你幹麼不告訴她呢，看到人家有麻煩你怎麼不親切一點啊。這種小事只要請小忍幫忙就好了吧。心字頭上一把刀——只要用她珍藏的利刃，連感覺到痛的時間都沒有，就可以把那隻左手砍下來啦。現在小忍的利刃雖然沒以前那麼銳利，不過要砍斷小姐的細手就跟切豆腐一樣容易——」

「你閉嘴，忍野！喂，神原！妳不用這麼鑽牛角尖吧！妳根本不用負這個責任，這點不是很清楚了嗎？一切的元凶都是這隻猴掌……不對，這個叫雨魔的怪異——」

「怪異只是實現她的願望而已吧。」

忍野沒有收聲。

他更加能言善辯地接著說。

「因為她要求，所以他負責實現而已吧。傲嬌妹的時候不也一樣嗎？這和阿良良木老弟你在春假時的案例不一樣喔。小忍的案例和他們完全不同。阿良良木老弟，因為你沒對怪異許下任何願望。」

「…………」

「所以，阿良良木老弟不懂小姐的心情。也不懂她的自責和悔恨。絕對不懂。」

他對我說。

「說句題外話，在原著《猴掌》當中，最一開始使用猴掌的人，實現了第一和第二個願望之後，他在第三個願望時，許願結束自己的生命。這個願望代表什麼意思，需要我逐一說明嗎？」

「忍野——」

你所說的完全正確。

但是，忍野你錯了。

我和雨衣怪維持對峙，有如陷入膠著狀態，無法動彈當中，緩緩回想起先前的對話。

因為我能明白。

甚至讓我內心的傷口感到疼痛。

因為戰場原黑儀和神原駿河的心情——

我都能明白。

不對，或許我不懂。

或許這只是我自以為是的傲慢。

但是——

我們都抱有同樣的傷痛。

有著同樣的東西。

如果有一個可以實現願望的道具擺在你眼前，你敢說自己不會許願嗎？就跟我在春假時一樣，就算那不是我希望的結果，可是就連清正廉潔的善人羽川，都會因為家庭的一點不和與扭曲，而被貓魅惑——

我和忍之間的關係，跟戰場原和螃蟹、神原和惡魔的關係，本來就沒什麼差別。

「沒關係，阿良良木學長。」

「有關係。怎麼可能沒關係。妳在說什麼啊。而且戰場原的事情該怎麼辦。我希望妳和戰場原……」

「已經，無所謂了。戰場原學姊的事情，已經無所謂了。」

神原這句話更讓我痛徹心扉。

「已經，無所謂了。我會死心的。」

怎麼可能無所謂。

怎麼可以這樣就死心。

願望是要靠自己實現的，所以令堂才會把惡魔的木乃伊託付給妳吧。令堂託付給妳，絕對不是叫妳放棄自己的願望。

所以不要露出那種表情。

別像一個深不見底的窟窿一樣。

用那種含淚欲哭的表情，哪放棄得了什麼。

雨魔。

降雨的惡魔，同時也是愛哭的惡魔。

在毛毛雨的日子裡，有個小孩因為一些無聊的小事和雙親吵架後離家出走，最後在山中迷路被狼群吃掉，這就是雨魔的起源。不可思議的是，據說包含家人在內，村落裡沒有半個人想得起來那孩子的名字。

「……該死！」

我在精神上耐不住這膠著狀態，也無法忍受彷彿走馬燈般巡迴的思考，於是朝著雨衣怪衝了過去。這是從昨晚算起，我第一次主動攻擊。可以說充滿壓力的被動迎擊，終於讓我無法忍受。

不能用站姿攻擊。假如我壓住他的左手，他的踢擊立刻就會招呼上來。既然這樣，那我只好整個身體撞上去，像柔道的寢技或摔角一樣，把雨衣怪的全身按倒——

我張開雙手，試圖從左右兩旁抱住雨衣怪的身體，但我沒能抓住他。要是雨衣怪朝左右兩旁迴避，那我或許還能對應，但他採取的動作卻不是如此。但是，他也不是向後避開。要是他退開，我只要上前幾步即可吧。

雨衣怪跳了起來。

他一跳，雙腳貼著教室天花板，開始在上頭奔跑。「吋、吋、吋、吋、吋、吋！」他違反重力，視萬有引力定律如無物，在天花板上狂奔。

接著，他從天花板降落到地上。

轉眼間，這次他又朝側面跳去。

一眨眼，他降落在半剝落的黑板上，剎那間又跳離黑板，降落在窗戶的厚木板上，瞬間他又跳離木板，回到天花板上。

他隨心所欲，不斷朝斜前方跳動。

動作令人眼花撩亂。

他的雙腳像老鼠砲一樣，從牆壁往牆壁，從牆壁到天花板、從天花板到地板、從地板再回到牆壁，不停跳動。雨衣怪利用神原駿河經過鍛鍊的雙腳，不停跳動。

就像高速射擊出去的超級彈力球。

有如亂舞一般的不規則反射。

跳躍再跳躍。

我的眼睛已經無法追上。

他的速度，比我眼球的動作還要更快。

他利用重力加速度，加速再加速，每經一個跳躍，就慢慢且大膽地提升速度。長靴和帆布鞋的差異，利用小巧可愛的動作，慢慢且大膽地在玩弄我的視線。

只是平面動作變成立體而已，就能產生這麼大的變化嗎？為了不讓災害擴大，我才會請忍野在這間教室設下結界，要和他確實做個了斷……而且，我還很單純地盤算認為，面對雨衣怪這種動作敏捷的對手，選擇狹窄的空間會比較有利。結果現在完全起了反效果。一切適得其反。

適得其反。

為何我事先沒想到會變成這樣。

神原選擇籃球社而不是田徑社的理由，就在於她的雙腳在籃球場這種狹窄空間中才能充分活用，可以快過任何人！神原駿河的跳躍力，讓她在那種身高和體型下還能輕鬆灌籃。而在這矮天花板的狹窄空間裡，那股跳躍力會被如何活用，已經擺在眼前！

我的所作所為，一直適得其反。

要錯估也要有個限度吧，我腦殘嗎？

每次都錯誤百出。

對方有如在玩弄我一般，在周圍不停跳動；但我卻有如腳跟被釘住一樣，在原地一步也動不了。我最看不清楚的是他在地板和天花板之間的上下移動。這是人體構造的問題，人眼在物理上可以對應左右的移動，但碰到上下移動就沒轍了。因此，我的視野跟不上雨衣怪的動作。

他從我的腳邊，一口氣跳到我的身後。

雨衣怪終於從天花板上，朝我跳了過來。

他有如藤球的空轉扣踢一樣，在空中轉動身體，乘勢用指尖朝我的腦門刺來。我感覺頭蓋骨陷了進去，因為這股威力而向前傾倒。此時，早已落地的雨衣怪又朝我的下顎，補上一記類似泰拳的膝擊。這二連擊——藤球（註58）和泰拳的組合，時間點抓得絲毫不差，形成的衝擊就像三明治般將我上下夾擊，而襲擊我的疼痛，已經超越痛覺的極限。我因為頭部和腦髓似乎整個被壓碎，稍微失去了意識。片刻間不省人事。

但是我沒死。

我的傷口馬上就恢復。

這簡直是地獄。

等活地獄。

就算身體被粉碎，也會隨著一陣涼風而復原，然後再被粉碎，再次復原，就這樣無

58　藤球（Sepak Takraw），15世紀源自於東南亞的項目，遊戲方式類似排球，但球員不能用手來擊球，而是運用頭、胸、腳，將球頂過網。

止無盡，在粉碎和復活之間循環。這是八大地獄中的第一個地獄，也就是我的春假。

「嘖……」

我伸手向前。雨衣怪躲開後，用左拳朝我劈下。我做出了反應，不對，這不是反應，只是普通的反射動作。因為我一直在注意他的左手，因此對他左手的動作特別敏感。然而剛才的攻擊，他的左手沒有被封住卻積極地使用二連踢來攻擊我。還有雨衣怪突然運用可怕的步伐，使出那種令人眼花撩亂的立體高速移動。他不只用左手，還能利用全身做出那種動作。這些事情所代表的意義，我絕不可等閒視之。

與惡魔遊玩，就會變成惡魔。

不用實現願望，不用出賣靈魂，不用被奪走肉體、什麼都不用做——只要向惡魔許願，就能變成惡魔。

這左拳是假動作。

至今只會直線攻擊的雨衣怪，現在已經會運用步伐、連續技和虛招這類戰鬥上的小技巧。

不，這不是虛招。

這裡應該叫作假動作才對。

因為對雨衣怪來說，這種小技巧沒有神原駿河的幫助是辦不到的。

我的身體對左拳做出應對，自然另一邊的側腹就會產生決定性的死角。雨衣怪的腳尖朝那裡，這次連續三擊，而且準確地踢中同一個點。在同時間連續三次擊中相同座標——這種在相對論上會產生矛盾的攻擊，讓我的身體彎成了「く」字，瞬間他又抬起另一腳，用腳底踢穿我的胸口。

就像彈射器一樣。

我耐不住這一擊向後傾倒，但我馬上利用倒立後翻的要領，用手掌撐住地板後翻起身，取出距離。雨衣怪馬上就逼了上來。

剛才的踢擊貫入了我的肺部。

我的肺大概失去了功能。

呼吸好痛苦。

不行，沒辦法立刻回復。這表示剛才的踢擊，比左拳還要有威力和破壞力嗎？

神原的意念凌駕於惡魔了嗎？

嫉妒。

憎惡。

黑暗感情。

——既然這樣我應該也可以不是嗎？

「……妳——」

在肺部尚未復原的狀況下，我說。

「妳是沒辦法的，神原駿河！」

誰也不能代替誰，誰也不能變成誰。因為神原是神原駿河，戰場原是戰場原黑儀。

就像阿良良木曆是阿良良木曆一樣。

我和神原不同的地方。

有沒有認識忍野。
有沒有抽身而退。
鬼也好，猴子也好。
這些都是運氣和偶然。
唯獨內疚是無法抹去的。
我很內疚，無論是對神原還是戰場原都一樣。但是，我沒想過要代替神原承受這一切——我沒有打算離開我現在的位置。
沒錯。
如果妳認為我是可恨的情敵，那對我而言妳也是一樣。我必須去憎恨神原。
這也是我內疚的真正原因嗎？
我沒有把神原當作對等的對手。
我一直在輕視她。
看不起她。
我從絕對安全的高度，在從容不迫的立場下，想要撮合神原和戰場原，想要讓她們重修舊好，這是多麼卑鄙的行為啊。我是多麼溫柔的好人，多麼殘酷的惡人啊。
願望是——
願望是要靠自己實現的，既然這樣……
那自己應該也能去放棄它吧。
如果不想遺忘，那只要放棄就好了吧。

「……！……！……！」

雨衣怪用排山倒海般的攻勢，不停做出攻擊。每受到一次攻擊，我的身體就會猛烈變形。接續而來的四擊，我一次都沒躲開。雖然身體被破壞的部分，照順序自動修復再生，但雨衣怪攻勢更凌駕於我的恢復速度。

不知不覺間，我已經被逼退到教室的牆角。這位置無法朝左右或後方移動，有如被一條看不見的絲線給束縛住一般。雨衣怪也一樣，來到這裡他不再使用步伐，改用拳擊的逼迫近身戰。而且完全是單方面的近身攻擊。就算再高級的帆布鞋，這樣不停地加速，很快腳底的橡膠就會因摩擦而燒焦磨破，我淡淡地抱著這種希望與期待；但這樂觀的想法，也在此落空。拳頭、手肘、膝蓋、足脛、腳尖、腳跟，各種排序組合接連不斷，猛烈地折磨我身體的各角落。這究極的連擊，完全不讓我有時間哀號。

這已經脫離打擊的範疇。

單純是一種壓力。

被打中的地方不僅骨折，還會皮開肉綻，皮膚和肌肉爆裂。我穩住腳步的感覺和剛才完全不同，雨衣怪左拳的破壞力似乎不停再增強。

話雖如此。

破壞力還是不及神原駿河的雙腳。

「制……服。」

我的身體雖然是不死之身，但身上的衣物可不是。

我的衣服早就變得七零八落。

唉，我的制服又泡湯一套了。

還有幾天就要換季，改穿立領學生服了說。

這次要怎麼跟妹妹們解釋。

「嗚……」

這個距離的話……

如果是這個距離，只要雨衣怪稍微有機可乘，我就可以抱住神原駿河的身體，封住雨衣怪的行動……然後再利用全身體重，用力把他壓倒在地板上的話，情勢就會逆轉。

我還未失去勝算。

現在我只是位置被逼到死角，而不是整個人被逼死。就算受到雨衣怪的攻擊，只要我身體的恢復力能夠跟上，他的攻擊根本不足為懼。

只是肉體會疼痛。

就和神原的心一樣痛。

會痛就表示自己還活著。

「可恨！」

我聽到了聲音。

「可恨可恨可恨可恨可恨可恨可恨可恨可恨可恨！」

是神原駿河的聲音。

有如無底洞般的雨帽內發出了聲音，像是在傾訴，又像是直接在我的大腦響起一般。

「可恨！」

「…………………」

憎惡——一個人類無法承受的強大憎惡。

惡意，敵意。

一個樂觀陽光的學妹，黑暗消極的內心話。

充滿了表面張力。

「你居然你居然你居然你居然你居然你居然你居然！」

聲音伴隨著打擊，接著說。

憎惡的聲音沒有停止。

「我恨你我恨你我恨你我恨你我恨你我恨你！」

「……神原，抱歉。」

我再一次出聲，

對神原道歉。

「我並不恨妳。」

或許我們是情敵。

我知道自己的身分可能配不上妳，可是——

難道我們不能當朋友嗎？

「……■■■■■■■■！」

無底窟窿中傳出類似悲鳴般的女性尖叫聲。接著，雨衣怪的踢擊貫穿了我的腹部。整個貫穿了。不是只有內臟破裂，這一擊完全無視我的關節和肌肉，不是比喻而是真的貫穿了我的肚子，他的腳踵弄碎了我的肋骨和背骨，抵達我身後的牆壁。就像串刺一樣。

這傷害——

遠遠超過了我的恢復能力。

他緩緩地拔出腳來。

我感覺整個消化器官被向外扯出。

一點都不留。

臟器被扯出後，彷彿我的身體才是個無底窟窿。

洞中空無一物。

「神原——」

糟糕。

我因為腹部被開了一個大洞，整個身體搖搖晃晃，就算是稍微扭動身體，上半身和下半身都有可能會分家。既然如此，我不能再隨便移動。雖然我還有意識，但只要再一擊，一切就會分出勝負。真是有夠窩囊，怎麼是我被他壓倒性勝利。再這樣下去，神原的第二個願望不就實現了嗎？這一點我必須極力避免才對……

不，不如這樣想吧？

現在才第二個願望。

神原今後……只要忍耐不去許第三個願望，那不就行了嗎？這次神原的手會恢復原狀，而且願望就是願望，她一定可以回到戰場原身旁，不管是什麼形式，願望都會實現。

我沒打算把自己的位置讓給她。

沒打算讓她代替我。

但是我能原諒她。

我本來在春假就應該死去……既然這樣就和忍野說的一樣，直接死掉不是輕鬆簡單嗎？

我雖然對活著有執著。

但對死亡卻沒有恐懼。

「啊——啊，嗚！」

呻吟。

我發出沒有意義的呻吟。

就像死前的哀號一樣。

我以後，再也沒機會把制服弄破了。

「神原，駿河——」

然而，就在此時。

雨衣怪連續幾十分鐘、片刻未曾歇止的連擊，停了下來。

冷不防地停了下來。

這是我望穿秋水的破綻。

然而，我沒有按照原定計畫，把雨衣怪壓倒在地。我肚子開了一個不知何時才會恢復的大洞固然有關係，也因為我想壓住他的念頭已經消失不在，但最主要還是因為我整個人已經僵住了。

雨衣怪大概也一樣。

整個人僵住了。

「……你們玩得很高興嘛。」

教室門打開了。

從內側絕對打不開的門，從外側被開啟了。

接著，有一個人影走進教室。

是穿著便服的戰場原黑儀。

「把我丟在一旁，自己玩得很高興嘛，阿良良木。我很不愉快。」

無法讀出感情的面孔，以及平穩的聲音。

看到眼前的慘狀，她只是稍微瞇起眼睛。

她總是毫無預警地，突然出現在我面前。

沒有繫皮帶的牛仔褲搭配同色的上衣，尺寸稍微大號的粗織連帽外套。戰場原黑儀的便服，宛如直接穿居家服從家裡過來一樣。

「戰、戰場原……」

我肚子開了一個大洞，無法好好說話。不成聲的聲音，就連要開口叫戰場原都有困難。

為什麼妳會在這裡？

我只是想問她這個問題而已。

但不用開口問，這問題的答案我也心裡有數。肯定是忍野那傢伙叫她來的，這問題除此之外無解。但是怎麼叫？忍野沒有聯絡戰場原的方法；戰場原黑儀討厭忍野咩咩，不可能會把手機號碼告訴他。應該連告訴他的機會都沒有。

手機？

啊！原來如此。

那個傢伙，連一點個人資料保護的理念都沒有，完全無視我的隱私，隨便拿我的手機亂打。我進這間教室前，請忍野保管的背包裡頭有手機……那支手機沒有特別用密碼鎖，就算忍野再怎麼機械白痴，信箱帳號、已接來電和撥話紀錄這點程度的東西，只要花點時間就能找到吧。而手機的使用方法，他在母親節時應該從戰場原那邊學到了一點皮毛。

可是，這又是為什麼？

在這種情況下，為何忍野好死不死要把戰場原叫來？

突然——

雨衣怪往後一跳，踩過天花板和牆壁各三次，從這個角落移動到另一頭的角落——離我最遠的對角線位置上。

為什麼？

明明只要再一擊就能分出勝負。

神原的心願就能實現了說。

該不會神原駿河的意識，在戰場原黑儀現身於教室內時，一時間壓抑了提供給雨衣怪的潛意識？這是忍野叫戰場原來的目的嗎？但這只是暫時性的處理吧。因為雨魔是以人類的黑暗感情為糧食，這麼做還是一樣無法消除掉黑暗感情。這不像以前的海外電影一樣，不可能只靠愛的力量就能解決一切問題。叫戰場原過來，不如你親自來一趟吧，忍野咩咩！

戰場原對雨衣怪的一切行動絲毫不感興趣，用冷酷的眼神，惡狠狠地瞪著幾近瀕死狀態的我。那眼神，有如盯上獵物的猛禽類一般。

「阿良良木。你對我說謊了。」

「……誒？」

「騙我說什麼你撞上電線桿，神原的事情你也瞞著我。我們交往的時候，不是說好了嗎？說好不做這種事情。至少在關於怪異方面的事情上，我們彼此之間不能有祕密。」

「啊，那個……」

這一點……的確沒錯。

我也沒忘記。

「你罪該萬死。」

戰場原浮現出冷酷無情的笑容。

就算被雨衣怪當沙包打的時候也未曾感受到的巨大恐怖，有如電擊般竄過了我的身體。好可怕……這女人真的好可怕。這傢伙是梅杜莎嗎？到底要怎麼樣才能用那種眼神看人？況且我還是她的男朋友。等等，喂！此話當真？現在這種狀況，應該不是把我這半死不活的人當對手的時候吧？妳難道不會看場合嗎？戰場原。

「……不過，阿良良木看起來已經死過一萬次了呢。」

戰場原沒有把門關上，朝著蹲在教室角落的我，後腳一蹬跑了過來。

「這次我就破例原諒你吧。」

那個。

我想應該沒有死到一萬次啦。

雨衣怪對戰場原的動作十分敏感，也同樣朝著我跑了過來。戰場原黑儀和神原駿河在國中時代沒有實現的賽跑，在偶然的機緣下展開了。如果畫直線來看，雨衣怪離我的距離，換成數字來看比戰場原遠了好幾倍。可是，戰場原雖然過去是田徑社的王牌選手，但現在有兩年以上的空窗期，更何況雨衣怪的腳力是借用神原的能力——不，是已經化成了惡魔。率先跑到動彈不得的我面前的，當然是神原。

雨衣怪一到定位，立刻朝我揮下左拳，打出最後一擊。就在此時，戰場原才總算趕到，擠入我和雨衣怪之間。

危險！

我連如此心想的空隙也沒有。

雨衣怪在擊中戰場原之前，突然往後被彈飛。被彈飛？現在誰有能耐彈飛雨衣怪？我沒辦法，戰場原更是不可能。既然這樣，雨衣怪應該不是被彈飛，而是自己往後跳的才對。就算他最後是狼狽地後仰倒地。

我目瞪口呆。

雨衣怪剛才的動作，就像怕把戰場原捲入、怕傷害到她一樣。這不自然的動作到底是怎麼回事？

這應該是神原駿河的意識——不對。

哪有這麼剛好的事情。

怪異是合理主義者。

自始至終，無論如何都會順著理字走。

只是他的道理，有時和人類不通用而已。

但是，這個情況下——

「阿良良木，你一定在想『只要自己死掉就可以解決一切問題』這種蠢事吧？」

戰場原依舊不理會雨衣怪，沒回頭看我一眼，背對著我說。她不是因為不想看到我渾身是血的慘狀，這點我可以確定。

「別開玩笑了。你那種犧牲自我的膚淺精神，根本不會有任何的回報。阿良良木要是死掉的話，我一定會不擇手段殺死神原的。這點我之前有說過吧？阿良良木，你想讓我變成殺人犯嗎？」

……完全被看透了嗎。

戰場原還真是個一往情深的女人。

看來我不能隨便死掉了。

她那專一而扭曲的愛情。

「最讓我不高興的是，就算阿良良木你不是這種身體，你也會做同樣的事情。你要依靠不死之身做這種蠢事，我悉聽尊便，不過你好像很理所當然一樣，甘願變成這個樣子，我真是搞不懂你呢。」

「…………」

「不過，多管閒事也好、雞婆也好、幫倒忙也好，如果是阿良良木帶給我的，或許也沒這麼糟糕——」

戰場原直到最後都沒看我一眼，朝著倒在地上無意起身的雨衣怪，突然踏出了一步。雨衣怪彷彿在畏懼戰場原般，倒在地上向後爬行。

彷彿在畏懼一樣……

彷彿在畏懼一樣……為什麼？

這麼說來，昨晚也是這樣。雨衣怪將我打飛之後，冷不防就消失無蹤。這是因為戰場原拿著我遺忘的信封，出現在現場的關係……可是，戰場原出現為什麼會成為雨衣怪逃走的理由？現在想想，那是很不自然的事情不是嗎？如果那是「人類」的攔路魔、「人類」的殺人狂，那的確很自然。但是，「怪異」沒理由在意「目擊者」。而且，憑雨衣怪左手的腕力，戰場原區區一個人，根本不會構成阻礙。

既然這樣，他是為何而逃？

因為出現的人是戰場原的關係？

這是怎麼回事？

這真的是愛的力量？

難道就這麼湊巧，神原駿河對戰場原的思慕，凌駕於惡魔之力嗎……專一的感情連代表世界本身的怪異都無法抵擋，貫通了天地嗎——不對。

不對。

不是這樣……我明白了，是思念。

神原對雨魔的左手許下第二個願望，自己的左手變成野獸之手後，花了四天左手才實際發揮力量。這是因為神原一直壓抑對我的憎恨直到極限的緣故。她的想法——願望要靠自己實現，壓抑住了惡魔的暴力。神原許了第一個願望後，持續七年都堅持這種想法，讓忍野覺得很好笑。不過，那並不完全是字面上的意思。

忍野還說過，她的想法絕對沒有錯。

雨魔會看穿人類的黑暗情感，讀出和觀看人類的內心。惡魔是看願望的裡層。想要腳程變快，是因為憎恨同學。想要待在戰場原身旁，是因為憎恨阿良良木曆。

可是，那終究是裡層，

就像有表就有裡一樣。

有裡層，就會有表層。

要是雨魔傷害到戰場原黑儀，不管有沒有殺掉阿良良木曆，神原表層的願望都會無法達成……沒錯，這不是愛的力量那種讓人感動且微妙的問題，而是更實際且基本的問題。

就是契約。

就是交易。

雨魔能實現的只有裡層的願望，但不代表他會輕視表層的事物。神原在小學時，報復同學的裡層願望實現的同時，腳程想變快的表層願望到頭來還是實現了。就算這沒有因果關係，願望還是確實實現了。滑稽可笑的是，那個結局完全照著雨魔意圖走而已。雨魔雖然只是把表解讀為裡，但並不是無中生有導出裡這個結論，因為有表就有裡。不，如果這點也照忍野的說法來看的話，左手不可能會有自我意識，這一切都是神原駿河潛意識的意圖，讓表和裡這兩個絕對不會交織的因果關係，有如自我矛盾一般而成立。

與惡魔的契約。

以靈魂做交換。

鑑賞期。

許下無法實現的願望。

進退兩難。

表和裡之間的進退兩難。

所以，就是因為這樣雨魔才無法對戰場原出手。因為契約是如此，交易是如此，只要戰場原成為我的盾牌，就算我再可恨，他也無法對我出手。

他無法用那隻左手攻擊。

我打敗惡魔，讓裡層的願望不可能實現是一個方法；那相反的，讓表層的心願無法實現也是一個方法。

何況戰場原剛才在我的面前，還宣誓說要是我死掉她就會殺死神原。雨魔想當作沒聽到也沒用，對他來說，這個狀況已經完全將死他了。

這種看穿一切的手法……

比惡魔還要更厲害。

忍野，你……你真的是我遠比不上、了不得的殘酷惡人！

「神原，好久不見。妳看起來很有精神，真是太好了。」

戰場原說。

接著，戰場原慢慢抱住仰倒在地、不停向後退縮的雨衣怪——不，是自己的舊友神原駿河，將她按倒。

我變得這麼淒慘——

卻還是做不到的事情，戰場原做到了。

這是我絕對做不到的。

接著，她用自己人類的右手，如哄小孩般握住野獸的左手。

釘書機——

戰場原已經沒帶在身上了。

「……戰場原學姊。」

雨帽內側傳來低語。

一個清脆、有如在傾訴般的聲音。

雨帽內側，已經不是深不見底的窟窿。也不是含淚欲哭的表情。不是含淚欲哭，而是一個已經在哭泣的臉龐。一個淚眼汪汪、破涕為笑的女孩面容，清楚地出現在我的眼前。

「我——」女孩抽搭說。

她終於把自己的思慕化為言語。

「我喜歡戰場原學姊。」

她終於把自己的願望說了出口。

「是嗎，不過我沒有那麼喜歡妳。」

戰場原用平常的口吻，語氣平穩地說。

直接了當，毫不修飾。

「就算這樣，妳還願意待在我身邊嗎？」

抱歉，讓妳久等了。

戰場原用十分平穩的語氣說。

……太蠢了。

沒有比這還要更蠢的事情了。

我要當配角也要有個限度吧。

我每次扮演的都是這種有如為我量身打造的丑角。整個就是沒幫上忙。

能夠虛心道歉的率直孩子。

我應該早就知道，戰場原黑儀是多麼貪婪的女人。也早就知道她是一個不會輕易死心的女人。

如果那真的是重要的東西。

戰場原是不可能放棄的。

多管閒事、雞婆。

幫倒忙。

可是，該怎麼說呢……這些傢伙真的很愛鬧彆扭啊。

其實她們都是有表裡的人。

不論表裡，都是一體的。就像梅比斯環一樣。

既然這樣用愛的力量來解釋，也沒關係吧。

因為被人遺忘，真的會讓人很沮喪。

我一邊思考，決定在肚子上的大洞癒合之前，暫時停止不識趣的吐槽，安靜欣賞在眼前展開的百合情景。如果我是忍野的話，在這邊我應該故意擺酷（雖然這不適合我），叼一根沒點火的香菸，開口問她們是不是發生了什麼好事啦之類的，但很不巧，我未成年。

009

以下是後日談……應該說是本次故事的收尾。

隔天，禮拜日，我和平常一樣被兩個妹妹：火憐和月火叫醒，揉著睡意朦朧的眼皮，照約定出門往戰場原的家出發。這一整天都要在她家開讀書會，或許可以吃到她親手做的料理。我抱著微薄的期望，跨上我目前僅存的交通工具——上學用的腳踏車，打開門騎出家裡後，我碰到一位少女。少女站在電線桿前，似乎閒得發慌，不知為何在做柔軟體操。她雖然穿便服，不過還是穿著百褶短裙，配上露出裙襬的運動緊身褲，與她穿制服的印象沒什麼差別。這位少女就是直江津高中的明星，我的學妹：神原駿河。

「早啊，阿良良木學長。」

「……早安您好，神原同學。」

「嗯。這麼有禮貌的問安方式，真讓我覺得惶恐啊。阿良良木學長就是這麼有禮貌，人品和我完全不一樣。學長的傷勢已經不要緊了吧？」

「是啊……今天反而是太陽光讓我比較難受，不過還不到需要操心的程度。傷勢也恢復得很順利。話說回來，神原妳怎麼知道我家在哪？」

「學長你真討厭，這不是明知故問嗎？學長是故意要讓我表現的嗎？我之前可是一直在跟蹤學長喔。家裡地址這種程度，我早就已經調查好了。」

「…………」

這種事情妳用那麼開朗的笑容說出口，我會很不知所措。

「那妳找我有什麼事？」

「嗯，今天早上戰場原學姊打電話給我，要我來接學長過去。啊！請讓我幫學長拿書包。」

話一說完，神原馬上拿起我放在腳踏車菜籃裡的背包，用左手抱住。隨後臉上帶著天真無邪的微笑，看著我說：「我已經先幫學長把腳踏車鏈上好油囉。如果還有什麼事情要做的話，請學長不用客氣儘管吩咐。」

她越過朋友這層關係，變成了我的跑腿小妹。

我壓根沒想過要帶著校內明星在外趴趴走，不過那位嫉妒心強到幾近病態的戰場原，居然會讓神原擔任這種角色，可見神原和戰場原兩人已經重修舊好，聖殿組合的關係再度成立——這麼想是我想太多嗎？一定是我想太多吧。

「出發前我幫學長抓龍一下如何？學長的傷雖然不要緊，不過應該很疲憊吧。我的按摩技巧很厲害喔。」

「……可是妳不用參加社團嗎。禮拜天應該有練習吧？我們差不多要放讀書假了，在那之前要努力練習才對吧。」

「那個，我已經不能打籃球了。」

「咦？」

「現在雖然有一點早，不過我引退了。」

神原左手拿著我的背包，伸出來對我示意。她的左手到手肘附近，包著一層層潔白的繃帶。從外側也看得出來，那隻左手的長度和形狀稍微有些不自然。

「因為所有事情都實現一半的關係。惡魔雖然離開了，可是我的手卻沒有恢復。不管怎麼說，我手變成這樣，沒辦法繼續打籃球了。不過啊，我這隻手很有力，用起來還挺方便的喔。」

「……妳現在馬上把背包還給我。」

該怎麼說呢。

就算只有一半，她的願望還是實現了。

這點程度的代價，是理所當然的吧。

後記

偶爾我也想寫正常一點的後記，所以在這邊我想針對本書中收錄的三篇故事，來作一些解說。以下可能會稍微觸及到故事的內容，因此我建議還未讀完本書的讀者們先在這裡停下，待讀完本書後再回頭來閱讀後記。其實，我想寫的只是上述這種老套的文章而已，解說性質的東西我不會詳述，但仔細想想，作者親自來解說內容一事，實在沒有這麼簡單。人類無法將自己心想的事情百分之百表達出來，而表達出來的內容也無法百分之百傳達給對方知道，實際上順利傳達的部分各只有百分之六十，簡單來說，作者心想的事情透過作品傳達給讀者的部分，實際上只有百分之三十六而已。百分之六十四的其餘部分，則是誤解，因此讀到作者的解說後，通常有一半以上的讀者會無法同意。大家會心想：咦！作者想寫的是這種意思嗎？之類的。這就是所謂的溝通上的困難，然而這種誤解會成為閱讀上的一種辛香料，這點是堅若磐石的事實。例如，我想要推薦自己最喜歡的書給別人時，常會把我自己覺得書中最感動的情節，用充滿臨場感的方式表達出來，但是我之後回頭看那本書時，常會發現那種情節在書中根本就不存在。到頭來，人類只是一種馬虎的生物，就算心中有任何感觸，那感觸有一半以上都是自己的誤解；但是，這一點我們不應該悲觀地去解讀它，或許我們應該用另一種見解來看待：那名作者就是有那個能力讓讀者去誤解故事的內容。我想喜歡讀書的人都有過這種經驗吧，以前看了覺得感觸良多的書，過陣子再回頭去看它時卻反而覺得內容沒什麼了不起。還有，把自己十來歲時讀了很感動的書，推薦給現在十來歲的人看，他們的反應也會不如預期。這是讀者的誤解，更精闢來說這是印象概念的效果，你不用感到失望，反而應該覺得過去那本書讓你做了一場好夢，對它心懷感激才是。附加說明一點，我回頭重讀發現不存在的那個場景，有時候我會偶然在其他的書中發現它，這單純只是我自己記錯書本的關係，作者和故事內容並沒有任何的責任。

本書是以怪異為主軸的三篇故事——其實並不是這樣。我只是想寫一本充滿腦殘鬥嘴的歡樂小說，而創造出來的三篇故事。將文章集結成冊時，我請了ＶＯＦＡＮ老師繪製本書的插圖。在這邊我可以解說一件事情，本故事是經由三段論證法所得到的東西：「傲嬌（TUNDERE）和Gelnde（德文，滑雪場之意）兩個字聽起來感覺很像。」→「說到Gelnde就想到Bogen（德文，犁式停止之意。滑雪的一種停止技巧）」→「Bogen用漢字來寫，就是暴言（日文，謾罵之意）」化物語上集的三篇故事：「黑儀・重蟹」、「真宵・蝸牛」、「駿河・猴掌」就是靠這種感覺寫出來的。下集的故事中會有更多腦殘的鬥嘴，敬請期待。

文末，我想對自己以外的所有人士，獻上百分之一百的感謝。

西尾維新

作者介紹

西尾維新（NISIO ISIN）

1981年出生，2002年以《斬首循環》一書榮獲第23屆梅菲斯特獎出道。接著陸續寫出「戲言」系列、「世界」系列、「刀語」系列、化物語、傷物語等超人氣作品，並在年度輕小說排行榜皆取得極高的評價與成績，是目前日本新生代最重要的大眾作家之一。

Illustration

VOFAN

1980年生。目前於台灣版《電玩通》擔任封面連載，同時在《挑戰者月刊》連載彩色詩畫。作品有《OTONA FANTASY <VOFAN大人幻想畫集>》、《COLORFUL DREAMS》、《全彩街角浪漫譚COLORFUL DREAMS 2》、《全彩街角浪漫譚COLORFUL DREAMS 3》。

書盒子

化物語（上）

（原名：化物語（上））

作者／西尾維新　插畫／VOFAN　譯者／林信帆
執行長／陳君平　榮譽發行人／黃鎮隆
協理／洪琇菁　國際版權／黃令歡、高子甯、賴瑜妗
執行編輯／石書豪　美術主編／李政儀

出版／城邦文化事業股份有限公司　尖端出版
臺北市南港區昆陽街十六號八樓
電話：（〇二）二五〇〇七六〇〇　傳真：（〇二）二五〇〇二六八三
E-mail：7novels@mail2.spp.com.tw

發行／英屬蓋曼群島商家庭傳媒股份有限公司城邦分公司　尖端出版
臺北市南港區昆陽街十六號八樓
電話：（〇二）二五〇〇—七六〇〇（代表號）
傳真：（〇二）二五〇〇—一九七九

中彰投以北經銷（含宜花東）／楨彥有限公司
電話：（〇二）八九一九—三三六九
傳真：（〇二）八九一四—五五二四

雲嘉經銷／智豐圖書股份有限公司　嘉義公司
電話：（〇五）二三三—三八五二
傳真：（〇五）二三三—三八六三

南部經銷／智豐圖書股份有限公司　高雄公司
電話：（〇七）三七三—〇〇七九
傳真：（〇七）三七三—〇〇八七

一代匯集／香港九龍旺角塘尾道六十四號龍駒企業大廈十樓B&D室
電話：（八五二）二七八三—八一〇二
傳真：（八五二）二七八二—一五二九

馬新經銷／城邦（馬新）出版集團Cite (M) Sdn. Bhd.
E-mail：cite@cite.com.my

法律顧問／王子文律師　元禾法律事務所
台北市羅斯福路三段三十七號十五樓

二〇一〇年八月一版一刷
二〇二四年五月一版十四刷

KODANSHA BOX

■中文版■

郵購注意事項：
1. 填妥劃撥單資料：帳號：50003021戶名：英屬蓋曼群島商家庭傳媒(股)公司城邦分公司。2. 通信欄內註明訂購書名與冊數。3. 劃撥金額低於500元，請加附掛號郵資50元。如劃撥日起 10～14日，仍未收到書時，請洽劃撥組。劃撥專線TEL：(03) 312-4212 ・ FAX：(03) 322-4621。E-mail：marketing@spp.com.tw

國家圖書館出版品預行編目資料

化物語 / 西尾維新 著; 林信帆 譯.
—1版.—臺北市：尖端出版，2010.08
面 ; 公分.—(書盒子)
譯自:**化物語**
ISBN 978-957-10-4309-8(上集：平裝)
ISBN 978-957-10-4310-4(下集：平裝)

861.57 99008243